U0125131

中华国学文库

# 人间词话疏证

彭玉平 撰

中华书局

图书在版编目(CIP)数据

人间词话疏证/彭玉平撰. —北京:中华书局,2014. 10
(2024. 1 重印)
　(中华国学文库)
　ISBN 978-7-101-09473-2

　Ⅰ. 人…　Ⅱ. 彭…　Ⅲ. ①词话(文学)–诗词研究–中国–古
代②《人间词话》–研究　Ⅳ. I207. 23

中国版本图书馆 CIP 数据核字(2013)第 140365 号

书　　名　人间词话疏证
撰　　者　彭玉平
丛 书 名　中华国学文库
责任编辑　马　婧
责任印制　管　斌
出版发行　中华书局
　　　　　(北京市丰台区太平桥西里 38 号　100073)
　　　　　http://www. zhbc. com. cn
　　　　　E-mail:zhbc@ zhbc. com. cn
印　　刷　河北新华第一印刷有限责任公司
版　　次　2014 年 10 月第 1 版
　　　　　2024 年 1 月第 2 次印刷
规　　格　开本/880×1230 毫米　1/32
　　　　　印张 12　插页 2　字数 330 千字
印　　数　8001–11000 册
国际书号　ISBN 978-7-101-09473-2
定　　价　39. 00 元

# 中华国学文库出版缘起

《中华国学文库》的出版缘起，要从九十年前说起。

1920年，中华书局在创办人陆费伯鸿先生的主持下，开始编纂《四部备要》。这套汇集三百三十六种典籍的大型丛书，精选经史子集的"最要之书"，校订成"通行善本"，以精雅的仿宋体铅字排印。一经推出，即以其选目实用、文字准确、品相精美、价格低廉的鲜明特点，最大限度地满足了国人研治学问、阅读典籍的需要，广受欢迎。丛书中的许多品种，至今仍为常用之书。

新中国成立之后，党和国家倡导系统整理中国传统文献典籍。六十馀年来，在新的学术理念和新的整理方法的指导下，数千种古籍得到了系统整理，并涌现出许多精校精注整理本，已成为超越前代的新善本，为学界所必备。

同时，随着中华民族以前所未有的自信快速发展，全社会对中国固有的学术文化——国学，也表现出前所未有的关注和重视。让中华文化的优秀成果得到继承和创新，并在世界范围内进行传播和弘扬，普惠全人类，已经成为中华民族的历史使命。当此之时，符合当代国民阅读需要的权威的国学经典读本的出现，实为当务之急。于是,《中华国学文库》应运而生。

《中华国学文库》是我们追慕前贤、服务当代的产物,因此,它自当具备以下三个基本特点:

一、《文库》所选均为中国学术文化的"最要之书"。举凡哲学、历史、文学、宗教、科学、艺术等各类基本典籍,只要是公认的国学经典,皆在此列。

二、《文库》所选均为代表当代最新学术水平的"最善之本",即经过精校精注的最有品质的整理本。其中既有传统旧注本的点校整理本,如朱熹《四书章句集注》,也有获得学界定评的新校新注本,如余嘉锡《世说新语笺疏》。总之,不以新旧为别,惟以善本是求。

三、《文库》所选均以新式标点、简体横排刊印。中国古籍向以繁体竖排为标准样式。时至当代,繁体竖排的标准古籍整理方式仍通行于学术界,但绝大多数国人早已习惯于现代通行的简体横排的图书样式。《文库》作为服务当代公众的国学读本,标准简体字横排本自当是恰当的选择。

《中华国学文库》将逐年分辑出版,每辑十种,一次推出;期以十年,以毕其功。在此,我们诚挚希望得到学术界、出版界同仁的襄助和广大读者的支持。

中华书局自 1912 年成立,至今已近百岁。我们将《中华国学文库》当作向中华书局百年诞辰敬献的一份贺礼,更是向致力于中华民族和平崛起、实现复兴大业的全国人民敬献的一份厚礼。我们自当努力,让《中华国学文库》当得起这份重任,这份荣誉。

中华书局编辑部

2010 年 12 月

# 目　录

# 自　序

　　大凡文论之经典，或结一代之穴，或启一代之风，舍此而难副经典之名矣。而其创建者，非具深沉之学识，即具敏锐之观念。吾国文论，素以结穴者居多，若彦和、表圣、沧浪之属，皆为其例；然其中亦不乏善辟新域以引领风尚者，若伯玉、静安则允称其类。昔伯玉慨叹："文章道弊五百年矣。"故其驰书左史，独标兴寄，殷望风骨，欲一洗六朝绮靡之习。唐诗之勃兴，伯玉与有功焉。静安生当清末民初，词坛因半塘、彊村之倡，偏尊梦窗，一时俊彦，咸趋其后，斯风由是愈烈。或高言外涩内活，或放论潜气内转，或以无厚入有间，或以重大寓于拙。虽文采无愧密丽，而词气往往滞塞。诚如蕙风所言："非绝顶聪明，勿学梦窗。"又曰："作词须知暗字诀。凡暗转、暗接、暗提、暗顿，必须花大气真力斡运其间，非时流小惠之笔能胜任也。"盖梦窗词非不能学，要在于操翰之时先具气魄而厚其底蕴，于提顿之间空际转身而神力自张，如此方能得梦窗之神髓。若一意堆垛七宝，刻削词采，则都无筋骨矣。

　　静安素持"北宋风流，渡江遂绝"之说，生平最恶梦窗，以其虽具格韵，然如雾里看花，终隔一层。视时人追摹梦窗为弃周鼎而宝

1

康瓠，故力倡五代北宋，以纠其弊。其撰述词话，拈境界以为本，以"语语都在目前"之不隔为尚；于自然人生，则并重出入其境与忠实之心。又因观物之不同而分有我之境与无我之境，而以涵括人类普适之性情为天才之表征。凡此诸论，当彼之时，真如空谷足音，本应一新世人耳目，而讵料波澜不惊，影响寥寥。盖其时静安尚未预词学之流，于词坛人微言轻耳。

然吾人将静安诸说验诸手稿，龃龉出焉！何则？盖境界之论本散漫各处以自相融合，且境界之外，复有他说错综。若词之体性，初则承皋文"深美闳约"之论，而以正中为楷式；继则倡明境界而自成统系；后复援引屈赋"要眇宜修"以为说，誉重光为神秀，独出众上。三说之间，其实未安。若深美闳约与要眇宜修根柢固同，皆以精微婉约为词体本色，非精心结撰则无以达之；而境界所谓高格名句，尤重自然真切，要在伫兴直寻，彰其灵动韵致，与彼二说理路迥然有异。如此诸说杂陈，自非细绎手稿，不易明也。

窃思静安论词非徒逞一家之言，乃因时而起，岸然救弊者也。故其不避偏锋，恣意而发。若贬抑长调，鄙薄南宋，甚者以小令作法衡诸慢词，皆为人深相诟责，良有以也。以余观之，静安词学本得失参之。若依词史而论，则未免自限门庭而堂庑未张；若就济世而言，则宛然导引时流而厥功甚伟。此余之疏证，所以不烦琐屑以探其奥窔也。昔夫子有云："知我者，其惟《春秋》乎！罪我者，其惟《春秋》乎！"引录于此，以略供吾作时时怀想者也。

# 绪　论

　　在王国维生前,其《人间词话》曾以不同的方式三度面世:一九〇八年至一九〇九年之交在上海《国粹学报》初次发表,共六十四则;一九一五年一月在沈阳《盛京时报》再次刊出,共三十一则;一九二六年二月北京朴社出版俞平伯标点《国粹学报》发表本的单行本。一九二七年六月王国维去世后,其助手赵万里、子嗣王幼安(字仲闻)等对《人间词话》续有增补,以此世人知王国维《人间词话》手稿尚存于世。从上个世纪八十年代以来,先后有滕咸惠、刘烜等将手稿全貌以不同的方式公布于世,读者对手稿本的情况始有一个比较全面的了解①。但由于手稿先是藏于王国维子嗣处,后又被捐献于国家图书馆,一般读者仍难以窥见其真面目。二〇〇五年九月浙江古籍出版社将《人间词话》与《人间词》两种手稿合为《〈人间词〉〈人间词话〉手稿》仿真复制,世之欲睹手稿者,遂能一亲其笔迹芳泽。而笔者于二〇〇九年四月初,也曾专程到北京国

1

---

　　①　关于王国维去世后,其《人间词话》手稿的增补情况,参见拙文《一个文本的战争——〈人间词话〉百年学术史研究之四》,刊《河南大学学报》2009 年第二期。《新华文摘》2009 年第十七期摘转主要论点。本书附录即据此文节录而成。

家图书馆访读手稿,因将关于手稿的情况分十一题略述于下。

## 一、关于《人间词话》手稿的基本情况

《人间词话》手稿书于"养正书塾札记簿"上,此簿以直行毛边纸装订而成,规格长二十四厘米,宽十六厘米。封面右上书:光绪壬寅岁。光绪壬寅为一九〇二年,时王国维之弟王国华(字健安)正在杭州养正书塾就读,故有此札记簿。左上大书"奇文"二字,"奇文"右下小字"人间词话","人间词话"右行下书"王静安",王静安三字旁有大书"国华"二字。其书大小不同,字体亦异,显系分出二人手笔。"人间词话"、"王静安"七字当为王国维所书,而"光绪壬寅岁"、"奇文"、"国华"九字则为王国维之弟王国华所书。盖此本或为王国维之弟国华用以摘录"奇文"之本,但并未钞录任何文字,王国维大概拟撰述词话时,手边无其他纸簿,故随手取以撰写《人间词话》。只是封面王国华原书字迹过大,难以涂抹,王国维只能细书于旁。

词话扉页有王国维作《戏效季英作口号诗》六首,页三首,共二页。诗云:

舟过瞿塘东复东,竹枝声里杜鹃红。白云低渡沧江去,巫峡冥冥十二峰。(其一)

朱楼高出五云间,落日凭阑翠袖寒。寄语塞鸿休北度,明朝飞雪满关山。(其二)

夜深微雨洒帘栊,惆怅西园满地红。秾李夭桃元自落,人间未免怨东风。(其三)

双阙凌霄不可攀,明河流向阙中间。银灯一队经驰道,道是君王夜宴还。(其四)

雨后山泉百道飞,冥冥江树子规啼。蜀山此去无多路,要为催人不得归。(其五)

十年肠断寄征衣,雪满天山未解围。却听邻娃谈故事,封侯夫婿黑头归。(其六)

季英即刘大绅,乃刘鹗长子,罗振玉长婿,曾与王国维同学于东文学社,王国维任职学部之时,两人更是交往甚密。所谓口号,乃诗体之一种,严羽《沧浪诗话》即列有"口号"一体。任半塘说:"所谓口号,例作七律一首,亦诵念之声而已,并无乐歌之声。"① 仇兆鳌注杜甫《紫宸殿退朝口号》引顾注曰:"口号,言随口号吟。"② 王昌会《诗话类编》卷一云:"曰口号者,或四句,或八句,草成速就,达意宣情而已。"马上嵲《诗法火传》卷十五因此而把"明白条畅"作为口号的基本特征。口号与律诗、绝句的区别只是创作方式上有口占与笔札的不同而已。当然这只是早期口号的创作形态而已,后来带有口语化的笔札也被作者冠以"口号",也是有可能的。譬如王国维的这六首口号,就未必真是口占而成的,但确实带有"明白条畅"的风格特点。刘大绅原诗已难以寻觅,王国维戏效之,想来是对刘大绅原诗有所触动,故继此而作。至于王国维究竟为何在撰述词话之前书此六诗,现在已难以明确考索。

词话正文后有《静庵藏书目》十五页。与首页有《戏效季英作口号诗》一样,这尾页的《静庵藏书目》是王国维仅仅利用此簿的剩馀部分,还是王国维的措心之处,也难以考索,但《人间词话》中所涉及的有关中国古典诗文批评的理论著作,确实都收录在这部书目中了。书目大体以经、子、史、集的顺序排列:经子类(含少量笔记)著作居前,凡二十三种;史类著作次之,凡五种;集部著作殿后,

---

① 任半塘《唐声诗》上编,上海古籍出版社1982年版,第444页。
② 仇兆鳌《杜诗详注》第二册,中华书局1979年版,第436页。

凡一百四十二种,集部中先诗集(包括若干诗文合集、别集),起王逸《楚辞章句》,讫《曾文正公诗集》;次散文、骈文集;次诗选、诗话及若干文论著作(中间杂有《说文》等数种例外);次词的总集、别集;次曲类著作,含曲论、曲选、曲律及若干戏曲别集。全部书目共一百七十种,其侧重著录集部书目的倾向十分明显。

《静庵藏书目》既附录于《人间词话》手稿之后,则其编订时间当在《人间词话》手稿本完成之后,可能王国维看册页剩馀颇多,遂起编订藏书目之想。具体编订时间当在一九〇九年三四月份。藏书目中的宣氏本《梅苑》是在宣统元年(一九〇九)闰二月才由唐风楼主人(罗振玉)持赠王国维①,这也可大致推断出藏书目的编目时间不会早于一九〇九年闰二月。藏书目中著录的明刻《草堂诗馀》据王国维跋文,也是宣统己酉年(一九〇九)得于京师,但王国维未注明月份②。入藏东洋文库的"明剧七种",王国维乃是从宣德本移录,移录时间在宣统元年夏五月,然却未及著录于《静庵藏书目》,则《静庵藏书目》的编订当在宣统元年(一九〇九)闰二月至夏五月之间。自此之后,王国维购置、获赠或手钞的书籍均未入此书目。

《人间词话》手稿共廿页,王国维一一标明页码。首页第一列顶格书"人间词话"四字,同列下部书"海宁王国维"五字。正文从第二列开始,每则顶格另起,以楷书写就,其书相对而言,前面工整,稍后则略显潦草,至删改之痕,也是后甚于前。或王国维随着撰述进程,思路愈益流畅,故不暇细究书事,惟以录其所思所感而已。

---

① 参见日本榎一雄《王国维手钞手校词曲书二十五种——东洋文库所藏特殊本》,初刊《东洋文库书报》第八号(1977年3月),此转引自《王国维学术研究论集》第三辑,华东师范大学出版社1990年版,第331页。

② 参见《草堂诗馀·跋》,王国维《庚辛之间读书记》,载《王国维遗书》第三册,上海书店出版社1983年版,第273页。

## 二、关于《人间词话》手稿的撰述时间

滕咸惠说:"王氏《唐五代二十一家词辑》大部分(其中十九家)完成于'光绪戊申季夏',正是《人间词话》写作的资料根据之一。"①此言甚是。但王国维撰的《词录》也同时是《人间词话》取材的重要内容,这也是不能忽视的。这不仅因为《词录》所录唐五代词集的版本多来自《唐五代二十一家词辑》,而且此二书的跋文和题记在《人间词话》中留下了颇为明显的痕迹。

《人间词话》的思想渊源,如果追溯的话,当然可以追溯得更早,但具体的撰述时间则不会持续太久。一九二五年八九月间,王国维在接获陈乃乾要求翻印《国粹学报》本《人间词话》来信后,即在回信中说:"《人间词话》乃弟十四五年前之作。"而在校订完讹字后,又在复陈乃乾信中特地告诫:"发行时,请声明系弟十五年前所作,今觅得手稿,因加标点印行云云为要。"因此,一九二六年二月朴社出版俞平伯标点本《人间词话》时,书末即补署"光绪庚戌九月脱稿于京师宣武城南寓庐 国维记",但这个补写的文字其实问题多多:庚戌是一九一〇年,时已是宣统年间,而光绪年间根本就没有庚戌年。所以"光绪"与"庚戌"的搭配本身就是不成立的。而俞平伯标点本依据的是《国粹学报》发表本,此本早在一九〇九年一月即已刊载完毕,何以到一九一〇年才"脱稿"?所以这一列补署的文字显然是王国维误记所致,观其复陈乃乾二信可知,故不足为据。

另外一个可以推断《人间词话》撰写时间的是《盛京时报》本《人间词话》,词话前有引语云:"余于七八年前,偶书词话数十则。

---

① 王国维著、滕咸惠校注《人间词话新注》(修订本),齐鲁书社1986年版,第1页。

今检旧稿,颇有可采者,摘录如下。"此本刊载于一九一五年一月,前推七八年,也就是一九〇七——一九〇八年,如果考虑到发表周期,王国维撰述此引语也可能是在一九一四年末,则是一九〇六——一九〇七年了。换言之,王国维撰写《人间词话》的时间应该不会超过一九〇六——一九〇八数年间。而且王国维此处所谓"今检旧稿",当正是检的手稿,因为与《国粹学报》初刊本相比,《盛京时报》本《人间词话》增加了手稿本中此前没有刊发的数则内容,若是只检《国粹学报》发表本,则不能将手稿中未刊的内容补充进来。

事实上,可能因为《国粹学报》发表本几乎没有产生一定的学术影响,王国维对此的记忆也颇为淡薄。所以在接获陈乃乾来信要求翻印《人间词话》时,王国维在复信中说:"此书弟亦无底稿,不知其中所言如何,请将原本寄来一阅,或者有所删定,再行付印,如何?"王国维居然"不知其中所言如何",真足令人惊讶!而自称自己"无底稿",其实也是搪塞之言,事实上在清华园的王国维家中,这本《人间词话》的底稿是一直收藏着的。而且正因为手稿藏于箧中,赵万里在王国维去世后整理其遗著,才有可能从手稿中择录若干则发表在《小说月报》上。王国维的这一番的措词,显然更多的是表达一种消极的态度而已。赵万里在《人间词话未刊稿及其他》①的后记中就曾言及王国维少壮治文学、哲学、教育学,而对于"其壮年所治诸学,稍后辄弃之不乐道,故其绪论,舍《静安文集》、《宋元戏曲史》、《人间词话》外,世人欲窥其一鳞一爪,亦无由得焉"。对照赵万里此言,则王国维"不知其中所言如何"云云,自然就能理解得更透彻了。

---

① 刊《小说月报》第十九卷第三号(1928年3月)。

回到手稿本上。按照王国维的著述习惯，一部著作的写作不可能持续很长的时间，特别是作了相关文献准备后的著述，往往数月即可完成。如其《宋元戏曲考》只用了三个月时间，原因当然是此前已经有《唐宋大曲考》、《戏曲考原》、《古剧脚色考》、《优语录》、《曲调源流表》等著作的撰成以及大量戏曲文献的批点。《人间词话》的著述情况当与此相似，因为有了《唐五代二十一家词辑》、《词录》等专书的完成以及大量词集批点，所以王国维撰述词话的时间也当在数月之间。无论是王国维在致陈乃乾信中所说的"十四五年"，还是《盛京时报》本《人间词话》首页引语的"七八年"，都不过是在忘却撰年后的年份指称约数而已，并非是指其撰述跨越了年度。陈鸿祥认为："所谓'七八年前'，盖作者记忆时间，可反证《人间词话》之写作，当在一九〇七年至一九〇八年之间。"①应该是误解了王国维的意思了。倒是俞平伯标点本后面补署的"庚戌九月"，其中的"九月"当确是"脱稿"的时间，不过，不是庚戌年九月，而是戊申年九月——即一九〇八年九月而已。同年十月，《人间词话》的第一批二十一则即已经在《国粹学报》刊出了。以此前推，《人间词话》的具体撰述时间当在一九〇八年七月至九月间。因此滕咸惠《人间词话新注》将词话的撰述时间定于一九〇八年夏秋之际，我认为是合理的。

但学界颇有以其思想形成过程来作为《人间词话》撰述时间的说法。如佛雏即因为《人间词甲稿序》作于一九〇六年四月，堪作王国维词学之纲领，所以认为"静安《词话》之作，至迟应从'丙午年（一九〇六）四月'算起，以迄于戊申（一九〇八）十月即最初发表

————————
①　陈鸿祥《王国维全传》，人民出版社 2007 年版，第 295 页。

于《国粹学报》之时。写作地点主要当在北京"①。仅撰述时间长达三年多,地点以北京为主,也当有部分作于苏州。其实王国维代樊志厚作《人间词甲稿序》固然代表着其词学的基本格局,但其与《人间词话》的撰述是不同的两件事情,不宜将思想的承续与词话的撰述时间直接等同起来。

与佛雏的理念相似,陈鸿祥也是以词学观念及若干相似的论词文字来作为《人间词话》的撰述起始时间。陈鸿祥认为将《人间词话》的撰述时间定为一九〇八年春夏之间,或者泛泛说是作于一九〇八年之前,是"未能落到实处"②。陈鸿祥认为:"以《唐五代二十一家词辑》而言,此乃王国维一九〇八年夏辑撰《词录》的产品,与《人间词话》之写作实无直接关联。"③陈鸿祥以此否认滕咸惠等"一九〇八夏秋"之说。但我相信陈鸿祥在撰述《王国维全传》时应该没有通读过《词录》一书,因为《词录》中所录唐五代诸词集版本,多标"海宁王氏辑录本",则《词辑》辑于《词录》之前,乃是显而易见的事实。陈鸿祥将《词辑》作为《词录》的后续产品,是错置了两者的关系。至于认为《词辑》、《词录》与《人间词话》没有直接关联,更属主观之论。事实上,王国维词学正是在对唐五代词的阅读体会中逐渐形成的,而且关于词的体性认知,无论是撰述初期所借用的张惠言的"深美闳约",还是后来提出的"要眇宜修",唐五代词的创作实践正是这些理论的奠基。

在否定他说的同时,陈鸿祥提出了自己的看法:"至于《人间词话》写作之起始,当以一九〇六年十二月发表于《教育世界》之《文

---

① 佛雏《〈人间词话〉手稿补校并跋》,王国维著、佛雏校辑《新订〈人间词话〉广〈人间词话〉》,华东师范大学出版社1990年版,第256页。

② 陈鸿祥《王国维全传》,人民出版社2007年版,第292页。

③ 同上,第292页。

学小言》作起点。"①"王国维是紧接在《文学小言》之后，动笔写《人间词话》的，很可能是在一九〇六年冬至一九〇七年春，因乃誉公去世，他在海宁家中居丧期间，随手取了昔日王国华带回的养正书塾笔记本，开始《人间词话》的写作。"②"王国维写作这部词话，持续到一九〇八年底，收笔于《国粹学报》发表之前。"③按照陈鸿祥的表述，王国维撰述《人间词话》的具体时间历时两年馀，写作地点则是从海宁到苏州再到北京。

陈鸿祥"两年三地"的说法首先是按照其词学思想形成的轨迹来确定的，因为《文学小言》中论"三种阶级"、"文学盛衰"诸说，在《人间词话》中基本保留了下来。所以《文学小言》的发表时间就被陈鸿祥视为《人间词话》撰述的起始时间。这与佛雏一样，是把思想的承续作为撰述的承续了。至于将初始写作地点定为海宁，也是由这一点而推论的。显然，陈鸿祥的说法推测的成分居多。

因为手稿的前三十则与此后各则具有明显的阶段性区别，陈鸿祥据此认为手稿不是一次写成的，前三十则写于一九〇七年夏秋之前，与《人间词乙稿序》、《三十自序》同期，其馀则写于此后。陈鸿祥说："《人间词话》的主体论说，全部词话一百二十六则，有四分之三以上（九十六则）大致写成于一九〇七年秋冬《人间词乙稿序》问世之后，至一九〇八年秋《国粹学报》首发六十四则之前。"④将手稿的前三十则与此后各则区别开来，从理论而言，笔者是同意的，但这种理论的渐进轨迹不应该成为其撰述于不同时段的依据，事实上，前三十则固然没有直接提出境界说及其诸种分类，但境界说的内涵，其实也已经部分地涉及了，只是理论形态尚未成熟，理

9

---

① 陈鸿祥《王国维全传》，人民出版社 2007 年版，第 292 页。
② 上，第 293 页。
③ 同上，第 292 页。
④ 陈鸿祥《王国维全传》，人民出版社 2007 年版，第 293—294 页。

论话语尚未独立而已。而由前三十则至第三十一则及此后各则，正体现了其在撰述中词学思想由潜在到明晰、由零散到整合的过程。这个过程如果在时间上被硬性分开，不仅不符合王国维的撰述习惯，而且不符合建构理论的一般规则。作为理论分析，将前三十则与后面各则区别开来，确有必要，但以此作为撰述于不同时段的证据，则明显是单薄而乏力的。

## 三、关于手稿的流传与保存

一九○八年十月前，王国维在北京完成《人间词话》撰述之后，手稿当随处身边。

一九一一年秋，王国维随罗振玉东渡日本，在携去的书籍中就包含这部《人间词话》的手稿，因为一九一五年一月《盛京时报》再度刊发《人间词话》时，其中有多条是直接从手稿中挑选出来的，如重刊本第二则即来自手稿第四十六则"言气质"一则，手稿第七十则"近人词如复堂词之深婉"、第七十一则"宋尚木《蝶恋花》"、第七十二则"半唐《丁稿》"也被整合为重刊本第二十七、二十八两则，等等。有的更以手稿文字替代了初刊本文字。显然其时手稿是在日本的，否则就无法解释重刊本《人间词话》中增入的手稿条目的来源了。

但一九一六年初，王国维从日本回国后，手稿是否也携至国内？对此看法就各异了。陈鸿祥说："王国维原先十分珍爱《人间词话》手稿，当他'辛亥东渡'时，仍不忘携在身边，故能'检旧稿'摘录，而当丙辰（一九一六）自日本归国时，却将手稿留给了仍在日本京都的罗振玉。"又说："为着研究古史、古文字学，王国维不惜以自己珍藏的词曲书稿，去换取罗氏所藏经史小学之重本书。在留入'大云书库'的词曲书稿中,应该也包括了写在'养正书塾札记'上的《人间词话》手稿。"①陈鸿祥认为将手稿留给罗振玉的依据,主要是罗振玉侄女罗庄的一段文字:"辛亥(一九一一)后,公(王国维)及伯父(罗振玉)、家大人(罗振常)避地东瀛,尝为伯父编《大云书库藏书目》,见经部经说、小学之书重本甚多,而集部中词曲竟无一种,以为偏枯。时公(王国维)欲研究经学、小学,乃悉取其重本,而以所藏之词曲补其缺。"②其实罗庄说的意思,王国维的《丙辰日记》也有类似记载。其元月初二日记:"……此次临行购得《太平御览》、《戴氏藏书》残本,复从韫公乞得复本书若干部,而以词曲书赠韫公,盖近日不为此学已数年矣。"③将罗庄的记叙与王国维的日记对勘,可以确定,王国维确实将自己收藏的词曲书在回国前赠予罗振玉,以丰富其藏书的种类和格局,当然这种赠书的最根本的原因,是王国维已经不拟再从事词曲研究了,另外的原因是既然从罗振玉处取得多种经史书籍的复本,也需要回赠若干以表情分。

问题是,在王国维赠予罗振玉的词曲书中是否包含有《人间词话》的手稿?自从上世纪七十年代,日本榎一雄在东洋文库发现了二十五种王国维批校词曲书之后,王国维赠送词曲书一事得到了初步的证实。但其中应该并不包括《人间词话》手稿在内。罗庄说的"所藏之词曲"与王国维日记中所说的"以词曲书赠韫公",其实应该并不包括王国维本人的著述,陈鸿祥在"词曲书"后擅自加一"稿"字,反而容易误导所赠书籍的范围。这部《人间词话》手稿其实一直跟随着王国维,经历了北京——日本京都——上海——北

---

① 陈鸿祥《王国维全传》,人民出版社 2007 年版,第 298—299 页。

② 罗庄校刊、王国维校注《录鬼簿》所写案语,《观堂诗词汇编·人间校词札记附录》,上海蟫隐庐刊本。此转引自《王国维全传》,第 299 页。

③ 王国维《丙辰日记》手稿现藏国家图书馆,虞坤林编《王国维在1916》一书收录之,此转引自此书第5页,山西出版社集团、山西古籍出版社2008年版。

京的地点变化，所以在王国维去世后，赵万里编辑遗书，才能见到手稿，并将其中未刊若干则择录发表。赵万里在刊发于《小说月报》第十九卷第三号（一九二八年三月）之《人间词话未刊稿及其他》的后记中说："余顷因编纂遗集，于遗稿中录出词话未刊稿及诗文辞评论数十则……"又在识语中说："《人间词话》刊载于《国粹学报》，未全，朴社尝录之，发行单行本。"赵万里的"未全"之说，正是因为他在王国维遗稿中看到了"全"的手稿的缘故。所以，很显然，《人间词话》的手稿正是在王国维遗稿之内的。因此陈鸿祥认为王国维曾将《人间词话》手稿赠送罗振玉的说法就难以成立了。至于说王国维"不惜"以自己珍藏的词曲书稿去换取罗振玉的经史小学等方面的书籍，也言之过重，王国维《丙辰日记》记述甚明，主要是因为王国维已经决定不治词曲之学，同时也是一种回报的名义。

王国维生前，手稿应该是由他自己收藏。一九二七年王国维去世后，罗振玉着手编辑《海宁王忠悫公遗书》，作为助手的赵万里遂发箧整理遗著，得以发现《人间词话》的手稿，并应《小说月报》之约，从手稿中别录数十则发表。此后此手稿并其他书籍、著述稿由王国维次子王高明（即王幼安仲闻）收藏。这一信息从王幼安校订、徐调孚校注《人间词话》时所写的《校订后记》中可以窥见端倪。王幼安提到在校订本中有五条"据原稿录出，为以前所未发表"者，而其校订凡通行本有误字而原稿未误者，"据原稿迳行改正"，又在后记末云："王氏论词之语，未尽于此，俟后觅得续补。"则手稿藏于王幼安处，当是不争的事实。而此前徐调孚、陈乃乾虽然也做着为《人间词话》补遗的工作，但或者从遗集中爬梳，或者从王国维批注的词集中辑录，从《人间词话》手稿中择录发表的，除了赵万里，就是王幼安，这与他们二人曾先后寓目并保管手稿的经历有关。周振甫为滕咸惠《人间词话新注》所作的序言说:"王氏原稿由赵万里先生保藏,外间很少有人见到。一九六三年到一九六四年,咸惠同志就读于中国人民大学文艺理论研究班时,从赵先生处借读原稿,加以整理和注释,完成了本书的初稿。"[①]这个说法表述欠精确,很容易遭致误解,以为手稿是赵万里个人珍藏的。事实上,早在一九五一年,时任北京图书馆善本部主任的赵万里即建议王仲闻将王国维的手稿捐献出来。王仲闻从其建议,将王国维的遗墨、手稿一百馀件都捐给了北京图书馆,这其中就包括《人间词话》与《人间词》的手稿原件。赵万里当是这次捐赠的经手人,而且这批藏品正好属于赵万里的管辖范围,所以,当一九六三年滕咸惠借阅手稿,赵万里能够提供方便。滕咸惠在《修订后记》中说:"一九六三年,在赵万里先生帮助下,我得以借读原稿,并全文录出。"这与周振甫所说的"王氏原稿由赵万里先生保藏",仍是不能混淆的。此后刘烜、佛雏等发表或校订手稿,都是从国家图书馆借阅的。手稿现入藏国家图书馆善本特藏部。

## 四、词话何以名"人间"?

王国维的词学思想主要体现在其《人间词话》一书中。如果就手稿本的情况来看,王国维撰述词话初期,似尚未有提出境界说的明确想法,故其前三十则大都是对古代诗论、词论的斟酌之语,以及对词史上的若干重要词人进行一些随感式的评点。直到第三十一则才开始提出"境界"问题,而且其关于境界说的表述在此后也非完全以连续性条目的方式出现,而是错杂在诸条目之中,这说明

13

---

[①] 王国维著、滕咸惠校注《人间词话新注》(修订本),齐鲁书社 1986 年版,第 1 页。

王国维的词学思想是在一种边撰述边思考的过程中完成的。当一九〇八年十月，王国维从中挑选六十四则（含临时补写一则）刊发于《国粹学报》第四十七、四十九、五十期之时，因为手稿写作已经完成，可以将在撰述过程中逐渐成型的词学思想以一种成熟的结构体系的方式表现出来，如此才有了我们现在熟知的以"境界"说开篇的初刊本《人间词话》。这里不拟追索王国维词学思想的形成过程，而是以初刊本为基础，就王国维提出的若干词学范畴及其范畴体系问题，略作探讨。

在阐释诸范畴之前，有必要先阐明王国维为何用"人间"来命名其词话的问题。长期以来，对这一问题的讨论，一直诸说纷纭，莫衷一是。赵万里在《王静安先生年谱》中提到，因为此前王国维所作词中多次用到"人间"一词，故王国维拈出以作词集名，《教育世界》一九〇六、一九〇七年先后刊出其《人间词甲稿》、《人间词乙稿》，即是一证。今检两种词集，在全部九十九首词中，"人间"一词出现了三十馀次，这还不包括与"人间"一词相似的如"人生"、"尘寰"等。这说明赵万里的说法是有一定的事实依据。与王国维熟稔的罗振常，于约三十年代中期所撰《人间词甲稿序·跋》中，也有"《甲稿》词中'人间'字凡十馀见，故以名其词云"的说法，也可佐证赵万里之说。《人间词话》的撰述既晚于这两种词集，词话命名因袭词集之名也属自然之事。但罗振常在跋文同时提及的一句话却同样重要："时人间方究哲学，静观人生哀乐，感慨系之。"这不但交待了王国维何以多用"人间"一词的原因，而且直接以"人间"称呼王国维了，则"人间"也宛然是王国维之号了。罗庄整理的刊发于《北平图书馆馆刊》第十卷（一九三六年）第一号的《人间校词札记》，钞录王国维校订《乐章词》、《山谷词》的校记，也是以"人间"称王国维的。日本学者榎一雄在《东洋文库书报》第八号发表的《王国维手钞手校词曲书二十五种》中,钞录了王国维所书的跋文和识语,在《宁极斋乐府》、《片玉词》等的跋文中多处署名"人间"。一九一六年初王国维寓居上海后,与时在日本京都的罗振玉通信频繁,罗振玉信中称"人间"、"人间先生"多达数十次,等等。综合这些材料,可以确定:王国维确实曾用过"人间"一号以作题跋。罗振玉、罗振常、罗庄等与王国维交往密切的罗氏家族成员,也常常直呼王国维为"人间"。故王国维曾号"人间"一事,已无疑义。罗继祖在《罗振玉王国维往来书信》一书所收录罗振玉信件首次称呼"人间先生"后加按语云:"王先生词中好用'人间'字,故公戏以'人间'呼之,尝为制'人间'两字小印。"窃以为罗继祖的这一按语,可以解释何以罗振玉致信王国维,如此频繁地以"人间先生"相称了,而罗振常、罗庄、吴昌绶等偶以"人间"相称,其实是受罗振玉之影响的。质言之,罗振玉才是王国维"人间"一号的始作俑者。

但问题依然存在:王国维为何要在词中频繁使用"人间"一词?罗振常将此与王国维研究哲学、探讨人生问题联系起来。则"人间"义近"人生"。李庆在《中国典籍与文化》二〇〇一年第一期发表《〈人间词话〉的"人间"考》一文,则认为王国维使用的"人间"一词乃是来源于日本语汇,意即人生,侧重于表达个人化的情绪。这一理解当然可备一说,但在语汇来源上追溯至日本,似索解过深。笔者近年阅读王国维著述,发现其对《庄子》用心特深,其诗词创作和理论中包含庄子艺术精神之处不一而足。而《庄子》中的《人间世》乃是庄子表述其核心思想的一篇,庄子对人世的判断,与王国维当时对人世的判断,稍加比勘,可以发现两者有着惊人的一致性,所以王国维之"人间"从内涵上而言,更多地渊源于《庄子》,"人间"乃是"人间世"的简称,这应该是可以得到合理的解释的。《人间词话》中有专则论述诗人"忧生"、"忧世"的话题。在王国维的语境中,人生与世间乃是一个有机的整体,王国维"静观人生哀乐",本质上是静观人生在"人间世"的哀乐。所以在其诗词及词话中,王国维着眼所在并非限于一己之哀乐,而是将触角延伸到社会的许多方面。其词中多用"人间"一词,以"人间"命名词集、词话,都是他早年关注人间、志在改造社会的一种意识反映。

明乎"人间"一词的内涵,可以得出如下结论:王国维因为究心哲学,关注人生,故其词中频频出现"人间"一词,而这种频繁的出现又引起了王国维周围同学友人的注意,故时以"人间"相称。而这缘于静观哲学人生而意外获得的"人间"之号,十分契合其词中的创作主题,王国维遂拈以为词集名,则直接缘由固然是有了"人间"这一号,而"人间"之号则来源于其哲学思考。则哲学命题、被称为号、拈以为名三者实在是一个自然发展的过程,忽略了这一过程,则探讨以"人间"名词集名词话的原因,就有可能部分地失去真实。

## 五、关于《人间词话》手稿本的标序和圈识

在走向经典的过程中,《人间词话》手稿本一直若隐若现地伴随着这一进程,先是赵万里、王幼安的择录发表,继而是滕咸惠、刘烜等的全部发表。但这些发表仅限于文字而已,而且赵万里、王幼安在发表部分手稿时曾在文字上自行做过一定的润色,至于王国维留存在手稿上的标序和圈识等,则长期不为人所知。直至二〇〇五年九月,浙江古籍出版社将《人间词话》仿真复制,与《人间词》两种手稿合并出版,王国维在手稿上的删改、圈识和标序始全部展现在学人面前。

从手稿上王国维留下的标序和圈识来看,王国维在择录若干

则拟发表于《国粹学报》之前,起码经过了三次斟酌调整的过程。但关于这些标序和圈识的价值和意义,在手稿发表过程中并未受到足够的关注。齐鲁书社一九八一年出版的滕咸惠《人间词话新注》及一九八六年出版的"修订本",无论是其《前言》,抑或《几点说明》、《修订后记》均未提及这些标序和圈识的情况。最早注意到手稿标序和圈识的是刘烜,他在刊发于《读书》一九八○年第七期的《王国维〈人间词话〉的手稿》一文中说:"他在手稿上标有许多不同的记号。总的说,划了圈的词话,大都在《国粹学报》上发表过。个别的虽有圈,却没有选。很多则词话,标上了数目字。经查对,发表时的次序大体按作者标的数目字排列的。由此可见,《人间词话》的排列,是经过作者认真考虑过的。"刘烜注意到标序和圈识,而且似乎也将手稿标序和圈识的情况与《国粹学报》初刊本作了初步的对勘,其意义应予充分肯定。但不能不说,刘烜的勘察有欠精细,譬如划了圈的词话并非只是"大都"在《国粹学报》上发表过,而是"全部"发表了的,所以他说个别划了圈却没有发表,这种情况在手稿中其实是并不存在的。刘烜只注意到划圈的条目,其实王国维在手稿中还有画"△"和"∠"符号的,这些符号意味着王国维怎样的取舍心态,刘烜则没有提及。而且刘烜对手稿划圈的说明似乎也影响到后来陈鸿祥的判断,陈鸿祥在看了浙江古籍出版社全文影印的《人间词话》手稿之后,也说:"由作者自己在眉头加了圈的词话,则大多选刊于《国粹学报》。"[①]陈鸿祥特地在这一句话后加有页注:"参见刘烜《王国维〈人间词话〉的手稿》,《读书》一九八○年第七期。"这多少可以说明陈鸿祥只是接受了刘烜的说法,应该是并没有细加对勘手稿,所以才会有"大多选刊"这样本来

---

① 陈鸿祥《王国维全传》,人民出版社 2007 年版,第 291 页。

不应该有的模糊说明。

再如手稿标序问题，刘烜说经过查对，《国粹学报》的发表顺序是大体按照手稿的标序排列的。这个说法同样有问题。因为《国粹学报》初刊本的顺序除了第一则论"境界"与手稿标序"一"符合之外，其馀无一相合。虽然标有"三"至"九"的七则在发表时位置仍旧相连，但具体位置都是前移了一位的，而从标序"十"开始的之后条目在《国粹学报》中则几乎完全失去了原先标序的意义，显得十分零乱，而且有数则标序的条目其实也没有在初刊本中出现。刘烜的查对同样有欠细致。

相比于刘烜、陈鸿祥，佛雏对圈识符号的统计要更为准确，而且注意到划圈与划三角两种符号的不同取舍问题。佛雏在滕咸惠《人间词话校注》与陈杏珍、刘烜《人间词话》（重订①）这两种按不同方式刊布的手稿基础上，作了十分详细的补校。对于手稿的圈识和标序都以"雏按"的方式作了说明，如"此条顶端加圈"、"此条顶端隐约加圈"、"此条顶端加'△'"等，而对于手稿上的标序也在按语中一一说明。在补校的"跋"中，佛雏对王国维词话顶端加圈加三角的则数作了统计，并说："《词话》条目顶端加圈者，表示定稿时选用。此种加圈之条目共有六十则，均在刊于《国粹学报》的六十四则（其中手稿六十三则）之内。"②而对于手稿上的标序则除了补校按语的客观描述之外，对其作用和意义，均未加论述③。

学术史对《人间词话》手稿的总体关注程度不够，这也为梳理

---

① 陈杏珍、刘烜《人间词话》（重订），刊《河南师范大学学报》1982 年第五期。

② 佛雏《〈人间词话〉手稿补校并跋》，王国维著、佛雏校辑《新订〈人间词话〉广〈人间词话〉》，华东师范大学出版社 1990 年版，第 256 页。

③ 参见佛雏《〈人间词话〉手稿补校后记》，刊《扬州师院学报》1987 年第三期。或佛雏《〈人间词话〉手稿补校并跋》，王国维著、佛雏校辑《新订〈人间词话〉广〈人间词话〉》，华东师范大学出版社 1990 年版。

王国维词学思想的发展进程带来了一定的困难。因此,对于手稿的标序和圈识实有重新认识的必要。为了使相关情况更直观地体现出来,特列表如次。同时考虑到王国维在《盛京时报》上第二次发表《人间词话》时,曾再度斟酌的手稿,并有所吸收和调整,故将《国粹学报》初刊本(以下简称"初刊本")和《盛京时报》重编本(以下简称"重编本")与手稿本条目的关系也并列于表中。

| 手稿原序 | 圈识标记 | 手稿标序 | 初刊本序号 | 重编本序号 |
|---|---|---|---|---|
| 第一则"《诗·蒹葭》" | ○ | | 二十四 | 七 |
| 第二则"古今之成大事业" | ○ | | 二十六 | 九 |
| 第三则"太白纯以气象胜" | ○ | | 十 | 十 |
| 第四则"张皋文谓" | ○ | | 十一 | |
| 第五则"南唐中主词" | ○ | | 十三 | |
| 第六则"冯正中词" | ○ | | 十九 | |
| 第七则"大家之作" | ○ | 一,后标"十二",又圈去"十二" | 五十六 | |
| 第八则"美成词深远之致" | ○ | | 三十三 | 十七 |
| 第九则"沈伯时《乐府指迷》" | ○ | | 三十五 | |
| 第十则"词最忌用替代字" | ○ | | 三十四 | 十八 |
| 第十一则"南宋词人" | ○ | | 四十三 | 二十 |
| 第十二则"周介存谓梦窗词" | ○ | | 四十九 | |
| 第十三则"白石之词" | △ | | | |
| 第十四则"梦窗之词" | ○ | | 五十 | |

| 手稿原序 | 圈识标记 | 手稿标序 | 初刊本序号 | 重编本序号 |
|---|---|---|---|---|
| 第十七则"诗至唐中叶以后" | | 初标"二",后标"十三",又圈去,复标"十四" | | |
| 第十八则"冯正中词" | ○ | | 二十 | 十二 |
| 第十九则"欧九《浣溪沙》词" | ○ | | 二十一 | 十四 |
| 第二十则"美成《青玉案》词" | ○ | | 三十六 | 十九 |
| 第二十二则"古今词人格调之高" | ○∠ | | 四十二 | |
| 第二十三则"梅溪梦窗" | △ | | | |
| 第二十七则"东坡杨花词" | ○ | | 三十七 | |
| 第二十八则"叔本华曰" | | 十二 | | |
| 第二十九则"北宋名家以方回为最次" | △ | | | |
| 第三十则"散文易学而难工" | 先"○"后删 | 十五 | | |
| 第三十一则"词以境界为最上" | ○ | 一 | 一 | 一 |
| 第三十二则"有造境有写境" | ○ | 三 | 二 | 三 |
| 第三十三则"有有我之境" | ○ | 四 | 三 | |
| 第三十四则"古诗之'谁能思不歌'" | △ | | | |
| 第三十五则"境非独谓景物也" | ○ | 七 | 六 | 四 |
| 第三十六则"无我之境" | ○ | 五 | 四 | |
| 第三十七则"自然中之物" | ○ | 六 | 五 | |

人间词话疏证

| 手稿原序 | 圈识标记 | 手稿标序 | 初刊本序号 | 重编本序号 |
|---|---|---|---|---|
| 第三十九则"诗之《三百篇》" | ○ | 十六 | 五十五 | |
| 第四十一则"冯梦华《宋六十一家词选序》" | ○ | | 二十八 | |
| 第四十二则"人能于诗词中" | ○ | | 五十七 | |
| 第四十三则"以《长恨歌》之壮采" | ○ | | 五十八 | |
| 第四十四则"词之为体" | 先○后改△ | 十七 | | |
| 第四十五则"明月照积雪" | ○ | 十 | 五十一 | |
| 第四十六则"言气质" | △ | 二 | | 二 |
| 第四十七则"红杏枝头春意闹" | ○ | 八 | 七 | 五 |
| 第四十八则"西风吹渭水" | | 十一 | | |
| 第四十九则"境界有大小" | ○ | 九 | 八 | 六 |
| 第五十二则"词家多以景寓情" | | 十八,后圈去 | | |
| 第五十三则"梅舜俞词" | ○ | | 二十二 | |
| 第五十四则"人知和靖《点绛唇》" | ○ | | 二十三 | |
| 第五十五则"诗中体制" | | 十八 | 五十九 | |
| 第五十八则"画屏金鹧鸪" | ○ | | 十二 | 十三 |
| 第六十一则"稼轩'中秋饮酒达旦'" | ○ | | 四十七 | |
| 第六十二则"谭复堂《箧中词选》" | △ | | | |

| 手稿原序 | 圈识标记 | 手稿标序 | 初刊本序号 | 重编本序号 |
|---|---|---|---|---|
| 第六十三则"昭明太子称" | ○ | | 三十一 | 二十三 |
| 第六十四则"词之雅郑" | ○ | | 三十二 | |
| 第六十八则"唐五代北宋词" | ∠ | | | |
| 第六十九则"《衍波词》之佳者" | ∠ | | | |
| 第七十则"近人词如复堂词之深婉" | | | | 二十八 |
| 第七十一则"宋尚木《蝶恋花》" | | | | 二十七 |
| 第七十二则"半唐《丁稿》" | △ | | | 二十八 |
| 第七十三则"固哉皋文之为词也" | △ | | | |
| 第七十四则"周介存谓梅溪词" | ○ | | 四十八 | |
| 第七十五则"贺黄公谓姜论史词" | △ | | | |
| 第七十六则"咏物之词" | ○ | | 三十八 | |
| 第七十七则"白石写景之作" | ○ | | 三十九 | 二十四 |
| 第七十八则"问隔与不隔之别" | ○ | | 四十 | 二十六 |
| 第七十九则"少游词境最为凄婉" | ○ | | 二十九 | 十五 |
| 第八十则"严沧浪《诗话》曰" | ○ | | 九 | |

人间词话疏证

| 手稿原序 | 圈识标记 | 手稿标序 | 初刊本序号 | 重编本序号 |
|---|---|---|---|---|
| 第八十一则"生年不满百" | ○ | | 四十 | 二十八 |
| 第八十三则"白仁甫《秋夜梧桐雨》剧" | | | 六十四 | |
| 第九十二则"自竹垞痛贬《草堂诗馀》" | | | | 二十九 |
| 第九十五则"陆放翁跋《花间集》" | | | 五十三 | |
| 第一百则"读东坡稼轩词" | ○ | | 四十五 | 二十二 |
| 第一百一则"东坡稼轩词中之狂" | ○ | | 四十六 | 二十五 |
| 第一百二则"《蝶恋花》(独倚危楼)" | △ | | | |
| 第一百五则"温飞卿之词句秀也" | ○ | | 十四 | 十一 |
| 第一百六则"词至李后主" | ○ | | 十五 | |
| 第一百七则"词人者不失其赤子之心" | ○ | | 十六 | |
| 第一百八则"客观之诗人" | ○ | | 十七 | |
| 第一百九则"德国尼采谓" | ○ | | 十八 | |
| 第一百十一则"风雨如晦" | ○ | | 三十 | 十六 |
| 第一百十五则"东坡之词旷" | ○ | | 四十四 | 二十一 |
| 第一百十六则"东坡之旷在神" | ∠ | | | |
| 第一百十七则"永叔'人间自是有情痴'" | ○ | | 二十七 | |

| 手稿原序 | 圈识标记 | 手稿标序 | 初刊本序号 | 重编本序号 |
|---|---|---|---|---|
| 第一百十八则"诗人对自然人生" | ○ | | 六十 | |
| 第一百十九则"我瞻四方" | ○ | | 二十五 | 八 |
| 第一百二十一则"诗人必有轻视外物之意" | ○ | | 六十一 | |
| 第一百二十三则"纳兰容若以自然之眼" | ○ | | 五十二 | |
| 第一百二十四则"昔为倡家女" | ○ | | 六十二 | |
| 第一百二十五则"四言敝而有楚辞" | ○ | | 五十四 | |
| 第一百二十六则"枯藤老树昏鸦"（手稿无此则,乃初刊时临时补写） | | | 六十三 | 三十 |
| 第一百二十七则"元人曲中小令"（手稿无此则,乃从其《宋元戏曲史》摘录） | | | | 三十一 |

从王国维的手稿标序来看,王国维在初刊本发表前似乎进行了两次理论调整:第一次调整分别以第七则"大家之作"与第十七则"诗至唐中叶以后"为一、二,这一选择意味着王国维虽然已经在手稿中对境界说作了比较系统的论说,但起初仍没有有意识地强调其核心地位,而是将其散落在词话之中。可能第一次标号至"二"就没有进行下去,因为如此编排,不可避免地陷入传统词话的模式之中了。如第七则论言情、写景、用语的基本要求乃古代诗论的常谈,王国维不过是略加整理而已,而结以"余所以不免有北宋后无词之叹"就显得突兀了。而第十七则言文学升降之规律,所依

据的理论也是第七则，结论则大致相同。如此结构词话，自然落入了传统词话的窠臼之中了。正如王国维在填词创作中要追求"第一义"一样，撰述词话，也当以"第一义"为目的，如此，王国维便匆匆结束了第一次标序，而有了第二次标序。

第二次标序至"十八"而止，其中漏标第十三则。手稿第一次标有"二"的第十七则，在第二次又有过标序的变化，先标"十三"，复圈去，再标"十四"，可能在反复的斟酌中将已经圈去的"十三"遗忘了。当然更有可能的原因是当王国维标序至"十八"时，可能纠葛于顺序之变化，如手稿第七则，第一次标序为"一"，第二次则标"十二"，又圈去"十二"，最后在第二十八则"叔本华曰"上标出"十二"。再如第五十二则"词家多以景寓情"原标"十八"，复圈去，在第五十五则"诗中体制"上重标"十八"。第二次标序虽然没有进行下去，但其"境界说"的核心地位已经确立。如标序"一"至"十一"的十一则都是围绕境界说而展开的条目："一"提出词的境界说，"二"言境界与传统气质、神韵诸说之关系，"三"明造境与写境之别，"四"说有我之境与无我之境的不同，"五"补充说明有我之境与无我之境创作形态之异，"六"言写实家与理想家之区别与联系，仍是承有我与无我之境而来，"七"言真景物、真感情与境界之关系，"八"举例说明"境界"之"出"的特征，"九"分境界之大小，"十"重点描述境界之"大"，"十一"言古今境界的借用与创新之问题。王国维将这十一则词话置于调整后的前列，显然有以境界说为理论纲领统率整部词话的用意在内。其中除了标有"六"者在文字上没有出现"境界"之外，其他都以"境界"或"境"为核心话语。而即就标有"六"的这一则而言，其所谓写实家与理想家其实正是同有我之境与无我之境对应而言的。则此十一则笼罩群言的意义，乃是不待详言而可知的。当然在正式发表时，王国维对这十一则又作了少量调整,那是其词学思想再度斟酌的结果了。

如果将第二次的标序与《国粹学报》初刊本加以对照的话,则可以判断:王国维在发表时又作了第三次排序,不过,这一次排序没有在手稿本上标识出来。如原标"二"的第四十六则"言气质"便没有出现在初刊本中。因为"二"的缺失,第二次标序的"三"至"九"则就顺前移一号,而标序"十"至"十八"(缺"十三"),"十"变为"五十一","十六"变为"五十五","十八"变为"五十九",而十一、十二、十四、十五、十七这五则也没有发表于初刊本中,初刊本中的九至十五则分别对应的是手稿中的第八十、三、四、五十八、五、一百五、一百六则。其馀不一一说明,可参见上表,略加对勘可知。初刊本的第九则之所以采用手稿第八十则"严沧浪《诗话》曰",而不用曾被标序为"二"的第四十六则"言气质",原因是第八十、四十六两则,意思相近,而且第八十则言之更为详尽明确,故以此易彼。而这两则之所以不能位居"二",王国维可能考虑要以前八则集中表述境界说的理论及其分类,此则只是就境界与传统诗说之关系而言的,并非对境界说内涵或分类的直接阐述,若阑入其中,就影响到境界说表述的完整性了。而将手稿第八十则列于初刊本的第九则,也是因为境界说的内涵及其分类表述既告一段落,遂可以将境界说与传统诗学中的气质、神韵、格律之说加以对照,以显出境界说的独特之处。接下从初刊本的第十则开始,便大体以时代发展为序,评述历代词人词作——间有对此前表述理论的补充和完善。与第一、二次为手稿标序不同,初刊本的排序不仅彰显了境界说的理论地位,而且理论阐述更为集中,词史线索更为清晰,全书的编排因此也更富有学理意义了。

王国维对手稿本的圈识也值得关注。圈识符号共有"○"、"△"、"∠"三种,蕴含了不同的选择标准。标识"○"的共有六十处,其中手稿第二十二则"古今词人格调之高"同时标有"○"和"∠"两种符号。第三十则"散文易学而难工"先标"○",后删去。第四十四则"词之为体"先标"○",后改为"△"。标识"△"的共有十一处,其中包括第四十四则后改的一处。标"∠"的四处。佛雏将标"∠"与"△"均作为"△"来统计,故总数有十五处①。但仔细对照这两种符号,王国维可能是略有区别的:手稿标"∠"号第六十八、六十九、一百十六等三则,无论是初刊本和重刊本都没有任何一则入选,而且也没有任何一则被列入手稿标序中;而标"△"的十二则中,虽然第十三、二十三、二十九、三十四、六十二、七十三、七十五、一百二凡八则也同样没有入选初刊本和重刊本,第四十六、七十二两则入选重刊本,而且第四十四、四十六两则还曾被手稿标序为"十七"和"二",则就总体而言,标"△"的重要性当在标"∠"之上,也可能是王国维在拟标"△"时,因一时犹豫而临时放弃了标识,结果就由"△"而变成了"∠"。

当然,在所有标识中,标有"○"号的最值得关注。凡手稿标有"○"的共六十则全部入选初刊本,而在重刊本全部三十一则中,标有"○"的入选有二十六则之多。可见标"○"号是手稿中最受王国维重视的,构成了王国维心目中《人间词话》的主干部分。

当然,在圈识符号之外的条目,也并非都为王国维所轻视,事实上,手稿第五十五、八十三、九十五这三则就也被选入了初刊本,而第七十、七十一、九十二等三则也被选入了重刊本。只是这些条目在入选各本中位置相对较后,可能王国维在斟酌录用时,因数量不足,或从表述内容角度考虑,临时增补其中,故不暇在手稿中留下圈识符号了。

---

① 参见佛雏《〈人间词话〉手稿校订补校并跋》,王国维著、佛雏校辑《新订〈人间词话〉广〈人间词话〉》,华东师范大学出版社1990年版,第257页。

从初刊本的入选情况来看,王国维应该是先有标序,后再圈识的。手稿上兼有标序与圈识者,一般标序在上,圈识在下,有些圈识已经侵入词话文字,当是标序后因圈识位置不足所致。王国维有意调整词话理论格局,大概是只想标序,初无圈识之念的,只是因标序繁复,且往往错乱其序,因在第一次标至"二"、第二次标至"十八"后,便没有再标下去,所以手稿上第十页之后便无任何标序了。而改为圈识,圈识符号当也是先有"○",因数量不足,再以有"△"者为候选,而有"∠"者则是有"△"者的候选了。

总之,在王国维词学思想的提炼过程中,手稿上的标序和圈识为我们提供了一个独特的认知角度。从其标序来看,《人间词话》初刊于《国粹学报》之前,至少经过了两次煞费苦心的编排,虽然手稿的标序并没有在初刊本中得到完整体现,但先理论后评说的基本格局仍是大体奠定了。特别是第二次标序可见境界说的核心地位已经昭示出来。而圈识当是王国维留在手稿本上的第三次择录的记录,而圈识符号的差异,更是明显体现出王国维的选择眼光。刘烜说自己读了《人间词话》手稿,有一种"看到《人间词话》真面目的感觉"①。滕咸惠说:"《国粹学报》本对研究王氏美学和文学思想的重要性是不言自明的。原稿的内容远比《国粹学报》本丰富,王氏的思路也比较容易看清。因此,它对研究王氏的美学和文学思想同样有重要价值。"②佛雏也认为手稿使《人间词话》的原始面目及其修订过程清晰地展现出来了"③。诸家不约而同地认识到手稿在还原王国维词学思想本来面目中的重要意义。而在我看

---

① 刘烜《王国维〈人间词话〉的手稿》,刊《读书》1980 年第七期。

② 滕咸惠《人间词话新注·修订后记》,滕咸惠《人间词话新注》(修订本),齐鲁书社 1986 年版,第 136 页。

③ 佛雏《〈人间词话〉手稿整理琐议》,刊吴泽主编、袁英光选编《王国维学术研究论集》(三),华东师范大学出版社 1990 年版,第 339 页。

来,考察这一意义,除了看其条目原序、修订之痕之外,留存在手稿上的王国维的标序和圈识符号以及标序与圈识符号之间的关系,不仅是不可忽略的,而且因其作为非叙述性文字的过渡形态,其意义也是不可替代的。

## 六、《人间词话》手稿的修订

影印本《人间词话》手稿①上,王国维留下了许多对词话文字的修订痕迹,既有对单则词话在结构上的调整,也有对数则词话的整合,当然更多的是对原稿文字的增补与删订。这些修订除了少量是纠正笔误、补充表述的完整性之外,有不少涉及到对相关理论和批评的调整与斟酌,从中可见其词学思想走向精确性和细密化的进程。

有些修订属于文字纠误、补充漏句,或考虑到行文的细致。这些修订与其词学思想未必有多大关系,但可以见出王国维撰述及修订词话的细密之心。订正笔误之例,如第二十八则原意是要表达"曲则古不如今,词则今不如古",但原稿误写为"词则古不如今",可能行笔至"今"字时,已发觉其误,故将"古"字点化为"今"字,而将"今"字点化为"古"字。这样的情况并不多见,毕竟王国维是颇为谨严之人。有些修订可能是因为某则词话完成后,发现了文气方面有欠顺畅,所以为衔接行文的跳跃性或不完整性,而略予补充。如第一则先言《诗·蒹葭》最得风人之致,接着言晏殊"昨夜"三句,引词之意尚未结束,即转言两者"一洒落一悲壮",行文不免跳跃,王国维在晏殊词句后补"意颇近之"一句,则既将前文意思

---

① 《王国维〈人间词〉〈人间词话〉手稿》,浙江古籍出版社 2005 年影印。本文引述手稿文字均出此本,不再一一注明。

收束完整，又方便下文转出新意。有些是为了行文的细致而作了增补，如第二则在引述"衣带"二句后补"欧阳永叔"（按，作者名有误），也是为了明确引句的作者。第六则分析《花间集》何以不收录冯延巳之词，王国维自然明白《花间集》乃是蜀地词的汇集，但因为既然收录了南唐张泌之词（按，王国维此判断有误），则冯延巳之词似乎也理当援例收录，王国维猜测其原因"岂文采为功名所掩耶"。这一猜测虽然未必合理，但王国维在"文采"前加"当时"二字，意图还原《花间集》编纂当时的情形，显然这比泛泛地说文采为功名所掩要更细密了。凡属此类修订，皆无关大局，但见其撰述认真之态度耳。

　　有的修订是为了调整相关判断的程度，以便评述更具分寸感和合理性。这又可以细分为或减弱分寸或增强分寸两类。减弱表述的程度之例，如第三则先言李白"西风残照"二句独有千古，接言范仲淹、夏英公之词"差堪继武"，然接言后者气象"远"不逮。前既言"差堪继武"，此又言"远不逮"，表述明显存有一定的矛盾，王国维删去一"远"字，前后意思就顺畅贯通了。第十七则原稿言五代北宋之诗"无复佳者"，这一说法显然是过于绝对了，王国维将此句改为"佳者绝少"，则表述要更契合文学史事实了。加强原来表述的程度之例，如第五则评述南唐中主"菡萏"两句所引发的感受，原稿言"瑟然"有众芳芜秽、美人迟暮之感。"瑟然"虽然契合秋季的景象，但毕竟只是文学化的描写，王国维先将"瑟然"改为"萧然"，这一修改其实并没有多大区别，最后改为"大"，则将兴发感受的程度一下子加大了。第三十七则论表现于文学中的"完全之美"，原稿是："……然其写之于文学中也，必遗其关系限制之处，或遗其一部。"后将"或遗其一部"删去，原稿确实存在着矛盾，既要求遗其"关系限制之处"，复言"或遗其一部"，则何以表现"完全之美"就变得无从着手了。

当然，修订的价值在于其理论的合理性得到最大程度的展现。如第四十则是整体被删除的一则，其实这一则确实有一些表述有欠分寸，如说"题目既误，诗亦自不能佳"，这个因果关系显然是过于绝对了，至于说"中材之士，岂能知此而自振拔者哉"，自然也有出语过头之嫌，王国维将"岂"改为"鲜"，则整个表述就更具合理性了。类似的情况如第六十三则分别引用萧统、王绩所评说的两种文学风格，原稿接言"词中惜未有此二种气象"，自然是说得绝对了，王国维将"未有"改为"少"，则既说出了词体与诗赋文体的风格区别问题，又将词体风格中的主流与非主流的关系厘清了。同样如第五十七则评辛弃疾《贺新郎·送茂嘉十二弟》为"此能品中之最上者"，显然是过于绝对了，王国维将此句改为"此能品而几于神者"，这一修改就留有馀地了。

有些表述带有明显的情感色彩，也会影响到理论的合理性。王国维在这种类型的调整中，将笔端带有感情的文字尽量去掉，而代之以相对客观的表述。如第六十七则引述朱彝尊的话后，原稿是"近人为所欺者大半"，王国维将其修改为"后此词人群奉其说"，就把原先言语中的意气调整为一种客观的陈述。因为理论并非能以意气争胜的。第九十九则原稿为："唐五代北宋之词家，侏儒倡优也，南宋后之词家，鄙儒俗吏也。二者其失相等。然大词人之词，宁失之侏儒倡优，不失之鄙夫俗吏。以鄙夫俗吏较之侏儒倡优更可厌故也。"王国维在修改时不仅将三处"侏儒"删去，而且将一处"鄙儒"改为"鄙夫"，将"俗吏"改为"俗子"。确实，"侏儒"与"鄙儒"的说法不免唐突，既然将侏儒、鄙儒（夫）删去，则原本与"鄙儒"相并列的"俗吏"，也就自然以改成"俗子"更合适了。有些是删掉言语过分的句子。如第二十九则主要是评述贺铸之词，然接言宋末诸家仅可譬之"腐烂制艺"云云，原属笔端带有倾向性了，可能考虑到出语仓促，故将接下数句全部删除。如此这一则有关贺铸词的论述也就更集中了。王国维在这些地方的斟酌，可以见出其不断调整着自己的分寸感和合理性。

有的修订当是出于表述层次逻辑性的要求，以使理论表述更富有学理。如第四十九则言境界之大小，原稿诗词错杂而论，经过调整和增删之后，先诗后词，推类而及的思路就更清晰了。而第六十七则在原稿前添加"词家时代之说，盛丁国初"，则可以将以下对朱彝尊、周济之说的援引统率在此句之下，结构上更为严谨。第一百七则的情形也与此相似，原是直接评说李煜词的。后加入一句："词人者，不失其赤子之心者也。"由这一句领起本则，下面论李煜词的所长所短才能显出其理论本原来。此则后面言及李煜词乃"天真之词"，原稿是对应温庭筠的"人工之词"而言的，王国维在修订时将写成的"温飞"二字圈掉，改为"他人"，则原本是在与温庭筠的对比中显出李煜词的长处，经此修改就变为是在与所有人的比较中得出李煜词的特色，理论的力度自然增强了。再如第八十一则论写景不隔之例句，原稿有"此中有真意，欲辨已忘言"二句，此本非写景之句，用以说明写景之不隔，不免欠缺说服力。王国维将此二句删去，改"天似穹庐"数句，方与此节主题切合。第一百一则论词之狂、狷与乡愿，对乡愿之词人的取舍虽然没什么大的变化，仅增加梦窗一人，但原稿是将东坡、稼轩并称为"词中之狂狷也"。则王国维既然借鉴孔子将狂者、狷者、乡愿三者并提的说法，却又将狂、狷合一，未免自乱其例了，再者狂者进取，狷者有所不为，两者之间本来就是有差距的。王国维可能意识到这种表述的混杂，故在修改时将对东坡、稼轩的评价至"狂"而止，另加入"白石，词中之狷也"，再将开头评说乡愿词人的一句置于此则最后，则狂、狷、乡愿的三种等级就呈现得更明确了。第一百十四则言东坡词旷、稼轩词豪，接下忽接"白石之旷在文字而不在胸襟"，则仅接续论东坡一句，稼轩词豪一句便未能煞尾，所以王国维将"白石"一句删去，结构就更紧凑了。而将白石之旷与东坡之旷的区别在下一则集中表述。第一百二十一则原稿云："诗人必有轻视外物之意，清风明月役之如奴仆；又必有重视外物之意，故能与花鸟同忧乐。""清风明月"一句的意思虽好，但毕竟与"故能与花鸟同忧乐"的句式不对称，所以王国维将"清风"句改为"故能以奴仆命风月"，意思没变，但句子更精致了。王国维在这些地方的修订，可以见出其强调表述的逻辑性以丰富其学理性的用心。

　　有些出于用语的准确和规范而作的修订，就更值得关注了，因为这涉及到专业或理论的特点和内涵。如第二十七则评述苏轼杨花词，原稿作"和均而似首创"，后将"首创"改为"元唱"。"首创"的意义容易泛化，不仅限于文学，特别是诗词。而"元唱"则是诗词唱和的常用术语。类似这样的修改，使得其表述的专业性得以更充分地提升。第三十八则言文学上之"习惯"会扼杀文学上之"天才"，王国维一度将"天才"改为"诗人"，复将"诗人"再改回"天才"。这一修改当然表明了在王国维的语境中，"天才"与"诗人"是一对可以互换的概念，但因为要对应社会上之"善人"，所以用"天才"更能表现出文学才能卓绝的意思，而"诗人"不过是一种文学身份的认同而已。第一百十八则论出入说，原是从"词人"的角度立论的，但稍后王国维改为"诗人"，因为"出入说"的理论其实不限于词之一体，而是涵盖所有文学形式的，而王国维语境中的"诗人"正是带有指代"文学家"的意义，所以这一字之改，便无形中大力拓宽了理论的表达空间。王国维惯用概念对举的方式以论词，如造境与写境、有我之境与无我之境等，皆是其例。所以王国维对第七十八则的修改一方面可见其概念的使用习惯,另一方面也透露出其概念的若干内涵。此则开头便是:"问真与隔之别,曰:渊明之诗真,韦柳则稍隔矣;东坡之诗真,山谷则稍隔矣。""真"与"隔"在内涵上自然可以形成对应,但在话语上毕竟缺少相同的逻辑基础。王国维将"真"改为"不隔",则"隔"与"不隔"的对举,就很自如地融入到王国维的词学体系中去。当然原稿以"真"为"不隔"的基本内涵,也在这种修改中留下了痕迹。

有些修订涉及到理论的微调。如第十一则评述辛弃疾词"俊伟幽咽",原稿接下云:"白石、梦窗宁能道其只字耶?"后修改为:"宁梦窗辈龌龊小生所可语耶?"虽然评述梦窗的语言更凌厉了,但将白石删去,却是其理论的微妙之处,因为白石虽然屡遭王国维批评,但对其"格"却一直是持肯定态度的。其实这一则的开头也正是"南宋词人,白石有格而无情"一句,如果在此则最后将白石全部抹杀,则与开头所述也就形成了一定的悖论。再如第二十三则,列举宋末"肤浅"词人名单,"中仙"(王沂孙)原列其中,但王国维稍后将其圈去,或许与王国维很少具体评论王沂孙之词有关,故将其名字删去,也当是为了使针对目标更为集中。因为王国维对南宋词人的态度其实很有分寸的,这些删笔,可以见出其谨慎之心态。第八十二则引述元好问"池塘春草"论诗绝句后,原稿作:"美成、白石、梦窗当不乐闻此语。"后将"美成、白石"二人删去,增加"玉田辈"三字,矛头更集中,也与全书的主要批评对象更为一致。第八十七则原本是评述刘基之词"风骨甚高,亦有境界",但后来以"文文山"替代刘基,这是因为刘基的词虽然在明初堪称出色,但如果以"风骨"相评,确乎有些勉强,而文天祥的词则无愧此评。王国维在修订中对词人的调整,实际上也是对其理论内涵的调整。

有些修订将原本笼统、模糊的表述变得具体而清晰了,对于调

人间词话疏证

整其理论内涵具有重要意义。如第三十一则提出境界说，原稿是"有境界则不期工而自工"，这种表述带有太大的不确定性，譬如从什么角度来考量是否"工"，"工"的具体标准是什么？在这样的表述中都是阙如的。王国维将其修订为"有境界则自成高格，自有名句"，则一方面提出了格调与句子的考量角度问题，同时将格调之"高"与句子之有"名"作为具体的标准，境界说的内涵因此而变得可以捉摸了。再如第七十则论彊村词学梦窗而情味更胜，誉为学人之词的极则。但只有一个判断，却未能说出彊村何以超越梦窗，王国维加入"盖有庐陵之高华，而济以白石之疏越者"一句，则不仅交代了"情味"的内涵所在，也将反超梦窗的原因约略说明了。

王国维的有些修订可能也带有令西方理论渊源隐性化的意图在内。譬如第三十三则论有我之境与无我之境，原稿在此则之末概括："此即主观诗与客观诗之所由分也。"王国维稍后将此句删除，主观上或有隐没西学痕迹的意图。但从另外一个角度来说，王国维关于有我之境与无我之境的理论，与西方理论之间即使没有渊源关系，至少也是可以彼此相通的，王国维这删去的一笔，为我们追溯其理论的内涵提供了一个值得注意的方向。第七十八则论不隔，原稿是："语语可以直观，便是不隔。"王国维在修订时将前句改为"语语都在目前"，也当是出于类似的考虑。

就以上对王国维留存在手稿上的修订痕迹所作的分析而言，无论是句式的对称性、话语的准确性，还是立说的分寸感及学理的严密性，修订后的文字确实比原稿更为合理，更具逻辑性，也更具理论张力。但同时我们也必须看到，当王国维将手稿的一部分刊发于《国粹学报》之时，其实对文字又作了新的修订。只是这次修订没有在手稿上留下痕迹而已。所以仅仅看到手稿上的修订，而不注意《国粹学报》初刊本对修订文字的再修订，也是不完整的。

试对勘如下二则：

> 纳兰容若以自然之眼观物，以自然之笔写情。此由初入中原，未染汉人风气，故能真切如此。后此如《冰蚕词》便无馀味。同时朱、陈、王、顾诸家，便有文胜则史之弊。（手稿本第一百二十三则）

> 纳兰容若以自然之眼观物，以自然之舌言情。此由初入中原，未染汉人风气，故能真切如此。北宋以来，一人而已。
> （初刊本第五十二则）

王国维虽然在修订手稿时将有关《冰蚕词》的一句删掉，但结句对清初其他词人的批评是保留了下来的。但在初刊本中，将对于纳兰容若同时人的批评悉数删除，而以"北宋以来，一人而已"作结，不仅将纳兰的地位作了整体提升，而且文字也更精炼了。同时用"以自然之舌言情"替代手稿的"以自然之笔写情"，文字的表现力也加强了。再如：

> 东坡、稼轩，词中之狂；白石，词中之狷也；梦窗、玉田、西麓、草窗之词，则乡愿而已。（手稿本第一百一则）

> 苏、辛，词中之狂；白石犹不失为狷；若梦窗、梅溪、玉田、草窗、中麓辈，面目不同，同归于乡愿而已。（初刊本第四十六则）

两本相较，除了初刊本"中麓"当为"西麓"之误外，初刊本文字在表述的结构层次上更具逻辑性了，手稿本上的"白石，词中之狷也"改为初刊本上的"白石犹不失为狷"，语气的转折更自然了。同时，在"乡愿"的词人中增加"梅溪"，也与整部词话的针对性结合得更紧密了，而"面目不同，同归于乡愿而已"，则强调是在"乡愿"这一问题上，诸人具有共同性，但并非面目完全相似。初刊本的文字显然是更为讲究，也更契合情理了。

初刊本对手稿的调整,更有涉及理论表述的周密与精确者。如:

> 有我之境,物皆着我之色彩;无我之境,不知何者为我,何者为物。(手稿本第三十三则)

> 有我之境,以我观物,故物皆着我之色彩;无我之境,以物观物,故不知何者为我,何者为物。(初刊本第三则)

王国维在修订手稿时虽然将"此即主观诗与客观诗之所由分也"一句删去,但在表述有我之境与无我之境的理论内涵时,几乎没有作文字变动(仅将有我之境一句中"外物"的"外"字删去)。而初刊本为"有我之境"加"以我观物",为"无我之境"加"以物观物"。这加上的两句把有我之境与无我之境中"我"与"物"的关系就点得清清楚楚了。而且所谓"主观诗"、"客观诗"乃是西方诗学术语,而"以我观物"、"以物观物"乃是出于邵雍原话,则其彰显其诗学渊源中的中国元素的意图,自然就更明显了。

手稿本第七十八则言隔与不隔之别,手稿原文是:"渊明之诗不隔,韦、柳则稍隔矣。"初刊本第四十则改作:"陶、谢之诗不隔,延年则稍隔矣。"手稿本是在魏晋的陶渊明与唐代的韦应物、柳宗元之间比较诗人的不隔与稍隔的区别,而初刊本则在相近时代的陶渊明、谢灵运、颜延之三人之间进行比较,从学理上说,这种相近时代诗人之间的比较更具理论的张力。

初刊本有些则是在修改中大力提升了词话的理论水准。试看如下两则:

> 白仁甫《秋夜梧桐雨》剧,奇思壮采,为元曲冠冕。然其词干枯质实,但有稼轩之貌,而神理索然。曲家不能为词,犹词家之不能为诗,读永叔、少游诗可悟。(手稿本第八十三则)

> 白仁甫《秋夜梧桐雨》剧,沈雄悲壮,为元曲冠冕。然所作

《天籁词》，粗浅之甚，不足为稼轩奴隶。岂创者易工，而因者难巧欤？抑人各有能有不能也？读者观欧、秦之诗远不如词，足透此中消息。（初刊本第六十四则）

这两则的变化，不仅表现在文字上，更表现在理论提炼上。手稿本着重揭示曲家不能为词、词家不能为诗的基本现象。初刊本仍是在白朴、欧阳修、秦观三人之间论诗词曲之关系，但总结出"创者易工，因者难巧"的文体规律以及文学家"有能有不能"的个体特点。显然这比现象上比勘文学家在文体成就上的高低要更具理论性。

初刊本的语言与手稿修订文字相似，同样追求表述的准确性。如手稿本第七则论大家之作的言情、写景、语言特点，原稿结尾是："持此以衡古今之作者，百不失一。此余所以不免有北宋后无词之叹也。"王国维在手稿修订中除了将"一失"调整为"失一"，在"所"后补一"以"字外，未作任何意思上的调整。但在初刊本第五十六则中，"百不失一"变成了"可无大误"，"此余"一句被整体删除，王国维将手稿表述的绝对化倾向做了明显的调整，与其对词史的判断也更见吻合，如说"北宋后无词"，就与王国维在其他则中对辛弃疾、纳兰性德词史地位的裁断形成了矛盾。将这一句删去，则全书整个的学理也就更周密了。手稿本第一百八则说客观之诗人"不可不阅世"，初刊本第十七则则改为"不可不多阅世"，虽只是增加一"多"字，但逻辑性更强了。再如手稿本第三十五则有"感情亦人心中之一境界"一句，初刊本第六则将"感情"二字细化为"喜怒哀乐"四字。手稿本第四十二则要求诗人"不为投赠怀古咏史之篇"，初刊本第五十七则将"怀古咏史"四字删去。盖"美刺投赠"或出于功利目的，而"怀古咏史"则是题材特点而已，两者并列不仅在语法上欠顺畅，而且在表述上有参差。手稿本第五十四则言冯延巳"细雨湿流光"五字,能"得"春草之魂,后将"得"字修改为"写"字。而初刊本又将"写"字易为"摄"字,"摄"字的表现力明显在"得"、"写"二字之上,王国维用语之考究可见一斑。

经过调整,初刊本有些条目明显在理论阐述上更集中。如对勘以下二则:

> 诗中体制以五言古及五、七言绝句为最尊,七古次之,五、七律又次之,五言排律为最下。盖此体于寄兴言情均不相适,殆与骈体文等耳。词中小令如五言古及绝句,长调如五、七律,若长调之《沁园春》等阕,则近于五排矣。(手稿本第五十五则)

> 近体诗体制,以五、七言绝句为最尊,律诗次之,排律最下。盖此体于寄兴言情,两无所当,殆有均之骈体文耳。词中小令如绝句,长调似律诗,若长调之《百字令》《沁园春》等,则近于排律矣。(初刊本第五十九则)

手稿本虽然颇多修订痕迹,但在古诗、绝句、律诗的文体背景之下来考量词体之尊卑的思路并没有改变。初刊本则将古诗剔除在外,仅在近体诗的范围中来立说,整体表述要更精炼了。其他诸如将一些版本考订类的文字删除,也有数则,如手稿本第六十一则分析辛弃疾用《天问》体作送月词,手稿原稿有一大段对此词版本的考订,初刊本第四十七则则悉数删除。

由王国维在手稿本上的修订,可以见出其语言的斟酌及思想的提炼过程,而由初刊本的相关条目回看王国维留存在手稿本上的修订痕迹,不能不说,无论是理论话语、文字表述的考量,还是理论内涵的调整,初刊本的语言水准和理论张力要更在手稿原稿和修改稿之上的。随着手稿的影印问世,王国维对词话文字的修订手迹虽然在在可见,但对勘初刊本,我们还可以明显看出他的第二次文字调整。若追溯王国维词学演进之进程,则不仅要将手稿原稿与修改稿对勘,也要将初刊本与手稿修改稿对勘,如此才能清晰地反映出王国维词学思想嬗变之轨迹。

## 七、从手稿本的征引文献看其词学渊源

在晚清民国诸种词话中,王国维的《人间词话》以富有创造性而驰名,并因此而影响到二十世纪词学的发展轨迹。但王国维提出的境界说以及由此而建构的词学体系,并非王国维闭门苦思,一朝悟得,而是在阅读大量中西相关理论批评著作的基础上,融合、裁断、提炼并升华而成。俞平伯《重印人间词话序》中一方面称誉王国维所论"深辨甘苦"、"惬心贵当";另一方面也认为王国维"固非胸罗万卷者不能道"。王国维所胸罗的"万卷"事实上也成为其词学的重要理论渊源。若不期然而然的理论共鸣或者泯灭痕迹的理论承续,自难一一指实;但在手稿中,颇有一些具名的征引——也包括一些虽然不具名却有迹可寻的化用和暗用,则客观上昭示了一种思想渊源。为方便阅读,将这些征引的文献和观点按手稿撰写的顺序列表如下。

| 手稿原序 | 被引人物 | 引用观点 | 引用态度 |
|---|---|---|---|
| 第四则 | 张惠言 | 评温庭筠词"深美闳约" | 不赞成,认为冯延巳才堪当此四字 |
| | 刘熙载 | 评温庭筠词"精艳绝人" | 赞成 |
| 第五则 | 冯延巳 | 推崇"细雨梦回"二句 | 不赞成,认为不如"菡萏"二句 |
| | 王安石 | | |

| 手稿原序 | 被引人物 | 引用观点 | 引用态度 |
|---|---|---|---|
| 第九则 | 沈义父 | 主张使用替代字 | 不赞成,认为形同查阅类书 |
| | 四库提要 | 讥讽沈义父此论 | 赞成 |
| 第十则 | 苏轼 | 批评秦观词费 | 赞成,但此引与替代字似无关 |
| 第十二则 | 周济 | 评梦窗词如水光云影 | 基本否定,例外是"隔江"二句 |
| 第十五则 | 周松蔼 | 双声叠韵之论 | 赞成 |
| 第十九则 | 晁补之 | 称欧阳修"出"字之妙 | 赞成,并为其溯源 |
| 第二十一则 | 毛晋 | 天神不以人废言 | 不赞成 |
| | 冯煦 | 辨毛晋之误 | |
| 第二十二则 | 刘勰 | 其志清峻,其旨遥深 | 叙述引用,暗用其语 |
| 第二十六则 | 樊抗父 | 称王国维词开未有之境 | 赞成 |
| 第二十八则 | 叔本华 | 抒情诗与叙事诗之别 | 赞成,并略加调整 |
| 第三十三则 | 邵雍 | 以我观物与以物观物 | 赞成,暗用其语 |
| 第三十四则 | 韩愈 | 不平则鸣,欢愉与愁苦 | 赞成,暗用其语 |
| 第三十六则 | 叔本华 | 优美、宏壮之论 | 赞成,暗用其语 |
| 第三十七则 | 叔本华 | 写实家与理想家 | 赞成,暗用其说 |
| 第三十九则 | 陈廷焯 | 诗词之题目 | 赞成,暗用其说 |
| 第四十一则 | 冯煦 | 秦观、晏几道"伤心人" | 基本赞成,秦观伤心,晏几道矜贵 |
| 第四十四则 | 屈原 | 词体"要眇宜修" | 赞成,暗用其语 |
| 第四十七则 | 刘体仁 | 评价"闹"、"弄"二字 | 赞成,暗用其说 |
| | 刘熙载 | | |

| 手稿原序 | 被引人物 | 引用观点 | 引用态度 |
|---|---|---|---|
| 第五十则 | 谢榛 | 情景关系论 | 暗用其说 |
| | 王夫之 | | |
| | 李渔 | | |
| 第五十三则 | 刘熙载 | 秦观师法梅尧臣 | 赞成 |
| 第五十五则 | 严羽 | 文体难易 | 赞成,并略加调整,暗用其说 |
| 第六十二则 | 谭献 | 论清词三家 | 基本赞成,略有调整 |
| 第六十三则 | 萧统 | 评陶渊明诗 | 赞成 |
| | 王绩 | 评薛收赋 | |
| 第六十四则 | 刘熙载 | 人品与词风 | 赞成,暗用其说 |
| 第六十五则 | 贺裳 | 评论张炎 | 赞成 |
| 第六十六则 | 周济 | 评论张炎词之不足 | 赞成 |
| 第六十七则 | 朱彝尊 | 北宋词大,南宋词深 | 不赞成 |
| | 周济 | 北宋就景叙情,南宋即事叙景 | 赞成 |
| | 潘四农 | 词之北宋如诗之盛唐 | |
| | 刘熙载 | 推崇北宋词 | |
| | 云间诸公 | 推崇北宋词 | |
| 第六十八则 | 王士禛 | 推崇生香真色 | 赞成,略调整评说对象,暗用其语 |
| 第七十三则 | 张惠言 | 评温、欧、苏等人作品 | 不赞成 |
| | 王士禛 | 反对深文罗织 | 赞成 |
| 第七十四则 | 周济 | 评史达祖词品格不高 | 赞成 |
| | 刘熙载 | 周旨荡而史意贪 | 赞成 |

| 手稿原序 | 被引人物 | 引用观点 | 引用态度 |
|---|---|---|---|
| 第七十五则 | 贺裳 | 欣赏史达祖"软语商量" | 不赞成 |
| | 姜夔 | 欣赏史达祖"柳昏花暝" | 赞成 |
| 第七十六则 | 张炎 | 称赏姜夔《暗香》、《疏影》 | 不赞成 |
| 第七十九则 | 苏轼 | 欣赏秦观"郴江"二句 | 不赞成 |
| 第八十则 | 严羽 | 评盛唐诗之"兴趣" | 基本赞成,但以"兴趣"为面目 |
| | 王士禛 | 神韵说 | 基本赞成,但以"神韵"为面目 |
| 第八十二则 | 元好问 | 批评陈师道闭门觅句 | 赞成,并移之以评宋末词人 |
| 第八十四则 | 朱熹 | 古人有句,今人无句 | 赞成,以北宋词有句,南宋词无句 |
| 第八十五则 | 朱熹 | 梅尧臣诗枯槁 | 赞成,移之以评周密、张炎之词 |
| 第八十六则 | 陆辅之 | 所列警句 | 不赞成,以其太费力,暗引 |
| 第八十九则 | 李希声 | 唐诗高古,反对气格凡近 | 赞成,分论北宋、南宋词 |
| 第九十则 | 毛奇龄 | 梳理杂剧形成源流 | 赞成 |
| 第九十一则 | 程明善 | 致语与词曲之关系 | 赞成 |
| 第九十二则 | 朱彝尊 | 评《草堂》与《绝妙好词》 | 不赞成 |
| 第九十三则 | 顾梧芳 | 《尊前集》之编订与流传 | 略加辨析 |
| | 朱彝尊 | | |
| | 李渔 | | |
| | 四库提要 | | |
| | 陈振孙 | | |

| 手稿原序 | 被引人物 | 引用观点 | 引用态度 |
|---|---|---|---|
| 第九十四则 | 四库提要 | 考订沈雄《古今词话》 | 补证宋代另有《古今词话》 |
| 第九十五则 | 陆游 | 诗词代兴,能此不能彼 | 基本赞成 |
| | 四库提要 | 以词卑于诗 | 基本不赞成 |
| | 陈子龙 | 宋代无诗而有词 | 赞成 |
| 第九十七则 | 邵桂子 | 考订《卜算子》词 | 不赞成 |
| 第一百三则 | 龚自珍 | 《己亥杂诗》 | 否定其人 |
| 第一百四则 | 金应珪 | 游词之说 | 赞成,暗用其语 |
| 第一百六则 | 周济 | 置李煜于温、韦之下 | 不赞成 |
| 第一百七则 | 叔本华 | 关于"赤子之心"之论 | 赞成,暗用其论 |
| | 孟子 | | |
| | 袁枚 | | |
| 第一百九则 | 尼采 | 爱以血书写之文学 | 赞成,但进而分出情怀大小 |
| 第一百十四则 | 袁枚 | | 批评其诗论纤小轻薄 |
| | 朱彝尊 | | 批评其诗学枯槁而庸陋 |
| | 沈德潜 | | |
| 第一百十八则 | 周济 | 寄托出入说 | 赞成,暗用二家之说加以发展 |
| | 龚自珍 | 尊史善入善出说 | |
| 第一百二十则 | 屈原 | 内美与修能 | 赞成,词尤重内美 |
| 第一百二十四则 | 金应珪 | 淫词、鄙词、游词三弊 | 赞成 |

  需要说明的是:表格中对征引批评家、批评观点的统计,只是大致而言。除了明确征引外,那些隐性征引的文献只是以"举例"

的方式列入而已，并非将所有征引文献尽入其中。从上表可以看出，在手稿全部一百二十六则中，或明或暗的引用有五十六则八十例之多，可见接近半数的词话条目在撰述形态上是在对各种理论批评的斟酌、调整中形成的。其中暗用暗引十九例，而明确征引六十一例。而在引述各例中，持赞成态度的多达五十八例——包括原则赞成略加调整者，其馀不赞成或纯粹批评性的词话二十二例，则正面吸收传统理论仍是王国维撰述词话的主流，而若干作为反面言论被征引的，也大多是为正面立说服务的。征引文献涉及到的理论家、批评家有五十多位。其中引用较多的批评家（包括《四库提要》）依次是：刘熙载（六次）、周济（六次）、叔本华（四次）、朱彝尊（四次）、《四库提要》（四次）、王士禛（三次），张惠言、苏轼、毛晋、严羽、冯煦、屈原、贺裳、朱熹、金应珪、袁枚各二次，沈义父、晁补之、刘勰、韩愈、陈廷焯、刘体仁、王夫之、李渔、谭献、张炎、尼采、萧统、毛奇龄等各一次。在引述文献的作者中，除了德国的叔本华、尼采，其馀都出自中国。而在被引用的中国学者中，从先秦的孔子、孟子、屈原到六朝的刘勰、萧统，从唐宋的王绩、韩愈、苏轼、严羽到明清的毛晋、陈子龙、周济、刘熙载再到近代的冯煦、陈廷焯、龚自珍、谭献等，一长串的名字显示了王国维词话深厚的文化和学术渊源，而其中中国古典诗学渊源尤其突出，堪称是王国维的立说之本。

在所有被征引观点的作者中，刘熙载与周济都以六次而位居第一，这自然体现了王国维对此二人的重视程度。虽然征引文献的多少并不足以说明全部的问题，因为观念形成的基础并不在于被征引次数的多少，而在于被征引的具体内容。但当征引次数与征引内容都足以对相关理论产生重要影响时，则这种相对频繁的征引，当然是值得注意的。大略而言，王国维对刘熙载与周济的总体词学理念是颇为推崇的，如崇尚北宋词，讲究情景关系，批评南宋词的晦涩等等。这些词学根底的相通，使王国维不自觉地从刘熙载和周济的相关著作中去采择观点作为自己立说的支撑。再如刘熙载对人品的重视，对"闹"字的感悟，对秦观师法梅尧臣的看法，也为王国维所接受。而周济的寄托出入说以及对南北宋词不同特点的分析，王国维也多有汲取。相比较而言，手稿中所援引刘熙载的言论，都成为王国维立说的重要支柱，而无一批评或质疑之语，而周济对李煜词的定位以及对吴文英词的偏爱，则受到了王国维的明确否定。刘熙载对于王国维词学的重要影响于此可见一斑。

有些文献的征引虽然次数不多，但实际上产生了重要作用。如刘体仁、晁补之等，即是如此。刘体仁《七颂堂词绎》不仅对"红杏枝头春意闹"的"闹"字"卓绝千古"的评价影响到王国维，而且有关词之境界、词之本色的论断，王国维与之也颇为接近。如《七颂堂词绎》云："词中境界，有非诗之所能至者，体限之也。"这与王国维说词体"能言诗之所不能言"之论如出一辙。晁补之《评本朝乐章》对"出"等动词的敏悟，也极有可能对王国维注重"闹"、"弄"字等产生了一定的影响。

手稿本征引了两处屈原的原话：一次是第四十四则"要眇宜修"之说，出自屈原《九歌·湘君》；一次是第一百二十则关于内美与修能相结合之说，出自《离骚》。这两条都没有直接点出屈原的名字，但都用了屈原的原话。这两则虽然在《国粹学报》和《盛京时报》两次刊行《人间词话》时均没有出现，但其实在是否择录发表问题上，"要眇宜修"一则曾盘旋在王国维心中久之。从手稿的圈识和标序来看，这一则曾经很受王国维重视，初圈"○"，后改为"△"，在第二次手稿标序中标为"十七"，虽然这一则没有因为曾被圈识和标序而发表,但王国维的用心可知。揣摩王国维之意,或许因为王国维既已将"境界"作为词体之"本",再申言"词之为体,要眇宜修",不免在话语上形成一定的矛盾。而且以"要眇宜修"为词体定位,话语虽有创意,但内涵不免有承袭旧说的嫌疑,如张惠言《词选序》"兴于微言"、"低徊要眇以喻其致"云云,都与此相仿佛,故存彼而黜此。而"内美与修能"一则虽然也未刊出,但未刊出不等于这一则的理论不为王国维重视,而是相关理论数见于他则,为避免重复,才未将其刊出。如第六十四则"词之雅郑",即暗承刘熙载"论词莫先于品"之说,而这一则在初刊本中列于第三十二则。可见"尤重内美"是王国维素所坚持的论词原则之一。其实在此前发表的《文学小言》中,王国维已然提出过"无高尚伟大之人格,而有高尚伟大之文学者,殆未之有也"的论断,而屈原也正是因此被列为历代文学天才之首的。如果再联系王国维所作《屈子文学之精神》一文,王国维对内美与修能的兼重,其实是一以贯之的。

第四十一则征引冯煦之语,在王国维词学体系中,也是极为重要的一则。冯煦称秦观、晏几道为"古之伤心人",王国维虽然将晏几道视为"矜贵"的典型,而认为其"伤心"无法与秦观等量齐观。但"伤心人"的话题实质上与境界说关系至密,不仅所谓"忧生忧世"之说与此直接呼应,而且王国维阐释主要在词体中表现的"有我之境",其实也是以悲情为底色的。则王国维在征引之后,与冯煦的"商榷"只是指称对象的不同而已,其本质上的审美追求仍是一致的。

境界说的基本元素乃在情、景二者,而对于情景关系分析颇为成熟的谢榛、王夫之、李渔等人,其名字并没有直接出现在手稿中。但手稿本第五十则所谓"一切景语皆情语"的论断实际上正是承接了诸人之说,王国维将这一则整体删去,可能正是意识到其所谈论的话题，不过是重复旧说而已。但这毕竟客观上显示了谢榛、王夫之、李渔诸人对王国维境界说的潜在影响。

从手稿本虽然大致可以看出至少有五则援引了叔本华与尼采的学说，但明确提出叔本华与尼采的不过二则。而援引尼采的"血书说"，其实同样回归到胸襟之大小，与"有我之境"与"无我之境"的内涵彼此相通，因为"有我"与"无我"本质上就是"小我"与"大我"的区别。而引述叔本华的四则，具名引用的是第二十八则关于抒情诗与叙事诗的区别问题。王国维在第二次标序时曾经将这一则标为"十二"，但这一标序其实没有意义，因为初刊本和重刊本都未刊出这一则，而以此说明抒情诗讲究"伫兴而作"，叙事诗讲究"以布局为主"。此意本也不待叔本华之语才能发明。其馀三则关于写实家与理想家、优美与宏壮、赤子之心之论，都没有直接点出叔本华之名，但在理论上的借鉴仍是有迹可寻。不过，需要说明的是，关于"赤子之心"的说法，老子、孟子、袁枚都有相关论说，其不标叔本华，或以此说为中外所同，并非属于某一人的创见，故只以叙述出之。"优美与宏壮"一则是对于有我之境与无我之境的补证，可能因为关于有我、无我二境的阐释，也是中外兼有，所以也不具名征引了。写实家与理想家的区别在后来撰写的"出入说"中，其实是贯穿下来了。这两则在重刊本中被删除，一方面固然与篇幅压缩有关，另一方面也与相关理论已或多或少见于他则有关。再有就是王国维似乎有意抹去西方理论的痕迹，将自己的词学彻底回归中国古典。因此，手稿本对叔本华、尼采学说的征引，从总体上说并不居于重要地位，尤其是对其境界说，并不构成主要的理论渊源。

有一些从否定角度援引的文献，并不能以其观点不为王国维所接受，而轻易否定其价值。如张惠言评温庭筠词"深美闳约"，王国维便不能认同。王国维认为冯延巳的词才能当此四字。需要指出的是,王国维虽然否定了张惠言的这一说法,但只是否定其语境而已。"深美闳约"四字,在境界说尚未出现之前,其实一直是王国维坚守的词体本色所在。只是从第三十一则"境界"说渐趋成型,方用"境界"这一新的话语代替"深美闳约"这一旧话语而已。而"境界"与"深美闳约"之间的关系,本身就有着较大的探讨空间。

严羽与王士禛对王国维而言,也是颇为矛盾的人物。手稿第八十则明确将严羽的"兴趣"和王士禛的"神韵"之说定位为"面目",而将其自己宣道的"境界"作为"探本"之论。似乎对严羽、王士禛否定甚多。但对于在词话撰述初期提倡"深美闳约"和"深远之致"的王国维来说,兴趣和神韵的理论指向与此本是汇合成流的。不过,在王国维境界说形成之后,再来看兴趣、神韵、境界三说的差异,其实更多是表现在理论话语的不同,而非理论内涵上有什么本质不同。所以王国维对严羽、王士禛的否定,更多地是从话语表述的层面,而在内涵上,本身就不无陈仓暗渡之处的。

朱彝尊的诗学被王国维整体定位为"枯槁而庸陋",所以在对其加以征引的四处文献中,都以被否定的面目出现,如贬低《草堂诗馀》、推崇《绝妙好词》,认为南宋词"深"等,王国维都视为是庸陋之见。以此可见,浙西词派崇尚南宋、推举姜夔、张炎的基本理论导向,与王国维的词学宗尚形成了明显的对立。但如果简单地把王国维纳入到常州词派的行列,也是有问题的。因为王国维所主张的自然不隔、仁兴而作等理论,与常州词派讲究的深文隐蔚,本质上是很难相容的。再如令周济"抚玩无极"的吴文英,恰恰是王国维眼中的"龌龊小生",其观点之对立,极为明显。所以,王国维不过是立于词体本色,斟酌其间而自成一说而已,固不可以宗派限之。

综上可知，在王国维手稿引述的诸多各家之论中，中国传统诗词理论构成了其理论的主干部分，其境界说及其相关的范畴体系的建立，都离不开对传统诗学的借鉴与吸收。西方诗学则对其理论的表述模式及其理论的精密化提供了学理意义上的帮助。"中学为体，西学为用"这句话放在对《人间词话》手稿的定位上，应该大致是不差的。换言之，抽掉西学话语的《人间词话》仍是一部卓越的词话，而失去中国传统诗学支撑的《人间词话》则是不可想像的。这也可以理解为什么王国维在手稿中是如此谨慎地引用西方诗学话语，并在《盛京时报》重刊本中将若干带有西学话语的词话删略殆尽，而对中国传统诗学话语则广泛采录，直言褒贬。王国维对中西诗学的取舍，显然是经过一番细致的拿捏和权衡的。

## 八、王国维撰写词话的词学背景

王国维究竟是出于怎样的原因开始撰写词话？因为没有留下相关明确的文字，一时难以遽断。但应该与他多年的填词、论词经历以及数年沉潜中西哲学的经历有关。王国维研究中西哲学为他认识社会和人生提供了角度和高度，也为他提倡远离功利的纯文学奠定了基础。他一九〇三年分别为康德、叔本华撰写"像赞"及《论教育之宗旨》、《哲学辨惑》等，一九〇四年完成《孔子之美育主义》、《叔本华之哲学及教育学说》、《红楼梦评论》、《叔本华与尼采》等，一九〇五年完成《论近年之学术界》、《论新学语之输入》、《论平凡之教育主义》、《周秦诸子之名学》、《论哲学家及美术家之天职》等，一九〇六年完成《去毒篇》、《教育普及之根本办法》等，一九〇七年完成《古雅之在美学上之位置》等。这些哲学著述大都撰成于一九〇三年至一九〇七年的五年间，虽然在这五年中，王国维对西方哲学经历了从膜拜到怀疑再到放弃的过程,也将自己的哲学家之梦以及可能的哲学史家之身份抛诸身后。但这段经历深刻地影响到王国维的文艺思想,在对文学的价值判断、审美特性等的认知上表现尤为显著。在诸如对"无我之境"、"忠实"、"天才"及其人品格调等方面的强调上都可以清晰见出其痕迹。至于手稿中写实与理想、优美与宏壮、抒情诗与叙事诗等,更是留下了西方哲学美学话语的烙印。同时,西方哲学所讲究的体系性和范畴系统也对手稿的撰写产生了明显的作用。

就词学背景而言,王国维也有数年填词、论词的经历,以积累相关学识。王国维代笔的《人间词甲稿序》曾云:"比年以来,君颇以词自娱。余虽不能词,然喜读词。每夜漏始下,一灯荧然,玩古人之作,未尝不与君共。君成一阕,易一字,未尝不以讯余。既而睽离,苟有所作,未尝不邮以示余也。"《人间词乙稿序》在论述了有关意境的理论及梳理了词史发展后也说:"余与静安,均夙持此论。"这些虽然都是借用同学友人樊志厚的口吻,但至少可以说明王国维此前曾多年倾心于填词,以及在"玩古人之作"后形成的若干词学观念。

王国维在填词、论词的同时,应该也读了不少古代词话。如他在一九〇五年十二月就读完了周济的《词辨》和《介存斋论词杂著》,并作有眉批若干,撰有跋文一则。其跋文云:"予于词,于五代喜李后主、冯正中而不喜《花间》。于北宋喜同叔、永叔、子瞻、少游而不喜美成。于南宋只爱稼轩一人,而最恶梦窗、玉田。介存此选颇多不当人意之处。然其论词则颇多独到之语。始有知天下固有具眼人,非予一人之私见也。"如果将陈乃乾辑出的若干眉批,如对姜夔、张炎、周邦彦、晏殊、欧阳修词的批点与《人间词话》手稿对勘的话,则其喜欢、不喜欢、厌恶的词人以及相关判断并没有出现大的变化。再如对周济词论的推崇和吸取，也已经是十分明确，手稿中采择其词论处甚多，而手稿对刘熙载词论的接受应该是在周济之后了。如此说来，王国维的词学思想在一九〇五年之时已经有了初步的轮廓。如果再加上一九〇六年撰写的《人间词甲稿序》、《文学小言》，一九〇七年完成的《屈子文学之精神》、《人间词乙稿序》，一九〇八年七月完成的《唐五代二十一家词辑》、八月完成的《词林万选跋》及《词录》一书等等，这些有关词学的文献辑录、考订、论述，其实都为《人间词话》的撰写蓄势已盛。

一九〇七年，王国维徘徊在哲学与文学之间之时，虽然对自己的学术前景仍不无迷茫，但其实对已经初具的哲学与文学研究业绩已经有了相当的自信。《自序》有云："若夫余之哲学上及文学上之撰述，其见识文采，亦诚有过人者，此则汪氏中所谓'斯有天致，非由人力，虽情符曩哲，未足多矜'者，固不暇为世告焉。"实际上将自己哲学、文学上之过人的见识归诸自己超越众人的天才。而就文学而言，王国维对于填词的自负更为突出。《自序二》云："余之于词，虽所作尚不及百阕，然自南宋以后，除一二人外，尚未有能及余者，则平日之所自信也。虽比之五代、北宋之大词人，余愧有所不如，然此等词人亦未始无不及余之处。"这个评价放在词史上来衡量，王国维不免有自许过甚之嫌。不过这一份自信足以支撑了此后数年的词曲研究，从这一意义上而言，王国维的自信应该可以得到更多"同情之了解"。

虽然在一九〇六年，王国维已经撰述《文学小言》来阐释自己的文学观念，但到了一九〇七年之末，似乎仍未能看出其有意撰述词话的想法，而是主要沉浸在文学创作的成功之中。倒是戏曲创作的近景规划已经在王国维头脑中萌生了。《自序二》云："因词之成功，而有志于戏曲，此亦近日之奢愿也。然词之于戏曲，一抒情，一叙事,其性质既异,其难易又殊,又何敢因前者之成功而遽冀后者乎?但余所以有志于戏曲者,又自有故。吾中国文学之最不振者莫戏曲若。元之杂剧、明之传奇,存于今日者尚以百数,其中之文字虽有佳者,然其理想及结构,虽欲不谓至幼稚、至拙劣,不可得也。国朝之作者虽略有进步,然比诸西洋之名剧,相去尚不能以道里计。此余所以自忘其不敏,而独有志乎是也。然目与手不相谋,志与力不相副,此又后人之通病,故他日能为之与否,所不敢知;至为之而能成功与否,则愈不敢知矣。"由词而入曲,王国维虽然因其一抒情一叙事而自谦不过是"奢愿"而已,但王国维有志于戏曲,主要是出于一种强烈的使命意识,要改变中国文学中"最不振"的戏曲现状,特别是改变传统戏曲在理论与结构上的幼稚与拙劣,以与西洋戏剧形成抗争的局面。不过,与填词的自负不同,王国维对自己的戏曲创作能否成功留足了回旋的馀地。王国维是否创作过戏曲?现在似乎难以考订了,从王国维的这一"规划"来看,应该是有尝试的可能的。只是戏曲长篇毕竟不同于填词之短制,可能的情况是:王国维在钻研戏曲的体制和源流以作创作之资时,发现了戏曲研究的更大的魅力,因此而将创作戏曲的初衷转变为戏曲研究的现实,并以此开辟出戏曲研究的新天地了。

似乎不能简单地认同王国维在三十之年所作的《自序》中的表白,似乎不能简单地认为王国维对文学的转向是因为哲学梦想的基本破灭。实际上,当二十世纪初,王国维广泛吸取西方哲学、美学的同时,他对西方文学的吸取也几乎是同步进行的,如歌德,如席勒,都是王国维心目中的文学天才,而文学的价值和意义并不一定在哲学和美学之下。他在刊于《教育世界》一九〇四年三月第七十号的《德国文豪格代希尔列尔合传》一文开篇云:"呜呼!活国民之思潮、新邦家之命运者,其文学乎!十八世纪中叶,有二伟人降生于德意志文坛，能使四海之内、千秋之后，想像其丰采，诵读其文章，若万星攒簇、璀璨之光逼射于眼帘，又若众浪搏击、砰訇之声震荡于耳际。翳何人，翳何人？曰格代，曰希尔列尔。"将文学的价值与国民思潮、邦家命运结合起来，其对文学的意义固已充分认同了。从这一角度而言，王国维从哲学走向文学，简直是必然的。

王国维撰写词话，除了要将自己多年的创作体会和词学观念予以大略梳理之外，要在文学的观念上导引时流，也许是他思想的深沉潜流所在。当然，一种文学观念从构思到成型再到付诸文字撰述，会经历一个较长的过程。而就王国维而言，他的词学思想很可能是在边思考、边撰述、边调整、边完善中形成的。鉴于《人间词话》一九〇八年在《国粹学报》发表之时已经经过了数度的斟酌调整，其境界说的核心地位也由此得以彰显，而后来经赵万里、王幼安等补充的手稿又往往改易其序，所以欲还原境界说的提炼过程，则手稿自是最重要的文本依据了。

## 九、手稿的结构形态

文本结构往往昭示着理论形成的方向。就《人间词话》而言，无论是一九〇八年与一九〇九年之交刊于《国粹学报》的初刊本，还是一九一五年初刊于《盛京时报》的重编本，都是以境界说开篇，在大致阐述境界说范畴体系之后，才持以梳理词史，品骘高下。这种先理论后批评的结构模式，不仅逻辑谨严，而且体现出一定的现代形态。然而作为初刊本与重编本赖以取资的《人间词话》手稿本具有怎样的结构形态，也同样是一个值得探讨的问题。滕咸惠说："《国粹学报》本对研究王氏美学和文学思想的重要性是不言自明的。但原稿的内容远比《国粹学报》本丰富，王氏的思路也比较容易看清。因此,它对研究王氏的美学和文学思想同样有重要价值。"①佛雏也说:"手稿,作为作者对某一问题思维和认识的第一批产物,人们从中可以看出作者某一认识的发轫或起点,便于追踪尔后作者思想发展演变的轨迹,其可贵在此。"②诸家不约而同关注到《人间词话》手稿的思路与轨迹问题。质实而言,《人间词话》手稿并非是一种散漫随机的形态,其间理论由隐到显,确实脉络可寻。则在手稿研究中,既要注意因为话语的隐显而表现出来的结构分类的阶段性,也要从理论自身演变的角度而重视其整体性。如此,手稿的价值和意义才会得到更为充分的体现。

关于手稿③的结构,已经有不少学者注意到前三十则与此后各则的不同④。前三十则,虽然也在大致地梳理着词史,但就理论而言,更多的是在传统诗论词论中斟酌取舍,王国维对词体的看法、对词史的评判,从观念上来说,更多地浸润着前人的学说,如从张惠言那里接受了"深美闳约"的理论,讲究"深远之致",追求自然真实,反对用典代言等等。王国维对这些观点虽然有调整,或者有侧重点的不同,但毕竟在话语以及理论形态上比较多地保留了传统

---

① 滕咸惠《人间词话新注·修订后记》(修订本),齐鲁书社1986年版,第136页。

② 佛雏《〈人间词话〉手稿整理琐议》,吴泽主编,袁英光选编《王国维学术研究论集》(三),华东师范大学出版社1990年版,第341页。

③ 本文所谓"手稿"皆是指称《人间词话》手稿本,原件藏国家图书馆,本文引录手稿文字及排序,均依浙江古籍出版社2005年影印《王国维〈人间词〉〈人间词话〉手稿》,同时也参考了滕咸惠《人间词话新注》(修订本),齐鲁书社1986年版。

④ 如陈鸿祥在《王国维与文学》一书中即将手稿前三十则与后九十五则分为两个部分,并认为前三十则作于1907年夏秋之前,而后九十五则作于1907年秋冬之后以讫1908年夏秋之间。参见该书第133页,陕西人民出版社1988年版。陈鸿祥在后来完成的《王国维全传》中依然坚持这种说法,他说:"笔者据《人间词话》'手稿本',作出了前三十则与三十则以后,这样两个不同时段的划分。扼要地说,就是:王国维的这部词话,不是一次写成的。"人民出版社2007年版,第293页。马正平《生命的空间——〈人间词话〉的当代解读》大体接受了陈鸿祥的观点,其书第二章即专门分析前三十则的写作思路,而第三章则专门分析后九十五则的写作思路,即将手稿分为前、后两个部分。中国社会科学出版社2000年版。

诗词理论的内容,尚缺乏"自铸伟辞"的理论魄力。而从第三十一则开始,则拈出"境界"二字以作论词之资,虽然这一范畴自具渊源,而且在诗话词话中的使用已不乏先例,但王国维以新的内涵"启动"了这一范畴,并以之为核心,建构其理论体系,实际上使"境界"一词从此前散漫而零碎的使用中独立出来,成为王国维个人新的理论话语。所以就手稿的撰述形态来说,这种前后分层的结构形态是客观存在的。

因此,从手稿的第三十一则开始,才真正进入王国维的理论建设阶段。王国维以境界为核心范畴,开始逐步建立自己的境界说及其范畴体系,之所以说是"逐步",是因为从王国维的撰述顺序来看,其对境界说的认识与提炼,似乎并非是在完全考虑成熟之后的文字表述,而更多地带有边思考、边撰述、边补充、边调整的特点。如第三十一则提出境界说之后,隔开数则,到第三十五则才继续解释"境"字的含义,第四十七则以"闹"、"弄"等字来说明境界之"出"。若在撰述之前即思虑周密的话,起码这三则的撰述应该是前后相连的。再如第三十二则分析造境与写境之区别,而第三十七则论写实家与理想家,正是与其在理论上相承接的一则,但中间却隔开了四则。第三十三则论有我之境与无我之境,隔开两则才继续言说有我无我之境与动静、优美、宏壮之关系,也是属于补充论证的文字。而关于"隔与不隔"的分析,更是直到第七十八则才集中表述,复在第八十一则分论写情写景"不隔"之例。这些围绕着"境界"的条目尚且如此分散,其他评述文字之随意性也就更为突出了。所以将手稿的结构形态大别为前后两个部分,只是总体而言,事实上在前后两个部分中,无论是理论本身还是文字表述,都还显得粗糙。这种随意与粗糙也许是王国维拈以发表时,既有标序的斟酌,更有反复圈识的原因所在。

手稿的结构除了这种前后的大别之外,还夹杂着其他的结构形态。前言境界说数则之构成,虽然并非完全连续的表述,但毕竟位置相近,王国维试图相对集中地阐述理论的意图还是清晰可见的,只是王国维在撰述之前对相关理论的思考很可能只是略具端倪,而理论要素之间的关系,也是在边撰述边思考的过程中彰显出来,所以这种相对集中就不可避免地参杂着其他关系也许并不密切的条目。

理论表述之外,一些批评文字也具有相对集中的特点。如第一百五则至一百九则,论述角度容或有异,但都是以李煜为核心。第一百五则比较温庭筠词的"句秀"、韦庄词的"骨秀"和李煜词的"神秀",在王国维的语境中,三者之间显然有着递进的关系,而以李煜词之"神秀"为词体之极境。第一百六则以李煜词的"眼界始大,感慨遂深"来作为士大夫之词的开端。第一百七则称誉李煜之词有"赤子之心"。第一百八则将李煜作为"主观之诗人"的代表。第一百九则在将李煜与宋徽宗对比之后,认为李煜"俨有释迦、基督担荷人类罪恶之意"。以上五则,虽然言说角度有艺术之印象、思虑之深沉、真纯之心灵、诗人之类别、境界之大小等的不同,但都是将李煜作为词体最杰出的代表来看待的。而在境界说形成之前,冯延巳原是王国维心目中词体的代表,从第四则引用张惠言"深美闳约"之论移论冯延巳,第五则虽然不是以冯延巳为论述对象,但李璟"菡萏"两句的感发意义,正是与深美闳约的艺术特征密切相关的,若无这种"深"、"闳",则王国维"众芳芜秽"、"美人迟暮"之感也就无由形成。第六则称誉冯延巳词"堂庑特大",其实正是呼应第四则的内容。第七则泛论文学言情、写景、用语等方面的特色,但"所见者真、所知者深"八字,仍是在前面数则基础上的提升而已。第八则批评周邦彦词的"深远之致"不及欧阳修、秦观,其理论根底仍在"深美闳约"四字之上。则从第四则至第八则,也大体是以"深美闳约"为底蕴、以冯延巳词为基点的一种理论批评的有机组合。所以手稿的结构形态除了以前三十则与此后九十馀则大别之外,这种在撰述之时相对集中的数则连缀,也构成了一种结构的常态。考察手稿的结构形态,应该兼顾这两种基本形态。

但结构分类总是相对而言,不遑说王国维撰述《人间词话》手稿之初,尚无完全成熟而清晰的理论,即使先具备了成熟的理论,而在表述这种理论以及持此进行词史批评时,也断难在这种"词话"体中呈现出精密的逻辑性。这意味着手稿结构虽然可以大致分为前后两个部分,但如果认为这两部分是截然分开,甚至如陈鸿祥、马正平等学者认为是分撰于不同时期,就未必符合实际了。因此,手稿的整体性同样值得关注。

手稿的"整体性"起码在以下几个环节可以得到证明。

其一、诗词对勘的理路通贯整部词话①。第一则通过《蒹葭》与晏殊"昨夜"二句的对照,来说明诗词在风格取向上有"洒落"与"悲壮"的不同,就是如此。这开端的一则其实带着一定的方法论的意义。从整部词话来看,这种诗词对勘,立足诗词之异的情形居多,如第四十四则在明确词体"要眇宜修"的特点之后,即认为词"能言诗之所不能言,而不能尽言诗之所能言。诗之境阔,词之言长",诗词在题材上的交叉和艺术上的偏至都在这种比较中彰显出来。第三十三则论有我之境与无我之境的区别,虽然是在"词话"的名义之下来讨论这一问题,但从王国维言及有我之境,只是列举冯延巳、秦观的词句,而言及无我之境,则列举陶潜、元好问的诗句,其中竟无一例文体交叉之句,则无我之境与有我之境的区别其

---

① 关于诗词对勘思路的形成及其在王国维词学中的具体表现,可参见笔者《王国维词学与诗学之关系——兼论晚清"诗话"对"词话"的介入方式及其学术意义》一文,刊《词学》第十八辑。

实部分隐含着的正是诗与词的区分。

有些诗词并论，是求其同，如第三十四则援引《子夜歌》"谁能思不歌，谁能饥不食"作为诗词均可"不平则鸣"的例证，第三十九则论诗词之无题有题，就是基于同一理论立场，因为"诗有题诗亡，词有题词亡"。第四十二则反对美刺投赠怀古咏史、隶事之句、装饰之字，第四十三则反对隶事等，也都是从诗词的整体立场来持论的。第四十五则列举"千古壮语"，也是将谢朓、陶潜、杜甫、王维等人的诗句与纳兰性德的词句来相提并论的。第四十九则分析境界之大小，第七十八则分析隔与不隔，第一百十九则论诗人词人忧生忧世之例，也都是将诗词平行而论的。王国维之所以寻求诗词之间的趋同，是因为诗词原本是相邻之韵文文体，而且词由诗出，诗词两种文体颇多相通之处，譬如以诗为词（曲），就是韵文境界的互换，所以贾岛的"秋风吹渭水，落叶满长安"，周邦彦可以将其写入《齐天乐》词中，而白朴可以将其写入《双调得胜乐》散曲及《梧桐雨》杂剧中。这就是典型的"借古人之境界为我之境界"，只是对于后来者而言，王国维更强调以"自有境界"为前提，然后开发古人语言中的新意而已。

其二、分析文体递嬗规律的文字散布手稿多处。第七则论文学升降实际是以文体盛衰为基础的，一文体之产生，初在于表达真性情、真景物的需要，但在流行至极盛之后，就渐变为"羔雁之具"了，中唐以后之诗、北宋以后之词之所以呈衰落之势，即缘此故。即使诗词兼擅的作家，也无以改变这种总的趋势。第五十六则以周邦彦之长调"开北曲之先声"。第八十二则阐明"曲家不能为词，犹词家不能为诗"。第九十五则引述陆游《花间集跋》来说明文体"能此不能彼"等，都可纳入到第七则的语境中来考察。而第九十一则分析致语在词、曲之间的文体地位，则属于对相近文体之间嬗变轨迹的细密勾勒。第一百十则分别以楚辞、五七律、词三种文体的起源、形成与发展，来说明"最工之文学，非徒善创，亦且善因"的规律。第一百二十五则更是梳理了四言——楚辞——五言——七言——古诗——律绝——词的文体演变过程，不仅昭示了自来文体更替的轨迹，而且总结出一切文体始盛终衰的原因是"文体通行既久，染指遂多，自成陈套。豪杰之士亦难于中自出新意，故往往遁而作他体，以发表其思想感情"的文体发展的基本路径。如果将王国维对文体的看法组合成说，则显然是要通贯手稿才能全面看清的。王国维在撰述词话过程中，时时将自己对文体规律的认知表述出来，而且这种表述带有前后互证以趋完善的用意在内。

其三、泛文学观念的前后一致。王国维虽然将此书界定为"词话"，但实际上是在大的文学观念中来考量词体词史，所以手稿中的主要篇幅固然是论词，但也有不少条目是以"文学"为理论背景的。前言文体嬗变诸条目之外，一些关于文学本质、文学创作的条目，也是如此。第七则以"大家之作"为标准而提出的言情、写景、语言等要求，王国维明确是要持此以衡"古今之作者"的，则不拘一体一朝之意甚为明显。第三十二则论造境与写境、理想派与写实派，第三十七则论写实家与理想家，第三十八则论"文学上之习惯，杀许多之天才"，第一百十八则论"出入"之说等等，这些理论所依托的都是泛文学文体，提出的是带有普适意义的文学观念。手稿中类似这样的表述，也同样是散乱地分布各处的。并不能以前三十则与此后诸条目在理论话语上有沿袭和新创的不同，而区分其文学观念的前后不同。

其四、词史判断的前后呼应。手稿第三十一则提出境界说，乃是以五代北宋为立脚点的，此后对境界说范畴体系的建构，对词史的梳理与判断，都鲜明地表现出崇尚五代北宋、贬黜南宋及此后词的倾向性。但这一倾向性其实在手稿前一部分同样表现得颇为鲜明。如第七则在表述"大家之作"的基本特征之外，结以"此余所以不免有北宋后无词之叹也"，则在词史的选择上，前后并无二致。第八则论北宋后期的周邦彦，已经"恨"其"创意之才少"了。第九、十两则言替代字之非，其所针对的也是以吴文英为代表的南宋词人。第十一至十四则论南宋词人，所取词人仅辛弃疾一人而已，其馀皆摘其短处。第二十三则集中评论史达祖、吴文英、王沂孙、张炎、周密、陈允平诸家，认为诸家"词虽不同，然同失之肤浅。虽时代使然，亦其才分有限也"。第二十九则更将宋末诸家譬之"腐烂制艺"。这些条目都在在显示出王国维对北宋以后词的否定态度。这与第三十一则及此后各则的词史判断无疑有着明显的连续性。王国维在第七十七则曾感叹说："北宋风流，过江遂绝，抑真有风会存乎其间耶。"这份感叹其实已经先发于第七则了，前后其实是同一感叹而已。

## 十、境界说及其范畴体系在手稿中的理论进程

当然，手稿的"整体性"更充分地体现在境界说及其范畴体系的理论进程上。

将手稿分为前后两个部分，更多的是瞩目于境界说及其范畴体系的表述位置。境界说的地位当然毋庸置疑，因为无论是一九○八年王国维经过选择、调整后发表在《国粹学报》的初刊本，还是一九一六年初经过再度删减整合后发表在《盛京时报》的重编本，都是以"境界"说开篇，并在紧随其后的若干则连续表述其境界说的内涵及其范畴体系，然后才是以境界为标准对历代词人词作的批评。还原手稿的撰述形态，将"境界"说的提出作为其理论质

的提升的一个阶段的开始,确实是富有学理的。

但如果过执这种结构划分,甚至认为王国维境界说乃是从第三十一则开始凌空而来,凿空而道,就未免理解得过于简单了。细绎前三十则的内容,不仅在文学观念、文体意识、词史判断等方面可以直贯到后一部分,而且即就境界说而言,也可从前一部分寻找到不少端绪。参诸王国维对境界说的诸多分析,概括说来,所谓境界,是指词人在拥有真率朴素之心的基础上,通过寄兴的方式,用自然真切的语言,表达出外物的神韵和作者的深沉感慨,从而体现出广阔的感发空间和深长的艺术韵味。自然、真切、深沉、韵味堪称是境界说的"四要素"①。这些要素在前三十则中,可以说也是被王国维所强调的重要内容,有时甚至相当集中地被强调着。如第七则云:

> 大家之作,其言情也必沁人心脾,其写景也必豁人耳目,其辞脱口而出,而无矫揉装束之态。以其所见者真,所知者深也。持此以衡古今之作者,百不失一。此余所以不免有北宋后无词之叹也。

自然、真切、深沉在这一则是作为一个逻辑整体被强调的。王国维在这一则不仅要求言情、写景以及语言上的真切自然,而且揭示出这种审美形态正是建立在"所见者真,所知者深"的基础之上,而其"北宋后无词之叹"与第三十一则言境界而以"五代北宋所以独绝者在此",其立说根底是完全一致的。而且第七则立足于"大家之作",第三十一则以境界为"最上",都是悬高格以求。可以说,作为境界说的主要理论要素,已经在相当程度上具备在第七则之中了,只是王国维此时尚未提炼出"境界"二字以统其学说而已。

---

① 参见彭玉平评注《人间词话·前言》,中华书局 2010 年版,第 6 页。

第四则借用张惠言"深美闳约"之论,第五则分析李璟词句中的感发与联想空间,第六则称赞冯延巳词"堂庑特大",此三则其实是互为关联的。若非作者先有深美闳约之创作理念,岂能有特大之堂庑?而若无特大之堂庑,则读者的感发与联想其实无由发生。而所谓韵味也正是从这种感发和联想中才能焕发出来的。王国维在第八则对周邦彦词的"深远之致"略有微辞,其实也是对其韵味不足抱有遗憾而已。其他诸如第十二则引用周济评论吴文英词之佳者堪供"追寻",第二十则称赞周邦彦"叶上"三句"真能得荷花之神理",第二十二则认为姜夔词无言外之味、弦外之响,第二十九则批评贺铸词"惜少真味"等,这些条目大都是以深沉和韵味为理论追求的,与后一部分境界说的相关审美追求堪称枹鼓相应。

明乎这样的情形,可以对手稿第八十则有更多的会心了。其语云:

> 严沧浪《诗话》曰:"盛唐诸公,唯在兴趣。羚羊挂角,无迹可求。故其妙处,透澈玲珑,不可凑泊。如空中之音、相中之色、水中之影、镜中之象,言有尽而意无穷。"余谓:北宋以前之词,亦复如是。然沧浪所谓"兴趣",阮亭所谓"神韵",犹不过道其面目,不若鄙人拈出"境界"二字,为探其本也。

王国维虽然是以一种否定的方式列举出严沧浪的兴趣说、王渔洋的神韵说,但实际上境界说对兴趣和神韵二说的理论采择还是主要的。无论是前三十则中出现的"深美闳约"、"深远之致",还是后来出现的"要眇宜修",其实都不离乎兴趣与神韵的基本内涵的。并非如王国维所说的是"面目"与"探本"的不同,而只是有关注范围与言说方式的不同而已。

境界说在时代上立足于五代北宋,在体制上则立足于小令。手稿第五十五则分别在诗词两种文体内部比较尊卑,虽然涉及文体众多,但要旨落在最后的贬低长调上,因为诗词之寄兴言情,确实在小令中表现得更为突出。而"寄兴言情"才是被王国维视为词体的正鹄的。而在前一部分中,推崇小令之意亦屡见不鲜,如在第二十四则,王国维明确说自己填词"不喜作长调",也不希望世人从长调的角度来评价其词。此外在前一部分评述的诸多作品中,除了苏轼《水龙吟》等少量长调之外,褒贬之间多是针对小令而言的。第三十则论散文与骈文、近体诗与古体诗的"学"与"工"、"难"与"易",其宗旨也是要落实在小令与长调学之难易与工之难易的。而"小令易学而难工"一句中,其实是隐含着对小令的尊崇的。手稿中即使被称誉的长调,在王国维的语境中也都是以"例外"的方式出现的。第二十四则列举自己的《水龙吟》、《齐天乐》长调是如此,第五十六则评论他人之作亦是如此。其语云:

> 长调自以周、柳、苏、辛为最工。美成《浪淘沙慢》二词,精壮顿挫,已开北曲之先声。若屯田之《八声甘州》、玉局之《水调歌头·中秋寄子由》,则伫兴之作,格高千古,不能以常词论也。

评周邦彦、柳永、苏轼、辛弃疾四家长调为"最工",其中对柳永《八声甘州》、苏轼之《水调歌头》评价尤高,誉为"伫兴之作,格高千古",其实乃称赞其性情之真及韵味深远而已,隐回到境界说的若干内涵。但王国维称赞柳永、苏轼二长调乃"伫兴之作",是以小令作法来评价长调,从学理上说是有问题的。因为小令字数少,所以要将题旨隐于言外,而长调文字较多,故可将用意曲折安排其中。小令自可"直寻",以使逸兴湍飞;长调则须曲折致意,以见结构之浑成。王国维不辨小令、长调创作方法之不同,甚可异也;而持小令作法来评判长调,斯更可异也。此则当然也说明,王国维对长调的看法也是略有松动的。其"不能以常词论"云云,即是对长调的一种有限度肯定。

"有我之境"与"无我之境"的表述主要见于手稿第三十三、三十六两则。前言诗词对勘，曾经指出这两境的划分其实在某种程度上类似于诗、词两种文体的划分。王国维分析"有我之境"，只以冯延巳"泪眼"二句、秦观"可堪"二句来作为例证，而分析"无我之境"，只以陶潜"采菊"二句、元好问"寒波"二句为例证。虽然王国维并没有强调这种两境的分类中包含着一定的文体因素，但通过所举之例，还是透露出"有我之境"更侧重悲情之词境，"无我之境"则更侧重旷达之诗境。而手稿第一则分明已具两境之雏形了。其语云：

> 《诗·蒹葭》一篇，最得风人深致。晏同叔之"昨夜西风凋碧树。独上高楼，望尽天涯路"，意颇近之。但一洒落，一悲壮耳。

也许仅读此节文字，很难联想到"有我之境"与"无我之境"的划分。但试对勘王渔洋《古夫于亭杂录》所云："景文云：'庄周云：送君者皆自崖而返，君自此远矣。令人萧寥有遗世意。'愚谓《秦风·蒹葭》之诗亦然。姜白石所云'言尽意不尽'也。"王渔洋所引录的庄子之语见于《庄子·山木》，是市南子（熊宜僚）为解鲁侯之忧而语，鲁侯为"有人"、"有国"所累而露忧色，市南子希望他"刳形去皮，洒心去欲"，而游于"无人之野"、"建德之国"，"与道相辅而行"，鲁侯仍以无人、无粮、无食为忧，市南子曰："少君之费，寡君之欲，虽无粮而乃足。君其涉于江而浮于海，望之而不见其崖，愈往而不知其所穷。送君者皆自崖而反。君自此远矣。"远离人世，方能达到彼岸。《山木》篇的主旨与《人间世》相近，都是以寓言来阐明身处浊世而避患害之术，确有一种洒脱的情怀在里面。王渔洋把这种对"世外"人生的追求与对"言外"艺术的追求沟通起来，揭示其精神之相似。刘熙载《读书札记》亦云："洒脱由于无欲。如处富贵,超乎富贵之外;处死生,超乎死生之外,皆是洒脱也。"[①]渔洋之"遗世意"、融斋之"洒脱"与静安之"洒落",意思正为相近,都与后来所提出的"无我之境"可以相通。而晏殊"昨夜"三句中,正表现了词人既迷茫于人世,又无法超越现世而带来的悲苦情怀。在这些语境中,洒落更多地见出人性之普适,故呈现出"大我";悲壮更多地见出诗人之偏至,故呈现出"小我"。"洒落"与"悲壮"显然部分地隐含"无我之境"与"有我之境"之意味,只是此时的王国维尚处于不自觉而已。

"隔与不隔"的理论主要见于第七十七、七十八、八十一等三则,概括而言,所谓隔主要表现为写景不够明晰,或者在写景中融入了太多的情感因素,导致景物的特征不鲜明,不灵动;当然,虚假、模糊的情感也属于"隔"的范畴。所谓不隔主要表现在写情、写景的真切、透彻、自然方面,能够让读者自如地深入到作品的情景中去,而了无障碍[②]。而介乎其中的"稍隔"则更多是从结构的角度来分析一阕之中前后之间情景表达的搭配问题。如果细绎手稿的前三十则,则王国维对隔之反对、对不隔之推崇已经是十分鲜明了。第七则以"大家之作"为例,对言情、写景、用语的要求,其实都是以"不隔"为理论底蕴的。所谓"其言情也必沁人心脾,其写景也必豁人耳目,其辞脱口而出,而无矫揉装束之态",其实第七十八则"语语都在目前,便是不隔"一句,便已大致涵括其意了。第九、十两则力斥替代字之非,也是因为替代字往往因其自具渊源而先障


---

① 刘熙载著,刘立人、陈文和点校《刘熙载集》,华东师范大学出版社1993年版,第546页。

② 参见彭玉平评注《人间词话·前言》,中华书局2010年版,第8页。另,关于"隔与不隔"说的理论内容,可参考彭玉平《论王国维"隔"与"不隔"说的四种结构形态及周边问题》一文,刊《文学评论》2009年第六期。

人间词话疏证

66

去部分意思,而失去自然、真切的韵味。第十四则以"映梦窗零乱碧"评吴文英词,似乎与张炎"七宝楼台"之评相近,言其意旨飘忽,意象零乱,缺乏深沉之思而徒有外在形式之眩目耳。果如此,则梦窗词于言情、写景、语言三者皆"隔"矣。

王国维不仅在前三十则比较充分地表现了对"不隔"之境的审美追求,而且在话语上也留下了痕迹。第二十则云:

> 美成《青玉案》词:"叶上初阳干宿雨。水面清圆,一一风荷举。"此真能得荷之神理者。觉白石《念奴娇》、《惜红衣》二词,犹有隔雾看花之恨。

以"神理"与"隔雾看花"对举,实为后来"隔与不隔"理论之雏形,但话语模糊耳。所谓"神理",即是咏物而得其精神、神韵之意,得其精神、神韵,亦即得其真,得其真,自然不隔;雾里看花,自然失真,失真自然就隔。周邦彦的"叶上"数句,不仅写出了雨后清晨风吹荷动之神韵,更以一"举"字将荷花之风情与骨力结合起来。这个"举"字和张先"云破月来花弄影"的"弄"字,宋祁"红杏枝头春意闹"的"闹"字,欧阳修"绿杨楼外出秋千"的"出"字等等,都具备相似的功能,将原本潜在的不引人注意的意趣引发出来,是一句之"眼",也是一句之"神"。当然,王国维将周邦彦之"句"与姜夔之"篇"来作对比,似有欠学理。观手稿后半论及"隔"与"不隔",即改以"句"为基本单位,这样的对比才是在同一层面上进行的对比,也才更具可信性。

就王国维提及的这三首词具体而论,亦可见其神理与隔的区别。三首词都写荷花,王国维只引录了周邦彦"叶上"三句,以表现其"不隔"而已。而在王国维的语境中,清真此词的不隔是在与姜夔的《念奴娇》和《惜红衣》两首词的对照中显示出来的。录姜夔二词于下:

　　闹红一舸,记来时,尝与鸳鸯为侣。三十六陂人未到,水佩风裳无数。翠叶吹凉,玉容销酒,更洒菰蒲雨。嫣然摇动,冷香飞上诗句。　　日暮。青盖亭亭,情人不见,争忍凌波去。只恐舞衣寒易落,愁入西风南浦。高柳垂阴,老鱼吹浪,留我花间住。田田多少,几回沙际归路。(《念奴娇》)

　　簟枕邀凉,琴书换日,睡馀无力。细洒冰泉,并刀破甘碧。墙头唤酒,谁问讯城南诗客。岑寂。高柳晚蝉,说西风消息。

　　虹梁水陌,鱼浪吹香,红衣半狼藉。维舟试望故国。眇天北。可惜渚边沙外,不共美人游历。问甚时同赋,三十六陂秋色。(《惜红衣》)

与清真《青玉案》相似,姜夔这两首词也以荷花为主要描写对象,但前首不过起拍之后数句至上阕结束写荷花,后首只有换头数句言及荷花,在全词中所占的文字比例并不高。而且就这涉及荷花的几句来看,其笔法之隐约,甚至令人忘其是在写荷花。相形之下,周邦彦"叶上"数句,乃让人如面满池的荷花。两者鲜明与隐约的区别是颇为分明的。欲再进而论之,周邦彦一首乃是写岸上观赏荷花,因此满池景色尽入眼中;而姜夔两首乃是写身入群荷之中来观荷,故不免有"只缘身在荷花中"的局限。周邦彦观荷是在雨后晴阳之下,故被雨水冲洗过的荷叶荷花会呈现出特别的青翠和艳丽;而姜夔两首,据词前小序,《念奴娇》是姜夔将荡舟在武陵"古城野水,乔木参天……意象幽闲,不类人境"的环境中和后来在吴兴"夜泛西湖"的经历结合来写的,其环境之幽暗固不同于周邦彦所见之阳光明媚。《惜红衣》也是写于吴兴,乃写数度往来于"荷花盛丽"之中的闻见,则视线也是因身居池中而略受干扰。所以观察荷花的视点不同、时段不同、明暗不同,因此写出来的景致也就不同。周邦彦写荷花近乎实写,姜夔则近乎虚写,所以周邦彦笔下的荷花宛然生姿,而姜夔笔下的荷花则隐约迷离。王国维看到两人创作风格的不同,应该是敏锐的,其所谓隔与不隔的原意,由此而部分地呈现出来。甚至可以说,王国维在后面之所以能提炼出"隔与不隔"的理论,或许与这种对具体作品的审美感受有着不可分割的关系。不过,质实而言,王国维如此分别隔与不隔,其本身的局限也是明显的,因为虽然同是写景,随着视点、时段、明暗不同,其呈现出来的景致也自然有清晰与模糊之不同,只要是符合当时情境的,最大程度地体现出景致当时当地特点的,其实也应该纳入不隔的范围。

综合以上的分析,可以得出结论:虽然我们大致将手稿的结构以第三十则为界,分为前后两个部分,但其中前面的不少理论其实暗逗后面的理论,而后面的若干理论也呼应着前面的分析。只是前三十则中包含诸多理论萌芽,尚没能提炼出明确的个性化的话语表述,诸多理论只是以一种潜在的方式存在而已。王国维略显散漫的撰述方式,也大体决定了手稿在大的前后分段的结构形态之外,也必然会夹杂着若干相对集中、散点分析、指向一致的小的结构形态。有学者指出:"《人间词话》原手稿结构方式应该就是王国维阅读思考的自然记录。"①这"自然"二字应该是大体符合实际的。同时,按照王国维的撰述习惯,手稿的撰写毕竟不可能持续很长时间,王国维本人的文学观念便也不可能在短时期内经历太大的变化,更不可能发生本质性的转变,所以手稿的整体性同样是不能轻易否定的。特别是王国维在后一部分提出的境界说、有我之境与无我之境说、隔与不隔说等,更是可以从前一部分寻绎到理论之端绪。尤其值得注意的是:王国维在手稿中择录若干拟在《国粹

---

① 李砾《〈人间词话〉辨》,中国社会科学出版社 2006 年版,第 140 页。

学报》发表时，第一次标序并非是以手稿第三十一则"词以境界为最上"一则为起始，而是以手稿第七则"大家之作"为"一"的，而被列为"二"的则是第十七则"诗至唐中叶以后"一则。这意味着，即使在王国维撰述完全部手稿之后，境界说的核心地位也没有自然形成，而是在反复的斟酌中，才凸显出来。则手稿前三十则在王国维心中的分量应该是并不轻的。而王国维在第二次标序时以手稿第三十一则为"一"，其实也不是从根本上转换其理论，而只是因为其"境界"的话语带有新创的意味而已。事实上，手稿第十则除了没有出现"境界"二字，其内涵与境界说、隔与不隔说等堪称陈仓暗渡，具有很高的密合度。有学者将手稿前三十则视为境界说基本思想的形成阶段，而将后九十五则视为境界说的拈出与展开，即是从学理上将手稿作为一个文本整体来认知的①。我认为这一认知理路是符合实际的。境界说及其范畴体系的理论渐进过程，从本质上说，在手稿中的体现是不容机械割裂而带有整体意义的。

## 十一、关于本书体例的说明

本书全面疏证《人间词话》手稿一百二十五则的内容，其顺序及文字一依手稿原貌。所有文字都一一覆核二〇〇五年由浙江古籍出版社影印的《王国维〈人间词〉〈人间词话〉手稿》，同时也参考了一九八六年由齐鲁书社出版的滕咸惠之《人间词话新注》（修订本）。笔者为一亲王国维手泽，也曾于二〇〇九年四月专程赴北京

---

① 参见马正平《生命的空间——〈人间词话〉的当代解读》第二、三章，中国社会科学出版社2000年版。但马正平进而认为手稿自第三十一则以后的思想并未超过前三十则的范围，则未免过甚其论。又承陈鸿祥之论以前三十则为"第一手稿"，后九十五则为"第二手稿"，"两种"手稿分撰于不同时期，似亦索解过深。"分撰"一说尤属无谓。参见该书第51、58页。

国家图书馆访读《人间词话》手稿。自上个世纪八十年代以来,手稿本一直与人民文学出版社一九六〇年所出版的徐调孚注、王幼安校订本《人间词话》并行于世。但就影响而言,徐、王的"通行本"要远在手稿本之上。笔者考虑到手稿本在王国维词学中具有重要的奠基意义,而且展现了更为丰富的内容,因逐条疏证于后。同时为了方便读者全面了解手稿的基本情况,特撰长篇绪论,冠于"疏证"之前。

　　全书词话文字,以手稿为准。由于手稿本身就经过了王国维多次删订,笔者根据其删订情况,略作取舍。对于若干王国维已经删去的文字,考虑到语境的完整性,仍将其恢复过来。故虽同为"手稿",若干文字与滕咸惠新注本仍有差异。手稿的顺序也略有变动,因为有的条目补写在书眉,其顺序本身就不固定;有的写完后删去部分文字,另组成新的条目。此次整理手稿,大体按照内容情况,略作调整。若干被删去的文字,如果文字也能自成意思段落,则仍独立成条目。

　　手稿原未分卷,考虑到手稿虽然从理论的隐显而言,可以第三十则为界分为前后两个部分,但这两个部分的篇幅比例过于悬殊。为方便阅读,特将后一部分再细分为二卷,这样本书在结构上就分为上、中、下三卷。上卷起第一则,迄第三十则,可视为境界说的酝酿准备期;中卷起第三十一则,迄第八十一则,可视为境界说的阐发分析期;下卷起第八十二则,迄第一百二十五则,可视为境界说的补证引申期。三卷的划分只是相对而言,或有助于读者初步领会其结构特点而已。考虑到《人间词话》的读者面较广,每则之下加以注释,主要注明作家的基本情况、用典、文学常识、引文出处等。凡是词话引用的诗词,则在注释中注出全篇。

　　"疏证"是本书的重点。疏证文字在说明重要的修订情况之外,主要疏通本则的内容、与前后则的关系及其理论源流。有些条目的疏证融入了较多的学术史阐说,有些则是略申己见。基本原则是在先具"同情之了解"的基础上,再进行学术裁断。有话则长,无话则短,故疏证文字的长短并不均衡。

为方便读者对照通行本,特将《国粹学报》和《盛京时报》两本《人间词话》附录于后。"王国维词论汇录"则是综合了赵万里、徐调孚、陈乃乾、陈鸿祥等人从王国维其他著述、序跋、批点、题扇、谈话中选录的内容。笔者也新增了七则,其中从王国维《词录》的序例及诸版本下的说明文字中摘录了六则,从藏于日本东洋文库的王国维批注词曲集中选录了一则《寿域词跋》。这样,不仅王国维三种版本的《人间词话》都汇录一书,而且将专书之外的论词之语也尽量收录,庶几使读者一窥王国维词学之全貌。

本书参考了不少前人时贤的若干论著,文中均已标明,在此一并致以谢意。我的博士生王卫星、刘兴晖、程刚、鹿苗苗通读了全稿,校出了不少错漏,也在这里谢谢她们。责编马婧博士费心至多,以她深厚的学养弥补了拙稿的诸多不足,不是每个作者都能如此幸运的。

# 人间词话疏证卷上

## 第一则

《诗·蒹葭》〔一〕一篇，最得风人深致。晏同叔〔二〕之"昨夜西风凋碧树。独上高楼，望尽天涯路"〔三〕，意颇近之。但一洒落，一悲壮耳。

【注释】

〔一〕《诗·蒹葭》："蒹葭苍苍，白露为霜。所谓伊人，在水一方。溯洄从之，道阻且长。溯游从之，宛在水中央。蒹葭凄凄，白露未晞。所谓伊人，在水之湄。溯洄从之，道阻且跻。溯游从之，宛在水中坻。蒹葭采采，白露未已。所谓伊人，在水之涘。溯洄从之，道阻且右。溯游从之，宛在水中沚。"

〔二〕晏同叔：即晏殊（991—1055），字同叔，临川（今属江西省）人。著有《珠玉词》，存词一百三十多首。

〔三〕"昨夜"三句：出自晏殊《蝶恋花》："槛菊愁烟兰泣露。罗幕轻寒，燕子双飞去。明月不谙别离苦。斜光到晓穿朱户。　昨夜西风凋碧树。独上高楼，望尽天涯路。欲寄彩笺兼尺素。山长水阔知何处。"

【疏证】

　　将《蒹葭》与晏殊"昨夜西风"句作比较,意在说明,诗与词可以同"意",但因表现各异而风格不同,其中词的"悲壮"被揭示出来,词体的重要特性被隐约拈出。其诗词对勘的撰述理路,首则即现,以下多则皆仿此,故在诗词的文体差异中突显词体特征,应该是王国维自觉的撰述理念。而且其自批其《喜迁莺》(秋雨霁)曰:"词境甚高,必读唐人诗。"①唐诗之与词境的关系可见一斑。又,诗词对勘的方法,在清初刘体仁《七颂堂词绎》中已有使用,如:"词有与古诗同妙者,如'问甚时同赋,三十六陂秋色'(姜夔《惜红衣》),即灞岸之兴也(王粲《七哀诗》'南登灞陵岸,回首望长安');'关河冷落,残照当楼'(柳永《八声甘州》),即敕勒之歌也;'危楼云雨上,其下水扶天'(李泳《水调歌头·题甘将军庙卷雪楼》),即明月积雪之句也(谢灵运《岁暮》'明月照积雪,朔风劲且哀');'燕子楼空,佳人何在,空锁楼中燕'(苏轼《永遇乐》),即平生少年之篇也(阮籍《咏怀》其五'平生少年时,轻薄好弦歌')。"静安词话承袭刘体仁之语之思处甚多,如词之体性、境界说之形成,皆可烛见其痕迹。词话以此开篇,颇疑静安乃读前人词话有感,或引而申之,或辩而证之,当叙引久之,思虑积成,方渐成一家之言。然静安此则犹在诗词之同中较出异来,心思也更为细密。从此则学理而言,王国维称道"在水一方"的洒脱与空灵,在诗固可不含悲情,在词却不可不含悲音,诗词在外在形式上可以似曾相识,但在内在的情感范围中,却存在着明显的差异。

　　王国维对《诗经》的关注和评论,在一九〇六年完成的《文学小言》中已有体现,第八则云:"'燕燕于飞,差池其羽','燕燕于飞,颉之

---

① 王国维著《王国维〈人间词〉〈人间词话〉手稿》,浙江古籍出版社 2005 年版,第 40 页。

颀之'，'睍睆黄鸟，载好其音'，'昔我往矣，杨柳依依'。诗人体物之妙，侔于造化，然皆出于离人孽子征夫之口，故知感情真者，其观物亦真。"第九则云："'驾彼四牡，四牡项领。我瞻四方，蹙蹙靡所骋。'以《离骚》、《远游》数千言言之而不足者，独以十七字尽之，岂不诡哉！然以讥屈子之文胜，则亦非知言者也。"词话开篇由《诗经》说起，盖有由也。又，王国维此则的意味已先见于王渔洋《古夫于亭杂录》，其语云："景文云：'庄周云：送君者皆自崖而返，君自此远矣。令人萧寥有遗世意。'愚谓《秦风·蒹葭》之诗亦然。姜白石所云'言尽意不尽'也。"庄子的这句话见于《山木》，是市南子（熊宜僚）为解鲁侯之忧而语，鲁侯为"有人"、"有国"所累而露忧色，市南子希望他"刳形去皮，洒心去欲"，而游于"无人之野"、"建德之国"，"与道相辅而行"，鲁侯仍以无人、无粮、无食为忧，市南子曰："少君之费，寡君之欲，虽无粮而乃足。君其涉于江而浮于海，望之而不见其崖，愈往而不知其所穷。送君者皆自崖而反。君自此远矣。"远离人世，方能达到彼岸。《山木》篇的主旨与《人间世》相近，都是以寓言来阐明身处浊世而避患害之术，确有一种洒脱的情怀在里面。王渔洋把这种对"世外"人生的追求与对"言外"艺术的追求沟通起来，揭示其精神之相似。王国维自身也熟稔《庄子》一书，任职《农学报》时，晨起即高声朗读《庄子》，令罗振玉深感惊讶①。刘熙载《读书札记》亦云："洒脱由于无欲。如处富贵者，超乎富贵之外；处死生，超乎死生之外，皆是洒脱也。"渔洋之"遗世意"、融斋之"洒脱"与静安之"洒落"，意思正为相近。王国维在第一则中提出的"风人深致"、"洒落"，在第三十一则提出境界说之前，其实正是其持以论词之本。即其后来所著《东山杂记》，亦同持此说，其语云："近时诗人如陈伯严辈，皆瓣香江西。然形貌虽具，而于诗人之

---

① 参见龙峨精灵《观堂别传》，陈平原、王枫编《追忆王国维》，中国广播电视出版社1997年版，第423页。

旨殊无所得，令人读之，索然共尽。顷读沈乙庵方伯《秋怀》诗三首，意境深邃而寥廓，虽使山谷、后山为之，亦不是过也。"前后对勘，颇有意味。"洒落"与"悲壮"已隐含"无我之境"与"有我之境"之意味，只是此时静安尚不自觉而已。

# 第二则

古今之成大事业、大学问者，罔不经过三种之境界："昨夜西风凋碧树。独上高楼，望尽天涯路"，此第一境界也；"衣带渐宽终不悔。为伊消得人憔悴"（欧阳永叔）〔一〕，此第二境界也；"众里寻他千百度。回头蓦见，那人正在、灯火阑珊处"（辛幼安）〔二〕，此第三境界也。此等语皆非大词人不能道。然遽以此意解释诸词，恐为晏、欧〔三〕诸公所不许也。

【注释】

〔一〕"衣带"二句：出自柳永《凤楼梧》："伫倚危楼风细细。望极春愁，黯黯生天际。草色烟光残照里。无言谁会凭栏意。　拟把疏狂图一醉，对酒当歌，强乐还无味。衣带渐宽终不悔。为伊消得人憔悴。"王国维括注"欧阳永叔"乃误注。

〔二〕"众里"三句：出自辛弃疾《青玉案·元夕》："东风夜放花千树。更吹落、星如雨。宝马雕车香满路。凤箫声动，玉壶光转，一夜鱼龙舞。　蛾儿雪柳黄金缕。笑语盈盈暗香去。众里寻他千百度。蓦然回首，那人却在，灯火阑珊处。"

〔三〕晏欧：即晏殊、欧阳修。但本文语境应是"晏柳"，即晏殊与柳永。欧阳修（1007—1072），字永叔，号醉翁，晚号六一居士，吉州庐陵（今江西省吉安市）人。词集名《欧阳文忠公近体乐府》，收词一百九十馀首。又有《醉翁琴趣外篇》六卷和《六一词》一卷等本，既多有与《欧阳文忠公近体乐府》重复者,也有他人之作羼入。

【疏证】

提出"三种境界"之说,在二、三境引语后分别补注"欧阳永叔"和"辛幼安",而第一境后阙如,盖为第一则已引用晏殊语,前后对照分明,故无需赘言。三境说本身有姑妄言之的意味,王国维对三境引语认为是"非大词人不能道",意在揭示语言感发空间的大小缘于词人眼界的大小,词人之"大",即在于其作品可供联想空间之大。王国维又说,以三境解释诸词,"恐为晏、欧诸公所不许",语气转折之间,其意或在明自我说词方式在由我发挥这一点上,即断章取义,亦取其仿佛耳。此数语盖盘桓静安心中已久,其作于一九〇五年之《浣溪沙》之下阕即云:"为制新词髭尽断,偶听悲剧泪无端。可怜衣带为谁宽。"三境皆就精神立论。徐复观《王国维〈人间词话〉境界说试评》云:"所谓第一境是指望道未见,起步向前追求的精神状态,第二境是指在追求中发愤忘食、乐以忘忧的精神状态,第三境是一旦豁然贯通的自得精神状态。"此处"境界"与后来形成之"境界说"尚无关系,相当于"阶段"之意。借用前人成句来说明修养进阶是颇有先例的。北宋晁迥(九四八——一〇三一)《法藏碎金录》多喜欢将佛理与诗学融会,将会心处随笔札出。其有关于学道的一节话,其理路与王国维所论堪称暗合。其语云:"每览前辈词章,予心惬当者,必采而书之。有句云:'凝神入混茫。'予以为学道之初,从宴息也。又有句云:'融神出空寂。'予以为学道之成,得自在也,枚卜同人未遇知者。"晁迥摘枚卜诗句来形容学道之初和学道之成的两种境界,从本质上来说只是一种断章取义,但晁迥将这种断章取义建立在"惬心"和"遇知"的前提上,则晁迥实际上是以枚卜的知者自许的;或者说,枚卜的诗意沉沦已久,晁迥则从与己会心处来拈出作解。晁迥与枚卜之间是一种直接的会通的关系。王国维借用成句来言说三种境界,在"予心惬当"这一点上,与晁迥无异。但王国维并不以"知者"自许，因为改变了语境，且是组合而成，所以他明确自己只是一种断章取义的用法。又，我一直认为王国维对于严羽之诗说是有暗中承袭的，即三分阶段说，也可与《沧浪诗话》之"学诗有三节：其初不识好恶，连篇累牍，肆笔而成；既识羞愧，始生畏缩，成之极难；及其透彻，则七纵八横，信手拈来，头头是道矣"对勘，其思路立见。就词业而言，三分学人境界，似乎受刘熙载的影响，其《艺概·词曲概》有云："'没些儿嫠珊勃窣，也不是峥嵘突兀，管做彻元分人物'，此陈同甫《三部乐》词也。余欲借其语以判词品。词以'元分人物'为最上，'峥嵘突兀'犹不失为奇杰，'嫠珊勃窣'则沦于侧媚矣。"此乃著名的词人三品说。又《艺概·诗概》亦云："诗品出于人品。人品悃款朴忠者最上；超然高举，诛茅力耕者次之；送往劳来，从俗富贵者无讥焉。"也是三品论诗人。检手稿，静安颇多借用融斋其论其语及思想方式者，然静安借用周济之思之语往往直揭出处，而借用融斋则多未露痕迹。

　　另需说明的是：王国维对三种境界之感受，已先见于《文学小言》。其第五则云："古今之成大事业大学问者，不可不历三种之阶级：'昨夜西风凋碧树。独上高楼，望尽天涯路'（晏同叔《蝶恋花》），此第一阶级也；'衣带渐宽终不悔。为伊消得人憔悴'（欧阳永叔《蝶恋花》），此第二阶级也；'众里寻他千百度。回头蓦见，那人正在、灯火阑珊处'（辛幼安《青玉案》），此第三阶级也。未有不阅第一第二阶级，而能遽跻第三阶级者。文学亦然。此有文学上之天才，所以又需莫大之修养也。"文字虽与《人间词话》略异，基本思路仍是一贯的，其易"阶级"为"境界"，可能正是触发"境界说"之重要一因。只是《文学小言》之论偏于绝对，词话文字则略有回旋，斟酌修改之迹，也未尝不是一种理论提炼和淬化的反映。在《人间词话》撰成七八年后，王国维将全部六十四则中"颇有可采"者，以及手稿中若干则，或删或订或并，定为三十一则重刊于《盛京时报》，不足《国粹学报》初刊本的一半，显然有取其精粹的意思。而三种境界说依然在列，语言则又加以斟酌变化："成就一切事，罔不历三种境界：'昨夜西风凋碧树。独上高楼，望尽天涯路'，此第一境也；'衣带渐宽终不悔。为伊消得人憔悴'，此第二境也；'众里寻他千百度，回头蓦见，那人正在、灯火阑珊处'，此第三境也。此等语皆非大词人不能道。然遽以此意解诸词，恐为晏、欧诸公所不许也。""三种境界"之说，原本有姑妄言之的意味，但从王国维对其反复修改和选录，可以见出其在王国维词学思想中的地位，固非"姑妄言之"四字可尽也。作为摘句的"三种境界"虽然没有变化，但针对的对象和延伸的意义则是处于不断的调整之中，语言表述也因此在发生着微妙的变化。在《文学小言》和《人间词话》中，三种境界虽然主要都是针对成就"大事业大学问"的角度来说的，但《文学小言》由此而延伸到有"文学上之天才者"，《人间词话》则停留在"大事业大学问"方面，显然，王国维初期立说，是将文学与大事业大学问并列而论的，而到《人间词话》则将文学纳入到大事业大学问之中了。至《盛京时报》本《人间词话》，王国维则又将原本针对大事业大学问专论的三种境界一下拓展到"成就一切事"，则又赋予三种境界以广阔的人文精神了。所以三种境界之说，固非王国维徒逞巧慧之言，而是别饶深意，不可等闲视之。

以上是结合诗词作品和有关历史语境对"三种境界"说的分析。其实在王国维晚年曾有一番自行的解说，转见于蒲菁《人间词话补笺》①。补笺转引了曾就读清华学校并与吴宓、王国维相当稔熟的吴芳吉的话，而吴芳吉正是因蒲菁之问，于入都后面询王国维而获悉的。补笺转引其语曰：

> 江津吴碧柳芳吉曩教于西北大学，某举此节问之，碧柳未能对。嗣入都因请于先生。先生谓第一境即所谓世无明王，棲棲皇

---

① 与靳德峻《人间词话笺证》合刊，四川人民出版社 1981 年版，第 32—33 页。

皇者;第二境是"知其不可而为之";第三境非"归与归与"之叹与?

　　吴芳吉因吴宓推荐任教西北大学的时间是一九二五年九月至一九二七年八月,期间于一九二七年二月曾随同到西安省父的吴宓回到北京清华园,商讨合刊《两吴生诗集》的问题。其向王国维当面请教"三种境界"之说,应该正是这个时候。因为当年六月,王国维即自沉颐和园昆明湖了。按照王国维自己的解释,这三种境界原来都与孔子的身世有关。但王国维出语简约,而蒲菁只是转引于此,并未加以阐释。其实王国维的微意是仍需要通过进一步的阐释才能感知的。《论语·子罕》:"子曰:'凤鸟不至,河不出图,吾已矣夫!'"关于"吾已矣夫"一句的解释,便多与"世无明王"有关。孔子为了推行自己的王道主张,周游列国,但不被重用,故忧叹时无明王,而对自己的前途也不免担心忧虑。所谓"棲棲皇皇"正是形容孔子忧虑不安之情状。《孟子·滕文公下》:"孔子三月无君,则皇皇如也。"《后汉书·苏竟传》亦云:"仲尼棲棲,墨子遑遑。"可见"棲棲皇皇"在历代典籍中多用以形容孔子忧国忧民忧己之情状。王国维用孔子的这一心态来契入晏殊"昨夜西风"数句的语境中,以"望尽天涯路"来对勘因世无明王而带来的棲棲皇皇的心理,倒也确有几分神似。王国维用以解释第二境的"知其不可而为之"一句,也同样来自孔子的典故。《论语·宪问》记载曰:"子路宿于石门。晨门曰:'奚自?'子路曰:'自孔氏。'曰:'是知其不可而为之者与?'"孔子奔于乱世而欲有所作为,此在他人不免被视为枉费心力,但在孔子却是执着而坚守着自己的理念。王国维用柳永"衣带渐宽终不悔。为伊消得人憔悴"来比拟这种执着的精神,亦属神悟。王国维用"归与归与"来解释第三境,原典出自《论语·公冶长》:"子在陈曰:'归与,归与!吾党之小子狂简,斐然成章,不知所以裁之。'"《史记·孔子世家》的记载与此略异:"孔子居陈三岁,会晋楚争强,更伐陈,及吴侵陈,陈常被寇。孔子曰:'归与归与!吾党之小子狂简,进取不忘其初.'于是孔子去陈。"孔子的"归与归与"之叹,并非放弃自己的信念,退隐栖息,而是调整策略,回到鲁国与狂简的"吾党小子"继续进取而已。是在经历了"知其不可为而为"之后的"知其可为而为"。王国维用辛弃疾"众里寻他千百度。回头蓦见,那人正在、灯火阑珊处"数句来比拟这最后也是最高的境界,其实并非喻示成就最终的大事业、大学问本身,而是指在历经磨炼和艰难困苦后,找到真正属于自己的天地而已,一切的事业和学问要从这片天地出发。所以这三种境界,按照王国维的解释,其实是寻觅理想的过程而已,从无根的忧虑到徒然的努力再到最后幡然醒悟前行的方向,正是一个从空阔到具体,从茫然到清晰的心路旅程。

　　王国维借词句来比拟境界的不同,又借孔子来落实境界的内涵,确实是煞费苦心。如果按照这一番颇费周折的比拟,则还须回看王国维自己的心路变化,才能得其真解。王国维从早年的钻研西方哲学、美学、伦理学到其后的研究词学、戏曲再到最后的研究古文字、古史学、西北地理和蒙元史,其实也是大体经历了三个阶段。王国维在晚年不愿提及早年的哲学研究,甚至连文学研究也曾比较讳言,而对于自己的史地学研究则颇为自得,则其学术历程的"归与""灯火阑珊处",正可视作是一番自我表白。其《浣溪沙》词有"掩卷平生有百端,饱更忧患转冥顽……更缘随例弄丹铅,闲愁无况况清欢"之句,也是自道其心境之变幻。两相对勘,颇有意味。因为王国维的这一番借孔子立言乃在其人生的最后一年,则这一番解释也只能看作是自己晚境的重新认知。因为一九〇六年王国维在发表其《文学小言》之时,已经大体包含有这"三种境界"之说了。若类推以论,王国维在这一时期仍处于"栖栖皇皇"和"知其不可为而为之"交叉的这一时期,在哲学和文学领域尚处于兜兜转转之时,谅也未必有如此清晰的认识,更不可能预知后来的"归与"古文字、古史地之学。

　　或许正是因为这一点,陈鸿祥认为王国维"三种境界"之说,既作于其钻研康德哲学之时，则很可能在话语上也受到康德思想的影响。《教育世界》一九〇四年第六期曾刊《汗德之哲学说》一文，虽未署名，但据陈鸿祥考证，当为王国维之作无疑。该文总结康德的"知力三阶级"之说云："（一）由空间及时间之形式，而结合感觉，以成知觉；（二）由悟性之概念，而结合知觉，以为自然界之经验；（三）由理念之力，而结合经验之判断，以得形而上学之知识。此知力之三阶级，皆综合之特别形式。"知觉、自然界之经验、形而上学之知识三个递进的阶段，在康德哲学中是知力发展的必经阶段。尤其是"知力之三阶级"之"阶级"一词，与王国维在《文学小言》中的用词更是一致，所以陈鸿祥说："王国维本人论'古今之成大事业、大学问者，不可不历三种之阶级'，又发展为《人间词话》之著名'三境界'说，虽取的是'断章云尔'的'拈出'法（即'摘句'）；但他那'未有不阅第一第二阶级，而能遽跻第三阶级者'的论说，却不能不说是受启迪于康德，并严格地循着康德'批判哲学'中规定的'知力之三阶级'的进程而不逾其矩的。"[①]是否严格遵循康德之意，这当然是可以讨论的，因为不遑说王国维在话语上后来有"境界"的变化，而且王国维自己也有"姑妄言之"的自陈的。但在话语形式上的承传确实是有迹可循的。

## 第三则

太白[一]纯以气象胜。"西风残照，汉家陵阙"[二]，寥寥八字，独有千古。后世唯范文正[三]之《渔家傲》[四]、夏英公[五]之《喜迁莺》[六]差堪继武，然气象已不逮矣。

---

① 　陈鸿祥《王国维与近代东西方学人》，天津古籍出版社 1990 年版，第 39 页。

**【注释】**

〔一〕太白:即李白(701—762),相传为李白所作《菩萨蛮》(平林漠漠)、《忆秦娥》(箫声咽),为宋代黄昇誉为"百代词曲之祖"。

〔二〕"西风"一句:出自李白《忆秦娥》:"箫声咽,秦娥梦断秦楼月。秦楼月,年年柳色,灞陵伤别。乐游原上清秋节,咸阳古道音尘绝。音尘绝,西风残照,汉家陵阙。"

〔三〕范文正:即范仲淹(989—1052),字希文,谥文正。吴县(今属江苏省)人。存词五首,《彊村丛书》录为《范文正公诗馀》一卷。

〔四〕范仲淹《渔家傲·秋思》:"塞下秋来风景异。衡阳雁去无留意。四面边声连角起。千嶂里。长烟落日孤城闭。  浊酒一杯家万里。燕然未勒归无计。羌管悠悠霜满地。人不寐。将军白发征夫泪。"

〔五〕夏英公:即夏竦(985—1051),字子乔,江州德安(今属江西省)人。封为英国公。著有《文庄集》一百卷,不传。《全宋词》录其词一首。

〔六〕夏竦《喜迁莺令》:"霞散绮,月垂钩。帘卷未央楼。夜凉银汉截天流。宫阙锁清秋。  瑶台树。金茎露。凤髓香盘烟雾。三千珠翠拥宸游。水殿按凉州。"

**【疏证】**

以"气象"为核心,从太白、范仲淹到夏英公,直线勾勒,立足词史内部承传及变化,似隐有愈转愈下之感。王国维偏好北宋前词史之意初显。"气象"作为文论范畴,在严羽《沧浪诗话》中已揭出,且屡次使用。其《诗辨》云:"诗之法有五:曰体制,曰格力,曰气象,曰兴趣,曰音节。"《诗评》云:"唐人与本朝人诗,未论工拙,直是气象不同。"又,"汉魏古诗,气象混沌,难以句摘"。"建安之作,全在气象,不可寻枝摘

83

叶。"《考证》云:"予谓此篇(指《西清诗话》所载陶渊明诗《问来使》)诚佳,然其体制气象,与渊明不类。""'迎旦东风骑蹇驴'绝句,决非盛唐人气象"。但严羽重点阐释兴趣、妙悟诸说,并未真正以气象论诗。刘熙载《艺概》卷二亦云:"山之精神写不出,以烟霞写之;春之精神写不出,以草树写之。故诗无气象,则精神亦无所寓矣。"气象当是就作品的整体风貌而言的,侧重以形写神、借景言情的创作方法以及在此基础上形成的风格,是从读者的感觉层面而言。从阅读感受来说,有气象的作品给读者带来的气势也比较强盛,朱光潜《从生理学观点谈诗的"气势"与"神韵"》一文即认为:"读'西风残照,汉家陵阙',我们觉得气象伟大,似乎要抬起头,耸起肩膀,张开胸膛,暂时停止呼吸去领略它。"即表明这种意象能给读者以强烈的生理影响。王国维之所谓"气象"偏于雄浑开阔的作品风貌,类似于刘熙载《艺概》卷二中所说的"景有大小,情有久暂"的"大景"和"久情",词话此后也曾言及境界之"大"、"小",而其意是偏向"大"的,可以说是压缩了严羽的理论内涵了。从后面多则来看,王国维曾熟读《沧浪诗话》,严羽的兴趣说当为引发其境界说的重要渊源之一。又刘熙载《艺概》卷四也盛称太白《菩萨蛮》、《忆秦娥》两阕,"足抵少陵《秋兴》八首",又专评《忆秦娥》一首为"声情悲壮",则静安之气象或当侧重于"声情悲壮"一端。词的"悲"的体性借"气象"一词而潜在地被提了出来。此与第一则也形成呼应。王国维将李白、范仲淹、夏竦三人的词对勘,并认为其气象是愈趋而下,其主要内涵即在于李白"西风残照,汉家陵阙"所叙写者乃人类普遍之悲情,而范仲淹虽也写悲情,但只限于边塞将士之所思,夏竦所写只是一己之感受。故三者虽均写悲情,而内涵之大小,确实是递减的。"气象不逮"云云,盖以此也。夏英公此词,姚子敬手选《古今乐府》曾以其为冠,而杨慎《词品》卷三也称其"富艳精工,诚为绝唱"。但从总体上来说,夏竦算不上一流词人,王国维关注而及,似乎别有原因,《观堂集林》收有王国维《书〈古文四声韵〉后》、《魏石经考四》、《魏石经考五》等文,都提及夏英公有《进古文四声韵表》①,词话稍后也有及于音韵条目,是否由此而及? 尚待进一步考索。

这里要略微谈谈李白《忆秦娥》词的真伪问题。欧阳炯《花间集序》提到李白有应制《清平乐》词四首,此《清平乐》盖指唐玄宗与杨贵妃在沉香亭饮酒欣赏牡丹时,令李白所制乐词《清平调》三首。欧阳炯序称四首,而今存《清平调》仅三首。不知是笔误,还是已散失一首? 值得注意的是:欧阳炯提及唐之词人,仅李白与温庭筠二人而已,馀如张志和、刘禹锡诸人皆忽略。则李白与词的关系,在欧阳炯看来是颇为密切的。但欧阳炯毕竟没有提及《菩萨蛮》和《忆秦娥》两首更为驰名的作品,遂令后人对这两首词是否李白所作生出疑问。宋代这种质疑的声音尚未听到,反而称誉甚多,如黄昇《花庵词选》即将《菩萨蛮》、《忆秦娥》两首誉为"百代词曲之祖"。但自明代开始,质疑之声就相继而起。胡应麟《少室山房笔丛》认为起码有三点理由足以怀疑李白的著作权:其一,李白以风雅自任,连七律都不肯为,如何能作此小词? 其二,《菩萨蛮》词调起于晚唐,李白之世既未有此调,如何能预制其曲? 其三,此二词"虽工丽而气衰飒",与李白飘然不群的性格气质相距甚远。胡应麟推测,此二词的意调既与温庭筠等人的风格相近,当为晚唐人所作而嫁名李白。胡应麟的这一说法,得到了后世不少人的支持,如明代胡震亨《唐音癸签》也附和胡应麟之说,认为是"后人妄托"无疑。清代王琦《李太白集注》、吴衡照《莲子居词话》也认为胡应麟所辨"未为无见",只是与胡应麟批评此二词神气衰飒不同,吴衡照认为其"神理高绝",所以当非温庭筠等人所能为。

胡应麟、胡震亨立论的主要依据见于唐代苏鹗的《杜阳杂编》,因为此书提到《菩萨蛮》词调乃创制于唐宣宗大中初年。而孙光宪《北梦琐言》也提到唐宣宗爱唱《菩萨蛮》词,温庭筠集中所存十多首《菩萨

85

---

① 夏竦编《古文四声韵》,中华书局 1983 年版。

蛮》词原即为令狐相公假温庭筠之手而密进之。这一词调时限的断定,遂成为李白非此二词作者的"铁证"。但《杜阳杂编》确实乃小说家言,据以裁断事实的可信度并不高。而敦煌发见之《云谣集杂曲子》中也有《菩萨蛮》一调,唐玄宗时崔令钦所撰《教坊记》所记曲名也有《菩萨蛮》,则李白填写此调,自然也不奇怪。则仅以《菩萨蛮》、《忆秦娥》二调的创制年代来否定李白的著作权,确乎并不充分。何况正如杨宪益《李白与〈菩萨蛮〉》所考证,李白本为氐人,幼时生长绵州,对于从云南传入中国而源自缅甸的古乐调《菩萨蛮》有所熟悉是很自然的事情。而开元年间,李白流落荆楚,路过鼎州驿楼,因思乡而以故乡旧调填词,也是可能之事。

但此二词的来路确实也不无诡秘之处。据宋释文莹《湘山野录》记载,《菩萨蛮》之最早被发现乃是题壁于鼎州沧水驿楼,并未署名。魏道辅见而爱之,后在长沙曾子宣家中得《古风集》,对勘之下,方知乃李白所作。后魏庆之《诗人玉屑》也承袭此说。而《忆秦娥》的最早来历更是闻诸歌女。《邵氏闻见后录》记自己某秋日在咸阳饯客,见汉王诸陵正在残照中,正所谓"西风残照,汉家陵阙"也,恰有歌此词者以应情景。但作者直言此为李白所作,却未讲明来历。此后凡认为此二词为李白所作者,都援以上之说为依据。但《古风集》今不存,邵氏又不明出处。遗留问题确实多多。而今传李白集中直到元代萧士赟《分类补注李太白诗》方收录此二词。宋及此前诸本李白诗集,均失载。则此二词确有劈空而来之感。要无可争议地确认作者是李白,可征之文献不免薄弱。但从另外一个角度来说,在无法找到另一位更有可能的作者之前,似乎也不必轻易否认李白的著作权,毕竟最初的记录文字是指向李白的——虽然这种指向存在许多的疑点。正如俞平伯《今传李太白词的真伪问题》所说:"假使不是李太白作,这两首很好的词应该归给谁的名下呢?否定的说法也并'不厌众望',这重公案只好存疑了。""存疑"或许是目前较为稳妥的办法了。

王国维将《忆秦娥》没有疑义地列入李白作品之列,并予以评说,虽然可能与当时王国维并未深研这一段学术史有关。但在后来考察《云谣集杂曲子》中若干作品的创作年代时,也曾以《教坊记》来作为裁断的依据,则王国维可能始终没有怀疑此词的作者问题。而王国维对"西风残照,汉家陵阙"八字气象的赞赏,是否也可能受到吴衡照"神理高绝"等的影响,也只能存疑了。

## 第四则

张皋文〔一〕谓飞卿〔二〕之词"深美闳约"〔三〕。余谓此四字唯冯正中〔四〕足以当之。刘融斋〔五〕谓飞卿"精艳绝人"〔六〕,差近之耳。

【注释】

〔一〕张皋文:即张惠言(1761—1802),字皋文,号茗柯,武进(今属江苏省)人。著有《茗柯文编》等,词集名《茗柯词》,与其弟张琦编有《词选》,为常州词派的经典词选。

〔二〕飞卿:即温庭筠(812?—870?),本名岐,字飞卿,太原祁(今属山西省)人。其词有后人辑本《金荃词》一卷,词风香软,为花间词派之鼻祖。

〔三〕张惠言《词选序》:"自唐之词人,李白为首……而温庭筠最高,其言深美闳约。"

〔四〕冯正中:即冯延巳(903—960),又名延嗣,字正中,广陵(今江苏省扬州市)人,著有《阳春集》,为其外孙陈世修辑录,存词一百十九首。

〔五〕刘融斋:即刘熙载(1813—1881),字伯简,号融斋,兴化(今属江苏省)人。著有《昨非集》,中录词一卷,三十首。另著有《艺概》,卷四《词曲概》为论词曲专卷。

〔六〕刘熙载《艺概·词曲概》："温飞卿词精妙绝人，然类不出乎绮怨。"王国维引文误"妙"为"艳"。

## 【疏证】

亦破亦立，破张惠言以"深美闳约"评飞卿而移论正中，转引刘熙载"精艳绝人"四字以为飞卿的评。此是对常州词派釜底抽薪之举，把常州派标为典范的飞卿词基本否定掉，另揭正中以为楷模，其词论与常州派之矛盾明白拈出。但"深美闳约"四字仍被王国维视为词体本质之所在，或可称论词之基，此意以后续有发明。不过，张惠言"深美闳约"四字原是用以专评飞卿词之"言"的，自周济《介存斋论词杂著》约之为"飞卿之词，深美闳约"后，后人转述张惠言，多承周济之说，易"言"为"词"，其基本意义固无大碍，但张惠言既以"意内言外"疏释"词"之概念，则"言"当与"意"共同构成"词"的合理内核，而张惠言不称飞卿之意，专称其言，未必是对飞卿词的至高评价，其"最高"之地位也只是限于"唐之词人"而已。但周济易"言"为"词"，暗渡陈仓，使常州词派的理论凸现出来，而且周济用"酝酿最深，故其言不怒不慑，备刚柔之气"来诠释"深美闳约"，倒是细致而准确的。邱世友《词论史论稿》释"深闳"为思想内容深刻宏富，意境深远广大，释"约"为艺术概括上的言辞婉约，释"美"为词的审美价值，即是从周济的层面来上溯张惠言此说的理论内涵了。邱先生同时指出，张惠言提出深美闳约说，只是在正本清源、矫正时俗的基础上确立的一种评词标准而已，以此来分辨词史发展之正与变。静安引述张惠言语，其意似从周济处转引，其理论因之与周济的关系也就显得更为密切。晚清常州派风行南北，王国维撰述词话，或有转移时代风会之用意在。静安词中颇有借鉴飞卿词处，如《虞美人》"从今不复梦承恩，且自开奁坐赏镜中人"，即类此。刘熙载的名字首次出现，而且是从正面将其引出，此后屡有引用，词话撰述与刘熙载词论关系之因缘，也因此值得特别注意。

余颇疑静安将"深美闳约"四字移评正中,当是受刘熙载影响。《艺概》卷四云:"冯延巳词,晏同叔得其俊,欧阳永叔得其深。"俊美深至也自然成为刘熙载心目中冯延巳词的基本特色,然俊美深至与深美闳约在内涵上原本是极为挨近的,只是话语略加变换而已。在浙江古籍出版社影印之《人间词》手稿中,有一阕《虞美人》词,页眉有王国维友人吴昌绶手批"深美闳约"四字。其词云:"纷纷谣诼何须数。总为蛾眉误。世间积毁骨能销。何况玉肌一点守宫娇。 妾身但使分明在。从今肯把朱颜悔。从今不复梦承恩。且自开奁坐赏镜中人。"语言和意思都带有《离骚》"怨灵修之浩荡兮,终不察乎人心。众女嫉余之蛾眉兮,谣诼谓余以善淫"的痕迹,则王国维词及词学与屈原之关系,自然是值得重视的。

王国维对冯延巳词用功甚深,刘蕙孙《我所了解的王静安先生》一文云:"……(王国维)到图书局后,又专力于唐五代词,努力创作,摹拟南唐二主和冯延巳。当时冯延巳的《阳春集》只《四印斋》及《六十家词》有刻本,没有单刊,就手钞了读。"①这一番钞录研读的功夫,培养了王国维对词体的接受倾向。所以王国维不仅在《人间词话》中对冯延巳评价颇高,后并称其"堂庑特大",有非五代所能限者,实际上开启了北宋之词风;而且其《人间词》中也颇多化用冯延巳词之例,如《蝶恋花》之"谁道人间秋已尽"、"不辞立尽西楼暝"等句,即颇为明显。则冯延巳之词风与王国维词学的审美倾向之间,乃是有着非常密切的关系。

此则点出张惠言、刘熙载等词论家,亦是自明其词学渊源,值得注意。

## 第五则

南唐中主〔一〕词"菡萏香销翠叶残。西风愁起绿波间"〔二〕,大有

---

① 《王国维学术研究论集》第三辑,华东师范大学出版社 1990 年版,第 461—462 页。

众芳芜秽、美人迟暮<sup>〔三〕</sup>之感。乃古今独赏其"细雨梦回鸡塞远，小楼吹彻玉笙寒"<sup>〔四〕</sup>，故知解人正不可易得。

【注释】

〔一〕南唐中主：即李璟（916—961），本名景通，后改名璟，字伯玉。史称南唐中主。李璟存词四首，与后主李煜有《南唐二主词》传世。

〔二〕"菡萏"二句：出自李璟《浣溪沙》："菡萏香销翠叶残。西风愁起绿波间。还与韶光共憔悴，不堪看。　细雨梦回鸡塞远，小楼吹彻玉笙寒。多少泪珠何限恨，倚阑干。"

〔三〕众芳芜秽、美人迟暮：语出屈原《离骚》"哀众芳之芜秽"、"恐美人之迟暮"。

〔四〕"古今独赏"句：马令《南唐书·冯延巳传》云："元宗乐府词云：'小楼吹彻玉笙寒。'延巳有'风乍起，吹皱一池春水'之句。皆为警策。元宗尝戏延巳曰：'吹皱一池春水，干卿何事？'延巳曰：'未若陛下小楼吹彻玉笙寒。'元宗悦。"又胡仔《苕溪渔隐丛话》前集卷五十九引《雪浪斋日记》云："荆公问山谷云：'作小词曾看李后主词否？'云：'曾看。'荆公云：'何处最好？'山谷以'一江春水向东流'为对。荆公云：'未若"细雨梦回鸡塞远，小楼吹彻玉笙寒"。'"按，王安石误将李璟词作为李煜词。

【疏证】

仍是解词方式之举证。以"众芳芜秽，美人迟暮"来解中主"菡萏"二句，并自许为"解人"。此则可与第二则对勘。王国维所谓解人，乃在于能由文字之表而契入作者内心，以作深沉之引申者。其不喜"细雨"两句，而独赏"菡萏"两句，亦缘于"菡萏"两句感发联想空间较大之故。因为盛开过后的荷花凋谢，已经完成了生命的循环，其所引发的对生命的感慨自然不及未曾开放的菡萏的遽然凋零。秋天摧残的无情可见一斑。"西风"句交待菡萏、翠叶香销叶残的环境和季节原因。其中既有对秋景衰飒的伤感，更有对自身生命的忧虑之情。王国维青眼独赏这两句，确实眼力非凡。然在第二则，王国维尚不以"三境说"为符合词人原意，而此则径以个人之感发直通作者之心，绝无第二则"恐为某某所不许"之意，似亦以此阐明解词不可脱空、不可胶着之意。静安独赏"菡萏"两句，还由于这两句言秋景肃杀，气象和情感偏于悲凉，更符合词之体性，故在常人赏会之外，拈此独赏，与第一则、第三则在学理上是契合的。王国维批评古今独赏"细雨"两句为非解人与前人偏爱这两句，其实出发点各有不同。冯延巳与王安石注重的是"警策"，即意思之高度凝炼和语言之对仗工整。而王国维注重的是联想空间之深远。是否"解人"，要视诠释情境而定。王国维此论，似乎直接影响到此后吴梅的《词学通论》，其云："至'细雨'、'小楼'二语，为'西风愁起'之点染语，炼词虽工，非一篇中之至胜处，而世人竞赏此二语，亦可谓不善读者矣。"只是王国维注重的是"菡萏"两句的感发力量之强盛，吴梅注重的则是结构上的主次与前后的呼应，其间同中有异。

# 第六则

冯正中词虽不失五代风格，而堂庑特大，开北宋一代风气。中、后二主[一]皆未逮其精诣。《花间》[二]于南唐人词中，虽录张泌[三]作，而独不登正中只字，岂当时文采为功名所掩耶？

91

【注释】

〔一〕中、后二主：指南唐中主李璟、后主李煜。李煜（937—978），字重光，初名从嘉，自号锺隐，又号莲峰居士。南唐中主李璟第六子。存词三十馀首，与其父李璟之作汇刻为《南唐二主词》。

〔二〕《花间》：即《花间集》，五代后蜀赵崇祚编，欧阳炯序，以蜀人为主，共选录温庭筠、韦庄等晚唐五代十八人五百首词，是现存最早的一部文人词选本。

〔三〕张泌：生卒年、籍贯未详，其生活年代当晚于牛峤而早于毛文锡，可能曾仕前蜀为舍人。词存二十八首，其中二十六首入选《花间集》。王国维此处似将张泌混同于南唐淮南人张泌了。

【疏证】

特别标明冯延巳在词史上之地位，兼有承传与开拓的性质，"不失五代风格"明其渊源，"堂庑特大"明其开拓，而其直接作用则在于"开北宋一代风气"，则词史发展之关键端在冯延巳一人。刘熙载《艺概·词曲概》云："冯延巳词，晏同叔得其俊，欧阳永叔得其深。"冯煦《唐五代词选叙》也说冯延巳词"上翼二主，下启欧、晏"。王国维没有明言冯延巳对于晏殊、欧阳修的具体影响，但以对北宋开启风气视之，大意略同。则王国维词学与晚清词学之关系，于此也可见一斑。第四则夺张惠言评飞卿语而移评正中，则美、约乃"五代风格"之本色所在，而深、闳则是冯延巳自辟新境，无特大之堂庑，自然也难以形成深、闳之词境。此则兼有为冯延巳鸣不平的意思在，其一是唯以"文采"为准，而不以"功名"为务，其二直言二主词不及冯延巳"精诣"。此处"精诣"，实与"深美闳约"之义相通。然静安以为正中"文采为功名所掩"为《花间集》不收录冯延巳词的原因，却属无理。盖《花间》本以西蜀词人为主汇集作品，南唐之冯延巳自然不宜阑入。陈匪石《声执》卷下认为静安此论乃"逞臆之谈，未考其年代也"，《花间集》具体编撰年代难以确考，但欧阳炯序作于后蜀广政三年（九四〇），其时冯延巳尚为李璟齐王府书记，声名未著，何来"文采为功名所掩"之说。其实年代问题犹在其次，地望才是关键，除温庭筠、皇甫松、和凝、张泌、孙光宪之外，《花间》所录人"非仕于蜀，即生于蜀"，"若冯延巳与张泌时相同，地相近，竟未获与，乃限于闻见所及也"。龙沐勋《唐宋名家词选》也说："《花间集》多西蜀词人，不采二主及正中词，当由道里隔绝，又年岁不相及有以致然。非因流派不同，遂尔遗置也。王说非是。"其实"闻见"也非主因，近来考证南唐张泌与西蜀张泌乃为二人。静安之惑因此而得解。王国维一九〇五年作于海宁的《蝶恋花》煞拍"最是人间留不住，朱颜辞镜花辞树"，又《蝶恋花》煞拍"镜里朱颜犹未歇，不辞自媚朝和夕"等等，对冯延巳词的化用也是清晰可见的。此则从话语上浸染刘熙载的痕迹较为明显，譬如"堂庑"一词，刘熙载即颇喜使用。《艺概》卷一云："《公羊》堂庑较大，《穀梁》指归较正。《左氏》堂庑更大于《公羊》，而指归往往不及《穀梁》。"卷四云："无咎词，堂庑颇大。""堂庑"云云与"深美闳约"的说法也是一致的，无"深美"，岂能有"堂庑"之大？

## 第七则

　　大家之作，其言情也必沁人心脾，其写景也必豁人耳目，其辞脱口而出，无矫揉装束之态。以其所见者真，所知者深也。持此以衡古今之作者，百不失一，此余所以不免有北宋后无词之叹也。

【疏证】

　　手稿于"无矫揉"之"无"字后有一"二"字，佛雏补校作"一"，非是。然"二"字无法衔接前后文。此则为"大家"正名。其论情、景、辞之说，犹承传统，而乏创意，在情景关系的论述中，尚未提炼出境界说。这也说明王国维在写作词话初期尚无独立的理论话语，更遑论理论体系之建构。情景"真"、"深"之论，当由前论正中词"深美闳约"四字引出，而语言更为直白而已。"真"是因为"入乎其内"，既能观察最真实之对象及其本质，又能融入自己最直接的感受；而"深"则是因为"出乎其外"，不为表像和个体所局限，所以见解高远。此则隐为后来"出入说"之先道。此则结语尤为值得注意，王国维就"北宋后无词"给出解释，其原因即在失真肤浅，离"深美闳约"之词体本质已远。此则之前，多论晚唐五代词人；此则之后，转论宋代。由前面六则之具体品评上升为初步的理论总结：真实而又有力度，自然而别具美感，即兴而悟入深处。强调创作情景对于创作的重要意义。悬此以为标准，直至词话结束，基本内涵没有大的变动，王国维词学思想之成熟可见一斑，但尚无属于自己的理论话语。第三十一则论境界，其立足情景关系而论，与传统的情景关系说有着直接的关系。境界之"不隔"意趣，此则已导夫先路，"写景也必豁人耳目"一句直贯后来隔与不隔之说。此则亦见于《国粹学报》本《人间词话》及稍后完成的《宋元戏曲考》中，如《宋元戏曲考》论元剧文章之妙在"有意境"，王国维解释说："何以谓之有意境？曰：写情则沁人心脾，写景则在人耳目，述事则如其口出是也。古诗词之佳者，无不如是。元曲亦然。"只是因为元剧的叙事特色而加上了"述事"一句，体现了这一观念在王国维文学思想中的稳固地位。王国维偏尚五代北宋、批评南宋之词，其根本原因亦可从此则寻得端倪。开头"大家"二字，与此后所言及之"大诗人"、"豪杰之士"意颇近似，可见王国维词学悬格之高，也可见其撰述词话，固非意在一般普及基本填词作法，而在引导词人走向高境。此则不仅论词，乃就文学之总体特性立论，《宋元戏曲考》则并诗词曲而论，故由词而泛论文学的基本观念意识，在王国维而言是颇为自觉的。故后人认为此书乃文艺美学著作，良有以也。

# 第八则

美成[一]词深远之致不及欧、秦[二]。唯言情体物，穷极工巧，故不失为第一流之作者。但恨创调之才多、创意之才少耳。

〔一〕美成：即周邦彦（1056—1121），字美成，自号清真居士，钱塘（今浙江省杭州市）人。词集名《清真集》，一名《片玉词》，存词二百馀首。

〔二〕欧、秦：指欧阳修与秦观。秦观（1049—1100），字少游，一字太虚，别号邗沟居士，学者称淮海居士，扬州高邮（今属江苏省）人。词集名《淮海词》，或称《淮海居士长短句》。

【疏证】

评美成"创意之才少"，虽仍将其列入"第一流之作者"，但此"第一流之作者"与王国维语境中的"大诗人"、"大家"、"豪杰之士"并不相等，这里主要是指其词艺之精而已，是在言情体物的"穷极工巧"方面。而对于提倡自然的审美观的王国维来说，这种词艺之精很可能失去自然的韵味。而且过分重视"工巧"，很容易因此而忽略创意。所以此则仍是为"深美闳约"理论张本，盖深美闳约即以"意"为底蕴，而以"深远之致"为外在表现。王国维对周邦彦词的艺术成就是肯定的，他特别提到了周邦彦的创调之才和言情状物的工巧。创调之才缘于周邦彦高超的音乐素养及由此而担任的大晟府提举一职，而工巧之笔则得益于周邦彦细腻敏微的写物和抒情功力，但王国维同时也对于周邦彦写物而流于平常之意感到不满。这实际上涉及到咏物词的艺术表现问题，能否得形神之美，能否借物以寓性情，这在王国维的词学观念中占据着十分重要的地位。《词源》所附录杨守斋"作词五要"之"第五要"就是"立新意"，并解释说："若用前人诗词意为之，则蹈袭无足奇者。须自作不经人道语，或翻前人意，便觉出奇。"而周邦彦正是"采唐诗融化如自己者"的代表人物，难怪张炎《词源》对清真词即有"惜乎意趣却不高远"之叹。杨守斋和张炎所论或为静安所本。在此后的条目中，王国维曾高度评价苏轼的《水龙吟》和韵而似原唱，将章质夫的词视为原唱而似和韵,其中最重要的原因是苏轼词中咏物言情浑不可分,而章质夫咏物虽工,但与言情之间的衔接未免简单。其间创意之高下,即成为王国维评判作品成就高下之主要依据。其批评南宋以后之词形同"羔雁之具",正是感叹其模式化的写作方式扼杀了生动的创意。世之学人,多叹《人间词话》形式支离,其实细绎之下,其理论前后绾合,固有相当严密的内在体系的。至此八则,第一则明词体之悲壮,第二则言联想之说词方式,第三则言气象,第四则标出冯延巳之"深美闳约"以为词体本体,第五则讲感发,第六则以"堂庑特大"和"精诣"细化深美闳约的理论内涵,第七则主要将情景之"真"和"深"作为深美闳约之基,第八则又揭出"意"之问题,实是在第七则基础上的进一步提炼。前八则核心乃在"深美闳约"四字,只是每一则各有侧重而已。

王国维的"深远之致"与刘熙载的"雅人深致",颇为神似。《艺概》卷二云:"雅人有深致,风人、骚人亦各有深致。""'昔我往矣,杨柳依依。今我来思,雨雪霏霏。'雅人深致,正在借景言情"。又,王国维对周邦彦的评价在后来是有变化的,其稍后的《清真先生遗事》曾誉其为"两宋之间,一人而已",在《二牖轩随录》中又适当调整了相应的评价。大概清真词之面目与北宋前中期词相比,固非流美自然者,其不受一般人赏识,亦缘于此。而在词学家内部,对清真词倒是素来青眼有加的。不仅有宋一代,赞誉纷纷,而且在词学高度发达的清代,对其也持充分肯定的态度。如先著著、程洪辑《词絜》即云:"美成词,乍近之觉疏朴苦涩,不甚悦口;含咀之久,则舌本生津。"陈廷焯《白雨斋词话》亦云:"美成意馀言外,而痕迹消融,人苦不能领略。"先著与陈廷焯是根据自己的审美体验来评论美成词的。而王国维在撰述《人间词话》初期对于"疏朴苦涩"的清真词的特点确乎不能领略,可能是"自然"二字横亘在心,故不烦细绎其词了。但在二年后,王国维即做了部分调整,其《清真先生遗事》云:"先生诗之存者,一鳞片爪，俱有足观。至如《曝日》诗云：'冬曦如村酿，微温只须臾。行行正须此，恋恋忽已无。'语极自然，而言外有北风雨雪之意，在东坡《和陶诗》中犹为上乘。"则对于周邦彦诗歌的"深远之致"，还是颇为认同的。对周邦彦诗词的评价变化，正可从一个角度见出王国维词学的变化。

## 第九则

沈伯时[一]《乐府指迷》云：说桃不可直说桃，须用"红雨"、"刘郎"等字，说柳不可直说破柳，须用"章台"、"灞岸"等事。[二]若惟恐人不用替代字者。果以是为工，则古今类书[三]具在，又安用词为耶？宜为《提要》[四]所讥也。

【注释】

〔一〕沈伯时：即沈义父，字伯时，宋末词论家。著有《时斋集》、《乐府指迷》等。《乐府指迷》专论作词之法，凡二十九则，主要阐发吴文英的词学思想，其论结构、命意、音律等，颇为允当。

〔二〕沈义父《乐府指迷》云："炼句下语，最是紧要。如说桃，不可直说破桃，须用'红雨'、'刘郎'等字。如咏柳，不可直说破柳，须用'章台'、'灞岸'等字。又咏书，如曰'银钩空满'，便是书字了，不必更说书字。'玉箸双垂'，便是泪了，不必更说泪。如'绿云缭绕'，隐然鬈发。'困便湘竹'，分明是簟。正不必分晓，如教初学小儿，说破这是甚物事，方见妙处。往往浅学俗流，多不晓此妙用，指为不分晓，乃欲直捷说破，却是赚人与耍曲矣。如说情，不可太露。"

〔三〕类书：按照一定的分类标准从群书中采摭、辑录，并大体按照或义系或形系或音系来编排，以便于检索、征引的一种带有资料汇编性质的工具书。《四库总目》将其归入子部。类书之祖,当推魏文帝时命诸儒撰集经传,随类相从之《皇览》。但此书早已散佚。唐代类书有《艺文类聚》、《文馆词林》、《初学记》、《北堂书钞》等。宋代类书编纂更是规模空前,有《太平御览》、《册府元龟》、《山堂考索》、《玉海》等。

〔四〕《四库提要》"集部词曲类二"沈氏《乐府指迷》条:"又谓说桃须用'红雨'、'刘郎'等字,说柳须用'章台'、'灞岸'等字,说书须用'银钩'等字,说泪须用'玉箸'等字,说发须用'绛云'等字,说簟须用'湘竹'等字,不可直说破。其意欲避鄙俗,而不知转成涂饰,亦非确论。"

**【疏证】**

此则承前一则,重申"创意"的重要性。前一则从周邦彦好创调及词艺工巧方面立论,此则从沈义父《乐府指迷》提倡用代字之非来立论。角度不同,但意思其实是连贯的,说明代字的结果自然是意同,代字影响创意,故深受王国维非议。同时因为创作乃描写须臾之感兴,本冲口而出,肆笔而成,自成佳制。如果偏要在历史意象中寻找替代之词,则须臾之感兴已然停顿,情感模式也就落入前人的窠臼当中,则个性化和创意自然受到影响。《四库全书总目》认为是"其意欲避鄙俗,而不知转成涂饰",确实是直截本原之论。代字不仅局限了创意,也使得求雅得俗,殊失使用"代字"之初衷。然静安原意不过是不必以替代字为"工",适宜之时,适当之地,偶尔使用,应在王国维允许的范围之内的。蔡嵩云《乐府指迷笺释》云:"说某物,有时直说破,便了无馀味,倘用一二典故印证,反觉别增境界。但斟酌题情,揣摩辞气,亦有时以直说破为显豁者。谓词必须用替代字,固失之拘;谓词必不可用替代字,亦未免失之迂矣。"堪称识见圆通。其实沈义父提及替代字的问题是有其特殊背景的。《乐府指迷》云:"前辈好词甚多,往往不协律腔,所以无人唱。如秦楼楚馆所歌之词,多是教坊乐工及市井做赚人所作,只缘音律不差,故多唱之。求其下语用字,全不可读。甚至咏月却说雨,咏春却说秋。如《花心动》一词,人目之为一年景。"因为强调了唱,所以世间流传的作品咏物而不明所咏究为何物,季节也混乱不一。在这种情况下,沈义父提出了替代字的问题,作为解决的权宜之计,原本是有其现实背景的。王国维反对"替代字",其实就是因为替代字既有雕琢之痕迹,又容易形成理解上的"隔",失去情景之真。是避俗反近俗,以"涂饰"为务,自然离性情日远了。但王国维此则也不免有过甚其词之处。沈义父初衷在论咏物词之特点,因为咏物词讲究妙在形神之间,咏物而兼及"说情",若直切所咏之物之字面,则欲追求似与不似之间的咏物妙境,便容易落空。故以替代字——其实包孕着典故来摹写,可以暂时弱化"似"的一面,为"不似"一面留下空间。此其具体语境及合理性所在。王国维讥以如"类书"搜检,确乎失"同情了解"了。按滕咸惠《人间词话新注》将此条列为第十则,但在手稿本上,此条书于眉端,位置略后于第八则,故序列于此。静安论词颇多采择于《四库全书总目》者,而且往往援为证据。则静安词学与《四库全书总目》之关系,也值得关注。

# 第十则

词最忌用替代字。美成《解语花》之"桂华流瓦"〔一〕,境界极妙,惜以"桂华"二字代月耳。梦窗〔二〕以下,则用代字更多。其所以然者,非意不足,则语不妙也。盖语妙则不必代,意足则不暇代。此少游之"小楼连苑"、"绣毂雕鞍"〔三〕,所以为东坡所讥也〔四〕。

【注释】

〔一〕周邦彦《解语花·元宵》:"风销焰蜡,露浥烘炉,花市光相射。桂

99

华流瓦。纤云散,耿耿素娥欲下。衣裳淡雅。看楚女、纤腰一把。箫鼓喧、人影参差,满路飘香麝。　因念都城放夜。望千门如昼,嬉笑游冶。钿车罗帕。相逢处、自有暗尘随马。年光是也。唯只见、旧情衰谢。清漏移、飞盖归来,从舞休歌罢。"

〔二〕梦窗:即吴文英(1200？—1260？),字君特,号梦窗,晚号觉翁,四明(今浙江省宁波市)人。本姓翁,与翁逢龙、翁元龙为兄弟,后过继为吴氏后嗣。其词集初名《霜花腴词集》,今不传。现有《梦窗词集》,存词三百四十首。

〔三〕秦观《水龙吟》:"小楼连苑横空,下窥绣毂雕鞍骤。朱帘半卷,单衣初试,清明时候。破暖轻风,弄晴微雨,欲无还有。卖花声过尽,斜阳院落,红成阵、飞鸳甃。　玉佩丁东别后。怅佳期、参差难又。名缰利锁,天还知道,和天也瘦。花下重门,柳边深巷,不堪回首。念多情,但有当时皓月,向人依旧。"

〔四〕《历代诗馀》卷五引曾慥《高斋词话》:"少游自会稽入都见东坡。东坡问作何词,少游举'小楼连苑横空,下窥绣毂雕鞍骤'。东坡曰:'十三字只说得一个人骑马楼前过。'"东坡:即苏轼(1036—1101),字子瞻,一字和仲,号东坡居士,眉州眉山(今属四川省)人。著有《东坡乐府》,存词三百四十馀首。

**【疏证】**

　　再明"词忌用替代字"的原则,以美成、梦窗为例,说明替代字会破坏词的境界。在使用替代字的背后,其实是"非意不足,则语不妙",仍是为"创意"张本。从手稿来看,第十则当是先书,第九则是补入,补入的原因是为其反对替代字寻找理论依据。其中"境界"一词为第二则言"三种境界"后的再现,然皆非理论话语,只是一般语词而已。境界说至此仍杳无踪影,王国维也一直在传统词论中斟酌翻转。不过以"桂华"代月是否是可惜之事,却也需考究。周汝昌注意到美成此词

"全用复笔"的特点,所以撷取词中"光相射"来作为全词的品评,因为月、灯、人三者之间彼此相射,"光辉相射,神彩相射,欢声相射,气息相射,情感亦相射","桂华"与"香麝"亦相射,"下片随马之暗尘,钿车之罗帕,皆含芬散馥,遥遥与'桂华'相射"。周汝昌认为:静安不识其相射之妙,而以代字贬抑之,亦"神慧之失照"也[①]。此是一说,可参照。然此意也宛然有刘熙载的痕迹,《艺概》卷四云:"少游《水龙吟》'小楼连苑横空,下窥绣毂雕鞍骤',东坡讥之云:'十三个字,只说得一个人骑马楼前过。'语极解颐。"第八、第九、第十三则,角度不同,同在为"意"张本,其批评周邦彦、吴文英,都曾语及于此。《二牖轩随录》亦云:"词调中最长者为《莺啼序》,词人为之者甚少,亦不能工。汪水云'重过金陵'一阕,悲凉凄婉,远在吴梦窗之上。因梦窗但知堆垛,羌无意致故也。"可见王国维推重"意致"之心是一贯的。但第九则是专论作词使用替代字之非,而第十则引述少游与东坡对谈之例,其实已逸出"替代字"的范围,在讨论语言的简约与意思的丰满之间的关系了。东坡讥少游,正为十三个字表达的意思却颇为单薄之意,并无涉及替代字之是非问题,而是与所谓"深美闳约"的说法彼此呼应的。此则后部或为静安信笔所至耶?

## 第十一则

南宋词人,白石[一]有格而无情,剑南[二]有气而乏韵。其堪与北宋人颉颃者,唯一幼安[三]耳。近人祖南宋而祧北宋,以南宋之词可学,北宋不可学也。学南宋者,不祖白石,则祖梦窗,以白石、梦窗可学,幼安不可学也。学幼安者率祖其粗犷、滑稽,以其粗犷、滑稽处可学,佳处不可学也。同时白石、龙洲[四]学幼安之作且如此,况

① 周汝昌《词话八则》,载《诗词赏会》,广东人民出版社 1987 年版,第 445、446 页。

他人乎？其实幼安词之佳者，如《摸鱼儿》、《贺新郎·送茂嘉》、《青玉案·元夕》、《祝英台近》等〔五〕，俊伟幽咽，固独有千古。其他豪放之处，亦有"横素波"、"干青云"〔六〕之概，宁梦窗辈龌龊小生所可语耶？

【注释】

〔一〕白石：即姜夔（1155—1221？），字尧章，号白石道人，饶州鄱阳（今江西省波阳县）人。著有《白石道人诗集》、《白石道人诗说》、《续书谱》等。词集名《白石道人歌曲》，今存八十四首。

〔二〕剑南：即陆游（11125—1210），字务观，号放翁，山阴（今浙江省绍兴市）人。著有《剑南诗稿》八十五卷，存诗九千三百多首。另有《渭南文集》五十卷，内含词二卷，系陆游于淳熙十六年（1189）自行编定，后别出单行，名《渭南词》，一名《放翁词》，共一百三十馀首。

〔三〕幼安：即辛弃疾（1140—1207），初字坦夫，后改幼安，号稼轩居士，济南历城（今属山东省）人。著有《辛稼轩诗文钞存》（今人邓广铭辑）、《稼轩词》等，存词六百二十馀首。

〔四〕龙洲：即刘过（1154—1206），字改之，自号龙洲道人，吉州太和（今江西省泰和县）人。今传《龙洲词》二卷，凡七十七首。

〔五〕《摸鱼儿》等：《摸鱼儿》（淳熙己亥，自湖北漕移湖南，同官王正之置酒小山亭，为赋）："更能消、几番风雨。匆匆春又归去。惜春长怕花开早，何况落红无数。春且住。见说道、天涯芳草无归路。怨春不语。算只有殷勤，画檐蛛网，尽日惹飞絮。　长门事，准拟佳期又误。蛾眉曾有人妒。千金纵买相如赋。脉脉此情谁诉。君莫舞。君不见、玉环飞燕皆尘土。闲愁最苦。休去倚危栏，斜阳正在、烟柳断肠处。"

　　《贺新郎·别茂嘉十二弟》："绿树听鹈鴂。更那堪、鹧鸪声住，杜鹃声切。啼到春归无寻处，苦恨芳菲都歇。算未抵人间离别。马上琵琶关塞黑。更长门、翠辇辞金阙。看燕燕，送归妾。

将军百战身名裂。向河梁、回头万里，故人长绝。易水萧萧西风冷，满座衣冠似雪。正壮士、悲歌未彻。啼鸟还知如许恨，料不啼清泪长啼血。谁共我，醉明月。"

《青玉案·元夕》："东风夜放花千树。更吹落、星如雨。宝马雕车香满路。凤箫声动，玉壶光转，一夜鱼龙舞。　蛾儿雪柳黄金缕。笑语盈盈暗香去。众里寻他千百度。蓦然回首，那人却在、灯火阑珊处。"

《祝英台近》："宝钗分，桃叶渡。烟柳暗南浦。怕上层楼，十日九风雨。断肠片片飞红，都无人管，更谁劝、啼莺声住。　鬓边觑。试把花卜归期，才簪又重数。罗帐灯昏，哽咽梦中语。是他春带愁来，春归何处。却不解、带将愁去。"

〔六〕"横素波"二句：出自萧统《陶渊明集序》："有疑陶渊明诗篇篇有酒，吾观其意不在酒，亦寄酒为迹者也。其文章不群，词采精拔，跌宕昭彰，独超众类，抑扬爽朗，莫之与京。横素波而傍流，干青云而直上。语实事则指而可想，论怀抱则旷而且真。加以贞志不休，安道苦节，不以躬耕为耻，不以无财为病，自非大贤笃志，与道污隆，孰能如此乎？"


【疏证】

明提北宋胜南宋之论，暗非近代宗梦窗词风。王氏撰述词话，针砭当世，重提北宋，即为其主要目的之所在。王国维提出的格、情、气、韵，有向境界说靠近的意味，但话语仍是陈旧。检诸旧词话，其论词品词，往往使用此类语言。王国维不以"可学"、"不可学"为取则依据，乃力反此前常州词派特别是周济等开列学词途径之法，是立足在理论层面来论词，而非作学词之导引。所以王国维撰述词话，悬格高，不主张从低处做起,其撰述因由与一般词话确有不同。王国维提出南宋惟一幼安堪与北宋抗衡,从现在来看,不免有英雄欺人之嫌,但他看重的是幼安《摸鱼儿》、《贺新郎》、《祝英台近》等"俊伟幽咽"的作品,此"俊伟幽咽"实可与"深美闳约"相通,其推崇幼安,着眼的是幼安与北宋词的相通。其以从北宋以前词所提炼之学术眼光来评论已趋变化状态的南宋词,故合者不多,根源正在于此。其评梦窗为"龌龊小生",也未免口不择言,其对当代词学倾向之反对态度,倒是表现得极为鲜明。换言之,王国维既然欲改变当代词风,便不能不从梦窗下手,盖清代中期以后,梦窗词风的过热,导致了以思索安排作词风气的大长,而词之自然真趣就受到了影响。晚清之时,其风更烈,以王鹏运、朱祖谋为代表的清末大家,不仅亲自四校梦窗词,而且在其带动之下,杨铁夫等更是逐篇笺释梦窗词。并通过创作的垂范和词社活动等多种方式,大力提倡梦窗词风。静安菲薄南宋,与清初云间词派观念略近,其亦不欲涉南宋一笔,王士禛《花草蒙拾》因谓之"佳处在此,短处亦在此"。但静安树旗之心过于急切,以致评述时或失衡,其对白石评议尤为苛刻,此后屡有此意,如其评《暗香》、《疏影》"格调虽高,然无一语道着"等等,唐圭璋《评人间词话》因反唇相讥说:"余谓王氏之论列白石,实无一语道着。"此盖由宗尚不同所致。唐圭璋并认为静安推崇幼安之《贺新郎·别茂嘉十二弟》,也与其反对"隔"的理论相悖,因为此词罗列古代庄姜、荆轲、苏武、陈皇后、昭君等离别故事,"可谓隔之至者,何以又独称之"?静安词论中的矛盾确实是应予重视的。但唐圭璋此处对王国维援引稼轩《贺新郎·别茂嘉十二弟》的分析也不免失之简单了。用典本身并不足为病,稼轩用典固多,但并不显堆垛,反而因其气韵沉雄流贯全篇,而使得稼轩"不平之鸣,随处辄发"[1]的特点显露出来。尤其应予注意的是,王国维的这一思想应该渊源于周济,

---

[1]　周济《介存斋论词杂著》,唐圭璋编《词话丛编》,中华书局 2005 年版,第 1633 页。

邱世友《词论史论稿》亦誉之为"空实"兼具的优秀词作。

至学词路径由南追北之说，固非晚清词人自设门径，盖承周济《宋四家词选》所谓"问途碧山，历梦窗、稼轩，以还清真之浑化"之说。周济此说意在医作词空滑之病，因为生涩虽有不足，总胜滑易，若初学作词则流入滑易一路，路头一差，则愈趋而远矣。而且南宋词多长调，讲究结构安排，有法可依，故学词者多揣摩其法以摹仿；而北宋词多小令，程式既少，便需多恃天才。若才有所欠，即学步北宋之词，难免优孟衣冠之嫌。静安才大，故师法北宋而独有所得，然此固非常人皆能效法而成。静安集矢近人，为补偏救弊而否定其学词路径，似有矫枉过正之嫌。

# 第十二则

周介存〔一〕谓梦窗词之佳者，如"水光云影，摇荡绿波，抚玩无极，追寻已远"〔二〕。余览《梦窗甲乙丙丁稿》中〔三〕，实无足当此者。有之，其唯"隔江人在雨声中，晚风菰叶生秋怨"〔四〕二语乎？

**【注释】**

〔一〕周济（1781—1839），字保绪，一字介存，晚号止庵，荆溪（今江苏省宜兴市）人。清代常州派重要词论家、词人，著有《味隽斋词》等，编选有《词辨》、《宋四家词选》等。

〔二〕"水光云影"四句：出自周济《介存斋论词杂著》："梦窗非无生涩处，总胜空滑。况其佳者，天光云影，摇荡绿波，抚玩无极，追寻已远。"王国维将"天光"误作"水光"。

〔三〕《梦窗甲乙丙丁稿》：即《梦窗词稿》，因其以甲乙丙丁釐目，故有此称。

〔四〕"隔江"二句：出自吴文英《踏莎行》："润玉笼绡，檀樱倚扇。绣圈犹带脂香浅。榴心空垒舞裙红，艾枝应压愁鬟乱。　　午梦千山，窗阴一箭。香瘢新褪红丝腕。隔江人在雨声中，晚风菰叶生愁怨。"

## 【疏证】

继续破常州词说。第四则曾破张惠言评温庭筠"深美闳约"之说，此再破常州派主将周济评梦窗语，晚清梦窗词风薰染南北，而主要肇端者实为周济，故前既痛陈梦窗词风之荒谬，此再寻根究源，以为周济评梦窗词如"水光云影"，实为溢美之词，可当此评者惟"隔江人在雨声中，晚风菰叶生秋怨"二语。周济此评梦窗，实是以"清空"论其佳处，力破张炎"七宝楼台"之喻为偏颇之见，而周济"抚玩无极，追寻已远"实是针对梦窗词构思绵密及寄托遥深而言的，而且仅是指"梦窗词之佳者"而已，并非用以概括梦窗词的主要或全部特色。周济此评在词学史上颇具反响，影响深远。陈廷焯《白雨斋词话》称梦窗词"超逸处仙骨珊珊，洗脱凡艳"，况周颐《蕙风词话》称其"万花为春"，其中流转有"灏瀚之气"，刘永济《微睇室说词》认为梦窗词"不出一真字，有真情、真境、真事，然后有真词"，并以周济之语为"善于形容"等等，都可见出词学家对周济之说的积极回应。王国维不取梦窗"密丽"处，而只取疏荡处，依然以北宋之眼视南宋之词，故有所取者皆为合乎北宋风气之词。心中横亘一"北宋"，遂不知南宋为何物了。此就对新境独开的南宋词人，不免苛刻。但王国维专心独赏之"隔江人在雨声中，晚风菰叶生愁怨"二句，确实融视听等多种感觉于一体，由景生情，十分自然，令人"抚玩无极"，但"晚风菰叶"何以"生愁怨"，则欲明究竟，"追寻已远"了。而"隔江人在雨声中"一句的好处，恰如梁启勋《词学诠衡·徐韵》所评，是一种闹中取静的境界，雨声人声闹成一片，但境界却是十分幽静，是一种在静中观赏的闹景。而且有此两句，乃补足上阕闺人之"犹带脂香"、"空叠舞裙"、"艾枝应压"，因为上阕的"留笔"，所以这两句的点化才有意味。王国维之识力，允称上乘。只是王国维对周济此评语似乎领会有偏差，而其自举之词例，其实是佐证了周济之说的，则其自称观览《梦窗甲乙丙丁稿》，而觉得"中实无足当此者"，也不免自相矛盾了。大约在南宋词人中，王国维面对吴文英，是最容易因为成见在胸而出语唐突的，其词学的感性色彩也于此为烈。

## 第十三则

　　白石之词，余所最爱者亦仅二者，语曰："淮南皓月冷千山，冥冥归去无人管。"〔一〕

【注释】

〔一〕"淮南"二句：出自姜夔《踏莎行》（自沔东来，丁未元日至金陵，江
　　上感梦而作）："燕燕轻盈，莺莺娇软。分明又向华胥见。夜长争
　　得薄情知，春初早被相思染。　　别后书辞，别时针线。离魂暗逐
　　郎行远。淮南皓月冷千山，冥冥归去无人管。"按，"亦仅二者"之
　　"者"字，滕本无。佛雏补校本同。

【疏证】

　　前破梦窗，此破白石，皆为对晚近词风作釜底抽薪之举。浙西、常州二派词学宗旨虽有不同，但对白石词皆青眼有加，存世白石词，几被视为篇篇珠玑。王国维仅拈出"淮南皓月冷千山，冥冥归去无人管"二句为"最爱"，其实否定的仍是主流，亦可见其不拘一派之思想。对照第十一则所说"白石有格而无情"之语，可知白石地位在王国维心中之低下。但白石类似"淮南"两句的佳句颇多，独赏此二句，也殊难服人。从对这二句的偏爱，可见"清空"在王国维心目中的重要性。上一则提及的"隔江人在雨声中，晚风菇叶生愁怨"与这一则提及的"淮南皓月

冷千山，冥冥归去无人管"词句，在原词中都为结句，王国维把这种景中带情、馀味深长的结句青眼拈出，仍是其重视韵味和深远之致的一种审美意识的反映。王国维词学的优点和缺点都可从这种"执着"中看出来，因为其忽略了文体演变与时代思潮的关系，也未能正确看待文体中的"破体"现象，所以当他的审美视野停留在五代北宋，便对南宋一派的词在自然真率之外，别具思索安排之用心，表现出强烈的排斥和否定的口气。作为一己之私好，固可以理解，而且王国维在此则用的词语也确实是带有强烈个性色彩的"最爱"一词，是立于一己，而非自居公论；而作为文论经典，就不能不说是遗憾了。因为在按受史上《人间词话》更多地是被人从"公论"的角度去认知的。

# 第十四则

梦窗之词，吾得取其词中之一语以评之，曰："映梦窗，零乱碧。"〔一〕玉田〔二〕之词，亦得取其词中之一语以评之，曰："玉老田荒。"〔三〕

【注释】

〔一〕"映梦窗"二句：语出吴文英《秋思·荷塘为括苍名姝求赋其听雨小阁》："堆枕香鬟侧。骤夜声，偏称画屏秋色。风碎串珠，润侵歌板，愁压眉窄。动罗莲清商，寸心低诉叙怨抑。映梦窗，零乱碧。待涨绿春深，落花香泛，料有断红流处，暗题相忆。　欢酌。檐花细滴。送故人，粉黛重饰。漏侵琼瑟，丁东敲断，弄晴月白。怕一曲《霓裳》未终，催去骖凤翼。欢谢客犹未识。漫瘦却东阳，灯前无梦到得。路隔重云雁北。"王国维将"零乱"误作"凌乱"。

〔二〕玉田：即张炎（1248—1319?），字叔夏，号玉田，又号乐笑翁，长期寓居临安（浙江杭州）。著有词集《山中白云词》和论词专著《词源》二卷等。

〔三〕"玉老田荒"：语出张炎《祝英台近·与周草窗话旧》："水痕深，花信足。寂寞汉南树。转首青阴，芳事顿如许。不知多少消魂，夜来风雨。犹梦到、断红流处。　最无据。长年息影空山，愁入庾郎句。玉老田荒，心事已迟暮。几回听得啼鹃，不如归去。终不似、旧时鹦鹉。"

【疏证】

"恶评"梦窗和玉田词。玉田为浙派安身立命处，梦窗为常州派后来用力处，王国维各取词中语相评，亦借以明自己立论不拘一派，皆由心中发出，不作客套语、门面语也。余颇疑静安论词多浸润融斋论词之风，如择词句以论词人之法，融斋《艺概·词曲概》以陈亮《三部乐》词句来分论词人品位高低。所谓"映梦窗，零乱碧"，似乎与张炎"七宝楼台"之评相近，言其意旨飘忽，意象零乱，缺乏深沉之思而徒有外在形式之眩目耳。"七宝楼台"典故源于佛学，《金刚经》有"满三千大千世界七宝"的说法，"七宝"为金、银、琉璃、珊瑚、玛瑙、珍珠、玻璃七物，其后《吴令尹喜内传》又提出"金台玉楼，七宝宫殿"之说，"七宝楼台"之说由此而成。七宝皆为名贵之物，以此七物建构之楼台，自然金碧辉煌，眩人眼目。然若论及浑成空灵之气，则不免有欠了。此是从张炎开始就对梦窗词的一个基本定位，影响深远，王国维应该也是受此影响了。梦窗词如《八声甘州》（渺空烟四远）等，确有意象跳跃、词采华美之特征，然其中怀古伤今兼自写情怀之意，是可以由文字之表逆推而得其端倪的，故非"七宝楼台"四字可尽其妙。王国维未加细审，便以"映梦窗，零乱碧"助推其说，未免唐突了。事实上，吴文英词中的疏快之作并非少见，除了时常被引录的《风入松》（听风听雨过清明）之外，他如《望江南》词云："三月暮，花落更情浓。人去秋千闲挂月，马停杨柳倦嘶风。堤畔画船空。　恹恹醉，长日小帘栊。宿燕夜归银烛外,流莺声在绿阴中。无处觅残红。"其生动飞舞之状何尝逊于北宋晏、欧诸作！不知静安读及此词,作何感慨？我们只能理解王国维欲从梦窗词打开缺口,为当今词风补偏纠弊而已。以"玉老田荒"来喻指张炎词,也颇失其度。此二喻在王国维而言,皆为立己之说耳,因有针砭现实之需,故出语轻率了。其实吴文英的词"立意高,取径远"①,并非一般词人可及。况周颐论词有"重拙大"之说,其论"重"侧重在气格之沉着,即以吴文英为典范。其《蕙风词话》云:"重者,沉着之谓,在气格,不在字句,于梦窗词庶几见之。即其芬菲铿丽之作,中间隽句艳字,莫不有沉挚之思,灏瀚之气,挟之以流转,令人玩索而不能尽,则其中所存者厚。"这些说法当然也可能有过誉之处,但总比王国维简单地用"零乱"来形容其词风,要更显客观。张炎词也非一"老"一"荒"字所能形容。仇远《山中白云词序》即认为张炎词"意度超玄",可与姜夔"相鼓吹"。清代浙派兴起,"家白石而户玉田",张炎词的地位一时超卓其上。但常州派继起后,张炎词的地位便一落千丈。周济在《宋四家词选目录序论》中说:"玉田才本不高,专恃磨砻雕琢,装头作脚,处处妥当,后人翕然宗之。"这又属于贬之过甚了。大体王国维此论可能受周济影响为多。

# 第十五则

双声、叠均〔一〕之论,盛于六朝,唐人犹多用之。至宋以后,则渐不讲,并不知二者为何物。乾、嘉间,吾乡周松霭先生(春)著《杜诗双声叠韵谱括略》〔二〕,正千馀年之误,可谓有功文苑者矣。其言曰:"两字同母谓之双声,两字同均谓之叠均。"余按,用今日各国文法通用之语表之,则两字同一子音者谓之双声(如《南史·羊元保传》

---

① 周济《宋四家词选目录序论》,唐圭璋编《词话丛编》,中华书局 2005 年版,第 1644 页。

人间词话疏证

110

之"官家恨狭，更广八分"，"官家"、"更广"四字，皆从 k 得声。《洛阳伽蓝记》之"狞奴慢骂"，"狞奴"二字，皆从 n 得声。"慢骂"二字，皆从 m 得声是也）。两字同一母音者，谓之叠均（如梁武帝[三]之"后牖有朽柳"，"后牖有"二字，双声而兼叠均。"有朽柳"三字，其母音皆为 u。刘孝绰[四]之"梁皇长康强"，"梁"、"长"、"强"三字，其母音皆为 ian[五]也）。自李淑《诗苑》[六]伪造沈约[七]之说，以双声叠均为诗中八病[八]之二，后世诗家多废而不讲，亦不复用之于词。余谓苟于词之荡漾处多用叠均，促节处用双声，则其铿锵可诵，必有过于前人者。惜世之专讲音律者，尚未悟此也。

人间词话疏证卷上

## 【注释】

〔一〕双声、叠均：即双声叠韵。连绵两字，声母相同者为双声字，韵母相同者为叠韵字。葛立方《韵语阳秋·卷四》引陆龟蒙诗序："叠韵起自如梁武帝，云'后牖有朽柳'，当时侍从之臣皆倡和。刘孝绰云'梁王长康强'，沈休文云'偏眠船弦边'，庾肩吾云'载碓每碍埭'，自后用此体作为小诗者多矣。"

〔二〕周松蔼：即周春（1729—1815），字芚兮，号松蔼，浙江海宁人，为清代诗人、学者。著有《杜诗双声叠韵谱括略》等。

〔三〕梁武帝：即萧衍（464—549），字叔达，兰陵（今江苏省常州市）人。

〔四〕刘孝绰（481—539），本名冉，彭城（今江苏省徐州市）人，南朝诗人。

〔五〕ian：应作 iang。

〔六〕李淑：字献臣，曾为翰林学士，北宋诗论家，编有《诗苑类格》（已佚）等。

〔七〕沈约（441—513），字休文，吴兴（今浙江省湖州市）人，南朝文学家、史学家，著有《宋书》等。

〔八〕八病：永明声律论的重要内容之一，指平头、上尾、蜂腰、鹤膝、大韵、小韵、旁纽、正纽八种创作上的弊病。参见《文镜秘府论》。许文雨《人间词话讲疏》卷下云："八病中有傍纽病，谓一句之内，犯两用同纽字之病也，亦即刘勰所谓'双声隔字而每舛'；又有小韵病，谓一句之内，犯两用同韵字之病也，亦即刘勰所谓'叠韵杂句而必睽'。"按，"傍纽"一作"旁纽"，"杂句"一作"离句"，"睽"当作"睽"。《文心雕龙补注》引周春《双声叠韵谱》卷七云："案，飞者，扬也；沉者，阴也。双声隔字而每舛者，双声必连二字，若上下隔断，即非真双声；叠韵杂句而必睽者，叠韵亦必连二字，若杂于句中，即非正叠韵。双、叠得宜，斯阴阳调合。……阴阳不谐，双、叠不对，乃文字之吃，便成疾病矣。"按，"扬"或当作"阳"。黄侃《文心雕龙札记》亦云："双声者，二字同纽；叠韵者，二字同韵。一句之内，如杂用两同声之字，或用二同韵之字，则读时不便，所谓'双声隔字而每舛，叠韵杂句而必睽'也。"以上诸说，意思相承，可以参考。

【疏证】

以双声叠韵为音律之本。以乾、嘉间同乡周松霭《杜诗双声叠韵谱括略》来说明双声叠韵乃可与"各国文法"相通。但"世之与讲音律者尚未悟此也"。晚清以朱祖谋为代表的一群词人特重声律，尤其严于四声，朱祖谋更被誉为"律博士"，而王国维于此揭出声律问题，却以"双声叠均"为话题，故意"逸"出，亦隐然与朱氏等反面立说。针砭时弊之意又现。手稿原稿末句开头原为"白石、玉田诸家"，后改为"世之"二字，亦可见本则立论之初衷，虽貌似汗漫，其用意乃在对被清人奉为词律典范之白石、玉田进行解构，揭示其原本于此道并无深悟之事实也，则以其悬为准则，不亦谬乎！王国维以双声叠韵之论盛于六朝，其实自清代中期以来探索词律者，每有及之，如《艺概》卷四云："词句中用双声叠韵之字，自两字之外，不可多用。惟犯叠韵者少，犯双声者多,盖同一双声,而开口、齐齿、合口、撮口,呼法不同,便宜忘其为双声也。解人正须于不同而同者,去其隐疾。且不惟双声也,凡喉、舌、齿、牙、唇五音,俱忌单从一音连下多字。"刘熙载更有《说文双声》、《说文叠韵》专述以论,其《说文双声序》云:"大六书中较难知者,莫如谐声。叠韵、双声,皆谐声也。许氏论形声及于'江'、'河'二字。方许氏时,未有叠韵、双声之名,然'河'、'可'为叠韵,'江'、'工'为双声,是其实也。后世切音,下一字为韵,取叠韵;上一字为母,取双声。非此何以开之哉?"融斋此论未知是否为静安所悉?静安的举例虽不免简单,但其用意在通过对双声叠韵的合理使用,加强词的节奏感和韵律感,所以此则结尾"荡漾处多用叠均,促节处用双声,则其铿锵可诵,必有过于前人者"数句,乃是落脚之处。末句言外之意,不言自明。又"词之荡漾处"云云,颇有刘熙载《艺概》卷四所谓"空中荡漾,最是词家妙诀"之意。王国维自己的词作也颇注意双声叠韵的使用,如《浣溪沙》之"江湖寥落尔安归"中的"寥落",《蝶恋花》之"明朝又是伤流潦"中的"流潦",便是在"促节"处使用双声的范例,读来别有韵味。

从王国维对"铿锵可诵"的阅读效果的追求来看,王国维之所以对周邦彦的评价在两年后发生重大转变,声律可能也是一个不可忽略的因素。王国维在《清真先生遗事》中说:"先生之词,文字之外,须兼味其音律。……今其声虽亡,读其词者,犹觉拗怒之中自饶和婉。曼声促节,繁会相宣;清浊抑扬,辘轳交往。两宋之间,一人而已。"对清真词在声律上拗怒与和婉、曼声与促节搭配得宜的赞赏,虽非限于双声叠韵一端而立论,但对音律节奏的审美感觉仍是彼此一贯的。

## 第十六则

昔人但知双声之不拘四声[一],不知叠均亦不拘平、上、去三声。

凡字之同母音者,虽平仄有殊,皆叠均也。

**【注释】**

〔一〕四声:指平、上、去、入四种声调。

**【疏证】**

　　承上则,续谈声律问题。前则以双声叠韵为话题,未及四声,此则言双声叠韵皆不拘四声,仍是对晚近持声律说而专重四声提出质疑。大体同声母之双声,不拘声调平仄,已为诗人及诗论家所接受。王国维在此基础上进而提出同韵母的叠韵也同样不拘平仄,这种说法虽非王国维首先提出,但在一个特殊的时代,重提这一理论,也是有其现实意义的。冒鹤亭《四声钩沉》一文记述晚清四声观念变化之迹云:"丙申岁……同时吾所纳交老辈朋辈,若江蓉舫都转、张午桥太守、张韵梅大令、王幼遐给谏、文芸阁学士、曹君直阁读,皆未闻墨守四声之说。郑叔问舍人,是时选一调,制一题,皆摹仿白石。追庚子后,始进而言清真,讲四声。朱古微侍郎填词最晚,起而张之;以其名德,海内翕然奉为金科玉律。"冒鹤亭的这一节话,我们可以看作是王国维此则评论的重要背景。郑文焯、朱祖谋从白石、清真词入手,以转移一代之风气,其中重要的一点便是严讲四声。王国维虽是仅就双声叠韵论及四声变化的情况发论,但其实不无针对郑文焯、朱祖谋的用意在内。王国维以双声叠韵可以不拘四声来说明创作空间之灵活,也是其批判现实之一法。后来之冒鹤亭也说:"吾滋疑焉。以为仄韵之词,上、去可通押,何至句首或句中可通融之平仄,乃一字不能通融? 又默念古人传作,其后遍与前遍,句法同者,平仄不必尽同也。"[1]为此冒鹤亭把《清真词》的同调之作及方千里、杨泽民、陈允平三家的《和清真词》一

①　冒广生《四声钩沉》,《冒鹤亭词曲论文集》,上海古籍出版社 1992 年版,第 111 页。

人间词话疏证

一对勘,他的结论是同调之中,几乎没有一韵四声相同者。王国维虽然没有如冒鹤亭一样来做这项细致的对勘工作,但其结论倒与冒鹤亭堪称不谋而合的。在王国维晚年编纂之《观堂集林》中,卷八"艺林"即全为音韵学方面的论文或序跋,凡十七篇,涉及《切韵》、《广韵》、《唐韵》等诸多音韵学著作,则王国维的音韵学成就是不容怀疑的。音韵虽非词话主体,然此两则论及双声叠韵,也殊非浮泛而及,乃是针对当时言词之音韵声律过于狭隘的现象而及的。

王国维此则专论双声叠韵,强调不拘上、去、入三声。就一般词律而言,词人和词学家其实是讲究这三声的区别的。沈义父《乐府指迷》云:"腔律岂必人人皆能按箫填谱?但看句中用去声字最为紧要,然后更将古知音人曲一腔三两支参订,如都用去声,亦必用去声;其次如平声却用得入声字替,上声字最不可用去声字替,不可以上、去、入尽道是侧声便用得,更须调停参订用之。"仄声三声,并非可以随意通融,而去声的讲究就更为严格。杜文澜《憩园词话》解释说:"平、上、入三声,有可以互代,惟去声则独用,其声激厉劲远,转折跌宕,全系乎此,故领调亦必用之。"这些当然是在音律失传之后对于案头文字的斟酌之道,各有其利弊。王国维从双声叠韵的角度来述论三声通用的问题,并不意味着他对传统词学中区别三声的创作实践和相关理论缺乏认知,而是在词体萎靡的时代,不少词人将主要精力放在声律的讲究中,不免有因小失大的嫌疑,这才是王国维此论的原点所在。

# 第十七则

诗至唐中叶以后,殆为羔雁之具[一]矣。故五代北宋之诗,佳者绝少,而词则为其极盛时代。即诗词兼擅如永叔、少游者,亦词胜于诗远甚。以其写之于诗者,不若写之于词者之真也。至南宋以后,词亦为羔雁之具,而词亦替矣。此亦文学升降之一关键也。

**【注释】**

〔一〕羔雁之具：典出《礼记・曲礼》："凡贽，天子鬯，诸侯圭，卿羔，大夫雁。"后遂以"羔雁之具"为礼聘之物，本文中指应酬无聊之物。

**【疏证】**

以文体升降之规律作为自己偏尚北宋以前词之学术依据。中唐以后诗与北宋以后词，由于已过其"极盛时代"，勉强维持，反失其"真"，转成"羔雁之具"，文体之不可强如此。文学乃为己之学，变为"羔雁之具"，则自然变成为人之学，为人之学殊失文学之真趣。王国维的观念是：文体嬗变，其间有不可抗拒之规律存焉。诗词兼擅，也只能工其一体。北宋以前词之真，北宋以后词便不免"伪"，王国维不取南宋词，又为自己添一重证据。此与第七则言情、景"真"、"深"之论可以对照。在论词方式上，仍持诗词对勘的方式。王国维以"文学升降"之理论为自己偏尚北宋张本，也殊欠学理，饶宗颐《人间词话平议》云："一切文学之进化，先真朴而后趋工巧。"其间各以特色，而难分高下。即词而言，由北宋以入南宋，初无畛域之限，"其由自然而臻于巧练，由清泚而入于秾挚，乃文学演化必然之势，无庸强为轩轾"。饶氏之论，餍心切理。静安此论可能受周济之影响，但不免变本加厉了。实际上晚清以降，融合两宋就庶几成为词学潮流，静安处二十世纪初尚不能通融而论，殊可怪也。或皆因"境界"二字横亘心中尔。类似言论，也见于王国维作于一九〇七年一月之《文学小言》，其第十三则有云："诗至唐中叶以后，殆为羔雁之具矣。故五季、北宋之诗，（除一二大家外）无可观者，其词则独为其全盛时代。其诗词兼擅如永叔、少游者，皆诗不如词远甚。以其写之于诗者，不若写之于词者之真也。至南宋以后，词亦为羔雁之具，而词亦替矣。（除稼轩一人外）观此足以知文学盛衰之故矣。"以此而论，有关文学升降之论，盖盘桓心中已久矣。然由"盛衰"而易以"升降"，现象描述的意味少了，而理论提炼的意味多了。而所谓"羔雁之具"其实是针对南宋的咏史、怀古、祝寿等以应酬为基本特色的词而言的，手稿第九十五则可与之对勘。

关于诗词文体兴衰嬗变，其实也一直是宋以来常见的话题。王国维此论可能比较多的受到陆游和陈子龙的影响。陆游《花间集跋》云："唐自大中后，诗家日趣浅薄，其间杰出者亦不复有前辈闳妙浑厚之作，久而自厌，然梏于俗尚，不能拔出。会有倚声作词者，本欲酒间易晓，颇摆落故态，适与六朝跌宕意气差近，此集所载是也。故历唐季五代，诗愈卑而倚声辄简古可爱。……笔墨驰骋则一，能此而不能彼，未能以理推也。"陈子龙《王介人诗馀序》亦云："宋人不知诗而强作诗，其为诗也，言理而不言情，故终宋之世无诗焉。然宋人亦不免于有情也，故凡其欢愉愁怨之致，动于中而不能抑者，类发于诗馀，故其所造独工，非后世可及。"手稿本《人间词话》第九十四则正是节引了这两段文字的，可见王国维渊源所自。陆游和陈子龙都注意到一代情感所寄在文体选择上自有其规律；不过，他们只是注意到这种创作现象，陆游更是直言"未能以理推也"。王国维则从这种创作现象中提炼出文学升降之"理"，这就是他的高明之处了。此则也可见出，王国维此书意在揭示文学之普遍规律，词体只是一个行文的角度而已，故虽名"词话"，实多逸出词话之外者，其论文体兴衰、论文学升降，眼界已非一词体可限了。历来解说《人间词话》，有言其立足文学本体论者，有言其乃文艺美学之著述也，按之《词话》，允称其说。

## 第十八则

冯正中词除《鹊踏枝》、《菩萨蛮》十数阕最煊赫外，如《醉花间》之"高树鹊衔巢，斜月明寒草"[一]，余谓韦苏州之"流萤度高阁"[二]、孟襄阳之"疏雨滴梧桐"，不能过也。[三]

**【注释】**

〔一〕"高树"二句：出自冯延巳《醉花间》："晴雪小园春未到。池边梅
自早。高树鹊衔巢，斜月明寒草。　山川风景好。自古金陵道。
少年看却老。相逢莫厌醉金杯，别离多，欢会少。"

〔二〕韦苏州：即韦应物（737—792？），长安（今陕西省西安市）人。中
唐诗人。因曾任苏州刺史，故称韦苏州。《寺居独夜寄崔主簿》：
"幽人寂无寐，木叶纷纷落。寒雨暗深更，流萤度高阁。坐使青
灯晓，还伤夏衣薄。宁知岁方晏，离居更萧索。"

〔三〕孟襄阳：即孟浩然（689—740），襄阳（今湖北省襄樊市）人，世称
孟襄阳。盛唐诗人。唐王士源《孟浩然集》序云："浩然尝闲游秘
省，秋月新霁，诸英华赋诗作会。浩然句云'微云淡河汉，疏雨滴
梧桐'，举座嗟其清绝，咸阁笔不复为继。"

**【疏证】**

以诗词对勘的方式论冯延巳词之优异，照应第四则夺张惠言评温
庭筠"深美闳约"移评冯延巳。以韦应物、孟浩然诗句不敌冯延巳词
句。虽不无"何患无辞"之议，然其钟情冯延巳词却是一贯而坚决的。
静安词中如"不辞立尽西楼暝"等，显然与冯词的执着精神相类似。有
意思的是，对于吴文英和张炎，王国维似乎偏重揭其短处，略说长处；
而对于冯延巳，则惟恐好词说尽，务在锦上添花。王国维意趣之真率
可见一斑。在手稿的后半部，王国维曾论及词之体性在"要眇宜修"，
与诗词各有胜场与不足，则此则以词句与诗句较优劣，似略有矛盾，盖
一句之好，不仅在于前后语境，更在于与一文体体性之契合与否。韦
应物"流萤度高阁"句，意在从视觉角度描摹夏秋之际夜景之清幽，而
孟浩然之"疏雨滴梧桐"则是从听觉角度描写秋夜之萧瑟。就单一的
"句"而言，两句可谓意尽句中。而冯延巳的"高树鹊衔巢，斜月明寒
草"则在意象上更为丰富，从天上之明月到空中之高树再到地上之寒

草,不仅具有空间的层次感,而且自上而下形成一种明朗萧疏的意境,在展现夜景方面,自然更具纵深感。王国维看出这三句之间的差异,颇具眼力。但这种脱离前后语境的比较,意义其实不大,因为韦应物的"流萤度高阁"前面还有"寒雨暗深更"一句,孟浩然"疏雨滴梧桐"前面也有"微云淡河汉"一句,把两句同时与冯延巳的词句相比,才有比较的空间——这还需在不考虑诗词体性差异的前提之下。

　　朱熹是王国维深度阅读过的人物,《人间词话》手稿本后所附录的《静庵藏书目》中列在第四、第五位的就是《朱子大全集》和《朱子语类》,至词话中引述朱熹之言更不止一处。其实这一则也隐有朱熹的影子在。《朱子语类》卷一百四十二云:"杜子美'暗飞萤自照',语只是巧。韦苏州云:'寒雨暗更深,流萤度高阁。'此景色可想,但则是自在说了。因言《国史补》称韦'为人高洁,鲜食寡欲,所至之处,扫地焚香,闭阁而坐'。其诗无一字做作,直是自在。其气象近道,意常爱之。"朱熹对韦应物"寒雨暗更深,流萤度高阁"两句的评价明显在杜甫"暗飞萤自照"一句之上,这裁断高低的依据便在自在与工巧的差别。王国维在此虽未正面引出朱熹此论,但事实上是带有对朱熹此说予以辨正的意味的。他大力赞赏"高树鹊衔巢,斜月明寒草"二句,也当是这两句在"自在"的程度上较韦诗更胜一筹的缘故。这种对自在、自然的强调是需要对勘朱熹的相关论述后,才能看得分明的。

# 第十九则

　　欧九《浣溪沙》词"绿杨楼外出秋千"〔一〕。晁补之谓:只一"出"字,便后人所不能道〔二〕。余谓此本于正中《上行杯》词"柳外秋千出画墙"〔三〕,但欧语尤工耳。

〔一〕欧九:即欧阳修。"绿杨"句:出自欧阳修《浣溪沙》:"堤上游人逐
画船。拍堤春水四垂天。绿杨楼外出秋千。　白发戴花君莫笑,
六幺催拍盏频传。人生何处似尊前。"

〔二〕晁补之(1053—1110),字无咎,晚号归来子,济州巨野(今属山东
省)人。为"苏门四学士"之一。其词师法苏轼,得其韵致,著有
《晁氏琴趣外篇》。其《评本朝乐章》见于《侯鲭录》等,历评柳永、
欧阳修、苏轼、黄庭坚、晏殊、张先、秦观七家词,颇具锐识。晁补
之《评本朝乐章》:"欧阳永叔《浣溪沙》云:'堤上游人逐画船。拍
堤春水四垂天。绿杨楼外出秋千。'要皆绝妙。然只'出'一字,
自是后人道不到处。"

〔三〕"柳外"句:出自冯延巳《上行杯》:"落梅着雨消残粉。云重烟轻
寒食近。罗幕遮香。柳外秋千出画墙。　春山颠倒钗横凤。飞
絮入帘春睡重。梦里佳期。只许庭花与月知。"

【疏证】

　　说欧仍是说冯。因为欧词"出"字之妙本于冯词。与"境界说"隐
然接近,后来王国维论"弄"字、"闹"字之妙及其与境界说的关系,可
能由此而得到启发,亦可见王国维词论与晁补之《评本朝乐章》一文之
关系。据吴曾的《能改斋漫录》所引晁补之《评本朝乐章》,晁补之的
原话是:"欧阳永叔《浣溪沙》云(中略),要皆绝妙,然只一'出'字,自
是后人道不到处。"明代陈霆《渚山堂词话》卷二亦云:"欧公旧有春日
词云:'绿杨楼外出秋千。'前辈叹赏,谓止一'出'字,是人着力道不到
处。"陈霆所指称的"前辈",当也是晁补之。王国维引述晁补之之意,
盖未暇核对原文,仅凭记忆而已。手稿引文大多如此,可见当初写作
之散漫,或者说正是因为当初的这一散漫,才有后来的数次删订。王
国维的词论本质上是对传统文论的一种继承、改造、综合和提高。然

龙榆生《唐宋名家词选》、饶宗颐《人间词话平议》引彭孙遹《词藻》卷三已考订唐代王维即有"秋千竞出垂杨里"诗句，则冯、欧语或皆当溯源于此。但对比而言，王维诗中一"竞"字，体现出强烈的动态特征，这是冯延巳和欧阳修都不及的；但王维诗仅有垂杨和秋千两个意象，而冯延巳和欧阳修的词则增加了墙或楼的意象，显得更为丰富。就冯延巳和欧阳修两人而论，冯延巳词的三个意象比较散，柳与画墙的关系不明朗，而欧阳修的"绿杨楼"三字将杨柳与楼的紧密关系明确说出，意象更为集中。以偏嗜独赏冯延巳之王国维，要在与欧阳修的比较中，将青眼留给欧阳修，确实不是一件容易的事。

　　王国维对晏殊、欧阳修都颇有好评，观晁补之《评本朝乐章》也是如此，此处转引对欧阳修词之评语之外，又如评晏殊词"不蹈袭人语，而风调闲雅"，也是善意殷殷的。与第十八则对比冯延巳、韦应物、孟浩然诗句优劣而凸显冯延巳的价值不同，此则对比冯延巳和欧阳修对同一句眼"出"之使用，则以欧阳修为"尤工"，其"工"之所在，盖在于欧句自然而意象紧凑，而冯句则略有着力之嫌也。王国维《鹧鸪天》也有"楼外秋千索尚悬"之句，当也是承冯、欧而来，但未见其妙，盖王国维只写一静态之事实耳。

## 第二十则

　　美成《青玉案》词："叶上初阳干宿雨。水面清圆，一一风荷举。"[一]此真能得荷之神理者。觉白石《念奴娇》[二]、《惜红衣》[三]二词，犹有隔雾看花之恨。

121

【注释】

〔一〕"叶上"三句：出自周邦彦《苏幕遮》："燎沈香，消溽暑。鸟雀呼晴，侵晓窥檐语。叶上初阳干宿雨。水面清圆，一一风荷举。

故乡遥,何日去。家住吴门,久作长安旅。五月渔郎相忆否。小楫轻舟,梦入芙蓉浦。"王国维将"苏幕遮"误作"青玉案"。

〔二〕姜夔《念奴娇》(予客武陵,湖北宪治在焉。古城野水,乔木参天。予与二三友日荡舟其间,薄荷花而饮。意象幽闲,不类人境。秋水且涸,荷叶出地寻丈,因列坐其下,上不见日。清风徐来,绿云自动,间于疏处窥见游人画船,亦一乐也。揭来吴兴,数得相羊荷花中。又夜泛西湖,光景奇绝。故以此句写之):"闹红一舸,记来时,尝与鸳鸯为侣。三十六陂人未到,水佩风裳无数。翠叶吹凉,玉容销酒,更洒菰蒲雨。嫣然摇动,冷香飞上诗句。　日暮。青盖亭亭,情人不见,争忍凌波去。只恐舞衣寒易落,愁入西风南浦。高柳垂阴,老鱼吹浪,留我花间住。田田多少,几回沙际归路。"

〔三〕姜夔《惜红衣》(吴兴号水晶宫,荷花盛丽。陈简斋云:"今年何以报君恩。一路荷花,相送到青墩。"亦可见矣。丁未之夏,予游千岩,数往来红香中,自度此曲,以无射宫歌之):"簟枕邀凉,琴书换日,睡馀无力。细洒冰泉,并刀破甘碧。墙头唤酒,谁问讯城南诗客。岑寂。高柳晚蝉,说西风消息。　虹梁水陌,鱼浪吹香,红衣半狼藉。维舟试望故国。眇天北。可惜渚边沙外,不共美人游历。问甚时同赋,三十六陂秋色。"

**【疏证】**

以"神理"与"隔雾看花"对举,亦后来"境界说"之"隔与不隔"理论之雏形,但话语模糊耳。其评清真"叶上初阳"句为得"神理",而谓白石《念奴娇》、《惜红衣》二词为"犹有隔雾看花之恨",此与其核心理论之形成已渐趋渐近了。所谓"神理",即是咏物而得其精神、神韵之意,得其精神、神韵,亦即得其真,得其真,自然不隔;雾里看花,自然失真,失真自然就隔。周邦彦的"叶上"数句,不仅写出了雨后清晨风吹荷动之神韵,更以一"举"字将荷花之风情与骨力结合起来。这个"举"字和张先"云破月来花弄影"的"弄"字,宋祁"红杏枝头春意闹"的"闹"字,欧阳修"绿杨楼外出秋千"的"出"字等等,都具备相似的功能,将原本潜在的不引人注意的意趣引发出来,是一句之"眼",也是一句之"神"。以上两则,王国维在理论话语上虽然仍没有显示出特色,但评述方向已隐隐向境界说靠近了。而其理论则更多来自于古代词论的启迪。但王国维将周邦彦之"句"与姜夔之"篇"来作对比,似有欠学理。观手稿后半论及"隔"与"不隔",即改以"句"为基本单位,这样的对比才是在同一层面上进行的对比,也才更具可信性。

就王国维提及的这三首词具体而论,亦可见其神理与隔的区别。三首词都写荷花,王国维只引录了周邦彦"叶上"三句,以表现其"不隔"而已。而在王国维的语境中,清真此词的不隔是在与姜夔的《念奴娇》和《惜红衣》两首词的对照中显示出来的。与清真《青玉案》相似,姜夔这两首词也以荷花为主要描写对象,但前首不过起拍之后数句至上阕结束写荷花,后首只有换头数句言及荷花。在全词中所占的比例并不高;而且就涉及荷花的这几句来看,其笔法之隐约,甚至令人忘其是在写荷花。相形之下,周邦彦"叶上"数句,乃让人如面满池的荷花。两者鲜明与隐约的区别是颇为分明的。欲再进而论之,周邦彦一首乃是写岸上观赏荷花,因此满池景色尽入眼中;而姜夔两首乃是写身入群荷之中来观荷,故不免有"只缘身在荷花中"的局限。周邦彦观荷是在雨后晴阳之下,故被雨水冲洗过的荷叶荷花会呈现出特别的青翠和艳丽;而姜夔两首,据词前小序,《念奴娇》是姜夔将荡舟在武陵"古城野水,乔木参天……意象幽闲,不类人境"的环境中和后来在吴兴"夜泛西湖"的经历结合来写的,其环境之幽暗固不同于周邦彦所见之阳光明媚。《惜红衣》也是写于吴兴,乃写数度往来于"荷花盛丽"之中的闻见,则视线也是因身居池中而略受干扰。所以观察荷花的视点不同、时段不同、明暗不同,因此写出来的景致也就不同。周邦彦写荷花近乎实写,姜夔则近乎虚写,所以周邦彦笔下的荷花宛然生姿,而姜夔笔下的荷花则隐约迷离。王国维看到两人创作风格的不同,应该是敏锐的,其所谓隔与不隔的原意,由此而部分地呈现出来。不过质实而言,王国维如此分别隔与不隔,其本身的局限也是明显的,因为虽然同是写景,随着视点、时段、明暗不同,其呈现出来的景致也自然有清晰与模糊之不同,只要是符合当时情境的,最大程度地体现出当时当地景致特点的,其实也应该纳入不隔的范围。

值得注意的是,王国维对清真词的评价虽然稍后在《清真先生遗事》中有很大变化,如其云:"张叔夏病其意趣不高远,然北宋人如欧、苏、秦、黄,高则高矣,至精工博大,殊不逮先生。"又说"词中老杜则非先生不可"。这些评价对《人间词话》中的部分观点,确是带有部分颠覆意义的。但对于清真词的最本色特点,王国维其实是持相似的观点。《清真先生遗事》云:"先生之词,陈直斋谓其多用唐人诗句隐括入律,浑然天成。张玉田谓其善于融化诗句。然此不过一端,不如强焕云'模写物态,曲尽其妙'为知言也。"本则称赞清真咏荷花而得其"神理",其实也就是对其模写荷花之神态而能尽其妙处的称赞。在评价周邦彦咏物词方面,王国维的观点并无变化。罗忼烈在《王国维与清真词》一文中说:"王国维是全面研究清真词的第一人。……王国维对清真词的评论,前后是一百八十度的转变,起初印象恶劣,往后逐渐改变,最后终于推崇备至。这种变化相当有趣,可以看出他的词学修养的进境。"确实,王国维对清真词的这种阶段性的认知特点是颇为明显的,但其中也保留了若干一以贯之的看法,也同样是不能忘记的。

# 第二十一则

曾纯甫[一]中秋应制,作《壶中天慢》词,自注云:"是夜,西兴亦闻天乐。"[二]谓宫中乐声,闻于隔岸也。毛子晋[三]谓:"天神亦不以人废言。"〔四〕近冯梦华复辨其诬〔五〕。不解"天乐"二字文义,殊笑人也。

【沣释】

〔一〕曾纯甫:即曾觌(1109—1180),字纯甫,汴京(今河南省开封市)人。著有《海野词》。

〔二〕"是夜"二句:出自曾觌《壶中天慢》注:"此进御月词也。上皇大喜曰:'从来月词,不曾用金瓯事,可谓新奇。'赐金束带、紫番罗、水晶碗。上亦赐宝盏。至一更五点回宫。是夜,西兴亦闻天乐焉。"按,此并非曾觌自注,可能是毛晋据《武林旧事》补注。《壶中天慢》:"素飙漾碧,看天衢稳送,一轮明月。翠水瀛壶人不到,比似世间秋别。玉手瑶笙,一时同色,小按霓裳叠。天津桥上,有人偷记新阕。 当日谁幻银桥,阿瞒儿戏,一笑成痴绝。肯信群仙高宴处,移下水晶宫阙。云海尘清,山河影满,桂冷吹香雪。何劳玉斧,金瓯千古无缺。"西兴,渡口名,在今浙江省杭州市萧山区西北。初名固陵,相传春秋时范蠡曾筑城于此,六朝时易名西陵城,五代改为"西兴"。苏轼《望海楼晚景》诗云:"江上秋风晚来急,为传钟鼓到西兴。"

〔三〕毛子晋:即毛晋(1599—1659),字子晋,常熟(今属江苏省)人。明末著名的藏书家、出版家,编有《宋六十名家词》等。

〔四〕"天神"句:出自《宋六十名家词》毛晋跋《海野词》:"至进月词,一夕西兴共闻天乐,岂天神亦不以人废言耶?"

〔五〕冯煦《宋六十一家词选·例言》:"曾纯甫赋进御月词,其自记云:'是夜,西兴亦闻天乐。'子晋遂谓'天神亦不以人废言'。不知宋人每好自神其说。白石道人尚欲以巢湖风驶归功于平调《满江红》,于海野何讥焉?"

考辨文字。但毛晋与冯煦在王国维词论中的影响是值得关注的，在《静庵藏书目》中，毛晋与冯煦的著作都列于其中，此则或是在对勘二书时有感而作。在王国维看来，曾纯甫《壶中天慢》中"天乐"一词本为"宫中乐声"之意，不过用了一点修辞手法而已。周密《武林旧事》卷七尝记此事，曾觌献词时在淳熙九年（一一八二）中秋，宫中赏月，绕池而设，池大十馀亩，池内皆为千叶白莲，南岸有女童五十人演奏清乐，北岸有近二百名教坊乐工奏乐，"待月初上，箫韶齐举，缥渺相应，如在霄汉"。曾觌的注释其实是形象地渲染了当夜音乐之盛。但毛晋把"天乐"往天神方面去理解，冯煦又言乃宋人自神其说，此皆失其本旨，是把简单之事言支离了。王国维以为如此释词，就不免以文浅陋，蹈于空虚了。王国维既反对张惠言的深文周纳，也反对毛晋、冯煦等人的望文生意。这两种极端的解说模式都会导致文本原意的部分流失，王国维所举虽是极端个案，也仅涉及"天乐"二字，但还是值得注意的一种现象。王国维《踏莎行》有"绝顶无云，昨宵有雨，我来此地闻天语"之句，所谓"天语"倒是与毛晋、冯煦之意相近的。

# 第二十二则

古今词人格调之高，无如白石。惜不于意境上用力，故觉无言外之味，弦外之响，终落第二手[一]。其志清峻则有之，其旨遥深则未也。[二]

【左侧竖排】人间词话疏证

【注释】

〔一〕第二手：禅宗话头。以心灵直悟、彻悟为本，而以佛教教训为心灵之第二手。

〔二〕其志清峻、其旨遥深：语出刘勰《文心雕龙·明诗》："……乃正始明道，诗杂仙心，何晏之徒，率多浮浅。唯嵇志清峻，阮旨遥深，故能标焉。"扬雄《方言》释"峻"为"急"；"峻"通"陵"，张揖《广雅》亦释为"急"。盖嵇康生当司马氏之世，叹大道不舒，人世凶险，故时出以愤激之语，此即刘勰"嵇志清峻"之所本也。阮籍与曹氏有旧，亦为司马氏所极意拉拢，为免致祸，遂或酣醉为常，或发言玄远，虽志在讽刺，而文多隐晦，使人莫名其归趣，此即刘勰"阮旨遥深"之所本也。清峻言其人之心性也，遥深言其诗之托意也。

## 【疏证】

以"格调"与"意境"对举。以"格调"论姜夔，已先见于第十一则："南宋词人，白石有格而无情。"而此后的第一百十五则亦云："白石如王衍，口不言阿堵物，而暗中为营三窟之计，此其所以可鄙也。"前一则直言白石缺乏真情，后一则言其貌为旷达，其实用心很深，内外相对，不免于伪。所以本则言姜夔格调高，乃是就其才情而言，而其志清峻，则对其长期的幕僚生涯所带来的生计和心性的急迫之情予以批评。故就本则语境而言，"志"即就姜夔其人而论，"旨"则就其词而言。格调高绝本非易事，若能在此基础上致力于通过独特的意境表现出来，则其词自然情韵深长，耐人玩索，始称"合作"矣。意境一语，已逼近"境界"，但落笔于言外之味、弦外之响，则其内涵仍不出"深美闳约"四字。至此为止，可以说初显眉目的意境说不过是传统词论的另一种说法而已。然以下言隔与不隔，又以真切自然为不隔，而以用典旨深为隔，是白石意深受非议，意浅亦受非议，盖白石之深必借典故以达，故无论深浅，皆为静安所不满。"其志清峻"、"其旨遥深"乃刘勰《文心雕龙·明诗》分论嵇康其人和阮籍其诗之语，从王国维对《文心雕龙》语言的熟练化用，知其必曾熟读也。其《静庵藏书目》列有"《文心雕龙》四本"即为明证。"终落第二手"五字见出王国维论词取法乎上的意趣，然手稿列入拟删之列，殊困人思。

　　"言外之味、弦外之响"云云，当受到晚唐司空图《与李生论诗书》所谓"辨于味而后可以言诗"之论的启迪。司空图追求诗歌言外之意、韵外之致的审美趣味，对后来严羽、王士禛等人产生了重要影响。而关于白石词的格调高低问题，在王国维之前，也一直是一个争论不休的问题。宋代陈郁《藏一话腴》称姜夔之词"意到语工，不期于高远而自高远"。张炎《词源》把姜夔词作为清空的典范，有"古雅峭拔"的意味。刘熙载《艺概·词曲概》则誉之为"幽韵冷香"。陈廷焯《白雨斋词话》也称姜夔词"格调最高"。王国维说"古今词人格调之高，无如白石"，当也有上列这些理论渊源在内。但真正在总体判断上对王国维产生影响的，应该还是周济。周济《介存斋论词杂著》云："白石词如明七子诗，看是高格响调，不耐人细思。"所谓"不耐人细思"，其实就是王国维所说的"故觉无言外之味，弦外之响"之意。如果说王国维对姜夔词有格调而乏神韵的评价就是从周济此论中变化而出的，应无不可。

# 第二十三则

　　梅溪〔一〕、梦窗、玉田、草窗〔二〕、西麓〔三〕诸家，词虽不同，然同失之肤浅。虽时代使然，亦其才分有限也。近人弃周鼎而宝康瓠〔四〕，实难索解。

【注释】

〔一〕梅溪：史达祖，字邦卿，号梅溪，汴京（今河南省开封市）人。著有《梅溪词》等，以善于炼句驰名。

〔二〕草窗：周密（1232—1298），字公谨，号草窗、蘋洲、四水潜夫、弁阳老人等，其先济南人，后寓居吴兴（今浙江省湖州市）。著有《草窗韵语》、《苹洲渔笛谱》、《草窗词》等。

〔三〕西麓：陈允平（1205？—1285？），字君衡，号西麓，四明（今浙江省
　　　宁波市）人。著有词集《西麓继周集》、《日湖渔唱》等。

〔四〕弃周鼎而宝康瓠：语出贾谊《吊屈原赋》："乌呼哀哉兮，逢时不
　　　祥。……斡弃周鼎，宝康瓠兮。"周鼎，周代的宝鼎，为国之重器；
　　　康瓠，瓦盆，喻无价值的东西。本则盖以周鼎比喻良才，而以康瓠
　　　比喻庸才。

【疏证】

　　集矢"近人"，再明针砭时弊之意。将南宋后期史、吴、张、周、陈诸
人词统评之为"肤浅"，不免绝对化和简单化。王国维以"肤浅"视南
宋词，盖南宋末年词虽有家国之思，其借咏物以写自我垒块的写法，采
用的是极为相似的寄托手法，因为手法的相似和情感的普遍而失去了
个性化的内涵，如咏新月、孤雁、蟋蟀等，意象不同，而对应的性情则基
本相似，都是当时一种带有共性化的情感，所以王国维评以"肤浅"，盖
以此也。但王国维从张惠言那里采择而来的"深美闳约"四字所包含
的"深"，实际上正指向寄托的内涵。王国维持此以论词史，似乎在评
价南宋特别是南宋末年这一段词史时，部分改变了评词标准。情韵的
悠长与思想的深厚，确实各有侧重，王国维论词的不稳定性在此隐现
出来。王国维追索南宋词"肤浅"的原因，"才分"为不可强之事，此
"才分"与前所称姜夔之"格调"相类，是先天所赋。而"时代"则意味
着词体不得不面临浮泛的事实，亦第十七则所谓"至南宋以后，词亦为
羔雁之具"之意，文体盛衰与"文学升降"，难违其定律。才分、时代、文
体三者合一，方能造就文学之大。在王国维的观念中，南宋于此三者
皆不具备，是以词至南宋，由盛而衰，此文体发展之定数也。王国维由
对南宋末年词人的批评而过渡到对当下词人的批评，则批评南宋乃是
手段，批评当下才是目的。其实在王国维的时代，以王鹏运、朱祖谋为

代表的词人之所以选择南宋词人作为效法对象，除了秉承常州词派理论家周济指引的"问途碧山，历梦窗、稼轩，以还清真之浑化"的学词程式，舍南宋则无以达北宋之境，还有一个重要原因：南宋末年与清代末年同处于风雨飘摇的形势之下，所以晚清词人对于宋末词人的创作方式和情感内涵具有更深层次和更大程度的共鸣，也因此形成了师法南宋词风的一种潮流。王国维拘于词体本色，既不能认同南宋之时的词风变革，对于晚清师法南宋词，自然也缺乏"同情之了解"。在一个摇摇欲坠的时代，揭倡北宋词的那种优雅之性情和要眇之表达，确实偏于艺术的审美了。

## 第二十四则

　　余填词不喜作长调〔一〕，尤不喜用人韵。偶尔游戏，作《水龙吟》咏杨花，用质夫、东坡倡和均〔二〕，作《齐天乐》咏蟋蟀，用白石均〔三〕，皆有与晋代兴〔四〕之意。然余之所长殊不在是，世之君子宁以他词称我。

【注释】

〔一〕长调：依照曲调舒缓的慢曲而填写的词调称为长调。宋词虽然在
　　　事实上有小令、中调、长调之分，但理论上并未概括出这一分类，
　　　至明代《类编草堂诗馀》始以五十八字以内者为小令，以五十九
　　　至九十字者为中调，以九十一字以上者为长调。这一分法虽然尚
　　　有争议，但一般多沿用其说。

〔二〕王国维《水龙吟·杨花用章质夫、苏子瞻唱和韵》："开时不与人
　　　看，如何一霎蒙蒙坠。日长无绪，回廊小立，迷离情思。细雨池
　　　塘，斜阳院落，重门闭户。正参差欲住，轻衫掠处，又特地、因风
　　　起。　　花事阑珊到汝。更休寻、满枝琼缀。算来只合，人间哀乐，

者般零碎。一样飘零,宁为尘土,勿随流水。怕盈盈、一片春江,都贮得、离人泪。"质夫:章楶(1027—1102),字质夫,建州浦城(今属福建省)人。存词二首。

〔三〕姜夔《齐天乐》(丙辰岁与张功父会饮张达可之堂,闻屋壁间蟋蟀有声,功父约予同赋,以授歌者。功父先成,辞甚美。予裴回茉莉花间,仰见秋月,顿起幽思,寻亦得此。蟋蟀,中都呼为促织,善斗。好事者或以三二十万钱致一枚,镂象齿为楼观以贮之):"庾郎先自吟愁赋。凄凄更闻私语。露湿铜铺,苔侵石井,都是曾听伊处。哀音似诉。正思妇无眠,起寻机杼。曲曲屏山,夜凉独自甚情绪。　西窗又吹暗雨。为谁频断续。相和砧杵。候馆迎秋,离宫吊月,别有伤心无数。豳诗漫与。笑篱落呼灯,世间儿女。写入琴丝,一声声更苦。"王国维《齐天乐·蟋蟀用姜石帚原韵》:"天涯已自悲秋极,何须更闻虫语。乍响瑶阶,旋穿绣闼,更入画屏深处。喁喁似诉。有几许哀丝,佐伊机杼。一夜东堂,暗抽离恨万千绪。　空庭相和秋雨。又南城罢柝,西苑停杵。试问王孙,苍茫岁晚,那有闲愁无数。宵深漫与。怕梦稳春酣,万家儿女。不识孤吟,劳人床下苦。"

〔四〕与晋代兴:典出《国语·郑语》,喻超越原作,创意出奇之意。

【疏证】

回归自身,阐明不喜北宋以后词之个人原因。北宋以前词,小令为盛;北宋以后词,长调擅胜。王国维明确说:"余填词不喜作长调。"即在表明轩轾词史当中,亦不无个人偏好在内。戚法仁《薄仲山人间词话补笺序》云:"惟海宁治词,功力悉在小令,故《词话》之作,于南宋诸家深致诋诃。"此确为其中之一因。王国维虽说自己作长调也有"与晋代兴"之思,但颇不愿以长调为人所称。祖保泉师即评《水龙吟》一首"辛苦步韵,构思曲折,尚能达意,然欠蕴借"①,评《齐天乐》一首"就取象寓意的密度说,嫌不足"、"托物抒情,稍嫌风情不足,不耐久久玩索"②。静安词中长调除了《水龙吟》(开时不与人看)、《齐天乐》(天涯已自悲秋极)外,另有《贺新郎》(月落飞乌鹊)、《八声甘州》(直青山缺处倚东南)、《满庭芳》(水抱孤城)、《摸鱼儿》(问断肠)、《西河》(垂柳里)、《扫花游》(疏林挂日)、《霜花腴》(海涯倦客)、《百字令》(楚灵均后)等,其非"偶尔游戏"乃是事实,静安自称"余之所长殊不在是",盖为障眼法,不宜拘执其说。"与晋代兴"语出《国语·郑语》,乃强调创意的重要性。又,反对和韵之论,严羽《沧浪诗话·诗评》亦云:"和韵最害人诗。如古人酬唱不次韵,此风始盛于元、白、皮、陆,而本朝诸贤乃以此而斗工,遂至往复有八九和者。"盖和韵以韵为先,往往潜伏争胜之意,殊失从容抒情之致。渔洋平生服膺王士源序孟浩然诗之"每有制作,伫兴而就"八字,自称"未尝强为人作,亦不耐为和韵诗"③,和韵对于即兴直观的感受确实造成较大的限制。

　　静安此则虽仅就长调立论,实关乎一般性的创作原则。此则隐含之另一意味是:南宋和晚清词恰恰是多写长调、和韵之作的,则王国维"不喜"作长调、用人韵,其言外之指向也是可以猜度得到的。梁启勋《词学》在引述王国维此说后便云:"彼之重小令而尊五代,吾甚赞同。"然此主要是针对王国维关于有题无题之论而言的。胡适在文学观念上与王国维契合处甚多,但对于王国维的小令与长调的高下之分,却不能认同。胡适《词选》在历代词人中最推崇的是辛弃疾。他认为辛弃疾是词中"第一大家","无论作长调或小令,都是他的人格的涌现……他的长词确有许多用典之处,但他那浓厚的情感和奔放的才气,往往使人不觉得他在那里掉书袋"。相形之下,胡适的观点更富有

①　祖保泉著《王国维词解说》,安徽教育出版社 2006 年版,第 215 页。
②　祖保泉著《王国维词解说》,安徽教育出版社 2006 年版,第 275 页。
③　王士禛著《渔洋诗话》,上海古籍出版社 1987 年版。

学理。王国维既悬了一个自然的标准，又设置了一个词体的门槛。这种双重标准，其实也是对"自然"观念的部分削弱；相形之下，胡适的"自然"显然要更为彻底。

## 第二十五则

余友沈昕伯(纮)〔一〕自巴黎寄余《蝶恋花》一阕云："帘外东风随燕到。春色东来，循我来时道。一霎围场生绿草。归迟却怨春来早。　锦绣一城春水绕。庭院笙歌，行乐多年少。着意来开孤客抱。不知名字闲花鸟。"此词当在晏氏父子〔二〕间，南宋人不能道也。

【注释】

〔一〕沈昕伯：沈纮(？—1918)，字昕伯。为王国维东文学社之同学。

〔二〕晏氏父子：即晏殊、晏几道父子。晏几道(1030？—1106？)，字叔原，号小山，抚州临川(今属江西省抚州市)人。晏殊第七子。著有《小山词》，黄庭坚为作序。

【疏证】

仍标举尚北宋之意。以友人沈昕伯《蝶恋花》词为可处晏氏父子之间，又赘一"南宋人不能道也"句，时时不忘鄙薄南宋之意。沈昕伯乃王国维求学上海东文学社时期的同学，译才甚健，为静安所称，其翻译日本诸史籍，多由王国维作序刊行。一九〇四年，沈纮赴欧洲游学，当时王国维主事的《教育世界》曾刊行过其"巴黎通讯"。一九一八年，病逝于伦敦。王国维夙以沈纮为知音，他在沈纮去世后所撰的挽联云："壮志竟何为，遗著销烟，万岁千秋同寂寞；音书凄久断，旧词在箧，归迟春早忆缠绵。"又尝代罗振玉撰挽联云："问君胡不归，赤县竟无干净土；斯人宜有后，丹山喜见凤凰雏。"一九一八年三月二十四日

（阴历二月十二日）在与樊抗父一同往送昕伯之丧后，致罗振玉信云："近昕伯在巴黎之遗物已到，闻无只字笔迹，亦一奇事。其老母至今未知其死，亦可怜矣！"[1]其关注故友之情谊，款款可感。沈纮作词情形，目前所知不多，但应有一定数量，则当无疑。王国维挽联中"旧词在箧"一语或透此中消息。《蝶恋花》一词作于巴黎，故"帘外东风"、"春色东来"云云，都含有家国之思在内，结以"闲花鸟"衬写"孤客抱"，倍显孤独之意，又歇拍"归迟却怨春来早"，也用意深至，确有北宋风味，王国维在挽联中将歇拍涵括为"归迟春早忆缠绵"，更足以说明此拍在王国维心目中的分量。王国维许以"晏氏父子之间"，确是有一定的道理的。此词的异国情调也同样是值得关注的，虽然东风、春燕、绿草、春水、庭院的意象是中西相似的，但沈昕伯煞拍"着意来开孤客抱，不知名字闲花鸟"二句，恰恰用这种陌生化的花鸟来表达自己的异国孤客怀抱，在平常的语言中寄寓着深沉的故园之情。王国维撰述词话至此，评述朋辈或同时词人，沈昕伯是第一人。然王国维对当时词坛名流多致贬评，却将一个在词坛寂寂无名的沈昕伯之词誉为可置于晏殊、晏几道之间，其词话中的个人化情绪不免过于明显了。如果说王国维因为对南宋词的隔膜而对南宋词人贬之过甚的话，则此处对沈昕伯的评价也显得褒之过甚了，感性因素的流露是手稿中不应忽略的。

从这些记载可知，王国维在填词创作中与友人如樊炳清、沈昕伯等的切磋之功是值得关注的，甚至王国维词学思想之形成，也与这种同学之间的切磋有一定之关系，如王国维东文学社同学刘大绅后来曾作《谈作诗》一文，其文曰："作诗无他巧妙，只是写情写景。情切景真，即为好诗。""作诗，最好少用直捷了当语。从正面说，宜多用疑惑语、设问语、形容语等；从侧面说、反面说，并多用双声叠韵字，则音婉而韵长矣"。这些观点，细加勘察，与王国维颇为相似，然是刘大绅影响到

---

① 吴泽主编，刘寅生、袁英光编《王国维全集·书信》，中华书局1984年版，第254—255页。

王国维,还是王国维影响到刘大绅,确实难以一一追索了。不过王国维在《人间词话》手稿本扉页上题写《戏效季英作口号诗》,则刘大绅(字季英)在王国维心目中的地位是值得重视的。

# 第二十六则

樊抗父[一]谓余词如《浣溪沙》之"天末同云"[二]、《蝶恋花》之"昨夜梦中"、"百尺朱楼"、"春到临春"[三]等阕,凿空而道,开词家未有之境。余自谓才不若古人,但于力争第一义[四]处,古人亦不如我用意耳。

【注释】

〔一〕樊抗父:即樊炳清(1877—1929),又名樊志厚,字少泉,又字抗甫、抗父,山阴(今浙江省绍兴市)人。与王国维为东文学社同学,后并一起任教江苏师范学堂,两人交游甚密。为王国维《人间词》甲、乙稿两篇序言的署名作者。在美学、哲学、农学等方面编译、著述较多,并雅好诗词,与王国维多有切磋之功。按,此则所云乃出自托名樊志厚的《人间词乙稿序》,其实为王国维自作。

〔二〕王国维《浣溪沙》:"天末同云暗四垂。失行孤雁逆风飞。江湖廖落尔安归。陌上金丸看落羽,闺中素手试调醯。今宵欢宴胜平时。"

〔三〕王国维《蝶恋花》:"昨夜梦中多少恨。细马香车,两两行相近。对面似怜人瘦损。众中不惜搴帷问。 陌上轻雷听渐隐。梦里难从,觉后那堪讯。蜡泪窗前堆一寸。人间只有相思分。"

"百尺朱楼临大道。楼外轻雷,不问昏和晓。独倚阑干人窈窕。闲中数尽行人小。 一霎车尘生树杪。陌上楼头,都向尘中老。薄晚西风吹雨到。明朝又是伤流潦。"

135

"春到临春花正妍。迟日阑干,蜂蝶飞无数。谁遣一春抛却去。马蹄日日章台路。　几度寻春春不遇。不见春来,那识春归处。斜日晚风杨柳渚。马头何处无飞絮。"

〔四〕第一义:佛学用语。《传灯录》卷九云:"心即是法,法即是心……当下无心,便是本法。……故佛言,我于阿耨菩提实无所得,恐人不信,故引五眼所见,五语所言,真实不虚,是第一义谛。"南宋严羽《沧浪诗话》借此以喻诗学云:"禅家者流,乘有小大,宗有南北,谛有邪正。学者须从最上乘,具正法眼,悟第一义。"五眼,指肉眼、天眼、慧眼、法眼、佛眼。肉眼前有障碍则不能见,天眼无论远近明暗皆能见,慧眼能直观真空之理,法眼能体察假相之由,佛眼即单用、和用、互用,了无障碍,无不能见。五语,指真语、实语、如语、不诳语、不异语。真语是言真谛之法语,实语是言世俗谛之法语,如语是如十方三世诸佛依二谛说法,不诳语是不欺妄一切众生之语,不异语是十方三世诸佛所说法语始终如一,不会变异。此五语所云,角度或异,但均表示佛所说的法语是值得信赖的。十方,指东、西、南、北、东南、东北、西南、西北、上、下十个方位,意指全部空间都能感受到佛光普照。三世,亦名三际,分指前世、现世、未来世,或前生、今生、来生,或前际、中际、后际。三世佛也有两解:一种是依"三世"原本的时间意义而划分的过去佛、现在佛与未来佛;另一种是按地域划分势力范围,此三世佛是指东方净琉璃世界的药师佛,婆婆世界的释迦牟尼佛,西方极乐世界的阿弥陀佛。前一种三世佛称为竖三世佛,后者为横三世佛。王国维此处"第一义"盖指其对词境追求的普适性和极致性。

【疏证】

表明王国维用意开掘词境之心。此则引用樊抗父评其《浣溪沙》、《蝶恋花》诸阕"凿空而道,开词家未有之境",此处"境"字,实为"境界”之省称，偏重意思的翻新出奇。再向“境界”迈步。王国维谦称自己才力弱，但用意深，并以此超越古人，王国维自信之论初现。词家开辟新境之论，也曾见于前代词论，如谢章铤《赌棋山庄词话续编》卷五云：“近来词派悉尊浙西。余笔放气粗，实不足步朱、厉后尘。虽然浙派不足尽人才，亦不足穷词境。今日者，孤枕闻鸡，遥空唳鹤，兵气涨乎云霄，刀瘢留于草木，不得已而为词，其殆宜导扬盛烈，续铙歌鼓吹之音，抑将慨叹时艰，本小雅怨悱之义？人既有心，词乃不朽。此亦倚声家未辟之奇也。”看来别开新境盖为晚清词人共同之追求。又，“百尺朱楼”一首，开端四字乃由晏殊成句截出，渊源可见。晏殊《蝶恋花》词云：“帘幕风轻双语燕。午后醒来，柳絮飞撩乱。心事一春犹未见。红英落尽青苔院。　百尺朱楼闲倚遍。薄雨浓云，抵死遮人面。羌管不须吹别怨。无肠更为新声断。”晏殊意在以惜春写别怨，王国维《蝶恋花》之“陌上楼头，都向尘中老”一句，言人生变换之不可逆转及由此生发的悲悯之怀，盖为静安自许之“开词家未有之境”，此与其作于一九〇四年之《平生》诗中“终古终生无度日，世尊只合老尘嚣”之意相近。静安词对人生境界的开掘确实颇为深至。“凿空而道”、“开词家未有之境”之类语言与刘熙载的话语也颇吻合，《艺概》卷二云：“《十九首》凿空乱道，读之自觉四顾踌躇，百端交集。”“谢客诗刻画微眇，其造语似子处，不用力而功益奇，在诗家为独辟之境”。两相对照，自可明了。此亦从一个角度说明《人间词》甲乙稿序乃出静安手笔。因为刘熙载是王国维下过功夫钻研过的理论家，对其话语的援引之例，数见于词话中。若深度以求，此“词家未有之境”乃在于以哲理入词，即当下学界所称饶宗颐词为“形上词”之所谓也。王国维批评周邦彦“创调之才多，创意之才少”，是以“创意”一直是王国维持以评词的一个重要标准。自谭献将词分为诗人之词、词人之词、学人之词三类后，学人之词就引起了学界的关注。王国维在理论上虽然大力提倡“词人之词”，至其自作，则其实更近乎学人之词，其理论和创作之距离或矛盾由此可见一斑。在《人间词话》中，王国维对于词体变革特别是形式上的变革方向总体上关注不多，甚至颇为忽略，但在创作上，王国维似乎有继承翁方纲"肌理说"和谭献"学人之词"的倾向，在拓展文学的哲理空间上做了初步的尝试，只是这种尝试与其理论主张的矛盾，我们也不可轻视。

此则提到的樊抗父不仅与王国维有东文学社的同学之谊，而且共同任教江苏师范学堂，在上海、苏州期间，两人更是过从甚密，相知甚深。王国维这里提及的樊抗父对王国维词的评价，正见于署名樊志厚的《人间词乙稿序》。序云：

> 静安之词，大抵意深于欧，而境次于秦。至其合作，如《甲稿》《浣溪沙》之"天末同云"、《蝶恋花》之"昨夜梦中"、《乙稿》《蝶恋花》之"百尺朱楼"等阕，皆意境两忘，物我一体。高蹈乎八荒之表，而抗心乎千秋之间。骎骎乎两汉之疆域，广于三代、贞观之政治，隆于武德矣。方之侍卫，岂徒伯仲。此固君所得于天者独深，抑岂非致力于意境之效也。

王国维在此则结尾所谓"余自谓才不若古人，但于力争第一义处，古人亦不如我用意耳"云云，从其语气来看，当是针对樊志厚上引文字的煞末几句而言的。樊志厚即樊抗父，于此则亦已揭明。

樊炳清的学术建树长期被冷落在学界边缘，其实他的诸多著述、编译不仅有其一己之特色，而且颇多堪与王国维之思想彼此参证之处。一九一四年，樊炳清在《东方杂志》第六期发表《说反》一文，提出"美生于适"的重要命题："联字以为句，人之所同也，而声色厚重异焉；合五官以为貌，人之所同也，而嫱施盐嫫殊焉。是美生于适也。"所谓"美生于适"，其实强调的就是人与物性的高度契合，其论颇为切理。关于境界说，王国维自一九〇八年在《国粹学报》刊出《人间词话》六十四则后，影响寥寥，而樊炳清可以说是最早的呼应者之一，他以"余箴"的笔名发表在《教育杂志》一九一三年第六期的《美育论》一文说：

人间词话疏证

"人之理解文字,有诉诸推理者,有诉诸想像者,有诉诸感情者;于是有明理之文,有叙事之文,有写景之文,有抒情之文。夫读书作文之用,本以陶冶心力为归;陶冶心力不当偏于一方,故谓读文章自不宜囿于一体。至以文字价值言,写景、抒情之作,转有过乎明理、叙事之文者,以其有境界、有韵味,故其入人也深。"文中无论是对境界、韵味的强调,还是对写景、抒情的重视,都与王国维的理论形成了一种事实上的呼应,其彼此之间的切磋之功也可以从这些地方看出来。

"力争第一义"云云,虽是借用佛教话头,与稍后言及的"无我之境"隐约相通,其实正昭示了王国维在创作和理论上的悬格之高,也因此无论是创作还是理论,王国维都无意去简单重复前此的创作规范和理论纲要。他不是在写一本普及诗词创作的入门书,而是意在引领一个新的创造时代的来临,故其立论,宁出偏锋,不为中庸,精彩超绝的见解与明显的审美缺失同时并存在这部一百馀则的词话中。王国维在这里"自谓才不若古人",但又通过樊志厚之口说自己"得于天者独深",其文笔狡狯固不必论,而其立足点之高则可借这种曲笔而表现出来。

但值得注意的是,在《人间词话》中如此自赏的这四首词,当二十年代初,王国维编订《观堂集林》之时,仅甲稿之《蝶恋花》(昨夜梦中)和乙稿之《蝶恋花》(百尺朱楼)两首入选。这显然意味着王国维词学思想已然发生了变化,从早期对以词来表现带有哲学意味的"开词家未有之境"的自许,而逐渐回归于传统审美意义上的词体特征。王国维词学的"激情"之减退痕迹,还是可以看出来的。

# 第二十七则

东坡"杨花词"[一],和均[二]而似元唱[三];质夫词[四],元唱而似和均。才之不可强也如是。

〔一〕苏轼《水龙吟·次韵章质夫杨花词》:"似花还似非花,也无人惜从教坠。抛家傍路,思量却是,无情有思。萦损柔肠,困酣娇眼,欲开还闭。梦随风万里,寻郎去处,又还被、莺呼起。　不恨此花飞尽,恨西园、落红难缀。晓来雨过,遗踪何在,一池萍碎。春色三分,二分尘土,一分流水。细看来不是杨花,点点是离人泪。"

〔二〕和均:即和韵、次韵,指用他人原韵唱和的诗词。

〔三〕元唱:即唱和诗词中首唱的作品,其韵字和韵序均为后来所和诗词所遵循。

〔四〕章质夫《水龙吟·杨花》:"燕忙莺懒芳残,正堤上、杨花飘坠。轻飞乱舞,点画青林,全无才思。闲趁游丝,静临深院,日长门闭。傍珠帘散漫,垂垂欲下,依前被、风扶起。　兰帐玉人睡觉,怪春衣、雪沾琼缀。绣床渐满,香球无数,才圆欲碎。时见蜂儿,仰粘轻粉,鱼吞池水。望章台路杳,金鞍游荡,有盈盈泪。"

【疏证】

　　辨东坡与质夫杨花词高下,"元唱"与"和均"之高下,不在创作之先后,而在才华之高低。此处论"才",可与第二十三则论南宋词人"才分有限"对勘。"才"是王国维在"意"之后提出的另一个重要概念。如果推而论之,北宋词佳在才高,南宋词弱在才低。"和均"的创作方式,静安其实一向是持反对意见的,如第二十四则云:"余填词不喜作长调,尤不喜用人韵。"这"尤不喜"三字尤见其情。张炎《词源》卷下于和韵利弊言之最为分明:"词不宜强和人韵,若倡和者之曲韵宽平,庶可赓歌;倘韵险又为人所先,则必牵强赓和,句意安能融贯?徒费苦思,未见有全章妥溜者。"其实无论是宽平之韵,还是险韵,和词确实容易落入原唱窠臼。此则言和韵词而肯定苏轼,乃视之为"异数"耳。盖章质夫《水龙吟》虽对杨花之描摹亦堪称得其神韵,特别是"闲趁游丝,静临深院,日长门闭。傍珠帘散漫,垂垂欲下,依前被、风扶起"数句,确如魏庆之《诗人玉屑》所云是"曲尽杨花妙处,东坡所和虽高,恐未能及"。不过在宋代,魏庆之的声音还是微弱了一点,主流的观点仍在扬苏抑章。如朱弁《曲洧旧闻》虽认为章质夫此词"命意用事,清丽可喜",但苏轼是"声韵谐美",而章质夫则是有"织绣工夫",轩轾已颇为分明。张炎《词源》更是认为两首杨花词,"起句便合让东坡出一头地,后片愈出愈奇,真是压倒今古",又认为苏轼此词"清丽舒徐,高出人表"。王国维对和韵的谨慎以及对苏轼与章质夫杨花词高低的评论,明显受到张炎等人的影响。但归结到才情之高下,不可勉强,这其实是受到叔本华等人"天才论"的影响了。手稿"元唱"二字原为"首创",后易为"元唱",盖"首创"乃普通用语,而"元唱"乃诗词本色用语,从王国维修订之痕迹,也可见其用心之细密。按照王国维的理路,北宋之词见仁兴之才,南宋之词见布局之思,才思虽可并称,毕竟各有侧重。"才之不可强也如是"一句,非为苏轼一人发,乃为北宋一代发。

# 第二十八则

叔本华曰:"抒情诗,少年之作也;叙事诗及戏曲,壮年之作也。"〔一〕余谓:抒情诗,国民幼稚时代之作;叙事诗,国民盛壮时代之作也。故曲则古不如今(元曲诚多天籁,然其思想之陋劣,布置之粗笨,千篇一律,令人喷饭。至本朝之《桃花扇》〔二〕、《长生殿》〔三〕诸传奇,则进矣),词则今不如古。盖一则以布局为主,一则须仁兴而成故也。

【注释】

〔一〕叔本华(1788—1860),德国古典哲学家,著有《作为意志和表像的世界》等。本则引文即出自该书。版本不同,引文略有差异。

〔二〕《桃花扇》:清代传奇名作。作者孔尚任(1648—1718),字聘之,一字季重,号东塘,别号岸堂,自署云亭山人,曲阜(今属山东省)人,著有《桃花扇》等传奇多种。在传奇创作上与洪昇齐名,并称"南洪北孔"。

〔三〕《长生殿》:清代传奇名作。作者洪昇(1645—1704),字昉思,号稗畦,钱塘(今浙江省杭州市)人。著有《长生殿》传奇及杂剧多种。

## 【疏证】

　　引叔本华语为立论之基,与第二十六则所云"各国文法"云云对勘,词话之西学因素渐明。叔本华将抒情诗与叙事诗(王国维原文"诗"误作"时")分别隶属少年与壮年,王国维改为"幼稚时代"与"盛壮时代",其意与叔本华其实并无区别,无非是强调少年(幼稚时代)于情尤见其真其烈,壮年(盛壮时代)则情感渐趋深沉,而理性渐趋强盛。但王国维由此得出结论:曲则古不如今,词则今不如古。其原因是戏曲以"布局"为主,而词则须"伫兴而成",曲讲究思力,词不离才分。这个结论似乎过于简单,即于曲而言,古未必不如今,稍后王国维著《宋元戏曲考》即将"元曲"列为"一代之文学",即是部分地纠正了戏曲"古不如今"的观念。不过王国维在文后加注说明"古不如今"的具体表现乃在于"思想之陋劣,布置之粗笨",乃在于千篇一律而少变化上,譬如大团圆的结局、一本四折的结构等。这一类似的评价同样也是出现在《宋元戏曲考》中的。王国维得出此种结论,很可能是持西方的戏剧概念来评估戏曲史的,在界说清楚语境的前提下,也是有一定的合理性的。

　　就词体来说,是申言才分之重要,与第二十六则、第二十七则均可对勘。"伫兴而成"乃露出承袭渔洋诗说之本相者,其强调词才之重要,亦缘"伫兴而成"乃须以才驱使也。王国维不喜欢作长调,不喜欢

142

南宋人词，根柢就在于南宋人多作长调，而长调讲究布局乃是基本特征。在王国维的观念中，若已先有此布局观念，则创作冲动中的"最初一念之本心"①就不能不受到削弱甚至变形，从而导致真心真情的流失。皮之不存，毛将焉附？真心真情的流失，使文学的宗旨及趣味亦并为流失。"词则今不如古"之说，乃是王国维在词话中反复拈出之话题，这不仅导致了王国维比较强烈的复古倾向，其针砭现实之用意，也于此可见。此前多就诗、词二体立论，而此则由词及曲，其斟酌于诗词曲三者之间的理论格局初现。

# 第二十九则

　　北宋名家以方回〔一〕为最次。其词如历下〔二〕、新城〔三〕之诗，非不华赡，惜少真味。至宋末诸家，仅可譬之腐烂制艺〔四〕，乃诸家之享重名者且数百年，始知世之幸人，不独曹蜍、李志〔五〕也。

【注释】

〔一〕方回：贺铸（1052—1125），字方回，号庆湖遗老，祖籍山阴（今浙江省绍兴市），长于卫州共城（今河南辉县）。自编词集《东山乐府》，今传词集名《东山词》。

〔二〕历下：即李攀龙（1514—1570），字于麟，号沧溟，历城（今山东省济南市）人。明代"后七子"之一。著有《古今诗删》、《沧溟集》等。

〔三〕新城：即王士禛（1643—1711），字贻上，号阮亭，别号渔洋山人，新城（今山东省桓台县）人。著有词集《衍波词》等，与邹祗谟合编有《倚声初集》。

---

① 李贽《童心说》，《焚书·续焚书》，中华书局 1975 年版，第 98 页。

〔四〕制艺:科举考试之八股文。八股文以四书五经中的文句做题目,要求考生用古人语气,代圣贤立言,依照题义阐释义理。八股文讲究程式化,主要部分分起股、中股、后股、束股四个段落,每个段落各有两段格式,合成八股。八股文由宋代经义文演变而来,因其思想和结构都受到诸多限制,渐成俗套,故为世所诟。八股文别称甚多,如制义、制艺、时文、时艺、八比文、四书文等。

〔五〕曹蜍、李志:典自《世说新语·品藻第九》引庾道季语云:"廉颇、蔺相如虽千载上死人,懔懔恒如有生气;曹蜍、李志虽见在,厌厌如九泉下人。人皆如此,便可结绳而治,但恐狐狸猯貉啖尽。"李志、曹蜍皆为晋人,与王羲之同时,书法在当世亦享有重名,堪与王羲之媲美,但人品为世所病。明代祝允明《评书》云:"曹蜍、李志与右军同时,书亦争衡,其人不足称耳。"

【疏证】

　　评方回为北宋名家中"最次"犹是门面语,而意思落在"宋末诸家"。词话初次发表时,王国维将"至宋末诸家,仅可譬之腐烂制艺,乃诸家之享重名者且数百年,始知世之幸人,不独曹蜍、李志也"数句悉予删除。王国维把南宋末年词人之词譬喻为"腐烂制艺",亦苛责过甚之论,但本则结穴正在于此。发表时删去此节,盖专论方回,不欲由此而枝蔓也。"惜少真味",这个"惜"不仅针对方回,更针对宋末诸家。此则结尾继续对宋末诸家"享重名者且数百年"表示困惑。此前数则均有类似感慨,故静安补偏纠弊之思在在可见,依然为自己重北轻南举证,也依然为批评当世词风蓄势。明代科举考试所用之八股文,不仅在义理上限定在四书五经的范围,而且行文程式也严格控制在起股、中股、后股、束股的结构之中,在一定程度上影响了自由发挥的思想空间和艺术空间。南宋词多流行长调,也同样讲究布局、构思之绵密,此在王国维看来,也是对形式的讲究超越了对思想情感的讲究,是

144

本末倒置,故有此激进之论。

关于贺铸词,宋人的评价并不低。北宋张耒《东山词序》已称方回词有盛丽、妖冶、幽洁、悲壮四种风格,其兼擅多能,固不可轻非。王灼《碧鸡漫志》卷二亦云·"世间有《离骚》,惟贺方回、周美成时时得之。贺《六州歌头》、《望湘人》、《吴音子》诸曲,周《大酺》、《兰陵王》诸曲最奇崛。"在贺铸当世,贺铸是可以与周邦彦并称的人物。而在风格多样方面,贺铸更在周邦彦之上。不过在词论史上,也确实不乏对贺铸词的批评,如李清照《词论》说贺铸词"苦少典重"。清初刘体仁《七颂堂词绎》也曾批评方回词"非不楚楚,总拾人牙慧,何足比数"。其中刘体仁的《七颂堂词绎》是王国维仔细阅读过的,后面论及"闹"字、"弄"字之妙处,也是从此而来。故本则论贺铸,也有可能受到刘体仁的影响。而张炎在《词源》中把贺铸与吴文英同列为"善于炼字面"的代表,可能正是直接催生了王国维对贺铸词"华赡"的感觉。王国维对贺铸的评价当又影响到胡适《词选》对贺铸词的评价态度。但在词学家内部,对贺铸词的评价其实是比较高的,龙榆生曾撰专文《论贺方回词质胡适之先生》就方回词的评价和地位问题商榷于胡适,认为贺铸词在许多方面其实是可以比肩周邦彦的,"即推为兼有东坡、美成二派之长,似亦不为过誉"。但从宋末以来特别是清代中期常州词派理论家周济编选的《宋四家词选》流行以来,周邦彦的地位遂超乎众上,相形之下,贺铸也就慢慢受到冷落了。王国维对于周济词说的认同,从总体上说是程度颇深的。

145

# 第三十则

散文易学而难工,骈文难学而易工;近体诗易学而难工,古体诗难学而易工;[一]小令易学而难工,长调难学而易工。

【注释】

〔一〕"近体诗"二句，王国维可能笔误了，句中"难"、"易"二字的位置似应互换。

【疏证】

佛雏补校云此条顶端原加"△"，另加"五"。此校似有误，原符号类似"○"，但较一般的"○"为小，后并删去此符号。所加数字不是"五"，而是"十五"。

各体"学"与"工"之难易，貌似客观评论，其实意思落在最后两句："小令易学而难工，长调难学而易工。"而此两句的意思又是为自己偏尚北宋以前词、鄙薄北宋以后词张本。盖北宋以前词以小令为主，而北宋以后词以长调居多。文体异同及彼此比较是王国维相当自觉的意识，难易之说自然只是一家之言，未可当真，但王国维在多则词话中言及文体与文体之间的关系，其实是在文体体系中来考虑词体，或者说以词体为基本切入角度来考察文体发展之规律。在"难"与"易"的文体判断中，王国维以"难工"为尚，虽然涉及多种文体的比较，而宗旨则归诸对小令的推崇。盖小令多伫兴而作，篇幅既短小，不容从容周旋，而意味复求深长，此所以难工也。对勘第二十八则，王国维已经涉及到诗、词、曲、传奇等多种文体，此则更进而论及散文、骈文，《人间词话》之非限于词之一体之意图更加鲜明。滕咸惠在《人间词话新注》中认为此则"近体诗易学而难工，古体诗难学而易工"中"近体诗"与"古体诗"的位置应该互换，因为骈文、长调同属形式（主要是格律）要求较多的文体，而古体诗的形式要求显然要少于近体诗，所以从难易角度而言，应是近体诗难学，古体诗易学。但王国维此论应是受到袁枚的影响，袁枚《随园诗话》云："吴冠山先生言：散体文如围棋，易学而难工；骈体文如象棋，难学而易工。余谓古诗如象棋，近体如围棋。"吴冠山以难易分论散文与骈文，袁枚继而以论古诗与近体，王国维则转论小令、长调的难易。其间脉络,昭然可见。

　　词话撰述至此,已达三十则,其意盖可归纳为以下几点:一、词体以"深美闳约"为本色,情真意深,别饶悲美韵味,是词中胜境;二、词体以小令为优,长调为次,盖小令方见才分,而长调殊少真味;三、文体演变,规律存焉,北宋以前词是极盛,此后渐衰,词史以北宋、南宋之交为一大断限;四、强烈针砭当代词风之偏尚南宋之弊端,对常州派词学明确表示不满;五、语涉"境"、"境界"、"意境",但基本没有形成内涵独特的境界说,而是传统词论的翻转,其中隐具后来境界说若干内涵,如隔与不隔等;六、诗词对勘成为基本的说词方式;七、略涉西学(仅第二十八则),但尚没有直接对其词论构成直接而主流之影响。综合来说,在前三十则词话中,王国维尚在传统的常州派、浙西派词学中讨生活,连借以为核心的"深美闳约"四字,也是借用张惠言的成语,但王国维从常州派入,又从常州派出,另立冯延巳以为典范。其针对当代词风之意,在在可见。

# 人间词话疏证卷中

## 第三十一则

　　词以境界为最上。有境界则自成高格，自有名句。五代、北宋之词所以独绝者在此。

【疏证】

　　正式提出"境界说"，也是为此前自己的词学取向提供理论的基石。自此之后，王国维词论始多自己面目，也开始拥有独立的理论话语。境界非词之全部，只是一种高的悬格而已。手稿原稿是"有境界则不期工而自工"，立足的是词的整体，但其后王国维将手稿原稿修改为"有境界则自成高格，自有名句"，"高格"犹立足整体，"名句"则收束到局部。这种修改或有针对白石的意味在内，因为"白石有格而无情"，"古今词人格调之高，无如白石，惜不于意境上用力"。同时这种修改也是将词话撰写向中国古典转变的一种姿态，因为"名句"一向是中国古代诗话词话谈论的话题，《论语》、《孟子》、《荀子》中引诗之例甚多，《左传》、《国语》中的赋诗言志，采用的都是一种摘句的方法，钟嵘《诗品》、司空图《与李生论诗书》所谈论对象多为句或联。早期词

149

话的情形也与此仿佛，如《碧鸡漫志》、《词源》、《乐府指迷》、《词旨》等，都好收拾名句以作立论之资，王国维提出"名句"一词，其追随传统文学观念和批评方式之意，是可以感受出来的。合此数则来看，王国维显然认为意境（境界）为本，格调为末，有境界自然有格调，有格调未必有境界，格调可以是"做"出来的一种姿态，境界却是自然流淌的一种韵味。许文雨《人间词话讲疏》云："妙手造文，能使其纷遝之情思，为极自然之表现，望之不啻为真实之暴露，是即作者辛勤缔造之境界。若不符自然之理，妄有表现，此则幻想之果，难诣真境矣。故必真实始得谓之境界，必运思循乎自然之法则，始能造此境界。""五代北宋之词所以独绝者在此"，再次从境界的角度来为自己偏好北宋以前词造势。

境界说的语源甚多，陈鸿祥《"境界"探源——〈人间词话〉续考》认为"境界"说与孔子的"思无邪"说从学理上来说，当同出于《诗经·鲁颂·駉》，诗中"思无疆"之"疆"即"界"之意，朱熹注："思无疆，言其思之深广无穷也。"此与前面数则所谓"深远之致"意思也可以相通。从论词话语而言，也颇有先例。如刘体仁《七颂堂词绎》有"词中境界，有非诗之所能至者也，体限之也"之语。饶宗颐《人间词话平议》即认为"词中提出境界者，似以刘公勇为最先"。"名句"一称"秀句"，也是历来词学批评所强调者，刘体仁《七颂堂词绎》即引陆机《文赋》语"惟片言而居要，乃一篇之警策"以为作词方略，其云："词有警句，则全首俱动。"所以王国维"境界"话语的直接来源是否是刘体仁，也是一个可以讨论的话题。

陈廷焯的《白雨斋词话》也当是王国维曾经关注过的著作之一，而其中论及境界、意境、词境、造境之处就不一而足。如其论沉郁，即多从意境角度立论："诗词一理，然亦有不尽同者。诗之高境，亦在沉郁，然或以古朴胜，或以冲淡胜，或以巨丽胜，或以雄苍胜。纳沉郁于四者之中，固是化境；即不尽沉郁，如五七言大篇，畅所欲言者，亦别有可观。若词则舍沉郁之外,更无以为词。"①"韦端己词,似直而纡,似达而郁,最为词中胜境"②。"余论词则在本原。观稼轩词,才力何尝不大,而意境亦何尝不沉郁?"③再如评词人词作,也多是如此,如评梅溪词"境界独绝"④。又如:"西麓《八宝妆》起句云:'望远秋平。'起四字便耐人思,却似《日湖渔唱》词境,用作西麓全集赞语,亦无不可。"⑤"板桥诗境颇高,间有与杜陵暗合处"⑥。"二帝蒙尘,偷安南渡,苟有人心者,未有不拔剑斫地也。南渡后词……皆慷慨激烈,发欲上指,词境虽不高,然足以使懦夫有立志"⑦。"易安《声声慢》词……十四叠字,不过造语奇隽耳,词境深浅,殊不在此"⑧。陈廷焯评自己词也是如此:"……此余十七年前作,现词境变而益上矣。"⑨"……又赋《洞仙歌》一阕……词境皆浅,聊寄吾怀而已"⑩。又论诗词境界之差异云:"诗有诗境,词有词境,诗词一理也。然有诗人所辟之境,词人尚未见者,则以时代先后远近不同之故。"⑪凡此等等,或评论诗词之异同,或专论词人词作,都使用过境界等词。而况周颐《蕙风词话》中的"词境"理论,更是其核心内容之一。其语云:"词境以深静为至。韩持国《胡捣练令》过拍云:'燕子渐归春悄。帘幕垂清晓。'境至静矣,而此中有人,如隔蓬山,思之思之,遂由浅而见深。盖写景与言情,非二事也。善言情者,但写景而情在其中。此等境界,唯北宋人词往往有之。"可见得在晚清以"境界"论词已成风尚。尤其是况周颐以情景构

① 陈廷焯著、屈兴国校注《白雨斋词话足本校注》,齐鲁书社 1983 年版,第 10 页。
② 同上,第 33 页。
③ 同上,第 604 页。
④ 同上,第 139 页。
⑤ 同上,第 161 页。
⑥ 同上,第 389 页。
⑦ 同上,第 597 页。
⑧ 陈廷焯著、屈兴国校注《白雨斋词话足本校注》,齐鲁书社 1983 年版,第 700 页。
⑨ 同上,第 664 页。
⑩ 同上,第 708 页。
⑪ 同上,第 781 页。

成之境界来推崇北宋人词,此与王国维堪称不谋而合。王国维不避话语之重复,而拈出以专论词体,盖其别有会心者在也。此则仅标"境界"大旗,略示方向,而未界说内涵,故本则札记也只简单考察语源,至理论阐释,请俟以下数则。

# 第三十二则

有造境,有写境,此理想与写实二派之所由分。然二者颇难区别。因大诗人所造之境,必合乎自然,所写之境,必邻于理想故也。

【疏证】

从创作方式角度提出"造境"与"写境"之说。造境偏重理想,写境偏重写实。王国维虽作如此区别,但两"境"互为相邻,王国维更侧重这两"境"之交叉。两"境"的关键不在"境"本身,而在"造"和"写"的不同,实际上是言创作方式之不同。"造"近乎虚构,"写"近乎摹仿。许文雨《人间词话讲疏》把"造境"解释为"由创造之想像,缔造文学之境界",并引温采斯德(Winchester)"创造之想像者,本经验中之分子,为自然之选择而组合之,使成新构之谓也"之语,作为静安"造境"说的西学背景,又将写境直接释为"写实之境",大致应无问题。换言之,创作方式不同虽然可以导致不同的创作流派,但从境界的角度来说,其实是相似的,所以造境和写境是殊途同归,同归于"自有高格,自有名句"。就话语及主要内涵而言,理想与写实的说法当来自叔本华《作为意志和表像的世界》,叔本华云:"实际的物象几乎总是它们所表现的理念之极不完全的摹仿,所以天才就需要想像力以洞察事物。那不是说大自然确已创造出来的事物,而是说大自然企图去创造,但因为事物间自然形式的冲突而未能创造出来的东西。"又说:"美的知识绝不可能纯粹是后天的,它总是先天的,至少有一部分是先天的。……只有

152

依赖这种预料,我们才能认识美。……这种预料就是理想。因为它得之于先验,至少有一半是先验,所以它也是理念。而且它对于艺术具有实用意义,因为它符合并且补充我们通过自然后验地获得的东西。"对照叔本华的这两节言论,可以大致理解"理想"与"写实"的基本含义:纯粹的写实或纯粹的理想,其实都是一种"理念",真正的对美的领悟,是要理想的先验和写实的后验合作完成的。所以王国维虽然提出造境、写境,并分别对应理想与写实二派,但在他心目中的"大诗人"是需要将其彼此渗透和交融在一起的,这是发现美、认识美、表现美的一种基本前提。

不过,王国维表述写实与理想二派的思想应该有一个渐进的过程。他在刊于一九〇四年三月《教育世界》七十号的《德国文豪格代希尔列尔合传》一文中所提出的自然与理想的观念,其实也隐含着写实与理想的基本内涵。其文曰:"格代,感情的之人也,以抒情之作冠乎古今;希尔列尔,意志的之人也,以悲愤之篇鸣于宇宙。格代贵于自然,希尔列尔重理想。格代长于咏女子之衷情,希尔列尔善于写男子之性格。格代则世界的,希尔列尔则国民的。格代之诗,诗人之诗也;希尔列尔之诗,预言者之诗也。"王国维此处所论虽然有些繁复,如感情与意志、抒情之作与悲愤之篇、女子之衷情与男子之性格、世界的与国民的、诗人之诗与预言者之诗等等。而其中关键则在"格代贵自然,希尔列尔重理想"二句,这也当是后来写实与理想分类的前奏。可见王国维的这一分类确实是在对西方相关理论及创作感悟的基础上总结提炼出来的。

理想与写实的提法带有西学影踪,但造境与写境的概念却大体是本土固有之观念。如吴衡照《莲子居词话》即云:"言情之词,必借景色映托,乃具深宛流美之致。白石'问后约,空指蔷薇,叹如此溪山,甚时重至',又'想文君望久,倚竹愁生步罗袜。归来后翠尊双饮,下了珠帘,玲珑闲看月'。似此造境,觉秦七、黄九尚有未到,何论馀子?"此处

"造境"云云,与静安所云颇有相合之处。静安后述词话曾自称自己有
"专作情语而胜者",盖亦受此影响矣。《白雨斋词话》卷三亦云:"西
河经术湛深,而作诗却能谨守唐贤绳墨,词亦在五代宋初之间;但造境
未深,运思多巧。境不深尚可,思多巧则有伤大雅矣。"陈廷焯之"造
境"似乎重在思理开掘的深度,与王国维侧重虚构的手法不尽相同,但
话语上的影响之迹,也可由此略窥一二。饶宗颐《人间词话平议》拟写
境为写生画,拟造境为文人画,两者之关系,则静安言之甚明。但饶氏
犹主张造境、写境之外,贵能创境,"创境者,谓空所倚傍,别开生面。
耆卿、美成,阐变于声情;东坡、稼轩,肆奇于议论。若斯之伦,并其翘
楚"。饶氏"创境"一说兼有写境与造境之义,而立论更为显豁,但已逸
出王国维之思理,乃别开论域了。

# 第三十三则

　　有有我之境,有无我之境。"泪眼问花花不语。乱红飞过秋千
去"[一],"可堪孤馆闭春寒,杜鹃声里斜阳暮"[二],有我之境也;"采
菊东篱下,悠然见南山"[三],"寒波淡淡起,白鸟悠悠下"[四],无我之
境也。有我之境,物皆着我之色彩;无我之境,不知何者为我,何者
为物。古人为词,写有我之境者为多,然非不能写无我之境,此在
豪杰之士能自树立耳。

154　【注释】

〔一〕"泪眼"二句:出自冯延巳《鹊踏枝》:"庭院深深深几许。杨柳堆
　　　烟,帘幕无重数。玉勒雕鞍游冶处。楼高不见章台路。　雨横风
　　　狂三月暮。门掩黄昏,无计留春住。泪眼问花花不语。乱红飞过
　　　秋千去。"

〔二〕"可堪"二句:出自秦观《踏莎行》:"雾失楼台,月迷津渡。桃源望

断无寻处。可堪孤馆闭春寒,杜鹃声里斜阳暮。　驿寄梅花,鱼
传尺素。砌成此恨无重数。郴江幸自绕郴山,为谁流下潇湘去。”

〔三〕“采菊”二句:出自陶潜《饮酒诗》第五首:“结庐在人境,而无车马
喧。问君何能尔,心远地自偏。采菊东篱下,悠然见南山。山气
日夕佳,飞鸟相与还。此中有真意,欲辨已忘言。”

〔四〕“寒波”二句:出自元好问《颍亭留别》:“故人重分携,临流驻归
驾。乾坤展清眺,万景若相借。北风三日雪,太素秉元化。九山
郁峥嵘,了不受陵跨。寒波淡淡起,白鸟悠悠下。怀归人自急,物
态本闲暇。壶觞负吟啸,尘土足悲吒。回首亭中人,平林淡
如画。”

【疏证】

　　从主客体关系角度提出“有我之境”与“无我之境”。“有我之境”
举词例,“无我之境”举诗例,仍是诗词对勘的撰述方式。从所举例证
的思维方式角度来看,有我与无我都只是针对“名句”而言的,非指通
篇,盖可知也。手稿将有我与无我区别为“主观诗与客观诗所由分”,
而后来将此句删略,亦是主观诗与客观诗显然是针对整篇而言的,而
其所论并非如此,故删掉,同时也带有抹去西方话语的意味。“主观
的”与“客观的”原本是德国哲学家“铸造”的哲学话语,但在十九世
纪,法国诗坛上进行的一场论争,将“主观”与“客观”的话题引入文
学。此前的浪漫派主张诗歌必须抒情,而且这种抒情必须全部是切合
自己的,“帕尔纳斯”派则反对这种过于主观的唯我主义,以致令诗变
成个人怪癖的集中表现,所以主张反其道而行之,宣称“不动情感主
义”,要求诗人专从客观的角度描写恬静幽美的意象,使诗歌具有雕刻
般的冷静明晰。朱光潜在三十年代初期曾撰《诗的主观与客观》一文,
结合王国维的“出入说”,而论证主观诗与客观诗之间虽有倾向但彼此
不可须臾相离的关系。王国维删掉“主观诗”与“客观诗”,盖深感西

方话语与中国语境之间存在着一定的矛盾。王国维论有我之境虽只是泛指"物皆着我之色彩",并未对"我"的情感基调下明确断语,但通过所举词例,可以得出结论:起码是偏重悲情的。而无我之境则偏重相对平静的心理和情感状态。"古人为词,写有我之境者为多"一句,乃是回归词体本身,盖词体多以悲为美,本色亦在悲情方面,故词人写此居多。对于两"境",王国维似乎认为并不是在同一层次的,无我之境应在有我之境之上,所以需要"豪杰之士能自树立",有我之境则一般人皆可达到。王国维拈出此则发表时,又做了重要的理论概括,在有我之境后面加上"以我观物",在无我之境后面加上"以物观物",理论形态更趋周密。王国维此论在话语上多承宋代邵雍《皇极经世书》语,而裁为己说。邵雍论圣人"反观"之道云:"反观者,不以我观物,而以物观物。"而邵雍的反观说又显然受到庄子"圣人无我"、"无不忘也,无不有也"①的影响。从哲学的层面而言,无我即绝对的自我否定,无不有即绝对的自我肯定,这与黑格尔所谓"纯有"等于"无"的说法,也可以相通,但庄子的这种思想又是从老子而来,老子的"无为无不为"在基本逻辑结构上与庄子的"无不忘无不有"十分相似,老子的"无为"只是在做人做事时完全放弃个人的主观意志、情感和欲求,不带有任何的目的,"无不为"即是情感、欲求、意志的完全满足和实现。这种以"无为"而求"无不为"、以"无不忘"而求"无不有"的理路,非常人能达到,故庄子言"圣人"方能"无我",王国维再次言"豪杰之士",虽相对"圣人"是降格以求了,但也非普通人士所能达致,其理论承传,乃是脉络清晰的。佛雏在《王国维诗学研究》一书中说:"王氏论艺,深有取于庄子。他标举的'无我之境',跟庄子的'丧我'、'忘己',很有关系;'以物观物'正与'以天合天'互为注脚。"②饶宗颐《人间词话平

---

① 见《庄子集释·刻意》,诸子集成本,中华书局 1954 年版,第 96 页。
② 佛雏著《王国维诗学研究》,北京大学出版社 1987 年版,第 252 页。

议》揭出静安此节乃本康节语,乃是因为邵雍多言物我之关系,在话语方式上,与静安确有更多的相似。饶氏并由哲学以论文学,精警异常,其语云:"王氏区有我之境与无我之境为二,意以无我之境为高。予谓无我之境,惟作者静观吸收万物之神理,及读者虚心接受作者之情意时之心态,乃可有之。意有将迎,神有虚实,非我无我,无以悟解他人之我,他人之我亦无以投入有我之我也,此之谓物我合一。惟物我合一之为时极暂,浸假而自我之我已浮现。此时之我,已非前此之我,亦非刚才物我合一之我,而为一新我——此新我即自得之境。一切文学哲学之根苗及生机,胥由是出。苟乏此新我,我之灵魂已为外物之所夺矣,为他人之所剿矣,则我将何恃而为文哉?故接物时可以无我,为文之际,必须有我。寻王氏所谓无我者,殆指我相之冲淡,而非我相之绝灭。以我观物,则凡物皆着我相,以物观我,则浑我相于物之中。实则一现一浑。现者,假物以现我;浑者,借物以忘我。王氏所谓'无我',亦犹庄周之物化,特以遣我而遗我于物之中,何曾真能无我耶?惟此乃哲学形上学之态度,而非文学之态度。……是故道贵直,文贵曲。道可无我而任物,而文则须任我以入物。矢人函人,厥旨斯异。榷而论之:大抵忘我之文,其长处在极高明;现我之文,其长处在通人情。及其所至,皆天地之至文也,又安有胜负于其间哉?"饶氏从哲学的层面探析物我关系,自然较王氏深入一层,然也略有过度阐释之嫌疑。盖王氏乃专就景物与感情二者关系而立论,固非由文学以论哲学也。

　　从理论的直接承传来看,王国维可能受龚自珍与刘熙载的影响为大。龚自珍《长短言自序》在论及情孰为尊时,提到了"无境而有境为尊"的命题,"有境"、"无境"的话语与王国维所论已颇为接近。龚自珍《金孺人画山水序》一文似可看成是对"无我之境"的一种表述,其文曰:"尝以后世一切之言皆出于经,独至穷山川之幽灵,嗟叹草木之华实,文人思女,或名其家,或以寄其不齐乎凡民之心,至一往而不可止,是不知其所出。尝以叩吾客,客曰:是出于老庄耳。老庄以逍遥虚无为宗,以养神气为用,故一变而为山水草木家言。"将侧重写山川草木的思想渊源归诸老庄的回归自然,这当然是符合实际的,譬如魏晋玄言诗以山水为主要描写对象,即与以老庄为核心的玄学的昌盛有关。龚自珍并非提出了多么惊人的创见,而是将山川草木中所寄寓的"不齐乎凡民之心"与老庄相结合,其实是从山川草木所蕴含的普遍性情感来将观物的主体等同于一物,如此,非以物观物,则断难达到这一目的。就这一意义而言,龚自珍与王国维在对"无我之境"的理解上,还是十分接近的。除此之外,龚自珍《释风》一文将人拟之为倮虫,认为"天地至顽也,得倮虫而灵;天地至凝也,得倮虫而散"。则从哲学意义上,将人的"物性"予以了形象的表达。

　　龚自珍之外,刘熙载也是王国维论词颇多取资的人物。刘熙载《艺概》卷二云:"陶诗'吾亦爱吾庐',我亦具物之情也;'良苗亦怀新',物亦具我之情也。"前者类似有我之境,后者类似无我之境。又云:"诗不可有我而无古,更不可有古而无我。典雅、精神,兼之斯善。"更是直揭"有我"、"无我"的话语了,刘熙载在《寤崖子传》中称自己"于古人志趣尤契陶渊明",则内心想必更为追求"无我之境"了。不过,王国维确实提炼得更为精粹了。

# 第三十四则

158　　古诗云:"谁能思不歌,谁能饥不食。"〔一〕诗词者,物之不得其平而鸣者也〔二〕。故欢愉之辞难工,愁苦之言易巧。〔三〕

【注释】

〔一〕"谁能"二句:出自《子夜歌》:"谁能思不歌,谁能饥不食。日冥当户倚,惆怅底不忆。"

〔二〕"物之"句：出自韩愈《送孟东野序》："大凡物不得其平则鸣……人之于言亦然。有不得已者而后言，其歌也有思，其哭也有怀。凡出乎口而为声者，其皆有弗平者乎？"王国维乃引述其意。

〔三〕"欢愉"二句：出自韩愈《荆潭唱和诗序》："大和平之音淡薄，而愁思之声要妙；欢愉之辞难工，而穷苦之言易好也。"王国维乃引述其意。

【疏证】

在连续三则言"境界"后，接以此则，初视之似令人不解，甚者或有体例不纯之感，其实当与上一则言"有我之境"之偏重悲情有关。静安论有我、无我，有我之境偏属词体，而无我之境偏属诗体，此则乃承有我之境而来，其言"不平则鸣"，言"穷苦之言易巧"，意思虽殊无发明，近牙慧之谈，但前后承接之处，或有微意存焉。王国维自作词，殊多不平而鸣者，如其《浣溪沙》云："掩卷平生有百端。饱更忧患转冥顽。偶听啼鴂怨春残。　坐觉无何消白日，更缘随例弄丹铅。闲愁无分况清欢。"此词大概作于一九〇七年底，正是《人间词话》著述告竣之时，其时父母先后去世，"饱更忧患"云云，或当指此。

# 第三十五则

境非独谓景物也。感情亦人心中之一境界。故能写真景物、真感情者，谓之有境界。否则谓之无境界。

【疏证】

此则回到境界说，盖意犹未尽也。静安所论在境界之来源和构成，文学之境界来源于生活之境界，而生活之境界又有内外之分，外即景物，内即感情。具备景物和感情之"真"，则具备了基本的"境界"。

静安此处言"境界"之有与无，并非言境界本身。盖视景物与感情结合的方式不同而构结的境界各异也。认为境界即真景物与真感情的结合，此说似是而近非，参第三十三则，可悟静安对境界的体认，重在两者的结合方式，而非仅在两者的客观存在而已。此则发表时，王国维易"感情"二字为"喜怒哀乐"四字，亦具体化也。又，融斋《艺概·词曲概》也说"词家先要辨得情字"，突出了"情"的价值和地位。不过融斋所谓"情"主要是指"忠臣孝子、义夫节妇"之情，受制于传统伦理道德，静安则宣导情而未加限制，若有限制，也仅在矫情而已。在《人间词话》学术史上，诠释境界说者，率喜引用此句以释基本含义，而归诸景物与感情之真，似未得静安用心。盖真景物与真感情能使作品"有"境界，而非"是"境界本身。静安强调感情，盖先有感情之境界，方能在景物中发现与感情相应相合之境界，此是基础，是前提。

　　《静安藏书目》中有《龚定庵全集》六本，王国维当细致研读过。龚自珍在《长短言自序》中说："情之为物也，亦尝有意乎锄之矣。锄之不能，而反宥之；宥之不已，而反尊之。龚子之为《长短言》何为者耶？其殆尊情者耶？情孰为尊？无住为尊，无寄为尊，无境而有境为尊，无指而有指为尊，无哀乐而有哀乐为尊。情孰为畅？畅于声音。声音如何？消督以终之。如之何其消督以终之？曰：先小咽之，乃小飞之，又大挫之，乃大飞之，始孤盘之，闷闷以柔之，空阔以纵游之，而极于哀，哀而极于督，则散矣毕矣。人之闲居也，泊然以和，顽然以无恩仇，闻是声也，忽然而起，非乐非怨，上九天，下九渊，将使巫求之，而卒不自喻其所以然。"龚自珍之所谓尊情、畅情，其实即王国维之真景物、真感情以及对此的自然真切的表达。而"极于哀"云云，以及龚自珍在《袁通长短言序》中所说的"以怨为轨，以恨为斾，以无如何为归墟"等，其实与王国维强调词的悲情内涵，也是大体一致的。即此而言，王国维与龚自珍在诗学理论和审美趣味上确实颇多彼此呼应之处的。

# 第三十六则

无我之境，人唯于静中得之；有我之境，于由动之静时得之。故一优美，一宏壮也。

【疏证】

续足第三十三则之意，将有我之境与无我之境的理论形态作更细致的描述。从"静"中得无我之境，从"动"至"静"的过程中得有我之境。两境最后其实都是在"静"中得之，亦"静故了群动"之意。此处动、静之意都是针对"得"者的感情状态而言的，这个"得"者既可以是作者，也可以是读者。所谓"静"是指感情和观物的平静状态；所谓"动"是指感情和观物的动荡状态，但在表现这两种境界或者体会这两种境界时，则都要回归到"静"的心理状态，如此方能将物我关系拿捏到位或体会细微。王国维虽然极其鄙薄吴文英，但对其"隔江人在雨声中"一句还是十分称赏，其实这一句的好处也正在是从静中来观照体察动中的景象，故总体境界仍然呈现出幽静的特点。"优美"与"宏壮"的区别，其实正是"静"与"动"、"无我之境"与"有我之境"的区别，而与体会和把握这种境界的具体过程没有明显关系。刘熙载《游艺约言》云："不论书画、文章，须以无欲而静为主。"这种"无欲"与"静"的要求与王国维"无我之境"堪称不谋而合。刘熙载认为最本质的心性都是需要通过静养而静存的，其《读书札记》有云："静存，存其心性之善也；动察者，察其意之善不善，而充之、克之也。存察未明，则敬义亦无处安顿矣。""静养，养其固有之善也。然人自知诱物化以后，本然之善几丧，是必有以复之，此即'静中养出端倪'之谓。然端倪亦可于动中体验，如见孺子将入井而恻隐，便是复时也。动中恻隐，何自来乎？"刘熙载静养、静存皆从固人之本的角度而言，然未尝不可通乎艺文。"无我之境"以见本真之我,"有我之境"以见意动之我。但动静之说,亦为便于阐释而已,就诗词创作而言,也只是侧重动或侧重静而已,并非动、静之间彼此隔膜。蒲菁补笺《人间词话》于此则下举证颇详,其语云:"淮海诗'风定小轩无落叶,青虫相对吐秋丝',是得之静中,我静而物亦静。东坡诗'卷地风来忽吹散,望湖楼下水如天',是得之动中,我动而物亦动。但静中有动,否则死象;动中有静,否则病态也。知'神藏于静,精出于动'二语(东坡),至为探本。"所言切理。

# 第三十七则

　　自然中之物,互相关系,互相限制,故不能有完全之美。然其写之于文学中也,必遗其关系、限制之处。故虽写实家,亦理想家也。又虽如何虚构之境,其材料必求之于自然,而其构造,亦必从自然之法则。故虽理想家,亦写实家也。

【疏证】

　　续足第三十二则之意,第三十二则是就已经成形之境界及客观之流派而言的,此则角度略有不同,专就创作者立论,侧重在写景(自然与社会)一端,分析所以形成"造境"与"写境"不同之原因。"完全之美"是王国维的审美极境,也是一种远离功名尘世的纯文学之美。然王国维同时也明白,这种审美极境只是停留在"理想"状态,实际是无法达到的,故拈出发表时将此句删掉。王国维此则重在说明,纯粹"自然中之物"与表现在文学中的"自然中之物"本质上是不同的,因为纯粹自然中之物是"互相关系,互相限制"的,而写之于文学,则无法将这种关系或限制之处悉尽表现出来,其中必有遗失,而创作者在这一过程中既是不自觉也是难以避免这种"遗失",因为表现自然是受到创作者自身思想和情感的制约的,所以完全之理想家或完全之写实就都是不存在的。王国维此则讨论的主题适当放大,其实就是如何认识生活与文学的关系问题,王国维对此的解答是科学而辩证的。许文雨《人间词话讲疏》疏释此条,也颇具只眼,其语云:"考自然界各物之存在,必有其存在之条件。然此物生存之条件,与彼物生存之条件,每呈现错综之状态,既有相互之关系,复有个别之限制。任举一花一草为例:凡此花草之种种营养条件,如天时土壤水分以及其他营养料等,皆无非此花或此草与一切外物之关系;而此花或此草又有个别之限制,以表现其各种之特征,如所具雌雄蕊之数以及显花隐花单子叶生双子叶生等皆是。然此等并为生物学家之所详究,而为文学家状物时所略而不道者也。"[1]王国维文学思想中的科学精神,确实值得注意。在手稿初稿中,王国维在"限制之处"后原有"或遗其一部"数字,后删略,盖"关系"与"限制"本身就包含有不完全性,则"一部"云云,确属多馀。删后行文更为流畅。

# 第三十八则

社会上之习惯,杀许多之善人;文学上之习惯,杀许多之天才。

【疏证】

此似承上则而发挥。王国维隐有人性本善的看法,但"社会上之习惯"使天性本善的人,也不得不同"自然中之物"一样,受到各种"关系"和"限制"的影响,渐渐失去善性,从而失去许多善人。文学创作之思想和创作程式也有种种"关系"和"限制",这使得文学家创作时,不能纯任思想和感情的流淌,而要最大程度地约之以规范,从而使"天才"逐渐沦为凡人。所谓"习惯",在社会而言指限制人之本性的

---

[1] 许文雨《人间词话讲疏》,成都古籍书店1983年版,第172—173页。

种种社会关系，包括思想的约束、礼节的规范、名利的诱惑等等。"习惯"在文学上的含义主要是指种种文体程式规范。从社会到文学，基本思路与上则无异，"习惯"其实即是"关系"和"限制"的另外一种表述。值得注意的是，王国维将这一条的意思在其《尘劳》诗中也曾经表现出来："迢迢征雁过东皋，谡谡长松卷松涛。苦觉秋风欺病骨，不堪宵梦续尘劳。至今呵壁天无语，终古埋忧地不牢。投阁沈渊争一间，子云何事反离骚。"征雁的孤独感与王国维内心的孤独感，正有着对应的关系。自三十一则至此凡八则，皆就"境界"立论，而且王国维以不断补充、修正的方式，将境界说的内涵描述得越来越清晰，境界说至此已基本形成。王国维对境界说是在不断的思考中成型的，并非心中已有完善成型之境界说，然后付诸文字的。

# 第三十九则

诗之《三百篇》、《十九首》，词之五代、北宋，皆无题也。非无题也，诗词中之意，不独能以题尽之也。自《花庵》〔一〕、《草堂》〔二〕每调立题，并古人无题之词亦为之作题。其可笑孰甚。诗有题而诗亡，词有题而词亡，然中材之士，鲜能知此而自振拔者矣。

**【注释】**

〔一〕《花庵》：即《花庵词选》，亦名《绝妙词选》，南宋黄昇编选，共二十卷，选词一千多首。前十卷为《唐宋诸贤绝妙词选》，后十卷为《中兴以来绝妙词选》。所选各家系以小传，间附评语，颇具卓识。

〔二〕《草堂》：即《草堂诗馀》，南宋何士信编选，共四卷，选录唐五代宋词三百六十七首，以宋代柳永、苏轼、秦观、周邦彦四家词为最多。按内容分为四季、节序、天文、地理、人物、器皿等十一类，词下系以作者名，少量词句下有注，词后多附录各家词话。此书宋刊本已佚，今存最早为元代刊本。

【疏证】

言"题"与"意"的关系。王国维以五代北宋词与《诗经》、《古诗十九首》并列，其依据就是"皆无题"，无题并非真的没有题目，而是"诗词中之意不能以题尽之也"，其实是以"无题"为题，将诗词中的"意"以一种开放的态势呈现出来。此则不仅承第八、九、十则言"意"之意，而且与前揭词体"深美闳约"、"深远之致"的特性联系起来。盖以题限意，则不免将意局限于一隅。王国维认为"中材之士"鲜能认识到题与意的关系，此与境界说类似，都是悬高格以求的。此则删改颇多，王国维手稿原稿开头是："诗词之题目本为自然和人生，自古人误用为美刺投赠，题目既误，诗亦自不能佳。后人才不若古人，见古名大家亦有此等作，遂遗其独到之处，而专学此种，不复知诗之本意。于夫豪杰之士出，不得不变其体格，如楚辞、汉初之五言诗、唐五代北宋之词，皆是也。故此等文学皆无题。"原意并非反对制题，而是后人的"误用"将原本是表现活泼泼自然及人生的题目，变成了单一的"美刺"用意，这种"误用"实际上是对诗词内涵的一种戕害，王国维从这种误用中感到"无题"胜"有题"，在拈出此则发表时又插入一句："如观一幅佳山水，而即曰此某山某河，可乎？"亦可见其对以题限意的反感。王国维在词话中虽多表现对常州词派的不满，此则实是对常州词派"有寄托入，无寄托出"的一种积极回应。不过，王国维"词之五代北宋，皆无题也"一句，却与事实不符，五代时期大部分词的写作固然带有随意的性质，所以不着题目并不奇怪，但自冯延巳、李煜等以迄北宋，有意作词的倾向其实是越来越明显了，所以着题的现象也越来越普遍了，如苏轼词超过三分之二是有题的，名作如《念奴娇·赤壁怀古》、《水龙吟·次韵章质夫杨花词》、《永遇乐·夜宿燕子楼梦盼盼》以及《水调歌头》之怀子由、《洞仙歌》记眉州老尼之语,都是有题之例。而诗歌中的情况也大体如是,像李商隐的无题诗,其实"无题"二字正是其题了,只是难以表述或不愿直说而已。李白、杜甫的诗歌也以有题为多。所以王国维说"诗有题而诗亡,词有题而词亡",虽然是在特定的语境中说的,但毕竟嫌其绝对武断了。

以渊源而言,陈廷焯是值得关注的。其《白雨斋词话》卷九:"古人词大率无题者多,唐五代人多以调为词。自增入闺情、闺思等题,全失古人托兴之旨。作俑于《花庵》、《草堂》,后世遂相沿袭,最为可厌。至《清绮轩词选》,乃于古人无题者,妄增入一题,诬己诬人,匪独无识,直是无耻。"针对《花庵》、《草堂》的矛头都是一致的,故王国维或承此而议,也未可知。

# 第四十则

诗词之题目,本为自然及人生也。自古人误以为美刺投赠,题目既误,诗亦自不能佳。后人才不及古人,见古名大家亦有此等作,遂遗其独到之处而专学此种,不复知诗之本意。于是豪杰之士出,不得不变其体格,如楚辞[一]、汉之五言诗、唐五代北宋之词皆是也,故此等文学皆无题。诗有题而诗亡,词有题而词亡,然中材之士,鲜能知此而自振拔者矣。

【注释】

〔一〕楚辞:原指战国时期以屈原为代表的楚人创造的一种韵文体式。汉人亦简称为"辞"。"楚辞"一名,最早见于《史记·酷吏列传》。西汉末年,刘向将屈原、宋玉以及汉代淮南小山、东方朔等人文体相近的作品辑录为《楚辞》一书。"楚辞"遂在一种韵文文体之外,兼有诗歌总集之意。屈原的《离骚》在《楚辞》中最有代表性,

人间词话疏证

166

故楚辞也被称为"骚"或"骚体",与《诗经》并称"风骚"。

## 【疏证】

此则本为第二十九则,然写就后,王国维将这一则至"此等文学皆无题"部分用删略号删除,并补写"诗之《三百篇》、《十九首》"数句,再与"诗有题而诗亡"至结束一节衔接,构成新一则词话。故手稿所存拟删除之原稿不足一节,现按照手稿原稿补成一则,亦可于此见王国维思想变动之痕迹。

# 第四十一则

冯梦华[一]《宋六十一家词选序》[二]谓:"淮海、小山,真古之伤心人也。其淡语皆有味,浅语皆有致。"余谓此唯淮海足以当之。小山矜贵有馀,但稍胜方回耳。古人以秦七黄九[三]或小晏秦郎[四]并称,不图老子乃与韩非同传[五]。

## 【注释】

〔一〕冯梦华:即冯煦(1843—1927),字梦华,号蒿庵,金坛(今属江苏省)人。编选有《宋六十一家词选》,著有《蒿庵论词》等。

〔二〕《宋六十一家词选·序例》:《宋六十一家词选》十二卷,清冯煦根据毛晋所刻《宋六十名家词》编选而成,以选为主,偶有笺注,以存词人本色为宗旨。《序例》数十则,陈述体例之外,对入选词人之得失略加品骘,颇有眼光独到之处。

〔三〕秦七黄九:秦观与黄庭坚的并称。

〔四〕小晏秦郎:晏几道与秦观的并称。

〔五〕老子与韩非同传:司马迁《史记》有《老子韩非列传》,将道家始祖老子与法家集大成者韩非列于同一传中,引发议论纷纭。司马迁认为老子的政治哲学主内,韩非的政治哲学主外,内、外多有呼应之处。韩非子的《解老》、《喻老》诸篇,乃是从法术势角度阐述老子君人南面之术,所以老子乃韩非思想之渊源。章太炎《国学讲演录·诸子略说》云:"太史公以老子、韩非同传,于学术渊源最为明了。韩非解老、喻老而成法家,然则法家者,道家之别子耳。"不过王国维对此似乎认为并不均等,盖源、流之间,难以并列也。

【疏证】

以词体的悲情特性力挺少游得词体之正。"真古之伤心人"是冯梦华对淮海和小山两人的共同评价,王国维则认为小山是"矜贵有馀",少游则足以当"伤心人"之评。此与第一则言词的"悲壮"特色、第三十三则论"有我之境"、第三十四则论"不平则鸣"彼此呼应。然淮海之伤心固是事实,小山之"伤心"亦在在可见,其词在追忆中伤感满怀,"矜贵"只是早期西楼宴饮时所作之特色,不能以此涵盖全部。静安此论,或稍有偏。

# 第四十二则

人能于诗词中不为美刺、投赠、怀古、咏史之篇,不使隶事之句,不用装饰之字,则于此道已过半矣。

【疏证】

续足第四十则之意,反对美刺、投赠、怀古、咏史之作。静安所重在自然和人生,而此类作品往往是受社会和文学上之"习惯"之影响,是对自然人性和创作天性的一种变异,带有强烈的用世观念,这与王国维所主张的文学的纯粹审美意义是有矛盾的,故为其所不取。其实在此前写作的《论哲学家与美术家之天职》一文中，王国维就已经说："观诗歌之方面，则咏史、怀古、感事、赠人之题目，弥满充塞于诗界，而抒情、叙事之作，什佰不能得一，其有美术上之价值者，仅其写自然之美之一方面耳。甚至戏曲、小说之纯文学，亦往往以惩劝为旨，其有纯粹美术上之目者，世非惟不知贵，且加贬焉。"可见王国维反对怀古咏史一类的题材，主要是这些题材反映了诗人不能超越"无欲之我"，所以在审美意义上有欠精纯。又反对隶事之句和装饰之字，亦是因为隶事、装饰难免影响性情的自然表达。刘熙载《艺概》卷二云："诗涉修饰，便可憎鄙。而修饰多起于貌为有学而不养本体。"此与境界说也有关联，因为境界说的两个基本元素就是真景物、真感情，美刺、投赠、怀古、咏史的内容和隶事、装饰的修辞手法，都不得不面临部分甚至全部失真的局面。此是以排除法来为境界说固本。然细思静安此论，诚不免有因噎废食之嫌，盖美刺、投赠等内容及隶事、装饰等手法，皆在人之发挥而已，其本身是无所谓好坏的。王国维在拈出此则发表时，将"怀古、咏史"四字删掉，亦见其自我修复之意。其所作诗中，正有不少怀古、咏史之作，如《读史二十首》、《读史二首》、《咏史五首》等，而且不乏佳作，如作于其在东文学社之时的《读史二十首》之十二云："西域纵横尽百城，张陈远略逊甘英。千秋壮观君知否？黑海东头望大秦。"罗振玉与王国维结缘，正赖此作。而在完成《人间词话》后的一九一三年，王国维也写了《咏史五首》，其五云："少读陶杜诗，往往说饥寒。自来夸毗子，焉知生事艰。子云美笔札，遨游五侯间。孔璋檄豫州，矢在袁氏弦。魏台一朝建，书记又翩翩。文章诚无用，用亦未为贤。青春弄鹦鹉，素秋纵鹰鹯。咄咄扬子云，今为人所怜。"则不仅咏史怀古，而且多"隶事之句"，所以萧艾说："予读其诗词，不乏投赠之作，诗中隶事之句亦复不少，尤以辛亥革命后咏史诸什，几乎篇篇皆有寄托，皆含讥刺。于是乃知其议论与创作固有间也。"①又融斋《艺概·诗概》倡诗品出于人品,而人品分悃款朴忠、超然高举诛茅力耕、送往劳来从俗富贵三类,其末类即针对文人中迎合上层社会的平庸俗套的酬酢之作而言的。静安此论,或本于此。

# 第四十三则

以《长恨歌》[一]之壮采,而所隶之事,只"小玉"、"双成"[二]四字,才有馀也。梅村[三]歌行,则非隶事不办。白、吴[四]优劣,即于此见。不独作诗为然,填词家亦不可不知也。

【注释】

〔一〕《长恨歌》:唐代诗人白居易所作长篇叙事诗。作于公元八○六年。全诗形象地叙述了唐玄宗与杨贵妃的爱情悲剧,"长恨"是此诗的主题。

〔二〕"小玉"、"双成":出自唐代诗人白居易《长恨歌》:"忽闻海上有仙山,山在虚无缥渺间。楼阁玲珑五云起,其中绰约多仙子。中有一人字太真,雪肤花貌参差是。金阙西厢叩玉扃,转教小玉报双成。闻道汉家天子使,九华帐里梦魂惊。揽衣推枕起徘徊,珠箔银屏迤逦开。云鬓半偏新睡觉,花冠不整下堂来。"小玉:吴王夫差之女。双成:即董双成,传说为西王母的"蟠桃仙子",相当于侍女,负责西王母与众仙的沟通。诗中"小玉"、"双成"意指杨贵妃在仙境中的侍女。

〔三〕梅村:即吴伟业(1609—1672),字骏公,号梅村,太仓(今属江苏省)人。著有《梅村集》等,有《梅村词》二卷。"梅村歌行",当指

---

① 萧艾笺校《王国维诗词笺校》,湖南人民出版社1984年版,第53页。

其所作《圆圆曲》，入手即用"鼎湖"事，以下隶事句不胜指数。

〔四〕白、吴：即白居易与吴伟业。

## 【疏证】

以隶事与否分白吴优劣。静安以隶事为才不足之补充，而才有馀者，则不暇隶事。此说颇值得商榷，盖才与学并非对立之关系，隶事能如盐著水，也未尝不是创作之一境界。静安过分恃靠才华，排斥学问，殊非公论。此则并上一则，皆为性情和景物之"真"张本，时或过论，但其境界说内涵的独特性在这种略显偏执的理论中倒是愈益彰显出来。静安不愿持中庸之论，别创一家理论之用心至此昭然可感。又王国维颇不以严羽兴趣说为然，其实《人间词话》有意无意之间，实多有承严羽之说者，即关于隶事，似也有《沧浪诗话·诗法》所谓"不必太著题，不必多使事"的影子。用事多少是否能成为判断优劣的标准，其实是应谨慎对待的。倒是刘熙载说得中肯，《艺概》卷四云："词中用事，贵无事障。晦也，肤也，多也，板也，此类皆障也。"刘熙载很赞赏姜夔《白石道人诗说》中说的用事原则：僻事实用，熟事虚用。王国维此说与姜夔、刘熙载相比，似反显狭隘了。颇有意味的是，王国维在一九一二年撰《颐和园词》七言古诗，意在存晚清之史，王国维自己及他的日本友人铃木虎雄恰拟之如吴梅村的《圆圆曲》。王国维在致铃木虎雄的信中也说："前作《颐和园词》一首，虽不敢上希白傅，庶几追步梅村。盖白傅能不使事，梅村则专以使事为工。然梅村自有雄气骏骨，遇白描处尤有深味，非如陈云伯辈，但以秀缛见长，有肉无骨也。"[①]铃木虎雄在回信中亦云："日前垂示《颐和园词》一篇，拜诵不一再次，风骨俊爽，彩华绚烂，漱王、骆之芬芳，剔元、虞之精髓，况且事该情尽，义微词隐……高明不敢自比香山，而称步趋梅村，若陈云伯，则俯视辽阔。仆

171

---

① 吴泽主编，刘寅生、袁英光编《王国维全集·书信》，中华书局1984年版，第26页。

生平读梅村诗，使事太繁，托兴晦匿，恨无人作郑笺者，且乏开阖变化之妙，动则有句而无篇，殆以律诗为古诗矣……高作则异之，隐而显，微而著，怀往感今，俯仰低回，凄婉之致，几乎驾娄江而上者，洵近今之所罕见也。"王国维在接信次日复信铃木虎雄曰："此词（按，即《颐和园词》）于觉罗氏一姓末路之事略具，至于全国民之运命，与其所以致病之由，及其所得之果，尚有更可悲于此者……尊论梅村诗，深得中其病。至于龙跳虎卧而见起伏，鲸铿春丽而不假典故，要唯第一流之作者能之，梅村诗品，自当在上中、上下间，然有清刚之气，故不致如陈云伯辈之有肉无骨也。"王国维与铃木虎雄的这种信件往返，看似在讨论具体作品的优劣，其实是借助作品表达着自己的创作理念。赵万里在《王忠悫公遗墨·跋》中引用王国维致铃木虎雄信中论吴梅村之语，认为"此数语非于此道三折肱者不能知其甘苦，殆可为《人间词话》下一转语，不得以寻常捕风捉影之谈视之也"①。"转语"之说，颇堪回味。《颐和园词》虽写于《人间词话》撰述之后，但因为与《圆圆曲》的这一层比附的关系，而同样值得关注。从王国维的自许及铃木虎雄的评论可以看出，王国维在《人间词话》撰述完后，对于隶事的理解和态度也有所改变，使事而有雄气骏骨，王国维也是认同的，非斤斤以是否用事而判优劣也。而其对梅村的定位与《人间词话》相比，已有明显不同。

## 第四十四则

词之为体，要眇宜修〔一〕。能言诗之所不能言，而不能尽言诗之所能言。诗之境阔，词之言长。

---

① 《王国维学术研究论集》（一），华东师范大学出版社1983年版，第324页。

**【注释】**

〔一〕"要眇宜修"语出屈原《九歌》之《湘君》篇："君不行兮夷犹,蹇谁留兮中洲。美要眇兮宜修,沛吾乘兮桂舟。"

**【疏证】**

此是影响甚大的一则,然王国维并未将其录出刊载于《国粹学报》和《盛京时报》,甚可异也。在诗词体性比较中突出词体"要眇宜修"的特点,诗词对勘的撰述方式在此则尤为明显。对于情感的隐微与表达这种隐微感情的文体特征,王国维此前撰写的《论哲学家与美术家之天职》一文已经有过类似的表述了。其文曰:"……以胸中惝恍不可捉摸之意境,一旦表诸文字、绘画、雕刻之上,此固彼天赋之能力之发展。而此时之快乐,决非南面王之所能易者也。"则情感之微妙以及由表现这种微妙而带来的愉悦,固超越于一般物质享受之上,也是文学的真正价值所在。此则未能被选载,或许是此处将"要眇宜修"定位在词之一体,略觉心中未安的缘故,因为《论哲学家与美术家之天职》一文指出,这其实是文艺的共同特点,固非词之一体所独有。再者,"要眇宜修"之内涵与"深美闳约"较为相近,而其与境界说之关系,或不无龃龉之处。王国维很可能面临着两者的取舍问题。

然此则问题亦多,其一是关于"修"。此"修"若作"修饰"言,然此前两则皆如此彻底地反对隶事与装饰,实际上正是对"修"的一种否定,而此则把"修"作为词体特征之一来看待,其间如何呼应?殊感困惑。"修"若作"长"解,则回归到"深远之致"的内涵。其二是关于"要眇",其意思主要是形容细微婉转之美,其与张惠言评温庭筠"深美闳约"之评正可相通,然静安在大体阐明"境界"说后,又择此四字,似在表明其有关词体理论的体系性。然"要眇宜修"与"境界"说之关系尚无明确分析,则静安此书是以"境界"为本,还是以"要眇宜修"为本,就颇耐索解了。其三是有关"能言"与"不能尽言"之论的言说对象,是内容自身的限制，还是表现手段的限制，静安此说颇显模糊。"词之言长"云云与静安此前追求之"深远之致"合拍，则要眇宜修似乎与深美闳约并无二致，静安舍"深美闳约"而取"要眇宜修"，正可说明其词话写作至此，深感独立理论话语之重要。

在"要眇宜修"四字中，解释有歧义的主要在"修"之一字，也许把楚辞特别是屈原赋中的"修"字使用的特点总结一下，再来回看"要眇宜修"之"修"，理障就少了。如"灵修"，《离骚》中出现三次，《山鬼》中出现一次。先以《离骚》之"指九天以为正兮，夫唯灵修之故也"为例，审察注家释义之变迁。王逸《楚辞章句》注云："灵，神也。修，远也。能神明见远者，君德也，故以喻君。"联系上下文和前后注，王逸实际是以"灵修"指代怀王。朱熹《楚辞集注》略变其说曰："灵修，言其有明智而善修饰，盖妇悦其夫之称，亦托词以寓意于君也。"在"寓意于君"这一点上，朱熹与王逸意思相近，但在解释"修"之意义上，则朱熹将王逸之"远"意改为"修饰"之意，此或为叶嘉莹后来解说之所本。清代王夫之则释曰："灵，善也。修，长也。称君为灵修者，祝其所为善而国祚长也。"《山带阁注楚辞》曰："灵，明，修，长。美君之称也。"综合以上诸说，在解释"灵"字上，取义几乎是一致的，无论是神、明智、善、明，都是对"君"之品德的一种褒称；而在解释"修"字上，则有所分歧，或解释为长、远，或解释为修饰，其差异是明显的。

核诸屈原作品，作为"修"的基本义，长、远的义项是最为常见的。前揭"灵修"之历代注疏，已可见其大概。再如《离骚》之"老冉冉其将至兮，恐修名之不立"、"人生各有所乐兮，余独好修以为常"、"汝何博謇而好修兮，纷独有此姱节"、"不量凿而正枘兮，固前修以菹醢"、"路漫漫其修远兮，吾将上下而求索"、"曰两美其必合兮，孰信修而慕之"、"苟中情其好修兮，又何必用夫行媒"、"何昔日之芳草兮，今直为此萧艾？岂其有他故兮，莫好修之害也"、"遵吾道夫昆仑兮，路修远以周流"。《远游》之"路曼曼其修远兮，徐弭节而高厉"，《哀郢》之"憎愠惀之修美兮，好夫人之慷慨”，《抽思》之“侨吾以为美好兮，览余以其修姱”。综览诸“修”字的用法，大旨不出美、长二意。

梳理完上述屈原语境中的“修”的使用情况，再来回看《湘君》中“要眇宜修”的内涵，或许更能切合领会其本意。王逸《楚辞章句》云：“要眇，好貌。修，饰也。言二女之貌，要眇而好，又宜修饰也。”洪兴祖的《楚辞补注》则云：“此言娥皇容德之美，以喻贤臣。”两人的解释存在着不少的问题，其一是王逸认为此句乃是实写传说，而且是针对“二女”而言的，洪兴祖则认为是虚写传说，而且只写及娥皇，实喻贤臣。王逸认为是描写二女虽具好貌，仍宜修饰以求更美，洪兴祖则认为是以描写娥皇来表现贤臣的“容德之美”。这是由两家注释不同而可以得出的结论。

在手稿第一百十九则，王国维同样有一节与《离骚》和“修”有关的文字，其语曰：“‘纷吾既有此内美兮，又重之以修能。’文学之事，于此二者，不能缺一。然词乃抒情之作，故尤重内美。无内美而但有修能，则白石耳。”王国维所引文字出自《离骚》，乃在叙述家世生平后的一句带有总结意味的话。屈原在《离骚》开头二章，历叙先祖世家之美、日月生辰之美、所取名字之美，朱熹认为是言其“天赋我美质于内”，可谓得之。内美得乎天，修能勉乎己。洪兴祖《楚辞补注》云：“能本兽名，熊属，多力，故有绝人之才者谓之能。此读若耐，协韵。”在王国维的语境中，当然剥离了屈原的原意，“内美”与“修能”是文学必备之二要素。王国维没有解释内美与修能二词之准确含义，但结合王国维的文学观，其既然认为文学非一般人所能从事之域，则“内美”与“高尚伟大之人格”的联系自可想见，而修能也意味着特殊才能之意，则“修”也是在“长”的意义上理解的。明代汪瑗《楚辞集解》即云：“修能，长才也。”内美与修能兼具，亦即才德全备之意。手稿第一百十四则云：“东坡之旷在神，白石之旷在貌。白石如王衍，口不言阿堵物，而暗中为营三窟之计，此其所以可鄙也。”则白石作为达官贵人之清客，其德就难免受到怀疑了。

再看"宜"字。有学者解释为"应该"之意,此似是以现代用法返诸古人了。屈原《山鬼》云:"若有人兮山之阿,被薜荔兮带女萝。既含睇兮又宜笑,子慕予兮善窈窕。"明代汪瑗《楚辞集解》云:"睇,微盼貌。含睇者,窈窕之见于目者也。宜笑者,窈窕之见于口者也。"所谓"宜笑"者,乃形容其笑容婉约得体合宜。《橘颂》:"精色内白,类任道兮。纷缊宜修,姱而不丑兮。"汪瑗《楚辞集解》云:"纷缊,盛貌。宜修,谓修饰之得宜也。"也是将"宜"作"得宜"解。

"要眇"二字的歧义相对较少。试先看如下屈原用例:《哀郢》:"心婵媛而伤怀兮,眇不知其所蹠。"汪瑗《楚辞集解》云:"眇,犹远也。蹠,践也。"《悲回风》:"惟佳人之永都兮,更统世以自贶,眇远志之所及兮,怜浮云之相羊。介眇志之所感兮,窃赋诗之所明。"汪瑗《楚辞集解》云:"夫志一而已矣,然曰介志,曰远志,曰眇志,何也?介言其坚确也,远言其高大也,眇言其幽深也。"《悲回风》:"登石峦以远望兮,路眇眇之默默。"山小而锐谓之峦,眇眇状道路之幽深也。"穆眇眇之无垠兮,莽芒芒之无仪。"《远游》:"质销铄以汋约兮,神要眇以淫放。"洪兴祖补注:"要眇,精微貌。"许慎《说文解字》释"眇"为"小目也"。段玉裁注云:"眇训小目,引伸为凡小之称,又引伸为微妙之意。《说文》无'妙'字,眇即妙也。"综合以上用例,"要眇"大致形容一种幽深精微之美。

在分别梳理"要眇"、"宜"、"修"用法的基础上,可以回到王国维的语境中来,所谓要眇宜修,应该是指词体在整体上呈现出来的一种精微细致、表达适宜、饶有远韵的美。"词是复杂情感的产物"①。这是晚年的王国维对弟子姜亮夫说的话。这种复杂可能正是王国维要拈出"要眇宜修"来界定词体特点的原因所在。

---

① 王国维语,引自姜亮夫《忆清华国学研究院》,刊《学术集林》卷一,上海远东出版社1994年版。

静安此论除了"要眇宜修"四字带有原创意味外,其对此四字的解释则不免承袭旧说的成分居多,如朱彝尊《陈纬云红盐词序》即云:"词虽小技,昔之通儒巨公往往为之,盖有诗所难言者,委曲倚之于声,其辞愈微,而其旨益远。"刘休仁《七颂堂词绎》云:"词中境界,有非诗之所能至者,体限之也。大约自古诗'开我东阁门,坐我西阁床'等句来。"查礼《铜鼓书堂词话》云:"情有文不能达,诗不能道者,而独于长短句中,可以委宛形容之。"又宋翔凤《浮溪精舍词自序》引当时词人汪全德语云:"凡情与事委折,抑塞于五七字诗,不能尽见者,词能长短以陈之,抑扬以究之。……是以填词之道,补诗境之穷,亦风会之所必至也。"融斋《艺概·词曲概》也提出"词以不犯本位为高",这个"本位"正是散文需要"避"的"窈眇",因为只有"纡徐要眇",才能"达难达之情"①。谢章铤《眠琴小筑词序》云:"诗以性情,尚矣。顾余谓言情之作,诗不如词。参差其句读,抑扬其声调,诗所不能达者,宛转而寄之于词,读之如幽香密味,沁人心脾焉。"不仅在题材和表现方式上,诗词具有较强的互补性,而且对词旨深远的强调,王国维与朱彝尊、刘体仁、查礼、汪全德并无二致。王国维词学与清代词学的关联不仅在词学思想上,更在理论话语上,也有明显的承传关系。而要眇宜修与张惠言的"深美闳约"、冯煦的"词尚要眇"②又意旨相近,则静安词学之折衷浙、常两派之特色,已可见一端。即理论话语的承传之迹,也是一一可以勘察清楚的。但此则与其"境界"说似有龃龉,从其论写景隔与不隔之观点来看,王国维倾心于"语语都在目前"之不隔境界,而"要眇宜修"与此似有未谐。饶宗颐《人间词话平议》小序云:"予独谓其取境界论词,虽有得易简之趣,而不免伤于质直,与意内言外之旨,辄复相乖。"此中矛盾,正是与王国维既欲自倡新说以开拓词论新境,又沉

---

① 《艺概·文概》,刘熙载著、王气中笺注《艺概笺注》,贵州人民出版社1980年版,第135页。
② 冯煦《重刻东坡乐府序》,朱孝臧辑校《彊村丛书》,广陵书局2005年版,第210页。

涵于传统词论,时或与之相杂的矛盾心态有关。换言之,王国维的理论从严格意义上来说,并非完全成熟之自足体系,而是呈现出创新与守旧两相共存的面目。《艺概》卷四云:"词之妙,莫妙于以不言言之;非不言也,寄言也。如寄深于浅,寄厚于轻,寄劲于婉,寄直于曲,寄实于虚,寄正于馀,皆是。"这实际上也是对词"要眇宜修"体性的一种强调。又,刘熙载《游艺约言》亦云:"'修辞'有'修洁'之'修',有'修饰'之'修'。'洁'者,修之极;'饰'者,洁之贼也。"又云:"古人作文,视饰为尘垢;后世作文,以尘垢为饰。文品相去所由远矣。""文之不饰者,乃饰之极。盖人饰不如天饰也,是故《易》言'白贲'"。"举少见多,贯多以少,皆是《史记》洁处"。"'秘响旁通,伏采潜发'。'响'而曰'秘','采'而曰'伏',文至此,其深矣乎!"五节文字内涵相融合,正与"要眇宜修"可通。王国维与刘熙载,在理论上彼此正是神光映照的。

王国维自己的词,也努力追求要眇宜修的美学风格。如其《浣溪沙》之上阕:"山寺微茫背夕曛。鸟飞不到半山昏。上方孤磬定行云。"叶嘉莹《说静安词〈浣溪沙〉一首》分析此词,即以为上阕三句乃"标举一崇高幽美而渺茫之境界耳"[1],并以为与西洋之象征主义彼此相似。祖保泉师解说此词是一首"出于想像而创设特有意境的词,这特有意境,导源于王国维的悲观主义思想",在艺术上带有"玄秘感"和"神秘性"[2],这种玄秘、神秘其实也部分地体现了要眇宜修的词体特点了。

## 第四十五则

"明月照积雪"〔一〕、"大江流日夜"〔二〕、"澄江净如练"、"山气日

---

① 叶嘉莹著《王国维及其文学批评》,广东人民出版社1982年版,附录。

② 祖保泉著《王国维词解说》,安徽教育出版社2006年版,第147—148页。

夕佳"、"落日照大旗"、"中天悬明月"〔三〕、"大漠孤烟直,黄河落日圆"〔四〕,此等境界,可谓千古壮语。求之于词,则纳兰容若〔五〕塞上之作,如《长相思》之"夜深千帐灯"〔六〕,《如梦令》之"万帐穹庐人醉,星影摇摇欲坠"〔十〕差近之。

## 【注释】

〔一〕"明月"句:出自谢灵运《岁暮》:"殷忧不能寐,苦此夜难颓。明月照积雪,朔风劲且哀。运往无淹物,年逝觉已催。"

〔二〕"大江"句:出自谢朓《暂使下都夜发新林至京邑赠西府同僚》:"大江流日夜,客心悲未央。徒念关山近,终知返路长。秋河曙耿耿,寒渚夜苍苍。引顾见京室,宫雉正相望。金波丽鳷鹊,玉绳低建章。驱车鼎门外,思见昭丘阳。驰晖不可接,何况隔两乡?风云有鸟路,江汉限无梁。常恐鹰隼击,时菊委严霜。寄言蹑罗者,寥廓已高翔。"

〔三〕"中天"句:出自杜甫《后出塞》之二:"朝进东门营,暮上河阳桥。落日照大旗,马鸣风萧萧。平沙列万幕,部伍各见招。中天悬明月,令严夜寂寥。悲笳数声动,壮士惨不骄。借问大将谁,恐是霍嫖姚。"

〔四〕"大漠"二句:出自王维《使至塞上》:"单车欲问边,属国过居延。征蓬出汉塞,归雁入胡天。大漠孤烟直,长河落日圆。萧关逢候骑,都护在燕然。"王国维将"长河"误作"黄河"。

〔五〕纳兰容若:即纳兰性德(1655—1685),原名成德,因避讳而改名性德,字容若,号楞伽山人,先世为蒙古人。著有《通志堂集》,附词四卷,词集初名《侧帽》,后经顾贞观增补并易名为《饮水词》,今存词近三百五十首。

〔六〕"夜深"句:出自纳兰性德《长相思》:"山一程。水一程。身向榆关那畔行。夜深千帐灯。 风一更。雪一更。聒碎乡心梦不成。

故园无此声。”

〔七〕“万帐”二句：出自纳兰性德《如梦令》：“万帐穹庐人醉。星影摇摇欲坠。归梦隔狼河，又被河声搅碎。还睡。还睡。解道醒来无味。”

【疏证】

类比诗词中“壮语”，似侧重在“真景物”中宏观、豪放、开阔一端。此则在求诗词之同，与上则析诗词之异，理路稍异。与第一则词话相似。王国维所举诗句，“壮语”在在可感，而所举词句，则与诗句稍异。纳兰之“夜深帐灯”若无一“千”字，其实无关乎“壮”字，“穹庐人醉”若无一“万”字，也是婉约常境，但纳兰着一“千”字、“万”字，则集婉约而成壮观，变幽晦而成通明，故一字可令词婉约，一字亦可令词豪放。点化之间，方见笔力。

# 第四十六则

言气质，言格律，言神韵，不如言境界。有境界为本也。气质、格律、神韵为末也。有境界而三者自随之矣。

【疏证】

以上为手稿最初文字，王国维在手稿上作了不少修改，如删除“言格律”三字，又将“有境界为本也”一句中的“有”、“为”删去，“神韵为末也”之“为”、“三者自随之”之“自”也均删去。除了为求文字精炼之外，也与理论的微调有关。

此则从理论上回到境界说，强调境界说的本体地位，此亦是在第三十七则后再次在话语上回到境界说。此则在《国粹学报》初刊本中未发表，但在手稿本上曾被标序为“二”，《盛京时报》重刊本则将此则入选,而且位列第二,王国维对此的重视可见一斑。文字则略作修订,如将"气质"易为"气格",可能受谢榛《四溟诗话》"诗文以气格为主"之说的影响。境界与传统诗学中提到的气质、格律、神韵相关,但气质、格律、神韵皆各据一端而论,境界说则涵盖诸说,悬格更高,是对传统诗说的深化和提炼,所以彼此是"本"与"末"的关系。王国维重提境界说的话题,意在说明境界说其实是来自于中国古典诗学的。在手稿修改稿中,前面的"格律"二字是被删略掉的,而后面的"格律"二字却得以保存,其前后之间,似未充分斟酌。其删前"格律"二字,可能是感到气质、神韵,皆就"深远之致"来立论,而格律乃是固定的程式,其与气质、神韵之间,固非同一话题,故有此删略之举。而后者得以保存,亦当为强调境界为本、其他为末之意。又谢章铤《炯甫屺云楼诗序》亦云:"夫诗道性情,格调其末也,词华尤其末也。"本末之论,亦相仿佛。这里尤堪注意的是"气质"二字,批评史上专言气质而著称者似并无其人。按静安此则语境,显然将"气质"一说视为前人特出之论,自来注家逢此皆省略,然省略对于考察静安本意不免留有缺憾。笔者在阅读古代文学批评文献过程中,注意到曾被王国维反复提起过的一位批评家刘熙载,颇多有关"气质"方面的论述,择录数则如下:"《老子》有云:'微妙玄通,深不可测。'余谓书之道,正复如此。故气质粗者不可以为书。"[1]"学者患陷于气质之偏,然必教者先自立于不偏,乃能化人之偏"。"有气质之才,如凡智识、力量之过人者是也"[2]。录此以备参照。

## 第四十七则

"红杏枝头春意闹"[一],著一"闹"字,而境界全出。"云破月来

---

① 刘熙载《游艺约言》,刘熙载著、薛正兴点校《刘熙载文集》,江苏古籍出版社 2000 年版,第756 页。

② 刘熙载《持志塾言》卷下,刘熙载著、薛正兴点校《刘熙载文集》,江苏古籍出版社 2000 年版,第 29、31 页。

花弄影"〔二〕,著一"弄"字,而境界全出矣。

【注释】

〔一〕"红杏"句:出自宋祁《玉楼春》:"东城渐觉风光好。縠皱波纹迎
客棹。绿杨烟外晓寒轻,红杏枝头春意闹。 浮生长恨欢娱少。
肯爱千金轻一笑。为君持酒劝斜阳,且向花间留晚照。"

〔二〕"云破"句:出自张先《天仙子·时为嘉禾小倅,以病眠,不赴府
会》:"水调数声持酒听。午醉醒来愁未醒。送春春去几时回,临
晚镜。伤流景。往事后期空记省。 沙上并禽池上暝。云破月
来花弄影。重重帘幕密遮灯。风不定。人初静。明日落红应
满径。"

【疏证】

　　言境界之"出"。"闹"是一种对场景的心理感觉,带有密集、拥挤
的意思,因为一"闹"字,不仅描写出红杏数量之多,而且也将红杏与红
杏之间彼此拥挤、喧闹的场景表达了出来。"弄"是一种实际动态,带
有轻抚、爱玩的意思,月光映照花丛,花丛将影子投射到地面,风吹花
动,花动影动。因着这一"弄"字,将原本是一种再普通不过的自然现
象,带上了拟人化的色彩。无论是"心动"还是"物动",王国维都强调
一种动态。顾随《人间词话评点》因此说:"若然,则动词须留意也。"①
动词当然在表达动态方面有着明显的优越性。所谓"出"是针对读者
而言的,读者由此明了作者的心理状态和外物的存在状态,则就是一
种境界的直接呈现。换言之,若无这一"闹"字,作者的心境也无由发
现,而无这一"弄"字,外物的情景也无由得以再现。所以境界有的直
接呈露于字面,有的婉转深蕴于笔底。如果说前者是"出",后者就是

---

① 顾之京整理《顾随:诗文丛论》(增订版),天津人民出版社 1995 年版,第 83 页。

"入"了。此与前面论欧词"出秋千"之妙,用意相似,而前溯欧源于冯,则似乎也从一个侧面说明,王国维的许多理论是在对冯延巳词的感悟中提炼出来的。换言之,若"闹"字改为"在"字,"弄"字改为"留"字,语义同样可以贯通,但情景不免露出呆相,甚至引发歧义,如"在"字或已有春尽之感,则于作者欲表现春盛之意,就有了距离;"留"字不仅使画面静止,殊失生气,而且借景言情的意味顿减。王国维关注此二字之使用效果,确实别具识力。又,对"闹"字的关注已先见于刘体仁《七颂堂词绎》:"'红杏枝头春意闹',一'闹'字卓绝千古。"刘熙载《艺概·词曲概》也将此句"闹"字称为"触着之字",即在不经意间由事物之本质而引发内心之感触,两者不期然相遇,而彼此却极度契合。话语上对刘体仁、刘熙载的直接承传,既如上述,就理论的层面来说,似乎更多的可以见出刘熙载的影子。《艺概》卷四云:"'词眼'二字,见陆辅之《词旨》。其实辅之所谓眼者,仍不过某字工、某句警耳。余谓'眼'乃神光所聚,故有通体之眼,有数句之眼,前前后后无不待眼光照映。若舍章法而专求字句,纵争奇竞巧,岂能开阖变化,一动万随耶?"王国维此则虽仅论及一句之眼,但在以神光所聚照映全句上,与刘熙载此论堪称妙合无垠。

当然,也有词学家对"闹"字之妙深致怀疑的。李渔《窥词管见》云:"……有蜚声千载上下,而不能服强项之笠翁者,'红杏枝头春意闹'尚书是也。'云破月来'句,词极尖新,而实为理之所有。若红杏之在枝头,忽然加一'闹'字,此语殊难著解。争斗有声之谓闹,桃李争春则有之,红杏闹春,予实未之见也。闹字可用,则吵字、斗字、打字,皆可用矣。宋子京当日以此噪名,人不呼其姓氏,意以此作尚书美号,岂由'尚书'二字起见耶?予谓闹字极粗俗,且听不入耳,非但不可加于此句,并不当见之诗词。近日词中,争尚此字者,子京一人之流毒也。"李渔讲究用字新奇但要切合于理,这观点本身并无问题。问题是李渔能看出"云破月来花弄影"中的"理",却看不出"红杏枝头春意闹"中的"理",真是咄咄怪事。至其认可桃李争春而不认同红杏闹春,居然是以"予实未之见也"为理由,就更令人惊讶了。李渔所举之"吵、斗、打"字,无一可与"闹"字媲美,乃是显见的事实。而以"闹"字为粗俗,真不知其何以作此想也。或故意与旧说相抗衡耶?

王国维在自己的创作中也有使用"弄"字而不失其妙处者。其《菩萨蛮》有"风枝和影弄,似妾西窗梦"之句,当即由张先此句或曹组《如梦令》之"风弄一枝花影"化出,而他人乃实写眼前之景,王国维则拟之于梦境,堪称翻出新意了。

# 第四十八则

"西风吹渭水,落日满长安"〔一〕,美成以之入词〔二〕,白仁甫以之入曲〔三〕,此借古人之境界为我之境界者也。然非自有境界,古人亦不为我用。

【注释】

〔一〕"西风"二句:出自贾岛《忆江上吴处士》:"闽国扬帆去,蟾蜍亏复圆。秋风吹渭水,落叶满长安。此夜聚会夕,当时雷雨寒。兰桡殊未返,消息海云端。"王国维将"秋风"误作"西风",将"落叶"误作"落日"。

〔二〕"美成"句:参见周邦彦《齐天乐·秋思》:"绿芜凋尽台城路,殊乡又逢秋晚。暮雨生寒,鸣蛩劝织,深阁时闻裁剪。云窗静掩。叹重拂罗裀,顿疏花簟。尚有练囊,露萤清夜照书卷。　荆江留滞最久,故人相望处,离思何限。渭水西风,长安乱叶,空忆诗情宛转。凭高眺远。正玉液新篘,蟹螯初荐。醉倒山翁,但愁斜照敛。"

〔三〕"白仁甫"句:参见白朴《双调·德胜乐》(秋):"玉露冷,蛩吟砌。

听落叶西风渭水。寒雁儿长空嘹唳。陶元亮醉在东篱。"又《梧桐雨》杂剧第二折《普天乐》："恨无穷,愁无限。争奈仓促之际,避不得蓦岭登山。銮驾迁,成都盼。更哪堪浐水西飞雁。一声声送上雕鞍。伤心故园,西风渭水,落日长安。"白仁甫:即白朴(1226—1306?),原名恒,字仁甫,后改名朴,字太素,号兰谷先生,隩州(今山西省河曲市)人,徙居真定(今河北省正定市)。著有杂剧多种,词集名《天籁集》。

【疏证】

此则言境界的传承与创造。古人名句本有古人语境,但名句本身具有一定的独立性,所以可借诗之意象直接入词与曲。但名句在进入词曲后,还存在与新的语境的配合问题,如果新的语境没有独特性,则旧的名句也就无法进行意思上的转换和更新,则这种借用就停留在较低的层面上。王国维强调"自有境界",即是从对原句借用后的新的意思生成之角度而言的。此说类似于黄庭坚的"点铁成金"说。佳句点化,看似容易,其实至难。盖佳句既已流传,其语境也为人所熟悉,后人必须创造新的语境以使"佳句"的生命再次得以点燃。故佳句可"借",但古人之"语境"不可"借",具备创意之才,才是融合前人佳句之根本所在。王国维此则极有学理,可对勘其他言及用典之语。盖王国维反对用典的根本原因,乃是前人往往在用典中失却自家感情,自己没有境界,则借用之他人境界再好,也不过是他人之境界而已;但如果是在有自家境界的基础上,则并非一定排斥典故。即如王国维称赞辛弃疾《贺新郎》词"语语有境界",但其实其中颇多用典之例一样。王国维对创作主体性和创造性的强调是其词话的一种重要基调。

## 第四十九则

境界有大小,不以是而分高下。"细雨鱼儿出,微风燕子斜"〔一〕,何遽不若"落日照大旗,马鸣风萧萧";"宝帘闲挂小银钩"〔二〕,何遽不若"雾失楼台,月迷津渡"〔三〕也。

【注释】

〔一〕"细雨"二句:出自杜甫《水槛遣心二首》之二:"去郭轩楹敞,无村眺望赊。澄江平少岸,幽树晚多花。细雨鱼儿出,微风燕子斜。城中十万户,此地两三家。"

〔二〕"宝帘"句:出自秦观《浣溪沙》:"漠漠轻寒上小楼。晓阴无赖似穷秋。淡烟流水画屏幽。　自在飞花轻似梦,无边丝雨细如愁。宝帘闲挂小银钩。"

〔三〕"雾失"二句:出自秦观《踏莎行》:"雾失楼台,月迷津渡。桃源望断无寻处。可堪孤馆闭春寒,杜鹃声里斜阳暮。　驿寄梅花,鱼传尺素。砌成此恨无重数。郴江幸自绕郴山,为谁流下潇湘去。"

【疏证】

此则言境界之大小。王国维明确说大与小并非是高与下(后易为"优劣")的关系,意象自身无所谓好坏,但表现意象却有好坏之分。此则与第四十四则言"千古壮语"相关,但前则专言"大"境界,此则合言大、小境界而无所轩轾。意象小巧、情感细微而构成的境界即被视为小境界;反之,则为大境界。境界大小之说,可能源于王夫之大景、小景之说,因为静安之境界确实侧重在"景"之方面。徐复观甚至说:"王氏的所谓'境界',是与'境'不分,而'境'又是与'景'通用的,此通过他全书的用辞而可见。"①徐氏此论或稍过。细参此则,王国维举了两组例句,第一组是诗句对照,景象之大小,直接可悟;第二组乃词句之

①　徐复观《王国维〈人间词话〉境界说试评》,《中国文学精神》,上海书店出版社 2006 年版,第65 页。

人间词话疏证

186

比较,"宝帘"句固是婉约细美之典范,以"小"视之,亦为当然,而"雾失"句,以"雾"、"月"虚化、隐没了景象,"境界"的联想空间因此而陡增。诗境之大小与词境之大小,其表现形态固有不同,词境之"大"非直接而开阔的景象,而是以虚化和联想的方法呈现出来的"大"。王国维在第四十四则比较诗词体性之异,即有"诗之境阔,词之言长"的说法,故词境之"大"并非词境之"阔"。

# 第五十则

昔人论诗词,有景语、情语之别。不知一切景语,皆情语也。

【疏证】

言景语与情语之关系,多承前人之论,并无新的发明。此说似针对谢榛、王夫之、李渔等人而言的。谢榛《四溟诗话》卷三云:"作诗本乎情景,孤不自成,两不相背。""景乃诗之媒,情乃诗之胚,合而为诗"。王夫之论诗有景语、情语之分,更见于其多种著述,如王夫之《姜斋诗话》卷二云:"关情者景,自与情相为珀芥也。情景虽有在心在物之分,而景生情,情生景,哀乐之触,荣悴之迎,互藏其宅。"其《唐诗评选》卷四亦云:"景中生情,情中含景。故曰:景者情之景,情者景之情也。"李渔《窥词管见》云:"词虽不出情景二字,然二字亦分主客。情为主,景是客。说景即是说情,非借物遣怀,即将人喻物。"诸家都认为情景之间虽有一定的在心在物或为主为客的区分,但彼此的联系实更为重要。王国维在此提出前人有关论述,但截断话头,并以"一切景语皆情语也"为自我创见,似有强夺人说之嫌疑。如谢榛就认为情景"孤不自成",王夫之认为情景"相为珀芥"、"互藏其宅",而李渔也明确说"说景即是说情"。此固已为王国维导夫先论了。王国维在手稿修改稿中全部删掉此则,或为后来发现此说古人固已发明,卑之无甚高论,故悉删除。然此则词话虽删，其意思则在接下两则续有发明。

# 第五十一则

"岂不尔思，室是远而"〔一〕，孔子讥之，故知孔门而用词，则"甘作一生拚。尽君今日欢"〔二〕等作，必不在见删之数。

【注释】

〔一〕"岂不"二句：出自古诗："唐棣之华，偏其反而。岂不尔思，室是远而。"此为逸诗。子曰："未之思也，夫何远之有？"

〔二〕"甘作"二句：出自牛峤《菩萨蛮》："玉楼冰簟鸳鸯锦。粉融香汗流山枕。帘外辘轳声。敛眉含笑惊。　柳荫烟漠漠。低鬓蝉钗落。甘作一生拚。尽君今日欢。"

【疏证】

续足"真感情"之意，以孔子讥之而未删之诗来说明词中类似"甘作一生拚，尽君今日欢"为"必不在见删之数"。此与前揭"要眇宜修"、"深远之致"之意略有隔膜，静安述此当为以备一格耳。后为了使"要眇宜修"理论内涵周密，故将其全部删除。然静安自作，也颇多类似词句，如《清平乐》之"拚取一生肠断，消他几度回眸"之类即是。此则再度强调了性情之"真"是其所有立说之基点。

# 第五十二则

词家多以景寓情。其专作情语而绝妙者，如牛峤〔一〕之"甘作一生拚。尽君今日欢"，顾夐〔二〕之"换我心。为你心。始知相忆深"〔三〕，欧阳修之"衣带渐宽终不悔。为伊消得人憔悴"，美成之

"许多烦恼,只为当时,一饷留情"[四],此等词古今曾不多见。余《乙稿》[五]中颇于此方面有开拓之功。

【注释】

〔一〕牛峤(850?—920?),字松卿,又字延峰,一称牛给事,陇西(今属甘肃省)人。著有《牛峤歌诗》。王国维辑有《牛给事词》。

〔二〕顾夐:生平不详,曾任职五代前蜀。《花间集》录其词五十五首。

〔三〕"换我心"三句:出自顾夐《诉衷情》:"永夜抛人何处去,绝来音。香阁掩。眉敛。月将沉。　争忍不相寻。怨孤衾。换我心。为你心。始知相忆深。"

〔四〕"许多"三句:出自周邦彦《庆宫春》:"云接平岗,山围寒野,路回渐转孤城。衰柳啼鸦,惊风驱雁,动人一片秋声。倦途休驾,淡烟里,微茫见星。尘埃憔悴,生怕黄昏,离思牵萦。　华堂旧日逢迎。花艳参差,香雾飘零。弦管当头,偏怜娇凤,夜深簧暖笙清。眼波传意,恨密约,匆匆未成。许多烦恼,只为当时,一饷留情。"

〔五〕《乙稿》:即《人间词乙稿》,王国维词集名,纂辑于一九〇七年十一月,录词四十三首,初刊于《教育世界》杂志。

【疏证】

此则当是在原第五十则删除后重写,言"专作情语而绝妙者"的例子。所举词例多是言情而略无掩饰者,亦在"要眇宜修"之外聊备一格而已,此也是静安自己作词用力之处,自称其《人间词乙稿》中"颇于此方面有开拓之功"。"以景寓情"方是作词之常态,然非不可以变。静安词如《蝶恋花》:"暗淡灯花开又落。此夜云踪,终向谁边着。频弄玉钗思旧约。知君未忍浑抛却。　妾意苦专君苦博。君似朝阳,妾似倾阳藿。但与百花相斗作。君恩妾命原非薄。"即堪称"专作情语"者。是否"绝妙",则是另外一事了。词家处理情景关系,与诗其实并无不同,《艺概》卷四云:"词或前景后情,或前情后景,或情景齐到,相间相融,各有其妙。"持此以论诗,亦无不同。静安试图走"专作情语"一路,亦为故意求"开拓之功"也。然也确为一法。此亦静安追踪《花间》之一创作痕迹耳。

然此则从话语、观念到例证,似皆出于贺裳《皱水轩词筌》:"小词以含蓄为佳,亦有作决绝语而妙者。如韦庄'谁家年少足风流。妾拟将身嫁与,一生休。纵被无情弃,不能羞'之类是也。牛峤'须作一生拚。尽君今日欢',抑亦其次。柳耆卿'衣带渐宽终不悔。为伊消得人憔悴',亦即韦意,而气加婉矣。"故特为拈出。

# 第五十三则

梅舜俞[一]《苏幕遮》词:"落尽梨花春事了。满地斜阳,翠色和烟老。"[二]兴化刘氏谓:少游一生似专学此种[三]。余谓:冯正中《玉楼春》词:"芳菲次第长相续。自是情多无处足。尊前百计得春归,莫为伤春眉黛促。"[四]永叔一生似专学此种。

【注释】

〔一〕梅舜俞:即梅尧臣(1002—1060),字圣俞,王国维将"圣"误作"舜",世称宛陵先生,宣州宣城(今属安徽省)人。著有《宛陵集》。《全宋词》存其词二首。

〔二〕"落尽"三句:出自梅尧臣《苏幕遮·草》:"露堤平,烟墅杳。乱碧萋萋,雨后江天晓。独有庾郎年最少。窣地春袍,嫩色宜相照。 接长亭,迷远道。堪怨王孙,不记归期早。落尽梨花春又了。满地残阳,翠色和烟老。"王国维将"又"误作"事",将"残"误作"斜"。

〔三〕"少游一生"句:出自刘熙载《艺概》卷四《词曲概》:"此一种似为

少游开先。"乃是引录冯延巳此词后的评语。

〔四〕"芳菲"四句:出自冯延巳《玉楼春》:"雪云乍变春云簇。渐觉年华堪纵目。北枝梅蕊犯寒开,南浦波纹如酒绿。 芳菲次第长相续。自是情多无处足。尊前百计得春归,莫为伤春眉黛蹙。"按:此词未见《阳春集》。《尊前集》作冯延巳词,不知何据。

## 【疏证】

此则言词风承传。刘熙载言少游学梅尧臣,王国维为补:欧阳修学冯延巳。在王国维词学的形成过程中,刘熙载当是其中一个值得关注的人物。王国维的许多判断或思路都可追溯到刘熙载。此则王国维从刘熙载对秦观师法梅尧臣的分析中受到启发,进而具体分析欧阳修对冯延巳的师法特色。这意味着刘熙载论词方式对王国维的直接影响。

秦观仕途坎坷而性格颇为软弱,其词也因此多写悲情,尤其擅长写暮春的无奈与凄凉之意。王国维曾用"凄厉"来形容秦观词的情感特征。刘熙载以梅尧臣的《苏幕遮》为例,特别提到"落尽梨花"几句,正是因为这几句写暮春景象,突出了翠色渐老、梨花落尽的季节感,并将这种景象笼罩在斜阳晒照之下,悲凉无奈之意就更显强烈。而秦观的词如"可堪孤馆闭春寒,杜鹃声里斜阳暮",与此神韵相似。刘熙载看出这一点,堪称慧眼。

王国维由刘熙载此论而转论欧阳修师法冯延巳的问题,不仅是对刘熙载论词方式的一种推扬,而且是对欧阳修与冯延巳在情感上的相似性的一种确证。其实此前的刘熙载已经在《艺概·词曲概》中认为欧阳修是深得冯延巳的"深"的,也就是对自然、人生的看法比较深邃之意。冯延巳的这首《玉楼春》从一般人的伤春情绪中转出,认为自然季节更替乃是普遍规律,既然盼得春来,自然要送得春去,世人对这一"来"一"去",应该坦然对待才是。冯延巳自然平和的心境对于欧阳修产生了影响,欧阳修的《采桑子》组词写晚年退居颍州心境,也是如此。如"群芳过后西湖好",就体现了不同寻常的暮春心态。不过,王国维说欧阳修一生"专学"此种,似乎也言之过甚了。

# 第五十四则

人知和靖《点绛唇》〔一〕、圣俞《苏幕遮》〔二〕、永叔《少年游》〔三〕三阕为咏春草绝调。不知先有冯正中"细雨湿流光"〔四〕五字,皆能写春草之魂者也。

【注释】

〔一〕和靖:即林逋(968—1028),字君复,钱塘(今浙江省杭州市)人。《全宋词》存其词三首。林逋《点绛唇》:"金谷年年,乱生春色谁为主。馀花落处。满地和烟雨。 又是离歌,一阕长亭暮。王孙去。萋萋无数。南北东西路。"

〔二〕梅尧臣《苏幕遮》:"露堤平,烟墅杳。乱碧萋萋,雨后江天晓。独有庾郎年最少。窣地春袍,嫩色宜相照。 接长亭,迷远道。堪怨王孙,不记归期早。落尽梨花春又了。满地残阳,翠色和烟老。"

〔三〕欧阳修《少年游》:"阑干十二独凭春,晴碧远连云。千里万里,二月三月,行色苦愁人。 谢家池上,江淹浦畔,吟魄与离魂。那堪疏雨滴黄昏,更特地忆王孙。"

〔四〕"细雨"句:出自南唐词人冯延巳《南乡子》:"细雨湿流光。芳草年年与恨长。烟锁凤楼无限事,茫茫。鸾镜鸳衾两断肠。 魂梦任悠扬。睡起杨花满绣床。薄幸不来门半掩,斜阳。负你残春泪几行。"

【疏证】

继续为冯延巳张本。评价其"细雨湿流光"为能写"春草之魂"，其实是得"深远之致"之意，也即独具神韵的意思。三首咏春草绝调，而以冯延巳为先道，尊冯之意，一如当初。其实按照静安的埋路，也可换言为："细雨湿流光"，著一"湿"字而境界全出。

由梅尧臣之《苏幕遮》，遂牵连出一彼此竞胜之事。据吴曾的《能改斋漫录》记载：梅尧臣与欧阳修同座，有客提及林逋这首《点绛唇》，特别对"金谷年年，乱生春色谁为主"两句称赏不已。梅尧臣遂作《苏幕遮》，也写春草，赢得欧阳修的赞赏。欧阳修并自作《少年游》，或有与林逋、梅尧臣彼此较胜之意。吴曾认为欧阳修词后出转精，是林逋和梅尧臣所难以企及的。

如果简单比较一下林逋、梅尧臣和欧阳修的三首词，可以发现，林逋和梅尧臣的风格比较相似，都写了春草的具体形态，传神细致，同时也寓思归之意。欧阳修的思归之意虽然与林、梅二人相同，但并没有描摹春草的形态，只是在隐约之间写出春草的意境，故吴曾将欧阳修之作置于林、梅二人之上。

而王国维并无意在林、梅、欧三人之间较短论长，而是将冯延巳的"细雨湿流光"五字拈出，认为是摄尽春草之"魂"，也就是将春草的精神意态写出来了。显然，在王国维看来，林、梅、欧三人之词虽有佳处，但都是无法与冯延巳媲美的。王国维用了一个"皆"字，意在说明这五个字均非虚设，各有意思又彼此衬合，形成了一种整体的神韵。春雨蒙蒙，自是"细"雨；有雨自是"湿"；雨冲洗过的草，自有一种光泽；而草的细狭，自然也难以留住雨水，所以只能是"流"。如此将春草笼罩在烟雨蒙蒙之中，写出视觉的光亮感、湿润感、细微感和流动感，确实堪称能摄春草之魂者。

冯延巳的词被王国维誉为"深美闳约"的典范，此则从写景角度再次将冯延巳的地位彰显出来。有意味的是：在引述王国维此则时，不少学者将王国维所说的"人知"林、梅、欧三词为"咏春草绝调",误解为是王国维本人的认知。其实王国维此则恰恰是部分否定了"人知"的意思。

# 第五十五则

诗中体制,以五言古及五七言绝句为最尊,七古次之,五七律又次之,五言排律[一]为最下。盖此体于寄兴言情均不相适,殆与骈体文[二]等耳。词中小令[三]如五言古及绝句,长调[四]如五七律,若长调之《沁园春》等阕,则近于五排矣。

【注释】

〔一〕排律:律诗的一种,又称长律,是按照律诗的格式加以铺排延长而成,故称。排律与一般律诗相同,严格遵守平仄、对仗、押韵等规则,韵数不少于五韵,多者可达一百韵。除首尾两联外,中间各联例须对仗。各句间也都要遵守平仄粘对的格式。排律以五言为多,七言极少。五言六韵或八韵的试帖诗也是排律的一种。

〔二〕骈体文:即骈文,亦称骈俪文、骈偶文、四六文等。是与散文相对而言的一种文体,产生并形成于魏晋时期。因其句式两两相对,犹如两马并驾齐驱,故被称为骈体。其主要特点是以四六句式为主,讲究对仗;在声韵上,运用平仄,韵律和谐;在修辞上,注重藻饰和用典。是一种相当重视形式技巧的文体。

〔三〕小令:亦称令词、令曲,词体的一种。词体分小令、中调和长调三类,明人始有此明确划分,而将五十八字以内者称为小令。或认为小令出于唐人酒令,或认为小令最初当是音乐术语,燕乐曲破中节奏明快精炼的部分即叫小令。若干带有"令"的词牌有《调笑令》、《十六字令》、《如梦令》、《唐多令》等。

〔四〕长调:即慢词,词体的一种。一般字数较多,体制较长。明人将九十一字以上者定为长调,但争议颇大。

【疏证】

此则言文体尊卑,而以"寄兴言情"为本。静安此节论文体尊卑,殊为无谓。盖一种文体之产生皆有其背景,一种文体所表达之对象,也皆有一定之材料。其小大、繁简之间,因之而异。静安此节言论,无非是为唐五代北宋词张本,盖其时以小令成就为高也。同时小令在写景言情等方面确实更能彰显出"深美闳约"和"深远之致"的特点。词体尊卑之说,隐承《沧浪诗话·诗法》"律诗难于古诗,绝句难于八句,七言律诗难于五言律诗,五言绝句难于七言绝句"之说,严羽以古诗、绝句、律诗为文体难易之序,王国维以古诗与绝句为"最尊",以律诗为"次"为"下",话语略似,精神实异。王国维对律诗特别是对排律的批评,也隐约先见于王渔洋《池北偶谈》,其语云:"唐人省试应制排律率六韵,载诸《英华》者可考。至杜子美、元、白诸人,始增益至数十韵或百韵。近日词林进诗,动至百韵,夸多斗靡,失古意矣。"排律规模的膨胀,确实容易流为"夸多斗靡",王国维认为其"于寄兴言情,均不相适",等同于骈文,即是认为这种形式的铺张往往意味着内涵的局促,故斥之谓诗体之"最下"。然王国维将长调《沁园春》等与五排等同,固是为自己推崇以小令为主体的唐五代北宋词张目,然学理殊为不足,盖长调之辗转腾挪,注重结构,自有异乎小令者在,其"寄兴言情"非不相适,只是与小令之幽约迷离异其趣尚而已。而对于绝句体式的揄扬,渔洋也情同如一,其《香祖笔记》有云:"唐人五言绝句,往往入禅,有得意忘言之妙,与净名默然,达磨得髓,同一关捩。……皆一时伫兴之言,知味外味者当自得之。"其推崇五绝与静安推崇小令,其艺术标准是非常相似的。然诸家所论,皆语意隐约,倒是刘永济言小令与绝句之关系和特点,窃以为最得要领。刘永济《微睇室说词》在评说吴文英《风入松》(听风听雨过清明)时说："小令如诗中绝句。小令所为,多系作者丰富生活中的片段。此片段在其生活中为感受极深切者,或系作者平日闻见所及,蕴藏心中甚久,一旦为一时序、一境地,乃至一花、一鸟所触发,遂形成语言而表出之。使读者能由其所已表出之片段而窥见其整体,方为合作。清代诗家查慎行曾有句曰:'收拾光茫入小诗。'小令与绝句之佳者,即能'收拾光茫'入于短短几句之中。其耐人寻味,反较长调为有力。画家论画龙,虽东露一鳞,西露一爪,而烟云迷漫之中,龙之全身自在。小令、绝句正当如此。"刘永济由查慎行一句"收拾光茫入小诗"来分析小令与绝句这种片段的生活、深切的感受、偶然的触发与隐约的整体联想之关系和特点,堪称细致入微。而王国维此论仍是持小令的眼光来裁断文体之尊卑,就《人间词话》而言,其理论是相承接的,但就文体来说,就不免偏执了。可能此则涉猎文体过多,故在首次拈出发表时,王国维把文字斟酌为:"近体诗体制,以五、七言绝句为最尊,律诗次之,排律最下。盖此体于寄兴言情,两无所当,殆有均之骈体文耳。词中小令如绝句,长调似律诗,若长调之《百字令》、《沁园春》等,则近于排律矣。"乃将比较对象置于近体诗与词体之间,立论也更紧凑、更具针对性。

## 第五十六则

长调自以周、柳、苏、辛为最工。美成《浪淘沙慢》二词〔一〕,精壮顿挫,已开北曲〔二〕之先声。若屯田之《八声甘州》〔三〕、玉局之《水调歌头·中秋寄子由》〔四〕,则仟兴之作,格高千古,不能以常词论也。

**【注释】**

〔一〕美成《浪淘沙慢》二词:即周邦彦《浪淘沙慢》:"晓阴重,霜凋岸草,雾隐城堞。南陌脂车待发,东门帐饮乍阕。正拂面、垂杨堪揽

196

结。掩红泪、玉手亲折。念汉浦离鸿去何许,经时信音绝。　情切。望中地远天阔。向露冷风清、无人处,耿耿寒漏咽。嗟万事难忘,唯是轻别。翠尊未竭。凭断云、留取西楼残月。　罗带光销纹衾叠。连环解、旧香顿歇。怨歌永、琼壶敲尽缺。恨春去、不与人期,弄夜色、空馀满地梨花雪。"又一阕:"万叶战,秋声露结,雁度沙碛。细草和烟尚绿,遥山向晚更碧。见隐隐、云边新月白。映落照、帘幕千家,听数声、何处倚楼笛。装点尽秋色。　脉脉旅情暗自消释。念珠玉、临水犹悲感,何况天涯客。忆少年歌酒,当时踪迹。岁华易老,衣带宽、懊恼心肠终窄。　飞散后、风流人阻。蓝桥约、怅恨路隔。马蹄过、犹嘶旧巷陌。叹往事、一一堪伤,旷望极。凝思又把阑干拍。"

〔二〕北曲:即元杂剧及散曲的合称,因其主要流行在北方大都(今北京市)一带,故称"北曲",以与同时在南方温州一带流行的南戏相区别。

〔三〕屯田之《八声甘州》:即北宋词人柳永《八声甘州》:"对潇潇暮雨洒江天,一番洗清秋。渐霜风凄紧,关河冷落,残照当楼。是处红衰翠减,苒苒物华休。惟有长江水,无语东流。　不忍登高临远,望故乡渺邈,归思难收。叹年来踪迹,何事苦淹留。想佳人、妆楼颙望,误几回、天际识归舟。争知我、倚阑干处、正恁凝愁。"

〔四〕玉局之《水调歌头·中秋寄子由》:即北宋词人苏轼《水调歌头》(丙辰中秋,欢饮达旦,大醉,作此篇,兼怀子由):"明月几时有,把酒问青天。不知天上宫阙,今夕是何年。我欲乘风归去,又恐琼楼玉宇,高处不胜寒。起舞弄清影,何似在人间。　转朱阁,低绮户,照无眠。不应有恨,何事长向别时圆。人有悲欢离合,月有阴晴圆缺,此事古难全。但愿人长久,千里共婵娟。"

评周、柳、苏、辛四家长调为"最工",其中对柳永《八声甘州》、苏轼之《水调歌头》评价尤高,誉为"伫兴之作,格高千古",其实乃称赞其性情之真及韵味深远而已,隐回境界说。然王国维称赞柳永、苏轼二长调乃"伫兴之作",是仍以小令作法来评价长调,殊失学理。盖小令字少,故不得不别求言外,而长调文字较多,故可将用意曲折安排其中。小令自可"直寻",以使逸兴湍飞;长调则须曲折致意,以见结构之浑成。王国维不辨小令、长调创作方法之不同,甚可异也。而持小令作法来评判长调,斯更可异也。此则当然也说明,王国维对长调的看法也是略有松动的。其"不能以常词论"云云,即是对长调的一种有限度肯定。

由此则可知,王国维将长调分为两种基本形态:一种是精壮顿挫,类似元杂剧的结构方式;一种是伫兴而作,类似小令作法。前者乃长调创作的常态,而后者则堪称例外。所谓"精壮顿挫",主要是形容其词在情感表达上随着结构的起承转合而相应变化。元杂剧一般一本四折,其叙事正以起承转合为基本结构。长调在这方面既然与北曲相似,所以王国维认为可将长调中的这种情况视为北曲的先声。他所举的两首周邦彦的《浪淘沙慢》中的前一首写离别前的氛围、离别时的心态、离别后的回忆和此时的心情,其情感的转变确实在顿挫中具有明显的阶段性。而伫兴而成的长调则别具神韵。王国维以柳永《八声甘州》及苏轼《水调歌头》为例,认为其虽具长调之制,实用小令作法,故格调高远、韵味深长。

# 第五十七则

稼轩《贺新郎》词"送茂嘉十二弟"〔一〕,章法绝妙,且语语有境界,此能品而几于神者。然非有意为之,故后人不能学也。

## 【注释】

〔一〕稼轩《贺新郎》：即辛弃疾《贺新郎·别茂嘉十二弟》："绿树听鹈鸠。更那堪、鹧鸪声住，杜鹃声切。啼到春归无寻处，苦恨芳菲都歇。算未抵、人间离别。马上琵琶关塞黑。更长门翠辇辞金阙。看燕燕，送归妾。　将军百战身名裂。向河梁、回头万里，故人长绝。易水萧萧西风冷，满座衣冠似雪。正壮士、悲歌未彻。啼鸟还知如许恨，料不啼清泪长啼血。谁共我，醉明月。"

## 【疏证】

　　言创作之"非有意为之"与"语语有境界"之关系。稼轩是南宋惟一可入静安法眼者，此处静安概括稼轩该篇三点特色：其一，章法绝妙；其二，语语有境界；其三，非有意为之的创作起因。章法涉及结构，非有意为之其实就是前则所言之"伫兴之作"。此则没有解析境界说，从字面上来看，章法与境界的关系尚待考索，但语语有境界正因是"非有意为之"所致。"非有意为之"则其景物和性情自然较为真切，无需苦思营构，活泼呈现，故"语语有境界"。此与第三十一则所谓"有境界则自成高格，自有名句"之论暗合。但稼轩此词典故络绎奔回，按照静安反对用典的主张，似与境界有距离，再则"语语有境界"意味着"语语都在目前"，而典故则将"目前"的情景引向历史，其间矛盾亦是显然的。从静安对稼轩此词的高度评价来看，静安对于用事也是持辩证的观点的，正如刘熙载《艺概》卷一云："多用事与不用事，各有其弊。善文者满纸用事，未尝不空诸所有；满纸不用事，未尝不包诸所有。"又卷四以炼章法为"隐"，以炼字句为"秀"。静安称许稼轩"章法绝妙，且语语有境界"，亦类似称其为篇秀、句秀耳。杨慎《词品》引用陈子宏评论此词是"万古一清风"，意亦相近。但以"非有意为之"来评价《贺新郎》，也不免出言主观了，此词用典如此之多，若无有意安排，势难融合无间。大约王国维此前对南宋稼轩独致青睐，而稼轩词又多长调，故

199

王国维以"语语有境界"曲为回护。

# 第五十八则

"画屏金鹧鸪"[一],飞卿语也,其词品似之;"弦上黄莺语"[二],端己[三]语也,其词品亦似之;若正中词品,欲于其词句中求之,则"和泪试严妆"[四],殆近之欤?

**【注释】**

〔一〕"画屏"句:出自温庭筠《更漏子》:"柳丝长,春雨细。花外漏声迢递。惊塞雁,起城乌。画屏金鹧鸪。　香雾薄,透帘幕。惆怅谢家池阁。红烛背,绣帘垂。梦长君不知。"

〔二〕"弦上"句:出自韦庄《菩萨蛮》:"红楼别夜堪惆怅。香灯半卷流苏帐。残月出门时。美人和泪辞。　琵琶金翠羽。弦上黄莺语。劝我早归家。绿窗人似花。"

〔三〕端己:即韦庄(836？—910),字端己,京兆杜陵(今属陕西省西安市)人,唐代诗人韦应物四世孙。其词与温庭筠并称"温韦"。著有《浣花集》,乃其弟韦蔼所编。

〔四〕"和泪"句:出自冯延巳《菩萨蛮》:"娇鬟堆枕钗横凤。溶溶春水杨花梦。红烛泪阑干。翠屏烟浪寒。　锦壶催画箭。玉佩天涯远。和泪试严妆。落梅飞晓霜。"

**【疏证】**

　以摘句的方式评词。此则评温庭筠、韦庄、冯延巳三人,从理路上看,皆从各人词中摘取一句以回评各人,貌似平等,其实暗下臧否。"画屏金鹧鸪"乃温庭筠《更漏子》词句。《更漏子》词写春夜闺思,以塞雁、城乌的惊起与画屏鹧鸪的漠然形成对比,表达一种怨慕之意。

"弦上黄莺语"乃韦庄《菩萨蛮》词句。《菩萨蛮》词写韦庄早年红楼相别之情形及别后相思,弦上黄莺之语其实是劝韦庄早日归家之意,写出了一种别情和归思。冯延巳的《菩萨蛮》也是写闺情,"和泪试严妆"一句虽亦写悲怀,但更注重表现自我珍惜之意。二词主题虽然相近,但其实有着怨慕、归思与自赏的不同。

但王国维各拈词句评论词人未必是考虑到词的整体内容和语境,而当有其一己之体认。试略加推想:以"画屏金鹧鸪"为温庭筠词品,喻其无生机也,情景非真,了无境界;以"弦上黄莺语"为韦庄词品,喻其似真而实假也,盖黄莺语似清脆婉转,不过是弦上发出耳,故似有境界实无境界也;以"和泪试严妆"为冯延巳词品,则其悲情婉转,恰与"要眇宜修"的词体特征及有我之境契合。故冯延巳词方为得词体之正。此则与第四则以"深美闳约"评冯延巳词已有稍许不同,盖至此王国维境界说已内涵丰盈,其评论词人,亦渐渐向境界说靠近,境界说的核心地位也由此而奠定。此则受融斋"三品"说影响最为明显。顾随《人间词话评点》云:"作品正代表作者。故以其人之句评其人之词,最为的当。""最为的当"言或有过,但这种评论方法确有其长处,即在审美心态上会比较接近。特别是择其词语以评其词,若非胸中别具世界,断难慧眼识句以涵盖全体。然其不足也是明显的,就是"玄"了,颇费读者一番思量了。

# 第五十九则

"莫雨潇潇郎不归"[一],当是古词,未必即白傅[二]所作。故白诗云"吴娘夜雨潇潇曲,自别苏州更不闻"[三]也。

【注释】

〔一〕"莫雨"句:传出自白居易《长相思》:"深画眉。浅画眉。蝉鬓鬅鬓云满衣。阳台行雨回。　巫山高，巫山低。暮雨潇潇郎不归。空房独守时。""莫雨"即"暮雨"。

〔二〕白傅：即白居易。

〔三〕"吴娘"二句：出自白居易《寄殷协律》："五岁优游同过日，一朝消散似浮云。琴诗酒伴皆抛我，雪月花时最忆君。几度听鸡歌白日，亦曾骑马咏红裙。吴娘暮雨潇潇曲，自别江南更不闻。"王国维将"暮"作"夜"，"江南"作"苏州"。

此则言"古词"与白诗之关系。王国维特地拈出古词"莫雨潇潇郎不归"来作为白居易诗的来源，似在以早期词来阐明词体"要眇宜修"特点的渊源。而且"莫雨潇潇"当为真景物，"郎不归"当为真感情，也符合境界说的基本要求。此则属于简单辨证的文字。《长相思》（深画眉）一词，《吟窗杂录》所引以为吴二娘作，黄昇《花庵词选》列于白居易名下。王国维由白居易《寄殷协律》"吴娘暮雨潇潇曲，自别江南更不闻"之句，似感觉此"夜雨潇潇曲"应是"吴娘"所作。卓人月《古今词统》即因此列为吴二娘所作。此属于专门考证，此暂不多涉及。但叶申芗的《本事词》的一则相关记载或可以作为参考："吴二娘，江南名姬也，善歌。白香山守苏时，尝制《长相思》（深画眉）词云……吴善歌之，故香山有'吴娘暮雨潇潇曲，自别江南久不闻'之咏，盖指此也。"《乐府纪闻》的记载也与此相同。则吴二娘其实是以"善歌"得名而已，而且《本事词》已经直言此词乃白居易所"制"。若无特别有力的证据，似不宜轻易质疑此词作者问题的。

# 第六十则

稼轩《贺新郎》词："柳暗凌波路。送春归、猛风暴雨，一番新

202

绿。"〔一〕又《定风波》词："从此酒酣明月夜。耳热。"〔二〕"绿"、"热"二字，皆作上去用。与韩玉〔三〕《东浦词》《贺新郎》以"玉"、"曲"叶"注"、"女"〔四〕，《卜算子》以"夜"、"谢"叶"食"、"月"〔五〕，已开北曲四声通押之祖。

**【注释】**

〔一〕"柳暗"三句：出自辛弃疾《贺新郎》："柳暗凌波路。送春归、猛风暴雨，一番新绿。千里潇湘葡萄涨，人解扁舟欲去。又樯燕、留人相语。艇子飞来生尘步，唾花寒、唱我新番句。波似箭，催鸣橹。　黄陵祠下山无数。听湘娥、泠泠曲罢，为谁情苦。行到东吴春已暮。正江阔、潮平稳渡。望金雀、觚棱翔舞。前度刘郎今重到，问玄都、千树花存否。愁为倩，么弦诉。"

〔二〕"从此"二句：出自辛弃疾《定风波·自和》："金印累累佩陆离。河梁更赋断肠诗。莫拥旌旗真个去。何处。玉堂元自要论思。　且约风流三学士。同醉。春风看试几枪旗。从此酒酣明月夜。耳热。那边应是说侬时。"

〔三〕韩玉：生卒年不详，本金国人。与辛弃疾等多有唱和，其生活年代应相近。著有《东浦词》一卷。

〔四〕以"玉"、"曲"叶"注"、"女"：参见韩玉《贺新郎·咏水仙》："绰约人如玉。试新妆、娇黄半绿，汉宫匀注。倚傍小栏闲伫立，翠带风前似舞。记洛浦、当年俦侣。罗袜尘生香冉冉，料征鸿、微步凌波女。惊梦断，楚江曲。　春工若见应为主。忍教都、闲亭笛管，冷风凄雨。待把此花都折取，和泪连香寄与。须信道、离情如许。烟水茫茫斜照里，是骚人、九辩招魂处。千古恨，与谁语。"

〔五〕以"夜"、"谢"叶"食"、"月"：参见韩玉《卜算子》："杨柳绿成阴，初过寒食节。门掩金铺独自眠，哪更逢寒夜。　强起立东风，惨惨梨花谢。何事王孙不早归，寂寞秋千月。"按，按照韵脚，"食"

应作"节"。

【疏证】

此则以若干宋词之例,说明词律与曲律之递嬗。四声通押是元代散曲的惯例,由于散曲多承宋词而来,所以这种四声通押也可以在宋词中找到例证。王国维列举了辛弃疾《贺新郎》、《定风波》,韩玉《贺新郎》、《卜算子》等例,具体说明了四声通押的情况。辛弃疾、韩玉之词乃是属于入声与上去通押,因为辛弃疾词中的"绿"、"热",韩玉词中的"玉"、"曲"、"节"、"月"等字,都属入声。而北曲中"入派三声"已是通例。其实后来王国维在为敦煌发现的《云谣集》而写的跋文中,也再次强调了词律本宽的事实。王国维当是以此来说明词与曲在文体嬗变中的若干承传痕迹。不过,仅凭这些例子,还不足以完全说明宋词的词律之宽,比之于王国维所举四声通押之例,宋人明辨四声之例仍是占着绝对大的比例。

静安此则无非是对晚清拘于声律、一字不易之创作风气的一种否定。王国维词话屡次表露出来的对词律的轻视,正可见其词学对当时词风具有明显的反悖意味。但综其学术领域,王国维对于音韵,不仅钻研久,而且用力深,特别是一九一六年从日本回到上海后,因为沈曾植的缘故,而开始比较深入地介入音韵学的研究。词话撰述之时,王国维固然谈不上对音韵学有精深的研究,而且因词话主要倡言境界之说,所以对音律问题着墨不多,但王国维注意到词律与曲律的一致性,也是揭示由词到曲的文体嬗变规律。王国维后来撰述《宋元戏曲史》,便十分注意曲对词在音乐性以及其他审美观念上的承袭。联系王国维后来将手稿选择若干发表在《国粹学报》、《盛京时报》时,皆以论元曲小令或套数者结尾,其深意或亦在此。

# 第六十一则

稼轩中秋饮酒达旦,用《天问》[一]体作送月词,调寄《木兰花慢》云："可怜今夕月，向何处、去悠悠。是别有人间，那边才见，光景东头。"①〔二〕诗人想像，直悟说月轮绕地之事，与科学上密合，可谓神悟。

【注释】

〔一〕《天问》：屈原所作，就天地、自然、灵异、人文等疑难一气问了一百七十多个问题。题目为"天问"，大概是因为天的地位尊崇，不可"问天"，只能"天问"。

〔二〕"可怜"数句：出自南宋词人辛弃疾《木兰花慢》（中秋饮酒将旦，客谓：前人诗词，有赋待月，无送月者。因用《天问》体赋）："可怜今夕月，向何处、去悠悠。是别有人间，那边才见，光景东头。是天外空汗漫，但长风、浩浩送中秋。　飞镜无根谁系，姮娥不嫁谁留。谓经海底问无由。恍惚使人愁。怕万里长鲸，纵横触破，玉殿琼楼。虾蟆故堪浴水，问云何、玉兔解沈浮。若道都齐无恙，云何渐渐如钩。"

　　以稼轩词为例，说明文学想像与现代科学的一致性，此说看似随笔所札，其实深沉意蕴仍是求一"真"字。与前面所说写实、理想云云亦正相合。但王国维此说，乃姑妄言之，稼轩出于想像，所谓"神思"是也，当非出自科学之猜想。王国维接受了西方的科学思想，故以科学之眼读词，居然也能读出科学之理。此实为巧合，而非稼轩之神悟，若勉强言之，或可称静安之神悟也。接下言及数种版本，当可据以校勘词话中所引录诗词文字，也可与此前完成的《词录》一书对勘。

---

① 　此词汲古阁刻《六十家词》失载，黄荛圃所藏元大德本亦阙，后属顾涧苹就汲古阁钞本补之，今归聊城杨氏海源阁。王半塘四印斋所刻者是也。但汲古钞本与刻本不符，殊不可解，或子晋于刻词后始得钞本耳。

## 第六十二则

谭复堂《箧中词选》〔一〕谓:蒋鹿潭《水云楼词》〔二〕与成容若、项莲生〔三〕二百年间分鼎三足〔四〕。然《水云楼词》小令颇有境界,长调唯存气格。《忆云词》亦精实有馀,超逸不足,皆不足与容若比。然视皋文、止庵辈,则倜乎远矣。

【注释】

〔一〕谭复堂:即谭献(1832—1901),初名廷献,字仲修,号复堂,仁和(今浙江省杭州市)人。著有《复堂词》等。《箧中词选》:即《箧中词》,清词选本,谭献编选,正集六卷,续集四卷。选评合一,其中评语由其门人徐珂辑为《复堂词话》之一部分。

〔二〕蒋鹿潭:即蒋春霖(1818—1868),字鹿潭,江阴(今属江苏省)人。著有《水云楼词》,为作者自定本,共二卷。蒋春霖去世后,其未刻词被辑为《水云楼词续》一卷。

〔三〕项莲生:即项鸿祚(1798—1835),后改名廷纪,字莲生,钱塘(今浙江省杭州市)人。著有《水仙亭词》、《忆云词甲乙丙丁稿》及"补遗"一卷等。

〔四〕"蒋鹿潭"句:出自谭献《箧中词》卷五:"文字无大小,必有正变,必有家数。《水云楼词》固清商变徵之声,而流别甚正,家数颇大,与成容若、项莲生二百年中分鼎三足。"王国维此处是间接引用。

【疏证】

引谭献清词三家鼎立之说,以纳兰性德为最高,亦以其词哀感顽艳,得词体之正,而蒋春霖小令有境界,长调则惟存气格,项莲生"超逸不足"，其实即乏"深远之致"耳。故鼎立三足，王国维以纳兰为第一，蒋春霖为第二，项莲生为第三，其标准即是前揭之所谓"深美闳约"、"要眇宜修"耳。此则结尾再次表明对张惠言和周济创作的轻视，其中对张惠言词学也多有非议，对周济词学则颇多引述。王国维区别而论理论与创作的思路甚明。

此则由谭献评语而引出清词名家地位的衡定问题。作为清词选本，谭献《箧中词》影响甚大，而谭献以纳兰性德、蒋春霖、项鸿祚分鼎清词三足之说，更是驰名学界。其《箧中词》选录三家词分别为二十五、二十二、二十一首，是选词最多的三家。但王国维认为蒋春霖词中的小令堪当"境界"二字，而长调只是有气象有格调而已，而气象、格调与境界尚有距离。项鸿祚的词只能当得起"精实"二字。如此，与纳兰性德以自然之眼观物、以自然之舌言情的词相比，二者就都显得逊色了。

# 第六十三则

昭明太子〔一〕称陶渊明〔二〕诗"跌宕昭彰，独超众类。抑扬爽朗，莫之与京"〔三〕。王无功〔四〕称薛收〔五〕赋"韵趣高奇，辞义晦远。嵯峨萧瑟，真不可言"〔六〕。词中惜少此二种气象，前者唯东坡，后者唯白石略得一二耳。

【注释】

〔一〕昭明太子：即萧统（501—531），字德施，小字维摩，兰陵（今江苏省常州市）人。梁武帝萧衍长子。谥昭明，世称昭明太子。曾编选周代以迄梁朝诗文成《文选》三十卷，其创作由后人辑为《昭明太子集》。

〔二〕陶渊明：即陶潜（365—427），字元亮，别号五柳先生，私谥靖节，入宋后始改名为"潜",浔阳柴桑(今江西省九江市)人。著有《陶渊明集》。

〔三〕"跌宕"四句:出自萧统《陶渊明集序》:"有疑陶渊明诗篇篇有酒,吾观其意不在酒,亦寄酒为迹者也。其文章不群,词采精拔,跌宕昭彰,独超众类,抑扬爽朗,莫之与京。横素波而傍流,干青云而直上。语实事则指而可想,论怀抱则旷而且真。加以贞志不休,安道苦节,不以躬耕为耻,不以无财为病,自非大贤笃志,与道汙隆,孰能如此乎?"

〔四〕王无功:即王绩(585—644),字无功,号东皋子,绛州龙门(今山西省河津市)人。著有《王无功集》五卷。

〔五〕薛收(591?—624):字伯褒,蒲州汾阴(今山西省万荣县)人。薛道衡之子。著有文集十卷。

〔六〕"韵趣"四句:出自王绩《王无功集》卷下《答冯子华处士书》。所称薛收赋,系《白牛溪赋》。

**【疏证】**

续足第四十三则之意,具体分析词体"不能尽言诗之所能言"之处。萧统对陶渊明诗文"跌宕昭彰,独超众类。抑扬爽朗,莫之与京"的评价,与其说是评其诗文,不如说是评其为人。因为萧统在《陶渊明集序》中还称赞陶渊明为人的"贞志不休,安道苦节",誉其为志向笃实之"大贤"。这种在人格与文风上的超拔众类,爽朗逸怀,使其卓然挺立而无人能敌。而薛收的《白牛溪赋》,在王绩看来,也有一种因寓意晦远而表现出来的高奇韵趣。所谓"嵯峨萧瑟",意即出人意表岸然自立之致。王国维认为,陶渊明诗和薛收赋中的这两种"气象"在词体中是很少出现的。王国维认为前者惟东坡,后者惟白石略得一二。苏轼的洒脱不群自非一般词人可及,而其词风的抑扬爽朗如《念奴娇》(大江东去)、《江城子》(老夫聊发少年狂),也颇有陶渊明《咏荆轲》、《读

〈山海经〉》以及《归园田居》等诗错综而成的整体风范。姜夔的词素以"清空"驰名,托旨遥深,只以清气盘旋,也自有一种"嵯峨萧瑟"的意趣。诗、词两种文体,虽然彼此联系甚多,但也确实各擅胜场,王国维比较后得出此一结论,大体可以成立。但陶诗的特质似并非如昭明太子所言的"跌宕昭彰"、"抑扬爽朗"。而"辞义晦远"在南宋词里其实也是有着比较充分的体现的,如梦窗之密实,即大致可以归入这一类,王国维认为后者仅以白石为代表,殊不耐人思。

# 第六十四则

词之雅郑,在神不在貌。永叔、少游虽作艳语,终有品格。方之美成,便有贵妇人与倡伎之别。

## 【疏证】

此则言词之雅、郑之区别。手稿"神理"二字后删掉"理"字,"貌"也原为"骨相",后易为今字。王国维提倡"作艳语终有品格",即文可艳而心不可艳之意,其实是针对词人人品而言的。王国维在这里把欧阳修、秦观与周邦彦比作"贵妇人与倡伎之别",未免过论。但王国维试图要表达的似乎是:贵妇人也会放浪,但是真情涌动之时,而倡伎之时时孟浪,只是一种职业性的作假而已,两者之间,真假判然。所以雅郑之论其实是真假之论。具体到对周邦彦的评价上,王国维认知不免有偏,后来王国维作《清真先生遗事》又把周邦彦称之为"两宋之间,一人而已",即是对早期词话的一种修正。此则对刘熙载之意的承袭十分明显,《艺概》卷四即评美成词"当不得个'贞'字"、"周旨荡",皆由人品以判词品,批评方法与刘熙载如出一辙。

"雅郑"本是音乐术语,指雅乐和郑声。古代音乐由五声十二律交错而成,大致分为雅乐和郑声两类。扬雄《法言·吾子》说"中正则雅,多哇则郑"，所以雅和郑其实是正与邪、雅与俗的关系，而古代儒家推崇雅乐，所以把郑声视为淫邪之音。李世民《帝京篇十首》就有"去兹郑卫声，雅音方可悦"之说。其实郑卫之声本是郑、卫两国的民间音乐，以热烈而绮靡著称，但周王朝却认为这种"靡靡之音"扰乱了雅乐的传播，所以极力加以排斥。王国维言及雅郑，但并非意在其音乐上之区分，而是着眼于内质和外貌的不同。但如此辨析欧阳修、秦观与周邦彦的不同，不免有为欧、秦曲为回护，而对周邦彦"何患无辞"之嫌疑了。

# 第六十五则

贺黄公裳〔一〕《皱水轩词筌》云："张玉田乐府指迷，其调叶宫商，铺张藻绘，抑亦可矣，至于风流蕴藉之事，真属茫茫。如啖官厨饭者，不知牲牢〔二〕之外别有甘鲜也。"〔三〕此语解颐。

【注释】

〔一〕贺黄公：即贺裳，字黄公，清代康熙年间词人。著有《红牙词》、《皱水轩词筌》等。

〔二〕牲牢：犹牲畜，郑玄曰："牛羊豕为牲，系养者曰牢。"

〔三〕"张玉田"数句：出自贺裳《皱水轩词筌》："词诚薄技，然实文事之绪馀，往往便于伶伦之口者，不能入文人之目。张玉田《乐府指迷》，其词叶宫商，铺张藻绘，抑以可矣。至于风流蕴藉之事，真属茫茫，如啖官厨饭者，不知牲牢之外，别有甘鲜也。"王国维将"其词"误作"其调"，将"抑以可矣"之"以"误作"亦"。

【疏证】

手稿原稿以"此语解颐"作结，后删此四字。贺裳原文似是针对张炎词的创作特点而言的。在贺裳的观念里，词不过是文事的"绪馀"，往往但求声调婉转、词义通俗，而难当文章之义。"张玉田乐府指迷"一句似可理解为：张炎自己的词也只是在合律可诵和润色词采上略有胜处，如果要追究其词中的风雅意趣和深远之致，就很茫然了。

何谓"风流蕴藉"？其实贺裳《皱水轩词筌》也已大致作了解释："小词须风流蕴藉，作者当知三忌：一不可入渔鼓中语言；二不可涉演义家腔调；三不可像优伶开场时叙述。偶类一端，即成俗劣。顾时贤犯此极多，其作俑者，白石山樵也。"王国维引用此则词话，亦为词之本色张本之意。而与风流蕴藉相反的则是单一和乏味。王国维以"官厨饭"相喻，意亦在此。所谓"官厨"，乃官府为官员提供膳食的机构。《文苑英华》卷八一二所载唐代郑吉《楚州修城南门记》有云："掾曹有公膳，牙门有常饔，胥史有官厨，卫卒有给食。"可知唐代官府根据官职类别及等级各有不同的膳食机构，而官厨乃为胥吏提供膳食之所。宋代的情况大体与此相似，宋代窦仪《刑统疏议》卷九云："百官常食以上皆官厨所营，名为外膳。"官厨的服务对象似更宽泛了。但更宽泛带来的效果可能是制作的简单和乏味，所以宋代王庭珪《卢溪集》卷十五有"密云初识雨前春，未羡官厨送八珍"之句。王国维以此为比喻，正以其意味单一浅薄，而乏味外之味也。

# 第六十六则

周保绪（济）《词辨》云："玉田，近人所最尊奉，才情诣力亦不后诸人，终觉积谷作米，把缆放船，无开阔手段。"又云："叔夏所以不及前人处，只在字句上着功夫，不肯换意。……近人喜学玉田，亦为修饰字句易，换意难。"

引周济评语二则，未加按语，但引用本身即有赞同之意。此则矛头针对张炎，清代浙西词派盛行，一度"家白石而户玉田"，常州词派理论家周济则起而辟之。二节引文都在说明张炎词缺乏"换意"，此与前面批评周邦彦"创意之才少"同一理路，王国维以"意"为主的词学观由此愈益得以昭示，其不苟同浙西派和常州派，盖亦缘此。

周济对张炎的批评大致集中在"修饰字句"与"不肯换意"两个方面，所谓"无开阔手段"云云，也是意思逼仄之意，故难以有深远之致。但周济对张炎的"才情"也是认同的，并认为"其清绝处，自不易到"，"若其用意佳者，即字字珠辉玉映，不可指摘"。评说相对比较客观。而王国维引述周济的话却将其中肯定之语删去，只留否定之评，其引述的倾向性因此而更为突出。从这一则引述周济评论张炎词的内容，也可见前一则引述贺裳评论张炎词"铺张藻绘"、"不知牲牢之外别有甘鲜"的评价，与此是彼此呼应的。王国维对张炎词的评价从这两则引文已见端倪了。

# 第六十七则

词家时代之说，盛于国初。竹垞[一]谓：词至北宋而大，至南宋而深。[二]后此词人，群奉其说。然其中亦非无具眼者。周保绪曰："南宋下不犯北宋拙率之病，高不到北宋浑涵之诣。"又曰："北宋词多就景叙情，故珠圆玉润，四照玲珑。至稼轩、白石，一变而为即事叙景，使深者反浅，曲者反直。"[三]潘四农德舆[四]曰："词滥觞于唐，畅于五代，而意格之闳深曲挚，则莫盛于北宋。词之有北宋，犹诗之有盛唐。至南宋则稍衰矣。"[五]刘融斋熙载曰："北宋词用密亦疏，用隐亦亮，用沈亦快，用细亦阔，用精亦浑。南宋只是掉转过来。"[六]可知此事自有公论。虽止庵词颇浅薄，潘、刘尤甚；然其推尊北宋，则与明季云间诸公〔七〕同一卓识，不可废也。

**【注释】**

〔一〕竹垞：即朱彝尊（1629—1709），字锡鬯，号竹垞，又号金风亭长，秀水（今浙江省嘉兴市）人。与汪森合编《词综》。著有词集《静志居琴趣》、《江湖载酒集》等。

〔二〕“词至”二句：意出清代词学家朱彝尊《词综·发凡》：“世人言词，必称北宋。然词至南宋始极其工，至宋季而始极其变。”

〔三〕“南宋”数句：出自清代词学家周济《介存斋论词杂著》。

〔四〕潘四农：即潘德舆（1785—1839），字彦辅，一字四农，山阳（今属江苏省）人。著有《养一斋集》。

〔五〕“词滥觞”数句：出自清代文学家潘德舆《养一斋集》卷二十二《与叶生名澧书》。

〔六〕“北宋词”数句：出自清代词学家刘熙载《艺概》卷四《词曲概》。

〔七〕云间诸公：即明末词人陈子龙、宋徵舆、李雯，三人均为松江（今属上海市）人，松江旧称“云间”，故称他们为“云间三子”。

**【疏证】**

　　为偏尊北宋词继续寻找证据。此则主要针对朱彝尊，朱彝尊提出的南宋词“极变极工”说，对清词和清代词学曾经产生广泛的影响。静安从撰述词话之初，即力主以北宋词为典范。此则援引周济、潘德舆、刘熙载诸人之论，都是为其“北宋说”寻找“公论”。王国维详列这些词论家的观点，也客观显示了其词学渊源。本则最后特别提到明末云间诸公，既为这一脉的清代词学寻找源头，也是自明根底之论。同时这一则也再次阐明其对当代词学的纠弊动机，手稿原稿在引述朱彝尊之语后的文字本是“近人为所欺者大半”，而改为“后此词人群奉其说”，将“近人”的观念模糊化了。但手稿原稿既能明辨，则手稿修改稿不过是措辞委婉而已,其本意固未尝稍变。

　　此则引述数家词论,不仅表明其崇尚北宋词的基本立场,也示其词学渊源所在。作为浙西词派的领袖,朱彝尊的词学思想曾广泛影响到清初词坛,他与汪森合编的《词综》更是成为当时词人竞相师法的范本。浙西词派的理论以南宋词为极致,所以其导引的词风也就成了"家白石而户玉田"的局面。王国维在前面两则极力贬低张炎词,也是为这一则的正面立说提供依据。

　　周济、潘德舆、刘熙载三家之论词虽然都偏尚北宋,但周济是在北宋与南宋的直接比较中显现出北宋词珠圆玉润的"浑涵"之境;潘德舆则立足词史发展过程,而将北宋词比喻为盛唐诗;刘熙载则是从北宋词的艺术手法和审美感受上,彰显了北宋词的独特魅力。三家角度略异,但殊途同归,都将北宋作为词体发展的巅峰时期,并以北宋词为词体典范。王国维认为此三家言论实渊源于明末云间词派的理论,因为以陈子龙为代表的云间词派就是高举五代北宋的旗帜的。王国维应该是完全认同周济、潘德舆、刘熙载三家词论的,但对这三家的填词水准却评价甚低,以此来说明理论眼光与创作水准,不一定存在着某种必然的联系。

## 第六十八则

　　唐五代北宋之词,所谓"生香真色"[一]。若云间诸公,则彩花[二]耳。湘真[三]且然,况其次也者乎?

**【注释】**

〔一〕生香真色:似出自清代词学家王士禛《花草蒙拾》:"'生香真色人难学',为'丹青女易描,真色人难学'所从出。千古诗文之诀,尽此七字。"

〔二〕彩花:似出自清代词学家谢章铤《双邻词钞序》:"词也者,意内言外者也。言胜意,剪彩之花;意胜言,道情之曲也。顾与其言胜,无宁意胜,意胜则情深。"

〔三〕湘真:即陈子龙(1608—1644),字人中,又字卧子,号大樽,松江华亭(今属上海市)人。著有《陈忠裕公词》等。因其词集名《湘真阁稿》,故以"湘真"代称其人。

【疏证】

以"生香真色"评唐五代北宋之词,仍是续足上则之意,但上则是从理论层面列举清代推尊北宋之论说,而追溯至明末云间诸子,此则则是从创作层面批评云间诸子创作与理论的疏离。连接理论与创作两端来立论是王国维撰述词话相当自觉的做法,前则在推崇周、潘、刘诸人之论有"卓识"的同时,也认为"止庵词颇浅薄,潘、刘尤甚",而未涉云间诸子,此则续补,而矛头对准以陈子龙为代表的云间派,"彩花"云云正是与"生香真色"相对立的,所谓"生香真色",即指作品体现出来的生动而真切、活泼而丰富的审美特点。"香"和"色"更多的是形容作品的文采,而"生"和"真"则是对这种文采所表现的情感特点的概括。换言之,"生香真色"其实是对"境界说"的一种感性描述。王国维将"境界"作为唐五代北宋词人"卓绝"的标志,"生香真色"也具有同样的标志性意义。"生香真色"源于鲜活的生命,而"彩花"只是徒具外表之美而已。第十四则曾以"映梦窗,凌乱碧"形容梦窗,以"玉老田荒"形容张炎,第五十七则以"画屏金鹧鸪"形容飞卿词,以"弦上黄莺语"形容端己词,与此对勘,亦与"彩花"仿佛耳。从境界一端而言,"生香真色"即与第四十六则论"闹"字、"弄"字意思相近,境界由此而得以彰显;彩花则无境界矣。生香真色,堪称"不隔",而彩花则"隔"矣。王国维此前在第四则中曾夺张惠言评温庭筠"深美闳约"之评而移论冯延巳词,此则夺王士禛《花草蒙拾》语而移评唐五代北宋之词,其借筏过岸,借古人之境界为我之境界之方法运用,堪称融化无痕。东进西突,都把"境界"说之缆以放船,收纵之间,神明自如。以"彩花"喻词,已见谢章铤《双邻词钞序》:"词也者,意内言外者也。言胜意,剪彩之花;意胜言,道情之曲也。顾与其言胜,无宁意胜,意胜则情深。"谢章铤从言意关系来区别"剪彩之花"与"道情之曲"的不同,王国维则从真与假的角度来区分,然对"深远之致"的追求则是一致的。

# 第六十九则

《衍波词》[一]之佳者,颇似贺方回。虽不及容若,要在锡鬯、其年[二]之上。

【注释】

〔一〕《衍波词》:王士禛词集名,共二卷。

〔二〕其年:即陈维崧(1625—1682),字其年,号迦陵,宜兴(今属江苏省)人。著有《湖海楼集》,词集名《湖海楼词》,曾与朱彝尊合刻《朱陈村词》。

【疏证】

此则最为幽约,意旨隐微。王国维在第四十五则把"境界"视为"本",而以"神韵"为"末",可见其对神韵说的基本态度。这里把神韵说的宣导者王士禛的《衍波词》定位在纳兰与朱彝尊、陈其年之间,似评价不低,其实当别有深意。第二十九则曾说:"北宋名家以方回为最次,其词如历下、新城之诗,非不华赡,惜少真味。"把方回的词比作明代李攀龙和清代王士禛的诗,以"华赡"称之,其实正似"彩花"耳,因为"真"才是境界之基础。故"颇似贺方回"一语方是真正露出本相者,其馀将王士祯游离在纳兰和朱彝尊之间,乃蛊惑之语也。隐为境界说张本。

## 第七十则

近人词如《复堂词》之深婉,《彊村词》之隐秀,皆在吾家半塘翁[一]上。彊村[二]学梦窗,而情味较梦窗反胜。盖有临川[三]、庐陵[四]之高华,而济以白石之疏越者。学人之词,斯为极则。然古人自然神妙处,尚未梦见。

【注释】

〔一〕半塘翁:即王鹏运(1884—1904),字佑遐,一字幼霞,自号半塘老人,晚年又号鹜翁、半塘僧鹜,临桂(今广西省桂林市)人。校刻有词集丛编《四印斋所刻词》,著有词集《半塘定稿》等。

〔二〕彊村:即朱孝臧(1875—1931),一名祖谋,字古微,一字霍生,号沤尹、上彊村民,归安(今浙江省湖州市)人。校刻有词集丛编《彊村丛书》,著有词集《彊村语业》等。

〔三〕临川:即王安石(1021—1086),字介甫,号半山,临川(今属江西省)人。因其籍贯临川,故以"临川"代指王安石。著有词集《临川先生歌曲》,一名《半山词》。

〔四〕庐陵:即欧阳修。以其籍贯庐陵(今江西省吉安市),故称。

【疏证】

又是意味深长之一则,论近人词而文笔曲折如此,盖别有深衷者在焉。"近人词"在王国维的语境中一直是处于被批评的地位。此则列举谭献、朱祖谋、王鹏运,将谭之"深婉"和朱之"隐秀"列于王鹏运之上,然王鹏运之特色,并没有提炼出来,此是幽微处所在。按照此前王国维屡次推崇的词的"深美闳约"、"要眇宜修"、"深远之致"等特点,谭献词之"深婉"和朱祖谋词之"隐秀"正是符合词体特点的,特别是谭献更几乎是典范了。然王国维排列词家顺序后,略去一头(谭献)一尾(王鹏运),专就朱祖谋一家展开深论,实为"擒贼先擒王"之意也。王国维认为朱祖谋词兼有王安石、欧阳修之"高华"和姜夔之"疏越",总体"情味"超过梦窗,誉之为"学人之词"的"极则",似乎推崇颇力,但接下笔锋陡转,认为"古人神妙处,尚未梦见"则先扬原为后抑,实以"破体"视之。手稿原稿在"斯为极则"下面原有"惜境界稍深"等数字,后又易"深"为"劣"字,再又全部删略。"境界稍深"语尚婉转,因为过深则境界自然难"出",而境界的"出"又是王国维极为强调的,而易为"劣"字,则干脆将其"境界"否定掉了。其推崇之"自然神妙"正是"境界说"的另外一种表达而已。学人之词与境界说有着不可调和的矛盾,作为当时词坛领袖的朱祖谋在王国维的语境中,便不能不作为"反面形象"而出现了。朱祖谋尚如此,其他追随朱祖谋的词人就更是如此了。换言之,"近人词"在王国维的眼中,走的完全是一条"破体"之路。

## 第七十一则

宋尚木[一]《蝶恋花》:"新样罗衣浑弃却。犹寻旧日春衫著。"[二]谭复堂《蝶恋花》:"连理枝头侬与汝。千花百草从渠许。"[三]可谓寄兴深微。

【注释】

〔一〕宋尚木:即宋徵璧,字尚木,松江(今属上海市)人。著有《歇浦倡和香词》等。此处"宋尚木"应作"宋徵舆"。宋徵舆(1618—1667),字直方,松江(今属上海市)人。与陈子龙、李雯等并称

"云间三子"。宋徵舆乃宋徵璧从弟,两人时有"大小宋"之称。

〔二〕"新样"二句:出自宋徵舆《蝶恋花》:"宝枕轻风秋梦薄。红敛双
蛾,颠倒垂金雀。新样罗衣浑弃却。犹寻旧日春衫著。　偏是断
肠花不落。人苦伤心,镜里颜非昨。曾误当初青女约。至今霜夜
思量着。"

〔三〕"连理"二句:出自谭献《蝶恋花》:"帐里迷离香似雾。不烬炉灰,
酒醒闻馀语。连理枝头侬与汝。千花百草从渠许。　莲子青青
心独苦。一唱将离,日日风兼雨。豆蔻香残杨柳暮。当时人面无
寻处。"

## 【疏证】

　　续足上则评谭献词"深婉"之意。并举宋直方(手稿误为"宋尚
木")、谭献两人《蝶恋花》词,誉为"寄兴深微",其实是将上则未被阐
发的谭献"深婉"之词补充例证而已。然在后来王国维编选《人间词话
选》时,又将末句改为"最得风人之旨",似乎回归到传统诗论里。上则
意在否定朱祖谋,为集中此"意",故不暇论及谭献,此则似把谭献认为
是居"近代"而不染"近代人"气息者。境界说与常州词派寄托说之关
系,确实是一个饶有意味的问题。王国维一方面批评常州词派,一方
面又合理选取其中观点,加以适当采用。境界说与传统词学之关系,
真是触目可见。宋徵舆的《蝶恋花》写女子秋夜相思,"新样"二句写
薄梦醒后,翻寻旧日春衫,乃重温当日相聚情景之意。谭献的《蝶恋
花》写男子追忆当日情事,"连理"二句极写情意之深笃。"新样"二句
与"连理"二句,分别以旧日春衫、连理枝头、千花百草起兴,以表达彼
此相恋之深情。但王国维却认为别有一种"深微"的寄兴在。"深微"
在何处呢?可能与两人的生存时代相关。宋徵舆生当明末清初,谭献
则生活在清代末年。故两人的沉迷往日之意,或许有这样的时代背景
在内。

# 第七十二则

半唐《丁稿》[一]和冯正中《鹊踏枝》十阕[二]，乃鹜翁词之最精者。"望远愁多休纵目"[三]等阕，郁伊惝悦，令人不能为怀。《定稿》只存六阕[四]，殊为未允也。

【注释】

〔一〕半唐《丁稿》：即王鹏运晚年所编之《鹜翁集》。

〔二〕王鹏运依次属和冯延已《鹊踏枝》十四首词，《鹜翁词》中仅收录十首，故称"十阕"。王鹏运《鹊踏枝》(冯正中《鹊踏枝》十四阕，郁伊惝恍，义兼比兴，蒙耆诵焉。春日端居，依次属和。就均成词，无关寄托，而章句尤为凌杂。忆云生云："不为无益之事，何以遣有涯之生？"三复前言，我怀如揭矣。时光绪丙申三月二十八日。录十）：

"落蕊残阳红片片。懊恨比邻，尽日流莺转。似雪杨花吹又散。东风无力将春限。　慵把香罗裁便面。换到轻衫，欢意垂垂浅。襟上泪痕犹隐见。笛声催按梁州遍。"其一

"斜日危阑凝伫久。问讯花枝，可是年时旧。浓睡朝朝如中酒。谁怜梦里人消瘦。　香阁帘栊烟阁柳。片霎氤氲，不信寻常有。休遣歌筵回舞袖。好怀珍重三春后。"其二

"谱到阳关声欲裂。亭短亭长，杨柳那堪折。挑菜溅裙春事歇。带罗羞指同心结。　千里孤光同皓月。画角吹残，风外还鸣咽。有限坠欢争忍说。伤生第一生离别。"其三

"风荡春云罗衫薄。难得轻阴，芳事休闲却。几日啼鹃花又落。绿笺莫忘深深约。　老去吟情浑寂寞。细雨檐花，空忆灯前酌。隔院玉箫声乍作。眼前何物供哀乐。"其四

"漫说目成心便许。无据杨花,风里频来去。怅望朱楼难寄语。伤春谁念司勋误。　枉把游丝牵弱缕。几片闲云,迷却相思路。锦帐珠帘歌舞处。旧欢新恨思量否。"其五

"昼日恹恹惊夜短。片霎欢娱,那惜千金换。燕睍莺蛮春不管。敢辞弦索为君断。　隐隐轻雷闻隔岸。暮雨朝霞,咫尺迷云汉。独对舞衣思旧伴。龙山极目烟尘满。"其六

"望远愁多休纵目。步绕珍丛,看笋将成竹。晓露暗垂珠簁簌。芳林一带如新浴。　檐外春山森碧玉。梦里骖鸾,记过清湘曲。自定新弦移雁足。弦声未抵归心促。"其七

"谁遣春韶随水去。醉倒芳尊,忘却朝和暮。换尽大堤芳草路。倡条都是相思树。　蜡烛有心灯解语。泪尽唇焦,此恨消沈否。坐对东风怜弱絮。萍飘后日知何处。"其八

"对酒肯教欢意尽。醉醒恹恹,无那㤹春困。锦字双行笺别恨。泪珠界破残妆粉。　轻燕受风飞远近。消息谁传,盼断乌衣信。曲几无憀闲自隐。镜奁心事孤鸾鬓。"其九

"几见花飞能上树。难系流光,枉费垂杨缕。筝雁斜飞排锦柱。只伊不解将春去。　漫许心情黏地絮。容易飘扬,那不惊风雨。倚遍阑干谁与语。思量有恨无人处。"其十

今《半塘定稿·鹜翁集》中存《鹊踏枝》六阕,计删第三、第六、第七、第九等四阕。

〔三〕"望远"句:出自王鹏运《鹊踏枝》之七。

〔四〕《定稿》只存六阕:指王鹏运《半塘定稿》只收录了六阕和冯延巳《鹊踏枝》词,删去了《鹜翁集》中所收录十阕中的第三、六、七、九等四阕。

【疏证】

续足第六十九则之意。至此三则,都围绕"近人词"而论,第一则

重在论朱祖谋,后两则分别评说谭献、王鹏运。与第七十则基本否定朱祖谋不同,这两则都是正面论说谭、王二人词之特色,且以肯定为主。静安深意,明晰可辨。第七十则在谭献、朱祖谋、王鹏运三家评比中,以王鹏运位居最下,而此则引用其和冯延巳《鹊踏枝》十阕为"郁伊徜悦",与前则评谭献"寄兴深微"以及论词体之"深美闳约"、"要眇宜修"诸说彼此呼应。以此而知,静安品评词人高下,其依据正在境界说,合者为上,离者为下。

王鹏运和冯延巳《鹊踏枝》词共有十四首,收录在《鹜翁集》中仅十首,而收录在《半塘定稿》中则只有六首。其求精之意于此可见。冯延巳的词被王国维称为"堂庑特大,开北宋一代之风气"。"堂庑"云云,其实就是指其寄托高远之意。王鹏运在小序中称冯延巳此组词"郁伊惝悦,义兼比兴",与王国维此论也可以对勘。不过,王鹏运认为王鹏运评价冯延巳的话,也可移评王鹏运自己。"郁伊惝悦,令人不能为怀"云云,其实就是指其由内蕴情感的丰富迷离而引发深沉感慨。王国维此前论谭献有"深婉"二字,论朱祖谋有"隐秀"二字,此处则以"郁伊惝悦"四字评价王鹏运词。而对其后来仅删存六阕,尤为耿耿,可见其倾慕之意。

# 第七十三则

固哉,皋文之为词也!飞卿《菩萨蛮》[一]、永叔《蝶恋花》[二]、子瞻《卜算子》[三],皆兴到之作,有何命意?皆被皋文深文罗织。阮亭《花草蒙拾》谓:"坡公命宫磨蝎[四],生前为王珪、舒亶辈[五]所苦,身后又硬受此差排。"[六]由今观之,受差排者,独一坡公已耶?

【注释】

〔一〕飞卿《菩萨蛮》:即温庭筠《菩萨蛮》:"小山重叠金明灭。鬓云欲

度香腮雪。懒起画蛾眉。弄妆梳洗迟。　照花前后镜。花面交
相映。新帖绣罗襦。双双金鹧鸪。"张惠言《词选》评:"此感士不
遇也,篇法仿佛《长门赋》。……'照花'四句,《离骚》初服
之意。"

〔二〕永叔《蝶恋花》:即欧阳修《蝶恋花》:"庭院深深深几许。杨柳堆
烟,帘幕无重数。玉勒雕鞍游冶处。楼高不见章台路。　雨横风
狂三月暮。门掩黄昏,无计留春住。泪眼问花花不语。乱红飞过
秋千去。"按,此词当为冯延巳作。张惠言《词选》评:"'庭院深
深',闺中既以邃远也。'楼高不见',哲王又不寤也。'章台游
冶',小人之径。'雨横风狂',政令暴急也。'乱红飞去',斥逐者
非一人而已,殆为韩、范作乎?"

〔三〕子瞻《卜算子》:即苏轼《卜算子·黄州定慧院寓居作》:"缺月挂
疏桐,漏断人初静。谁见幽人独往来,缥缈孤鸿影。　惊起却回
头,有恨无人省。拣尽寒枝不肯栖,寂寞沙洲冷。"张惠言《词选》
评:"此东坡在黄州作。鲖阳居士云:'缺月',刺明微也。'漏
断',暗时也。'幽人',不得志也。'独往来',无助也。'惊鸿',
贤人不安也。'回头',爱君不忘也。'无人省',君不察也。'拣
尽寒枝不肯栖',不偷安于高位也。'寂寞沙洲冷',非所安也。
此词与《考槃》诗极相似。"

〔四〕命宫磨蝎:即命运多舛之意。磨蝎,星宿名。苏轼《东坡志林》卷
一云:"退之诗云:'我生之辰,月宿直斗。'乃知退之磨蝎为身宫,
而仆乃以磨蝎为命。平生多得谤誉,殆是同病也。"此当是王士
禛《花草蒙拾》之所本。

〔五〕王珪、舒亶辈:即王珪、舒亶等北宋御史,他们将苏轼诗歌断章取
义,诬陷苏轼借诗歌以讥讽新法,历史上著名的"乌台诗案"即由
此形成。

〔六〕"坡公"数句:出自清代词学家王士禛《花草蒙拾》:"仆尝戏谓:坡

公命宫磨蝎,湖州诗案,生前为王珪、舒亶辈所苦,身后又硬受此差排耶?"王国维引文漏"湖州诗案"四字。

**【疏证】**

批评张惠言说词"深文罗织"。王国维虽然推崇"寄兴深微"的词,但这是针对确有寄托的作品而言的,并非主张将所有作品都从"寄托"一端作引申。此则也可视为对前面数则的补充说明,也借以表明其词学与常州派之间有离有合之关系。王国维《宋刊〈分类集注杜工部诗〉跋》亦云:"杜诗须读编年本,分类本最可恨。偶阅数篇注,支离可哂。少陵名重,身后乃遭此酷,真不幸也。"其批评心态与此则颇近。静安词《浣溪沙》开篇即有"本事新词定有无,斜行小草字模糊"之句,倒是与此暗合。静安此则除了明言王士禛《花草蒙拾》的影响之外,与谢章铤《赌棋山庄词话》的观点似乎更为接近。其"续编"卷一云:"词本于诗,当知比兴,固已。究之《尊前》、《花外》,岂无即境之篇?必欲深求,殆将穿凿。夫杜少陵非不忠爱,今抱其全诗,无字不附会以时事,将'漫兴'、'遣兴'诸作,而皆谓其有深文,是温柔敦厚之教,而以刻薄讥讽行之。彼乌台诗案,又何怪其锻炼周内哉!即如东坡之'乳燕飞',稼轩之《祝英台近》,皆有本事,见于宋人之记载。今竟一概抹杀之,而谓我能以意逆志,是为刺时,是为叹世,是何异读《诗》者尽去小序,独创新说,而自谓能得古人之心,恐古人可起,未必任受也。前人之记载不可信,而我之悬揣遂足信乎?故皋文之说不可弃,亦不可泥也。"与谢说相比,王国维的观点承接明显,但又似略有后退,盖谢非一概反对深求,认为只是即境之篇,不必周纳而已。

## 第七十四则

周介存谓:"梅溪词中,喜用'偷'字,足以定其品格。"[一]刘融斋谓：“周旨荡而史意贪。”〔二〕此二语令人解颐。

【注释】

〔一〕“梅溪”三句：出自周济《介存斋论词杂著》：“梅溪甚有心思，而用
　　笔多涉尖巧，非大方家数，所谓一钩勒即薄者。梅溪词中，喜用
　　‘偷’字，足以定其品格矣。”

〔二〕“周旨荡”句：出自刘熙载《艺概》卷四《词曲概》：“周美成律最精
　　审，史邦卿句最警炼，然未得为君子之词者，周旨荡而史意贪也。”

【疏证】

　　引周济评史达祖和刘熙载评周邦彦、史达祖之语，以为“令人解
颐”。周济之所谓“偷”与刘熙载所谓“贪”，意思其实都是相近的，都
是就“意”而言的，都是批评其创意之才少耳，此与前面评说周邦彦善
创调而不善创意，用意亦同。周济讥其暗袭人意，刘熙载则批评其明
夺人意，“明”“暗”之间，都缘于意旨单薄耳。“周旨荡”非本则重点，
手稿第六十四则已先言之：“词之雅郑，在神不在貌。永叔、少游虽作
艳语，终有品格。方之美成，便有贵妇人与倡伎之别。”乃引刘熙载语
而顺带提及耳，所谓“荡”亦如第七十一则将“寄兴深微”改为“风人之
旨”之意，乃叹其用意不够雅正也。亦此前比较欧阳修、秦观与周邦彦
而称为“贵妇人与倡伎之别”的意思。周济、刘熙载皆重人品与词品之
关系，此则在否定其人品乏君子之风也。《艺概》卷四又云：“周美成
词，或称其无美不备。余谓论词莫先于品。美成词信富艳精工，只是
当不得个‘贞’字。”对照此数论，王国维对词人人格之强调已可概见。
周济、刘熙载二人之词学乃王国维持论之重要渊源也。余素持王国维
词学思想主要渊源于中国古典之说，即缘于王国维撰述词话之初，其
立论基石和评价标准多从古典词论中翻变而出，此不仅有王国维一一
引录之词论家和词论著作可证明，而且不少条目也在话语或观念上有

暗用或化用古代词论的痕迹在。只是为了佐证若干理论,才援引西学以相印证。手稿中这种痕迹就更为明显了。

周济从史达祖词中频繁使用"偷"字来形容其品格如"偷",也属别有会心者。史达祖用"偷"字之例如"千里催偷春暮"、"浑欲便偷去"、"篱落翠深偷见"、"春翠偷聚"、"犹将泪点偷藏"、"偷黏草甲"、"偷理绡裙"等等。不仅数量多,而且用法各有不同,以描写动作为主,如"偷去"、"偷见"、"偷聚"、"偷藏"、"偷黏"、"偷理"等。这种以"偷"的心理来描写动作,其实是表达了史达祖在宋末艰难时世的一种特殊心理,故其动作有这样的谨慎和胆怯特征。据实说,这些"偷"字的使用是不乏其精妙之处的。但周济认为这个"偷"字可以定其品格,并非对其"偷"字使用的非议,而是因为史达祖的词意往往暗袭他人,故姑且用史达祖好用的这个"偷"字来形容这种创意的匮乏。因为匮乏,所以"偷"意现象便不一而见了。所以史达祖与周济两人是在不同的概念上使用这个"偷"字的。但周济的这一说法毕竟比较模糊了,所以刘熙载以"史意贪"来点化周济使用的这个"偷"字,就更准确更鲜明了。而王国维的"解颐",则表明了他对周济、刘熙载二人之说的认同。

## 第七十五则

贺黄公谓:"姜论史词,不称其'软语商量',而称其'柳昏花暝',固知不免项羽学兵法之恨。"〔一〕然"柳昏花暝"〔二〕自是欧、秦辈吐属。吾从白石,不能附和黄公矣。

【注释】

〔一〕"姜论史词"数句:出自清代词学家贺裳《皱水轩词筌》。原文"称其'柳昏花暝'"之"称"作"赏"。"姜论史词",是指黄昇《中兴以来绝妙词选》卷七于史达祖《双双燕》后注云:"姜尧章极称其'柳昏花暝'之句。"

〔二〕"柳昏花暝"：出自史达祖《双双燕·咏燕》："过春社了,度帘幕中
间,去年尘冷。差池欲往,试入旧巢相并。还相雕梁藻井,又软语
商量不定。飘然快拂花梢,翠尾分开红影。  芳径,芹泥雨润。
爱贴地争飞,竞夸轻俊。红楼归晚,看足柳暗花暝。应自棲香正
稳,便忘了、天涯芳信。愁损翠黛双娥,日日画栏独凭。"

【疏证】

　　引贺裳语而表示异议,为其未能得词人之本色。贺裳认为姜夔评
史达祖词,欣赏其"柳昏花暝"之句,而不喜其"软语商量"之言,是取
其下者。但王国维认为"柳昏花暝"正是从北宋欧阳修、秦观一派风格
而来,是得词体之正,而"软语商量"云云,其实与姜夔"数峰清苦,商略
黄昏雨"的用法相似,有"如雾里看花,终隔一层"的感觉,情、景相隔,
所以不取,而认为姜夔所评颇具只眼。王国维后加入"前后有画工化
工之殊"来形容两个词语的差别。此则仍是偏尊北宋之意。手稿原稿
在"固知不免项羽学兵法之恨"后有"然二句境界自以后句为胜"数
字,后删略,但其持境界说以裁断词作优劣的思路还是脉息可闻的。
将创作与理论分开评论,是王国维常用的批评方法,如周济词学观点
常常为其所引用,但对周济之词,则评价甚低。姜夔在词话中基本上
也属于反面人物,王国维论及隔与不隔之理论时,姜夔就是"隔"的代
表。但此处评论,仍区别对待。这也是王国维值得称道之处。"吾从
白石",在王国维口中说出,原本应该是一句很艰难的话。王国维手稿
援引了两则贺裳的《皱水轩词筌》,手稿第六十五则,王国维以贺裳之
论为解颐,而此则表示不苟同。传统词话对其词学思想之影响,可见
一斑。

# 第七十六则

　　咏物之词,自以东坡《水龙吟·咏杨花》为最工,邦卿《双双

燕》〔一〕次之。白石《暗香》、《疏影》〔二〕，格调虽高，然无片语道着，视古人"江边一树垂垂发"〔三〕、"竹外一枝斜更好"〔四〕、"疏影横斜水清浅"〔五〕等作何如耶？

**【注释】**

〔一〕邦卿《双双燕》：即史达祖《双双燕·咏燕》（过春社了）。

〔二〕白石《暗香》、《疏影》：即姜夔题作"辛亥之冬，予载雪诣石湖。止既月，授简索句，且征新声，作此两曲。石湖把玩不已，使工妓隶习之，音节谐婉，乃名之曰暗香、疏影"者。《暗香》："旧时月色。算几番照我，梅边吹笛。唤起玉人，不管清寒与攀摘。何逊而今渐老，都忘却、春风词笔。但怪得、竹外疏花，香冷入瑶席。　江国。正寂寂。叹寄与路遥，夜雪初积。翠尊易泣。红萼无言耿相忆。长记曾携手处，千树压西湖寒碧。又片片、吹尽也，几时见得。"

姜夔《疏影》："苔枝缀玉。有翠禽小小，枝上同宿。客里相逢，篱角黄昏，无言自倚修竹。昭君不惯胡沙远，但暗忆、江南江北。想佩环、月夜归来，化作此花幽独。　犹记深宫旧事，那人正睡里，飞近蛾绿。莫似春风，不管盈盈，早与安排金屋。还教一片随波去，又却怨、玉龙哀曲。等恁时、重觅幽香，已入小窗横幅。"

〔三〕"江边"句：出自杜甫《和裴迪登蜀州东亭送客逢早梅相忆见寄》："东阁官梅动诗兴，还如何逊在扬州。此时对雪遥相忆，送客逢春可自由。幸不折来伤春暮，若为看去乱乡愁。江边一树垂垂发，朝夕催人自白头。"

〔四〕"竹外"句：出自苏轼《和秦太虚梅花》："西湖处士骨应槁，只有此诗君压倒。东坡先生心已灰，为爱君诗被花恼。多情立马待黄昏，残雪消迟月出早。江头千树春欲暗，竹外一枝斜更好。孤山山下醉眠处，点缀裙腰纷不扫。万里春随逐客来，十年花送佳人老。去年花开我已病,今年对花还草草。不如风雨卷春归,收拾馀香还畀昊。"

〔五〕"疏影"句:出自林逋《山园小梅》:"众芳摇落独暄妍,占尽风情向
　　小园。疏影横斜水清浅,暗香浮动月黄昏。霜禽欲下先偷眼,粉
　　蝶如知合断魂。幸有微吟可相狎,不须檀板共金樽。"

【疏证】

　　从咏物词角度言及词的"隔"与"不隔"之别。王国维把苏轼《水
龙吟》与史达祖《双双燕》誉为咏物之甲乙,称叹有加。然何以如此赞
赏,则未加分析说明。倒是接下以白石之《暗香》、《疏影》为"格调虽
高,然无片语道着",由此逆推,可知王国维当是以苏轼、史达祖咏物词
之兼备形神,而列为咏物之典范的。相形之下,姜夔咏梅花二词,可能
用典过多,以至与所咏之物有了游离的感觉,故王国维称其"无片语道
着"。手稿原稿在"格调虽高"下面有"而情味索然"数字,而又改为
"境界极浅",复将其删略,最后又易为"然无片语道着",可见"情味"
与"境界"原本近似。联系第七十则手稿原稿批评学人之词的代表人
物朱祖谋"境界稍深",则境界的过深与过浅,都不能被王国维所认同,
只有表现适度的境界,才是王国维心目中的理想境界。王国维对姜夔
梅花词的贬评,一方面与其用典过多有关,另一方面与南宋词整体较
为雕琢的特点有关。然词史发展,各有其背景,王国维据北宋以衡南
宋,难免论有偏至了。

# 第七十七则

　　白石写景之作,如"二十四桥仍在,波心荡、冷月无声"〔一〕、"数
峰清苦,商略黄昏雨"〔二〕、"高树晚蝉,说西风消息"〔三〕,虽格韵高
绝,然如雾里看花,终隔一层。梅溪、梦窗诸家写景之病,皆在一

"隔"字。北宋风流,过江遂绝。抑真有风会存乎其间耶?

## 【注释】

〔一〕"二十四桥"二句:出自姜夔《扬州慢》(淳熙丙申至日,予过维扬。夜雪初霁,荠麦弥望。入其城,则四顾萧条,寒水自碧。暮色渐起,戍角悲吟。予怀怆然,感慨今昔,因自度此曲。千岩老人以为有黍离之悲也):"淮左名都,竹西佳处,解鞍少驻初程。过春风十里,尽荠麦青青。自胡马、窥江去后,废池乔木,犹厌言兵。渐黄昏清角,吹寒都在空城。 杜郎俊赏,算而今、重到须惊。纵豆蔻词工,青楼梦好,难赋深情。二十四桥仍在,波心荡、冷月无声。念桥边红药,年年知为谁生。"

〔二〕"数峰"二句:出自姜夔《点绛唇》:"燕雁无心,太湖西畔随云去。数峰清苦。商略黄昏雨。 第四桥边,拟共天随往。今何许。凭栏怀古,残柳参差舞。"

〔三〕"高树"二句:出自姜夔《惜红衣》:"簟枕邀凉,琴书换日,睡馀无力。细洒冰泉,并刀破甘碧。墙头唤酒,谁问讯、城南诗客。岑寂。高柳晚蝉,说西风消息。 虹梁水陌,鱼浪吹香,红衣半狼藉。维舟试望故国。眇天北。可惜渚边沙外,不共美人游历。问甚时同赋,三十六陂秋色。"

## 【疏证】

从写景角度言及"隔"与"不隔"之别。上则言咏物,贵在形神兼备、情味隽永,此则言写景,贵在真切自然。王国维批评姜夔《扬州慢》、《点绛唇》、《惜红衣》诸词写景"如雾里看花,终隔一层",又说史达祖、吴文英等人写景之病"皆在一隔字",以此可见,王国维推崇北宋词当更多出于其写景之自然。手稿原稿在引述白石、梅溪词句后有"然皆未得五代北宋人自然之妙",可见"自然"二字,乃是"境界说"的

人间词话疏证

基本特征之一。王国维后将对南宋词人写景之病的正面批评改为："北宋风流,过江遂绝,抑真有风会存乎其间耶!"则将视野扩大至时代变换与文体嬗变的角度,学理意味更为深刻。南北宋词风差异,《艺概》卷四言之颇得其要："北宋词用密亦疏,用隐亦亮,用沈亦快,用细亦阔,用精亦浑;南宋只是掉转过来。"然融斋轩轾尚不明朗,静安则态度分明了。自来解说王国维此则词话者,多以写景之明晰为宗旨,此固是主要意思,但研味王国维原意,当是强调对实际景物的描写程度而言的,其中既有清朗之景物,也有原本模糊之景物。若是原本模糊之景物,能写出其模糊之状,也是一种写景的清晰。其所谓"雾里看花"当是指未能将景物如实展现之意,以致读者不能明了实际景物的特征,则若要由景焕情,就莫明所以了。对于情景二者之关系,王国维大体持分别叙写之立场,以厘清作品脉络。姜夔此数词,按当今之审美观念,其以一种拟人的手法来写,自有一种风韵。而王国维认为景物过染情韵,反使景物的特征无法彰显出来。这是王国维的理论特色所在,当然也是其局限所在。

颇有意味的是,王国维自己的词似乎也不避这种"隔"的,如其《点绛唇》即有"数峰着雨,相对青无语"之句。王国维若认为姜夔之"数峰清苦,商略黄昏雨""如雾里看花,终隔一层"的话,则其《点绛唇》云云,乃从姜夔句化出,自亦正蹈此弊。此王国维理论与创作之距离,也可见一斑。

# 第七十八则

问"隔"与"不隔"之别,曰:渊明之诗不隔,韦、柳[一]则稍隔矣;东坡之诗不隔,山谷[二]则稍隔矣。"池塘生春草"[三]、"空梁落燕泥"[四]等句,妙处唯在不隔。词亦如是。即以一人一词论,如欧阳公《少年游》咏春草,上半阕曰:"阑干十二独凭春,晴碧远连云。二月三月,千里万里,行色苦愁人。"语语都在目前,便是不隔。至云"谢家池上,江淹浦畔"[五],则隔矣。白石《翠楼吟》"此地。宜有词仙,拥素云黄鹤,与君游戏。玉梯凝望久,叹芳草、萋萋千里",便是不隔。至"酒祓清愁,花消英气"[六],则隔矣。然南宋词虽不隔处,较之前人,自有深浅厚薄之别。

【注释】

〔一〕柳:指柳宗元(737—819),字子厚,河东(今山西省永济市)人,著有《柳河东集》。

〔二〕山谷:即黄庭坚(1045—1105),字鲁直,号山谷道人,又号涪翁,洪州分宁(今江西省修水县)人。著有词集《山谷琴趣外篇》等。

〔三〕"池塘"句:出自谢灵运《登池上楼》:"潜虬媚幽姿,飞鸿响远音。薄霄愧云浮,栖川怍渊沈。进德智所拙,退耕力不任。徇禄反穷海,卧疴对空林。衾枕昧节候,褰开暂窥临。倾耳聆波澜,举目眺岖嵚。初景革绪风,新阳改故阴。池塘生春草,园柳变鸣禽。祁祁伤豳歌,萋萋感楚吟。索居易永久,离群难处心。持操岂独古,无闷征在今。"

〔四〕"空梁"句:出自薛道衡《昔昔盐》:"垂柳覆金堤,蘼芜叶复齐。水溢芙蓉沼,花飞桃李蹊。采桑秦氏女,织锦窦家妻。关山别荡子,风月守空闺。恒敛千金笑,长垂双玉啼。盘龙随镜隐,彩凤逐帷低。飞魂同夜鹊,倦寝忆晨鸡。暗牖悬蛛网,空梁落燕泥。前年过代北,今岁往辽西。一去无消息,那能惜马蹄。"

〔五〕"谢家"二句:出自欧阳修《少年游》:"阑干十二独凭春,晴碧远连云。千里万里,二月三月,行色苦愁人。 谢家池上,江淹浦畔,吟魄与离魂。那堪疏雨滴黄昏,更特地忆王孙。"

〔六〕"酒祓"二句:出自姜夔《翠楼吟》:"月冷龙沙,尘清虎落,今年汉酺初赐。新翻胡部曲,听毡幕、元戎歌吹。层楼高峙。看槛曲萦

人间词话疏证

红，檐牙飞翠。人姝丽。粉香吹下，夜寒风细。　此地。宜有词仙，拥素云黄鹤，与君游戏。玉梯凝望久，叹芳草、萋萋千里。天涯情味。仗酒祓清愁，花销英气。西山外。晚来还卷，一帘秋霁。"

## 【疏证】

总结"隔"与"不隔"的基本理论。前此三则以"隔"与"不隔"为批评视角，侧重在咏物与写景两个方面，此则予以理论总结。隔与不隔既可以以"人"论，也可以以"作品"论，还可以以"句"论，但主要是针对"句"而言的。"语语都在目前，便是不隔"，"不隔"在语言上的体现尤为鲜明，参诸前面三则，则写情写景写物能给人以自然、直接、鲜明、真切、生动的印象，使读者能直接切入到特定的情境之中，则堪称"不隔"。陶渊明、谢灵运、苏轼等人之诗，多直写心境和自然，所以被王国维誉为不隔，而颜延之、黄庭坚好用典故，用典往往导致诗意曲折隐晦，无法予人以直接之感动，尤其黄庭坚喜欢"点铁成金"，故意在他人诗句中翻新出奇，难免销蚀真气，故有"稍隔"之评。王国维手稿此则略有删改之痕，一字之易，也不无深意，如"不隔"在手稿原稿中为"真"字，而且在前三处出现"不隔"的地方，原本均为"真"字，可见"不隔"原本由"真"字而来。又"语语都在目前"一句在手稿原稿中也是"语语可以直观"，也可见"不隔"与"直观"也是相通的，特别是隔与不隔的读者接受角度也由此凸现出来。综合而言，不隔乃是对真实情、景、物的自然直观，以及由此而形成的语言率真自如、意象鲜明真切的艺术效果，用典和雕琢则是不隔的对立面。此则结尾，王国维又回复到偏尊北宋的话题上来，也是以"隔"与"不隔"为标准，回护旧说。但正是此则，暴露出王国维理论的自相矛盾之处，盖其无论是借鉴前人之"深远之致"，还是后来自铸之"要眇宜修"，皆在追求言外之意，而不隔则意尽言中，无复韵味。静安词学之内部矛盾由此可见一斑。饶宗颐对于静安偏尚"不隔"，也殊不谓然，其《人间词话平议》云："王氏论词，标隔与不隔，以定词之优劣……予谓'美人如花隔云端'，不特未损其美，反益彰其美，故'隔'不足为词之病。……词之性质，'深文隐蔚，秘响旁通'，故以曲为妙，以复见长，不能单凭直觉，以景证境。吾故谓王氏之说，殊伤质直，有乖意内言外之旨。若夫'晦塞为深，虽奥非隐'，如斯方为词之疵累。质言之，词之病，不在于隔而在于晦。"堪称切情合体之论。唐圭璋《评人间词话》亦云："王氏既倡境界之说，而对于描写景物，又有隔与不隔之说，此亦非公论。推王氏之意，在专尚赋体，而以白描为主，故举'池塘生春草'、'采菊东篱下'为不隔之例。夫诗原有赋比兴三体，赋体白描，固是一法，然不能除此一法外，即无他法。比兴从来亦是一法，用来言近旨远，有含蓄，有寄托，香草美人，寄慨遥深，固不能谓之隔也。东坡之《卜算子》咏鸿、放翁之《卜算子》咏梅、碧山之《齐天乐》咏蝉，咏物即以喻人，语语双关，何能以隔讥之？若尽以浅露直率为不隔，则亦何贵有此不隔？"唐圭璋从中国古典诗歌的传统说起，自然更具说服力，静安论词之逼仄也相形而出。又第八十则，曾有评严羽兴趣说为皮相之见者，然此则论隔与不隔，以自然直观为审美趋向，实与严羽同一旨意，《沧浪诗话·诗评》云："汉魏古诗，气象混沌，难以句摘。晋以还方有佳句，如渊明'采菊东篱下，悠然见南山'，谢灵运'池塘生春草'之类。谢所以不及陶者，康乐之诗精工，渊明之诗质而自然耳。"其理论略加对照，即可窥见其同，而且所举诗句、诗人，也几乎如出一辙。又《诗法》亦云："意贵透彻，不可隔靴搔痒。"也是以不隔为尚。刘熙载《艺概》卷二亦云："凡诗，迷离者要不间，切实者要不尽，广大者要不廓，精微者要不僻。""不间"近乎"不隔"，"不尽"则与"深远之致"意思相通。值得一提的是，王国维对隔与不隔的理论，在一九一五年初的《盛京时报》本《人间词话》又作了进一步的提炼和修正，将手稿中多以人以句来裁断隔与不隔的基本方法，改变为以句段或篇为基本单位，并将手稿中的"稍隔"形态在修订

234

人间词话疏证

本中作了结构上的说明,使原本似乎处于两极对立的隔与不隔说细化
为"不隔、隔之不隔、不隔之隔、隔"四种结构形态,尤其是对中间两种
形态分析更为着意,可见得"不隔"是一种审美理想,悬格甚高;"隔"
则是失败之例,不遑多论;更常见的倒是介乎其中的隔与不隔错综的
形态。换言之,手稿本中的"稍隔"才是文学创作的常态。

　　王国维在诸说中,对"隔与不隔"的关注程度仅次于境界说。俞平
伯《重印〈人间词话〉序》已将其与境界说并称为"持平入妙。铢两悉
称,良无间然"。卢前《饮红簃论清词百家》云:"人间世,'境界'义昭
然。北宋清音成小令,不须引慢已能传。'隔'字最通圆。"叶恭绰《广
箧中词》也并称"境界"与"隔与不隔"之说为"尤征精识"。当然这是
称誉之论,至批评之论也所在多有,凡此皆足征此说之受关注的情形。

# 第七十九则

　　少游词境最为凄婉。至"可堪孤馆闭春寒,杜鹃声里斜阳
暮"[一],则变而凄厉矣。东坡赏其后二语[二],犹为皮相。

【注释】

〔一〕"可堪"二句:出自秦观《踏莎行》:"雾失楼台,月迷津渡。桃源望
　　断无寻处。可堪孤馆闭春寒,杜鹃声里斜阳暮。　驿寄梅花,鱼
　　传尺素。砌成此恨无重数。郴江幸自绕郴山,为谁流下潇湘去。"

〔二〕"东坡赏其后二语"句:出自胡仔《苕溪渔隐丛话》前集卷五十引
　　惠洪《冷斋夜话》:"少游到郴州,作长短句。东坡绝爱其尾两句,
　　自书于扇曰:'少游已矣,虽万人何赎!'"所谓"尾两句"即"郴江
　　幸自绕郴山,为谁流下潇湘去"二句。

【疏证】

重提词的"凄婉"本色。手稿第一则即以《诗经·蒹葭》与晏殊"昨夜西风"词作对比，认为诗可"洒落"而词宜"悲壮"，这与传统词学认为词体应该具有"哀感顽艳"的特色也是一致的。其于五代词人，最推崇冯延巳，而以冯延巳之"和泪试严妆"作为冯延巳的词品，并以此与温庭筠的"画屏金鹧鸪"和韦庄的"弦上黄莺语"相区别，则悲情是王国维持以衡量词人甲乙的重要依据之一。以欧、秦为代表的北宋词在王国维眼中有着无可替代的位置，特别是秦观，在王国维有关"有我之境"的分析中，更是被拈出过。王国维并曾引冯煦语，以为秦观方能当得起"古之伤心人"的美誉。此处再次将其"可堪孤馆闭春寒，杜鹃声里斜阳暮"拈出，许为词境"凄婉"以至"凄厉"的典范。"凄婉"犹在"要眇宜修"的体制之内，"凄厉"则程度更深，近似"悲壮"，在表现词体的"悲情"特点上更具典型性。孤馆、春寒、杜鹃、斜阳皆是表达哀情之景象，而秦观复以"可堪"、"闭"、"暮"等加强色彩的词，将情感向纵深开掘，所以超越了一般性的悲情，是"凄厉"了。王国维在末二句，批评苏轼欣赏末二句"郴江幸自绕郴山，为谁流下潇湘去"是"皮相"，其实是对应前两句而言的，并非王国维不能欣赏这类深于情韵之句，而是在表现情感的深度上，或者说在体现"有我之境"上，"可堪"两句确乎比"郴江"两句要显得集中而有震撼力。王国维此则瞩目所在是抒发情感的力度上，故有批评苏轼的言论。朱光潜《诗的隐与显——关于王静安的〈人间词话〉的几点意见》一文基本赞同王国维对秦观词句的抑扬。但认为"可堪"两句之妙，并非妙在情感的"凄厉"上，而是在于这两句"能以情御才而才不露"，"郴江"两句"虽亦具深情，究不免有露才之玷"，亦可备一说。朱光潜持"诗的最大目的在抒情不在逞才"之说，其立说之根本在此。

## 第八十则

严沧浪[一]《诗话》曰："盛唐诸公，唯在兴趣。羚羊挂角，无迹可求。故其妙处，透澈玲珑，不可凑拍。如空中之音、相中之色、水中之影、镜中之象，言有尽而意无穷。"〔二〕余谓：北宋以前之词，亦复如是。但沧浪所谓兴趣，阮亭〔三〕所谓神韵，犹不过道其面目，不如鄙人拈出"境界"二字，为探其本也。

【注释】

〔一〕严沧浪：即严羽(1192？—1265？)，字仪卿，又字丹丘，自号沧浪逋客，福建邵武人，著有《沧浪诗话》等。

〔二〕"盛唐诸公……言有尽而意无穷"数句：出自南宋诗论家严羽《沧浪诗话》："盛唐诸人，唯在兴趣。羚羊挂角，无迹可求。故其妙处，透彻玲珑，不可凑泊，如空中之音、相中之色、水中之月、镜中之象，言有尽而意无穷。"王国维或凭记忆援引，故与原文颇有出入，如"人"作"公"，"彻"作"澈"，"泊"作"拍"，"月"作"影"等。

〔三〕阮亭：即王士禛(1634—1711)，字子真，又字贻上，号阮亭，晚号渔洋山人，因避清世宗讳，而改名士祯，新城(今山东省桓台县)人。著述繁多，后人将其论诗之语汇辑为《带经堂诗话》。

【疏证】

言"境界"说之渊源与地位。此则述及沧浪兴趣说、阮亭神韵说和静安自己的境界说，但有本与末之分、面目与内质之分。检手稿原稿，有几处删改值得注意：其一是在引述沧浪之语后，本为："阮亭曰：'沧浪此论，遂拈出神韵二字，然神韵二字……"后易为"沧浪所谓兴趣，阮亭所谓神韵"；其二是"不如"与"境界二字"之间原无字，后增入"鄙人拈出"四字。这两点修改可见出王国维思想之演变，王国维原意是将境界与神韵对举的，因为神韵来自于兴趣，但修改后则变为兴趣、神韵与境界三说对举。而境界说此前王国维虽屡有发明，但一直是纯粹的理论分析，至此境界说的内涵已趋于丰富与稳定，王国维以"鄙人"的角色参与进来，不仅是显示境界说已可据为定说，而且以此说的创造者自居。《人间词话》以境界为核心的思想至此堪称完全形成。饶宗颐《人间词话平议》说："观堂标境界之说以论词，阐发精至；惟自道'境界'二字由其拈出，恐未然耳。"又列江顺诒《词学集成》卷七"词境"之始境、又境、终境之分，陈廷焯《白雨斋词话》论词境等等，以为静安先鞭。此从论词之语源而言，固无问题。然静安所谓"拈出"者，乃择其名词以作论词之基点耳，点检前人，虽偶有语及"词境"或"境界"者，多为对具体作品之分析，至其特以"境界"为本体建构体系、纵论词史者，实所罕见，则静安自诩首创，其实亦无不可。不宜以"境界"二字已由"他人之我先"①而曲解静安之意。从静安词话中所涉前人词话来看，静安对前人之论确实浸染颇多，有不少条目，更是对前人词话条目的点评，则静安当未必不知"境界"二字原为古典诗学之常用之语，其修改后特意加上"鄙人拈出"四字，正在强调自己对传统诗学概念的重新启动而已。手稿初稿言及阮亭也有"拈出神韵"云云，其意相似。修改后将阮亭"拈出神韵"之"拈出"二字删略，而在"境界"二字前面加上"鄙人拈出"，两相对照，正为突出"末"和"本"的区别耳。撇开"鄙人拈出"这类敏感的话语不谈，静安将三说强分为本末，亦殊困人思，其接引前说之"深远之致"，其实与神韵、兴趣并无大的区别，而隔与不隔之说，又似与"深远之致"、"深美闳约"形成理论上的反悖，其间唐突不安之处，正由静安自创新说之愿望所致。唐圭璋《评人间词话》云："严沧浪专言兴趣，王阮亭专言神韵，王氏专言境界，各执一说，未能会通。王氏自以境界为主，而严、王二氏又何尝不各以其兴趣、神韵为主，入主出奴，孰能定其是非？要之，专言兴趣、神韵，易流于空虚；专言境界，易流于质实，合之则醇美，离之则不免偏颇。"顾随认为诗学有"玄"与"常"之分，兴趣、神韵偏于"玄"，亦如"饭有饭香而饭香

人间词话疏证

---

① 陆机《文赋》，萧统编、李善等注，《六臣注文选》，中华书局1987年版，第313页。

非饭",境界则偏于"常",本末之论,可由此得以解释①,可备一说。但静安本末之说的不足,确乎显而易见。三说各有侧重,也是事实,所以能各执一说,也各擅风流。但三说也不无暗渡陈仓之处,则求其异同,参合诸说,裁断新论,也是需要引起研究者的注意的。又静安持沧浪之"兴趣"以论北宋以前词,与其持"境界"以论五代北宋词,正相仿佛耳。沧浪"以妙远言诗,扫除美刺,独任心灵"②,与静安之"深远之致"、"要眇宜修",也是十分接近的。静安出于沧浪而反责乎沧浪,心态颇耐玩味。本末之论,蒙所未解。其实无论是从理论的本质而言,还是从为人之自信而言,静安与沧浪,都堪称隔世知音的。此则静安"鄙人拈出"之自信甚或轻狂,似已先见于严羽《答出继叔临安吴景仙书》中了,其语云:"仆之《诗辨》,乃断千百年公案,诚惊世绝俗之谈,至当归一之论。其间说江西诗病,真取心肝刿子手。以禅喻诗,莫此亲切。是自家实证实悟者,是自家闭门凿破此片田地,即非傍人篱壁、拾人涕唾得来者。李、杜复生,不易吾言矣。"言语之间,颇以探得诗学本体为自得。即此而论,静安不仅远绍沧浪诗说,甚且法其为人,神韵何其相似乃尔!又刘熙载对"狂"似乎也颇为欣赏,其《庄子题辞》云:"《南华》自道是荒唐,我道《南华》语太庄。应为世间庄语少,狂人多谓不狂狂。"此外犹有可说者,王渔洋"神韵"说沾丐严羽《沧浪诗话》者甚多,而渔洋不避渊源,其《渔洋诗话》云:"余于古人论诗,最喜钟嵘《诗品》、严羽《诗话》、徐祯卿《谈艺录》。"《蚕尾续文》亦云:"严沧浪以禅喻诗,余深契其说。"《渔洋文》云:"严沧浪论诗云:'盛唐诸人,唯在兴趣。羚羊挂角,无迹可求。透彻玲珑,不可凑泊。如空中之音,相中之色,水中之月,镜中之象,言有尽而意无穷。'司空表圣论诗亦云:

① 参见《论王静安》,顾之京整理《顾随:诗文丛论》(增订版),天津人民出版社 1995 年版,第 68 页。

② 《福建通志》总卷三十九,转引自陈玉定辑校《严羽集》,中州古籍出版社 1997 年版,第 428 页。

'味在酸咸之外。'康熙戊辰春杪,日取开元、天宝诸公篇什读之,于二家之言,别有会心。录其尤隽永超诣者,自王右丞而下四十二人,为《唐贤三昧集》,厘为三卷。"又如其对司空图诗说,也是极致赞赏,《香祖笔记》云:"表圣论诗有二十四品,予最喜'不着一字,尽得风流'八字。又云:'采采流水,蓬蓬远春。'二语形容诗境亦绝妙。"刘熙载《艺概》卷四亦云:"司空表圣云:'梅止于酸,盐止于咸,而美在酸咸之外。'严沧浪云:'妙处透彻玲珑,不可凑泊。如水中之月,镜中之象。'此皆论诗也,词亦以得此境为超诣。"引述以上诸语,除了以明三者之联系之外,也试图从一个角度展现静安与渔洋、融斋在对待前人学说上态度之不同。

# 第八十一则

"生年不满百,常怀千岁忧。昼短苦夜长,何不秉烛游"〔一〕,"服食求神仙,多为药所误。不如饮美酒,被服纨与素"〔二〕,写情如此,方为不隔。"采菊东篱下,悠然见南山。山气日夕佳,飞鸟相与还"〔三〕,"天似穹庐,笼盖四野。天苍苍。野茫茫。风吹草低见牛羊"〔四〕,写景如此,方为不隔。

【注释】

〔一〕"生年"四句:出自《古诗十九首》第十五:"生年不满百,常怀千岁忧。昼短苦夜长,何不秉烛游。为乐当及时,何能待来兹。愚者爱惜费,但为后世嗤。仙人王子乔,难可与等期。"

〔二〕"服食"四句:出自《古诗十九首》第十三:"驱车上东门,遥望郭北墓。白杨何萧萧,松柏夹广路。下有陈死人,杳杳即长暮。潜寐黄泉下,千载永不寤。浩浩阴阳移,年命如朝露。人生忽如寄,寿无金石固。万岁更相送,圣贤莫能度。服食求神仙,多为药所误。

不如饮美酒,被服纨与素。"

〔三〕"采菊"四句:出自陶潜《饮酒诗》第五首:"结庐在人境,而无车马喧。问君何能尔,心远地自偏。采菊东篱下,悠然见南山。山气日夕佳,飞鸟相与还。此中有真意,欲辨已忘言。"

〔四〕"天似"五句:出于北朝斛律金《敕勒歌》:"敕勒川,阴山下。天似穹庐,笼盖四野。天苍苍。野茫茫。风吹草低见牛羊。"


【疏证】

　　续足第七十六、七十七、七十八则之意,举例说明"隔"与"不隔"的区别。此前论不隔多侧重于写景,此则兼顾情景二者。写情率直而无掩饰,即为不隔,写"秉烛游"、"饮美酒"等人生态度,王国维其实是不赞成的,但在美学上却具有特殊的魅力,所以王国维依然加以欣赏。《古诗十九首》被称为是东汉末期文人五言诗的代表之作,比较典型地体现了在动荡之世文人或对于人生短暂的感慨,或对于功名的强烈渴望,而且在表达这种感慨和愿望时,往往直言不讳,肆口而发,形成了一种自然、直率、畅达的文风,呈现的是一种未加任何掩饰、包装的感情。刘熙载《游艺约言》云:"《古诗十九首》,喜怒哀乐,无不亲切高妙,所以令人味之无极。"与此仿佛。写景直观而又生活化,则为不隔。王国维所举的例子,都最大程度地反映了生活的真实,所以被称为"不隔"。此则重点仍是突出"不隔"与"真"的关系。但"真"的表现也是形态各异的,既有一种坦诚赤裸的真,也有一种深藏婉曲的真,尚此一真而弃另一真,也殊可不必。

# 人间词话疏证卷下

## 第八十二则

"池塘春草谢家春〔一〕,万古千秋五字新。传语闭门陈正字〔二〕,可怜无补费精神。"〔三〕此遗山〔四〕论诗绝句也。梦窗、玉田辈当不乐闻此语。

【注释】

〔一〕"池塘"句:出自南朝诗人谢灵运《登池上楼》"池塘生春草"之句。

〔二〕陈正字:即陈师道(1052—1101),字履常、无己,号后山居士,曾任秘书省正字,故称"陈正字",彭城(今江苏省徐州市)人。黄庭坚《病起荆江亭即事十首》之八有"闭门觅句陈无己"之句。

〔三〕"池塘"四句:出自元好问《论诗绝句三十首》之二十九。

〔四〕遗山:即元好问(1190—1257),字裕之,号遗山,太原秀容(今山西省忻州市)人。著有《遗山乐府》等。

243

【疏证】

引元好问论诗绝句说明"不隔"之意义。谢灵运《登池上楼》"池塘生春草，园柳变鸣禽"二句，乃是他在政治上遭受打击，身体上久病初愈后的登楼即见之初春景象，以此唤起自己的生活意趣。所以"池塘"一句中包含着诗人的敏锐感觉和欣喜之情。其万古流传的原因就在于这句诗没有雕琢的痕迹，而情景融合、转换却十分自然。钟嵘《诗品》卷中引《谢氏家录》说："康乐每对惠连，辄得佳语。后在永嘉西堂，思诗竟日不就，寤寐间忽见惠连，即成'池塘生春草'。故常云：'此语有神助，非吾语也。'"钟嵘《诗品》又评谢灵运"寓目辄书，内无乏思，外无遗物"，以说明其伫兴而成的创作特点。而陈师道则受江西诗派影响，一味讲究点铁成金，夺胎换骨，心中既横亘着他人，难免要局限着自身，于真实直观一路，自然愈来愈远。王国维把吴文英、张炎比作陈师道，也是由于吴、张之词好雕琢、多用典的缘故，带有"闭门觅句"的特点，他们试图通过结构的安排和精心的构思，将主题曲折表现出来，但实际上往往造成的是情感的流失和景物的模糊，与"境界"也就愈趋愈远了。

# 第八十三则

白仁甫《秋夜梧桐雨》剧〔一〕，奇思壮采，为元曲〔二〕冠冕。然其词干枯质实，但有稼轩之貌，而神理索然，曲家不能为词，犹词家之不能为诗。读永叔、少游诗可悟。

【注释】

〔一〕《秋夜梧桐雨》剧：即白朴所作杂剧《唐明皇秋夜梧桐雨》，简称《梧桐雨》。此剧描写唐明皇、杨贵妃两人的爱情故事，抒情浓郁，诗味醇厚，文辞华美。剧本取材于唐代陈鸿的传奇小说《长

人间词话疏证

恨歌传》和白居易的诗歌《长恨歌》，题目也因其中"春风桃李花
开日，秋雨梧桐叶落时"之诗句而得名。

〔二〕元曲：是元代杂剧和散曲的合称。王国维此处则专指杂剧。

【疏证】

此则言文体难兼胜而易独工。认为白朴工曲而其词"干枯质实"，
永叔、少游工词，而诗难称人意。就作者而言是才有偏至，就文体而言
是体难兼工。诗与曲皆非静安讨论之重点，其用意犹在词体的独特性
一端，不过借诗词曲三者比较而出之耳。手稿原稿有"竹垞尊之，以比
玉田。余谓其浅薄正与玉田等耳"数句，后删略。手稿原稿仍是回到
贬斥宋末张炎、清初朱彝尊，二人在王国维思想体系中一直被树为靶
子，但王国维最后将这几句感情直露的话删掉，也是希望尽量彰显其
词学理论的理性色彩，因为类似这种感情外露但未必能体现理性的话
语，在此之前已是多次出现。王国维在较为系统地阐述了境界说后，
这种感性话语有可能破坏其词学理论本身合理内核。

此是首次发表在《国粹学报》六十四则中的最后一则，但发表时作
了较大改动："白仁甫《秋夜梧桐雨》剧沉雄悲壮，为元曲冠冕。然所作
《天籁词》粗浅之甚，不足为稼轩奴隶。岂创者易工，而因者难巧欤？
抑人各有能有不能也？读者观欧、秦之诗远不如词，足透此中消息。"
王国维极意要说明的是元代乃是杂剧的时代，故其词已难再铸辉煌，
其对白朴《天籁集》的评价应该纳入到这一文体观念中，才能得到更切
实的理解。但平心而论，《天籁集》中也颇多率意而发、真实自然的优
秀之作，一味以"不足为稼轩奴隶"而整体否定，也是不符合事实的。
朱彝尊在《天籁集·跋》中即称其"自是名家"。《四库全书总目》也称
《天籁集》"清隽婉逸，调适韵谐"。为了佐证自己的这一说法，王国维
又将欧阳修、秦观的诗词作了对比，认为他们的诗远不如词。其实这
种"远不如"的结论背后，与其说是创作成就的比较，不如说是文体观

念的较量。宋诗的"寄兴言情"固然不及宋词,但从诗体发展的角度而言,宋诗的说理议论,正是其可与唐诗并驱的原因所在。

王国维在揭出这种文体创作不平衡现象的同时,对于何以形成这种不平衡的原因也作了初步探讨。他认为原因主要有二:其一,"创者易工,因者难巧"。一种文体在初始阶段,因为文体束缚较少,故寄兴言情能以一种自然方式进行,所以能呈现出蓬勃的文体活力。而后人沿袭这种文体,受限于越来越多的文体限制,所以反而容易遮蔽了性情,而多在技巧上追新逐能,文体之衰落遂不可阻挡。其二,"人各有能有不能",即诗人只能对切合自己秉性的文体发挥出自己的水准,而对其他的文体,只能成就一般,故文学史上兼擅多体的文学家是十分罕见的。这种思想来源于陆游的《花间集·跋》,王国维在多则词话中反复举例,正印证了陆游"能此不能彼"的说法。除此之外,譬如时代审美观念的变化等,王国维就不暇关注了。

# 第八十四则

朱子〔一〕《清邃阁论诗》〔二〕谓:"古人有句,今人诗更无句,只是一直说将去。这般一日作百首也得。"〔三〕余谓北宋之词有句,南宋以后便无句。如玉田、草窗之词,所谓"一日作百首也得"者也。

【注释】

〔一〕朱子:即朱熹(1130—1200),字元晦,一字仲晦,号晦庵,别号紫阳,婺源(今属江西省)人。著有《朱子语类》、《四书章句》等。

〔二〕《清邃阁论诗》:朱熹论诗之语辑录专卷,载《朱子语类》卷第一百三十九、一百四十。

〔三〕"古人有句"数句:出自朱熹《清邃阁论诗》。王国维引文在"古人"后漏"诗中"二字,在"这般"后漏一"诗"字。

【疏证】

此则隐回境界说,有句无句正是境界有无的一种体现。第三十一则在手稿原稿的基础上特意把"自成高格,自有名句"八字替换"不期工而自工"六字,正是强调境界说的基本表现就是"名句"。王国维此则引朱熹论诗之语,来说明"北宋之词有句,南宋以后便无句",可以说是再次强调这一观点。有句无句的具体内涵,这里没有阐释,但结合前面论有我之境与无我之境、隔与不隔等,可作领会,因为都是以"句"为基本分析单位的。以此而言,有句无句其实就是境界有无的另外一种表述。参诸前面数则,所谓"有句"当是言情写景真切自然、直观率性的句子,而"无句"不仅在用典和雕琢的修辞手法方面有过甚之处,而且可能有一定的叙事性,所以"出彩"的地方被遮蔽掉了。"有句"乃"有秀句"之意。朱熹反对作诗"一直说将去",也就是反对平铺直叙而无波澜的写法。朱熹所说的情况与宋诗中有不少诗人追求"平易"风格有关。如果一味以平易为贵,则作诗变成了一种类似于整齐句式的散文了,诗歌所需要讲究的秀句和波澜也就容易被淡化了。王国维从秀句之有无——实际上是境界之有无,为其抬高北宋词贬低南宋词提供新的依据。

# 第八十五则

朱子谓:"梅圣俞诗,不是平淡,乃是枯槁。"〔一〕余谓草窗、玉田之词亦然。

247

【注释】

〔一〕"梅圣俞诗"三句:出自朱熹《清邃阁论诗》。

【疏证】

此与第八十三则可以对勘,其评白朴词"干枯质实",与这里以"枯槁"评梅圣俞诗,盖出于同一机杼。平淡是淡而有味,是一种舒缓真实的生命形态;枯槁则是缺乏生命律动的形态。真实而有生命力是王国维境界说的内涵之一。王国维在此引朱熹语,目的不在评梅尧臣的诗,而在由此移评草窗、玉田之词,仍是为偏尊北宋词张目。王国维在前一则就说张炎、周密等作词"一日作百首也得",即以其文字平易之故。此则再以朱熹评论梅尧臣诗歌貌似平淡、其实枯槁,来说明张炎、周密等人之词在情感内涵方面的贫瘠与浅薄。王国维并非反对平淡之风,对于讲究即兴的创作方式和自然的审美风格的王国维来说,"平淡"也必然是符合其审美理念的要素之一。只是王国维所要求的平淡是要以深厚的情感作为底蕴,以精妙而自然的艺术表达作为形式特征,所以形成的"平淡"也就是淡而有味,耐人寻索的。以此要求来看待张炎、周密的词,就很容易发现他们在平淡之下仍是平淡的事实了。王国维对南宋词似乎总是以挑剔的眼光来衡量,故往往夸大其不足而遮蔽其优点。这也使得王国维的《人间词话》不免带有比较明显的感性特征。

# 第八十六则

"自怜诗酒瘦,难应接、许多春色"[一],"能几番游,看花又是明年"[二],此等语亦算警句耶? 乃值如许费力!

【注释】

〔一〕"自怜"二句:出自史达祖《喜迁莺》:"月波疑滴。望玉壶天近,了无尘隔。翠眼圈花,冰丝织练,黄道宝光相直。自怜诗酒瘦,难应接、许多春色。最无赖,是随香趁烛,曾伴狂客。  踪迹。漫记忆。老了杜郎,忍听东风笛。柳院灯疏,梅厅雪在,谁与细倾春碧。旧情拘未定,犹自学、当年游历。怕万一,误玉人寒夜,窗际帘隙。"

〔二〕"能几番游"二句:出自张炎《高阳台·西湖春感》:"接叶巢莺,平波卷絮,断桥斜日归船。能几番游,看花又是明年。东风且伴蔷薇住,到蔷薇、春已堪怜。更凄然,万绿西泠,一抹荒烟。　当年燕子知何处,但苔深韦曲,草暗斜川。见说新愁,如今也到鸥边。无心再续笙歌梦,掩重门、浅醉闲眠。莫开帘,怕见飞花,怕听啼鹃。"

【疏证】

　　"警句"与"名句"的意思相近,它们都是作品是否有境界的标志。但警句或名句应该是在直观真实的基础上自然呈现出来的,如果用思太深太巧,则失去了警句的自然魅力。王国维这里分别引用史达祖和张炎词句,意图说明南宋词纵有警句,但雕琢过甚,而自损境界。王国维此则似针对陆辅之《词旨》而言的,在《词旨》里,陆辅之正是把这些句子列为"警句"的。王国维由此表明其所谓"名句"与其他人所谓"警句",在审美内涵上是各有其不同的。《词旨》除了前面七条词说之外,就是列举属对、奇对、警句、词眼等。而"自怜"二句、"能几"二句皆在"警句"之列。但在王国维看来,所谓警句应该是准确表现真景物真感情、出于自然、独出全篇的句子。换言之,警句要在自然中透出韵味,若是露出用力雕琢的痕迹,则已失自然之趣,就遑论警句了。史达祖和张炎将情感的表现用一种大力的转折表达出来,句中如"自怜、瘦、难应接、能几番、又是"等,均是力度明显的字词,如此,情感的微妙与深沉反而被遮蔽了。这样的"警句"只是"警"在字面,而非"警"在内里。王国维的质疑确实是有道理的,以此也将自己代表着"境界"的名句与词学史上的"警句"区别开来。

# 第八十七则

文文山[一]词，风骨甚高，亦有境界，远在圣与[二]、叔夏、公谨诸公之上。亦如明初诚意伯[三]词，非季迪[四]、孟载[五]诸人所敢望也。

【注释】

〔一〕文文山：即文天祥(1236—1283)，初名云孙，字天祥，以字行，改字宋瑞、履善，号文山，吉水(今江西省吉安市)人。著有《文山集》等。

〔二〕圣与：即王沂孙，字圣与，号碧山、中仙，会稽(今浙江省绍兴市)人。著有词集《花外集》等。

〔三〕诚意伯：即刘基(1311—1375)，字伯温，曾被封诚意伯，青田(今属浙江省)人。著有《诚意伯文集》等。

〔四〕季迪：即高启(1336—1374)，字季迪，长洲(今江苏省苏州市)人。著有《凫藻集》等。

〔五〕孟载：即杨基(1326—？)，字孟载，号眉庵，原籍嘉州(今四川省乐山市)，生于吴中(今江苏省苏州市)。著有《眉庵集》等。

【疏证】

首次评及明词。此则手稿原稿是以"明词如刘诚意词"开头的，后改为"文文山词"，把"风骨甚高，亦有境界"八字赠予文天祥和刘基，而将处于其间的王沂孙、张炎、周密等宋末诸公置于其下，这是对南宋词的又一次降格。盖此前都是在与北宋词的比较中贬斥南宋词，此则更将其位置降至元、明之下，王国维对南宋词的"恶感"真是到了极致。《艺概》卷四有云："文文山词有'风雨如晦，鸡鸣不已'之意，不知者以为变声，其实乃变之正也，故词当合其人之境地以观之。"风骨、境界乃

人间词话疏证

需要结合其人品境遇而综合观之，方能中肯到位，风骨与境界之关系，颇耐玩索。王国维以刘基拟之如文天祥，而以高启、杨基拟之如王沂孙、周密、张炎等人。这可能与刘基在明初备受猜忌，最后忧愤而死的经历有关。由此则可以看出，王国维评述词人词史，颇为重视人格境界的高低的，甚至在某种程度上以人格高低来决定词品高低。

# 第八十八则

和凝[一]《长命女》词："天欲晓。宫漏穿花声缭绕。窗里星光少。　冷霞寒侵帐额，残月光沈树杪。梦断锦闱空悄悄。强起愁眉小。"此词前半，不减夏英公《喜迁莺》[二]也。此词见《乐府解词》[三]，《历代诗馀》[四]选之。

【注释】

〔一〕和凝（898—955），字成绩，被称为"曲子相公"，须昌（今山东省东平县）人。著有《红叶稿》等。

〔二〕夏竦《喜迁莺》词："霞散绮，月垂钩。帘卷未央楼。夜凉银汉截天流。宫阙锁清秋。　瑶台树，金茎露。凤髓香盘烟雾。三千珠翠拥宸游。水殿按凉州。"

〔三〕《乐府解词》：当为《乐府雅词》之误，词集选本，南宋曾慥编，正编三卷，《拾遗》二卷，录宋代词人五十家，始于欧阳修，讫于李清照，是宋人选宋词而流传至今较早的一部，因为编选时有涉谐谑者皆去之，故名《乐府雅词》。

〔四〕《历代诗馀》：即《御选历代诗馀》，清康熙皇帝领衔主编，侍读学士沈辰垣等编选，共一百二十卷，选录唐五代以迄明代各家词九千〇九首。以风华典丽不失其正者为选录原则，分词选、词人姓氏、词话三部分，前一百卷为词选，一〇一至一百十卷为词人姓氏,一百十一至一百二十卷为词话汇辑。

【疏证】

　　以和凝词说明自然胜工巧之意。和凝此词上片语言纯任白描,无一语有雕琢痕,但下片用思就较深,语言也显出安排的痕迹。换言之,上片语语都在目前,所以不隔,下片则稍隔矣。此处提及夏英公《喜迁莺》,其实在手稿第三则中,王国维先已道及此篇。第三则云:"太白纯以气象胜。'西风残照,汉家陵阙',寥寥八字,独有千古,后世唯范文正之《渔家傲》,夏英公之《喜迁莺》,差堪继武,然气象已不逮矣。"从气象一端来对照三词的高下,这里面潜在的标准或即是境界之阔大与狭小的问题。因为李白之"西风残照,汉家陵阙"乃以西风夕阳、帝王陵墓为背景,言及生与死的话题,从而为从一己之离别中解脱,提供历史和现实的依据,在时空的涵盖上确实非仅仅言及情人相思的话题所能及。王国维没有解释"气象"的定义,但从其对境界高远的强调,可知其气象也是在境界统摄的范围之内的。

# 第八十九则

　　宋李希声《诗话》曰:"唐人作诗,正以风调高古为主。虽意远语疏,皆为佳作。后人有切近的当、气格凡下者,终使人可憎。"[一]余谓北宋词亦不妨疏远。若梅溪以降,正所谓切近的当、气格凡下者也。

【注释】

〔一〕"唐人"数句:出自李镎《李希声诗话》,"唐人"应作"古人",见魏庆之《诗人玉屑》卷十引。

**【疏证】**

此以唐诗高格喻北宋词，隐有以空灵与质实对举之意。第三十一则首倡境界说，即有"有境界则自成高格"之语。此则专言格调，语言闲淡，意思深远，即是唐诗风调高古之处；所谓"切近的当，气格凡下"，即是题材浅近，意思平实，无高远之胸襟和言外之远致者，故而格调凡近，感情局促。此以格调分两宋之尊卑。李希声《诗话》所云与王国维所推崇的审美趣味正相一致，故援引以为渊源，而王国维区别两宋词之高下，固有"风调高古"的标准在内。

## 第九十则

《提要》[一]："王明清《挥麈录》[二]载曾布[三]所作《冯燕歌》，已成套数，与词律殊途。"[四]毛西河《词话》[五]谓赵德麟令時作商调鼓子词[六]谱"西厢"传奇，为杂剧之祖。[七]然《乐府雅词》卷首所载秦少游、晁补之、郑彦能（名仅）[八]《调笑转踏》，首有致语[九]，末有放队[一〇]，每调之前有口号诗[一一]，其似曲本体例。无名氏《九张机》[一二]亦然。至董颖道宫《薄媚》大曲[一三]咏西子事，凡十只曲，皆平仄通押，则竟是套曲。此可与《弦索西厢》[一四]同为曲家之荜路。曾氏置诸《雅词》[一五]卷首，所以别之于词也。颖字仲达，绍兴初人，从汪彦章[一六]、徐师川[一七]游，彦章为作《字说》。见《书录解题》[一八]。

**【注释】**

〔一〕《提要》：即《四库全书总目提要》。

〔二〕王明清（1127—1214），字仲言。著有《挥麈录》、《清林诗话》等。《挥麈录》，分《挥麈前录》四卷、《后录》十一卷、《三录》三卷、《馀话》二卷等。

〔三〕曾布：字子宣，曾巩之弟。

〔四〕"王明清"数句:出自《四库全书总目》之《钦定曲谱》提要。王国维引文在"已成"二字间缺一"渐"字。

〔五〕毛西河:即毛奇龄(1623—1716),字大可,号秋晴,以郡望西河,故称"西河先生",萧山(今属浙江省)人。"《词话》"即其所著《西河词话》。

〔六〕赵德麟令畤:即赵令畤,字德麟,号聊复翁。著有《侯鲭录》等。商调鼓子词:即商调《蝶恋花》鼓子词,按照元稹《会真记》而以说唱方式敷衍故事。

〔七〕"赵德麟"数句:出自毛奇龄《西河词话》卷二:"宋末有安定郡王赵令畤者,始作商调鼓子词,谱西厢传奇,则纯以事实谱词曲间,然犹无演白也。"王国维乃间接引用其意而已。西厢传奇:即唐代传奇小说《会真记》,一名《莺莺传》,因其爱情故事主要发生于"西厢",故称"西厢"传奇。后世《西厢记》杂剧即据此命名。

〔八〕郑彦能:即郑仅,字彦能,彭城(今江苏省徐州市)人。作有《调笑转踏》等。

〔九〕致语:原指宋代词人在联章词开头所作的骈文。宋代朝廷诸多活动如朝贺、令节、宴会等,往往合唱、说、演、舞等为一体。后亦流行于民间,程式也因此略有简化。致语为开场语,多为四六文,略述活动意义,亦有舞队表演前有致语的。因其位于活动之首,也有将整个活动的内容称为"致语"或"乐语"的。

〔一○〕放队:即舞队表演结束,以诗歌或骈文加以宣示。

〔一一〕口号诗:唐诗中即有"口号诗"一种,此处指宋代乐语的一部分,多位于致语之后,一般为七律,也有作七绝的。

〔一二〕无名氏《九张机》:宋代无名氏所作《九张机》,属于才章体。据此前小序,《九张机》属于才子之新调,以与乐府旧名如《醉留客》相区别。内容是"章章寄恨,句句言情"。词长不录。

〔一三〕董颖道宫《薄媚》大曲:董颖,字仲达,南宋初年词人,其所作道宫《薄媚》大曲,收录于《乐府雅词》中。

〔一四〕《弦索西厢》:即《西厢记诸宫调》,亦称"董西厢",金代董解
元著。

〔一五〕《雅词》:即南宋曾慥所编选之《乐府雅词》。曾慥,字端伯,自号
至游子,晋江(今属福建省)人。

〔一六〕汪彦章:即汪藻(1079—1154),字彦章,德兴(今属江西省)人。
著有《浮溪集》等。

〔一七〕徐师川:即徐俯(1075—1141),字师川,洪州分宁(今江西省修
水市)人。为黄庭坚甥。

〔一八〕《书录解题》:即《直斋书录解题》,南宋陈振孙著。

【疏证】

　　明由词变曲之端倪。此则无关理论,主要引《提要》和《西河词
话》,说明词曲嬗变之轨迹。曾布的《冯燕歌》、赵德麟的《商调鼓子
词》、秦观等人的《调笑转踏》、无名氏《九张机》、董颖道宫《薄媚》等,
不仅在形式上是散曲套数的规模,而且平仄通押,与词律不合,曲由词
出,北宋已显其迹象。王国维此则及以下数则,话锋多涉及词与曲之
关系,这也是王国维手稿以及后来的《国粹学报》、《盛京时报》两本
《人间词话》理路一致的地方。


# 第九十一则

255

　　宋人遇令节、朝贺、宴会、落成等事,有"致语"一种。宋子
京[一]、欧阳永叔、苏子瞻、陈后山、文宋瑞集中皆有之。《啸馀
谱》[二]列之于词曲之间。其式:先"教坊致语"(四六文),次"口号"
(诗),次"勾合曲"(四六文),次"勾小儿队"(四六文),次"队名"
(诗二句),次"问小儿"、"小儿致语",次"勾杂剧"(皆四六文),次

"放队"(或诗或四六文)。若有女弟子队,则勾女弟子队如前。其所歌之词曲与所演之剧,则自伶人定之。少游、补之之《调笑》乃并为之作词。元人杂剧乃以曲代之,曲中楔子、科白、上下场诗犹是致语、口号、勾队、放队之遗也。此程明善《啸馀谱》所以列"致语"于词曲之间者也。

**【注释】**

〔一〕宋子京:即宋祁(998—1061),字子京,开封雍丘(今河南省杞县)人。近人赵万里为辑《宋景文公长短句》一卷。

〔二〕《啸馀谱》:明代程明善撰,共十一卷,其中词谱三卷。以"歌行题"、"天文题"等分类为题,并注韵协、句式等等。程明善,字若水,号玉川子,新安(今安徽省歙县)人。

**【疏证】**

此则列出词——致语——曲的演变轨迹,补足上文,从体制上说明词、曲之联系与区别。点明"致语"创作与令节、朝贺、宴会、落成等事有关,因事关喜庆,故衍词成曲时参杂若干故事,以唤起兴趣。从文体演变的角度来看,致语在从词到曲的变化过程中担任着"过渡"的角色,其语言形式近似词,而结构特征近似曲——尤其是散曲中的套数。收录于《续修四库全书》的《啸馀谱》类似于一部音乐文学作品集,其总目为啸旨、声音数、律吕、乐府原题、诗馀谱、致语、北曲谱、中原音韵、务头、南曲谱、中州音韵、切韵。在体例上,致语列于"诗馀谱"与"北曲谱"之间,带有文体过渡意义,这是王国维关注《啸馀谱》的原因所在。程明善在《啸馀谱·凡例》中说:"今之传奇本庾家把戏,而关汉卿为'我辈生活',亦伶人《简兮》之遗意,不若致语且歌且舞有腔有韵有古遗风,存之以见一斑云。"其实是注意到致语文体的综合特点。在《啸馀谱》中"致语"(目录中作"乐语")序列作品是:宋祁《春宴乐语》、王珪《秋宴乐语》、苏轼《兴龙节集英殿宴乐语》、欧阳修《圣节五方老人祝寿人》、苏轼《黄楼落成致语》、欧阳修《西湖念语》、欧阳修《会老堂致语》、苏轼《寒食宴致语》、文天祥《宴交代宁国孟知府致语》、文天祥《宴朱衡守致语》及不明撰人之《古席婚宴致语》，共十一套。从标题上看，乐语、致语、念语、祝寿文都纳入到"致语"名下；从内容看，既有在朝廷上举行的春宴、秋宴、兴龙节宴等大型宴会，也有祝寿宴会；有宴请地方官员的，也有宴请一般友人的；有一般喜庆的如黄楼落成、吉席婚宴，也有节庆的如寒食节等；有专为系列写景之词撰写的念语，也有为一般性聚会撰写的致语。从致语的这些标题和内容看，致语的表现领域还是颇为广泛的，"颂赞"是其主要情感特征。因为这些致语——特别是在宋代朝廷三大节的盛宴上表演的致语，包含着骈文写成的致语、以词调吟诵的词、带有俳谐意义的杂剧以及舞蹈表演等等，这种综合性的文艺表演中其实正蕴含着新文体的产生，所以值得注意。程明善认为歌之源出于啸，故把凡是与音乐有关的文学统纳入"啸馀"之中，并以此名书。但《四库全书总目提要》认为此说有误，在此书提要中说："考古诗皆可以入乐。唐代教坊伶人所歌，即当时文士之词。五代以后，诗流为词。金、元以后，词又流为曲。故曲者词之变，词者诗之馀。源流虽远，本末相生。诗不本于啸，词曲安得本于啸。命名已为不确。首列啸旨，殊为附会。"王国维只是援引《啸馀谱》之文体序列而已。在《人间词话》中，王国维不仅用了不少篇幅论析诗歌，甚至一些重要的理论命题也是以诗歌作为解说之例的；对于曲，王国维也是颇为关注，《国粹学报》和《盛京时报》两本《人间词话》皆以曲结尾，其重视文体嬗变的意味自然是昭然可见的。录苏轼《集英殿秋宴教坊词致语口号》如下，以作文体范例：

> 臣闻天无言而四时成，圣有作而万物睹。清净自化，虽仰则于帝心；恺悌不回，亦俯同于众乐。属此九秋之候，粲然万宝之成。吾王不游，何以劳农而休老；君子如喜，则必大烹以养贤。恭

惟皇帝陛下，孝通神明，仁及草木。行尧、禹之大道，守成、康之小心。华夷来同，天地并应。以为福莫大于无事，瑞曷加于有年。南极呈祥，候秋分而老人见；西夷慕义，涉流沙而天马来。嘉与臣工，肃陈燕俎。礼元侯于三夏，谐庶尹于九成。宣示御觞，耸近臣之荣观；胪传天语，溢两庑之欢声。臣等亲覿昌辰，叨尘法部。采谣言于击壤，助蒙瞍之陈诗。仰奉威颜，敢进口号：

霜霏碧瓦尚生烟，日泛彤庭已集仙。霭霭四门多吉士，熙熙万国屡丰年。

高秋爽气明宫殿，元祐和声入管弦。菊有芳兮兰有秀，从臣谁和白云篇。

【勾合曲】

西风入律，间歌秋报之诗；南龠在廷，备举德音之器。弦匏一倡，钟鼓毕陈。上奉宸严，教坊合曲。

【勾小儿队】

皇慈下逮，罄百执以均欢；众技毕陈，示四方之同乐。宜进垂髫之侣，来修秉翟之仪。上奉威颜，教坊小儿入队。

【队名】

登歌依颂磬，下管舞成童。

【问小儿队】

大君有命，肆陈管磬之音；童子何知，入造工师之末。欲详来意，宜悉奏陈。

【小儿致语】

臣闻天行有信，岁得秋而万宝成；君德无私，日将旦而群阴伏。清风应律，广乐在庭。占岁事于金穰，望天颜之玉粹。沐浴膏泽，咏歌升平。恭惟皇帝陛下，天纵聪明，日跻圣知。无一物之失所，得万国之欢心。虽击壤之民，固何知于帝力；而后天之祝，亦各抒于下情。臣等幸以齠龀之年，得居仁寿之域。咏舞雩于沂水，久乐圣时；唱铜鞮于汉滨，空惭郢曲。愿陈舞缀，少奉宸欢。未敢自专，伏候进止。

【勾杂剧】

朱弦玉管，屡进清音；华翟文竿，少停逸缀。宜进诙谐之技，少资色笑之欢。上悦天颜，杂剧来欤。

【放小儿队】

回翔丹陛，已陈就日之诚；合散广庭，曲尽流风之妙。歌钟告阕，羽籥言旋。再拜天阶，相将好去。

【勾女童队】

锦荐云舒，来九成之丹凤；霞衣鳞集，隐三叠之灵鼍。上奉宸严，教坊女童入队。

【队名】

香云浮绣㡛，花浪舞彤庭。

【问女童队】

清禁深严，方缙绅之云集；仙音嘽缓，忽簪珥之星陈。徐步香茵，悉陈来意。

【女童致语】

妾闻钧天广乐，空传帝所之游；阆阖清风，理绝庶人之共。夫何仙圣，靡隔尘凡。仰瞻八采之威，共庆千龄之运。恭惟皇帝陛下，乾健而粹，离明而文。规摹六圣之心，人将自化；仪刑文母之德，天且不违。乐兹大有之年，申以宗慈之会。虞韶既毕，夏籥将兴。妾等分缀以须，审音而作；愿俟工歌之阕，少同率舞之欢。未敢自专，伏取进止。

【勾杂剧】

弦匏迭奏，干羽毕陈。洽闻舜乐之和，稍进齐谐之技。金丝徐韵，杂剧来欤。

【放女童队】

羽觞湛湛,方陈既醉之诗;鼋鼓渊渊,复奏言归之曲。峨鬟伫立,敛袂却行。再拜天阶,相将好去。

以上是一篇完整的教坊词致语口号,乃记元祐二年九月丁卯大宴集英殿之事,集英殿乃朝廷宴殿,故凡涉朝廷重大宴事,多择此殿而举行,全文收录于《苏轼诗集》卷四十六。内容无非是歌颂风调雨顺、政治清和、皇帝圣明、民众安乐等升平之事。从结构上说,"教坊词致语口号"除了前面的致语、口号之外,凡内制之曲,往往还接续有勾合曲、勾小儿队、队名、问小儿队、小儿致语、勾杂剧、放小儿队,及勾女童队、队名、问女童队、女童致语、勾杂剧、放女童队各词,与前面的致语口号合为一部。王文诰解释说:"致语口号者,乃排场之始,叙此日之乐也。口号既毕,而后勾合曲。勾者,勾出之业。既奏勾合曲,而后教坊合乐,乐毕,勾小儿队。小儿入队,而后演其队名,且问其入队之来意,故小儿又致语。盖因问以陈此日之颂辞,与前面之致语,合成章法也。既讫事,始勾杂剧,杂剧出而无所不有,科诨戏谑,寓讽寓谏,皆教坊主之。及终,则放小儿队,谓放之使还而乐终也。如或勾女童队,则又再起,合两部为一部也。"按其解释,开篇之致语及口号当无音乐伴奏,只是以骈文或诗歌的形式略述当日表演之内容,既是排场之始,也有总括下文的意思。勾合曲类似于音乐前奏,教坊合乐毕,则小儿或女童入场,略释队名,然后有问有答,再由小儿致语,其致语内容与开篇之致语内容相互呼应。杂剧是综合性的演出,不过在"科诨戏谑"中"寓讽寓谏"。杂剧演出毕,则小儿队亦放还。若一部未尽兴,则再增女童队,基本程式则与小儿队无异。

大体明乎致语的结构体例及内容特点,再来看王国维此则,可推知致语的成套形式、句式的长短错综、杂剧的科诨调笑等等,都不免有一种似词而非词、似曲而非曲的文体特点。王国维注意及此,只能说明文体观念一直是这部《人间词话》持以论说的核心。

# 第九十二则

自竹垞痛贬《草堂诗馀》而推《绝妙好词》〔一〕,后人群附和之。不知《草堂》虽有蓁诨之作,然佳词恒得十之六七。《绝妙好词》则除张、范、辛、刘〔二〕诸家外,十之八九皆极无聊赖之词。甚矣,人之贵耳贱目也。

【注释】

〔一〕《绝妙好词》:词集选本,南宋周密编选,共七卷,凡一百三十二家近四百首词,专收南宋人词作,始于张孝祥,终于仇远。以符合格律而清丽婉约为选录标准。

〔二〕张、范、辛、刘:即张孝祥、范成大、辛弃疾、刘过。范成大(1126—1193),字至能,一字幼元,号此山居士,晚号石湖居士,吴县(今属江苏省)人,著有《石湖词》等。

【疏证】

朱彝尊以南宋词为极工,所以对于选录南宋词较多的《绝妙好词》评价较高,而对选北宋词较多的《草堂诗馀》则评价为低,其意盖在崇雅抑俗耳。朱氏之说确实得到了清代不少学者的附议,如钱曾《述古堂藏书题词》即评价《绝妙好词》云:"选录精允,清言秀句,层见叠出,诚词家之南董也。"柯煜《绝妙好词序》也有"得此一编,如逢拱璧"之评。《四库全书总目提要》不仅认为《绝妙好词》"去取谨严",而且将其价值和地位置于曾慥《乐府雅词》和黄昇《花庵词选》之上,推崇之意甚为明显。王国维"后人群附和之"之说未为无据。王国维词论反浙派的意图一向是分明的,此则从选本的角度对朱彝尊词学痛下针砭,手稿原稿并引韩愈语"小好小惭,大好大惭"以为例证。盖在王国维而言,《草堂诗馀》所写情感多属青楼买醉之类,然不加掩饰,率性而发,其情感或当不得一个"雅"字,但尚不失一个"真"字,故纵有亵诨之作,亦不失为有境界;《绝妙好词》则多南宋人作品,用典偏多,是王国维心目中的"羔雁之具",因为注重创作的模式化,使性情被有意地遮蔽起来,性情遮蔽其实也就远离乎真实了,而远离真实的作品在王国维的观念中是价减其半的,也偏离了词体固有之本色与本位了。王国维把南宋人心目中的"绝妙好词"看作是"十之八九皆极无聊赖之词",可见得对南宋词的摒斥之力。俗而至于亵诨,雅而至于无聊,其实都不是王国维词学的驻足处,盖去其两极而折衷其间,方是王国维心仪之高境。此则结句"甚矣,人之贵耳贱目也",可见其对传统词学陈陈相因而不自出手眼的批评。此则亦可略窥王国维词学之思想背景之一斑,因为在商榷朱彝尊之说中虽有《四库全书总目提要》的影子,即其对《草堂诗馀》的好评也未尝不是受到《四库全书总目提要》的影响。《四库全书总目提要·类编草堂诗馀》有云:"朱彝尊作《词综》,称《草堂》选词可谓无目,其垢之甚至。今观所录,虽未免杂而不纯,不及《花间》诸集之精善,然利钝互陈,瑕瑜不掩,名章俊句亦错出其间。一概诋排,亦未为公论。"由"总目"中的这一节话返观王国维此则,其承传之意确实是昭然在焉。

# 第九十三则

明顾梧芳刻《尊前集》[一]二卷,自为之引并云:明嘉禾顾梧芳编次。毛子晋刻《词苑英华》疑为梧芳所辑。朱竹垞跋称:吴下得吴宽手钞本,取顾本勘之,靡有不同,固定为宋初人编辑。《提要》两存其说。案《古今词话》[二]云:"赵崇祚《花间集》载温飞卿《菩萨蛮》甚多,合之吕鹏《尊前集》不下二十阕。"今考顾刻所载飞卿《菩萨蛮》五首,除"咏泪"一首外,皆《花间》所有,知顾刻虽非自编,亦非复吕鹏所编之旧矣。《提要》又云张炎《乐府指迷》虽云唐人有《尊前》、《花间》集,然《乐府指迷》"真出张炎与否,盖未可定。陈振孙《书录解题》'歌词类'以《花间集》为首,注曰'此近世倚声填词之祖',而无《尊前集》之名。不应张炎见之而陈振孙不见"。然《书录解题》"阳春录"条下引高邮崔公度语曰:"《尊前》《花间》往往谬其姓氏。"公度元祐间人,《宋史》有传。北宋固有,则此书不过直斋未见耳。又案:黄昇《花庵词选》李白《清平乐》下注云:"翰林应制。"又云"案唐吕鹏《遏云集》载应制词四首,以后二首无清逸气韵,疑非太白所作"云云。今《尊前集》所载太白《清平乐》有五首,岂《尊前集》一名《遏云集》,而四首五首之不同,乃花庵所见之本略异欤?又,欧阳炯<sup>[三]</sup>《花间集序》谓:"明皇朝有李太白应制《清平乐》四首。"则唐末时只有四首,岂末一首为梧芳所羼入,非吕鹏之旧欤?

【注释】

〔一〕《尊前集》:编者不详,盖为北宋初人所编,录词人三十六人词作二百八十九首,以五代词为主。今传最早版本为明吴讷《唐宋名贤百家词》一卷本。

〔二〕《古今词话》:清代沈雄编撰,分词话、词品、词辨、词评四个部分,每一部分分上下两卷,共八卷。

〔三〕欧阳炯(896—971),五代后蜀词人,益州华阳(今四川省成都市)人,王国维为辑有《欧阳平章词》。

【疏证】

　　此则为纯粹考证文字,考证《尊前集》之作者、编定时间、别名。作者是吕鹏,还是顾梧芳?是吕鹏原编,顾梧芳重编?编定时间是唐末、北宋初,还是明代?是否别名为《遏云集》?王国维提出疑问,简单引述有关文字，但未作定论。按，此则内容已大体先见于王国维编撰的《词录》中，至撰写词话之时，则略作修改。《庚辛之间读书记》亦有一长篇叙说，大意同此。王国维大约因为辑录唐五代之词，又在吴昌绶《宋金元词集见存卷目》的基础上编纂《词录》一书，故对历代词选多有留意，在阅读材料过程中遇有问题遂略作考证耳。手稿写作，较为随意，故时有这类考证文字杂乎其中，而在王国维选录后的本子中，这类带有纯粹考证色彩的词话条目基本被删略掉了。这也从一个方面说明，王国维撰述词话最初其实是意图汇纂自己的词学见解及有关史料的考订，故理论阐述与单纯性的考证文字夹杂一书之中。王国维在拈出发表之时，之所以要经过数度斟酌、调整、删改，也是要加强其理论色彩而已。

# 第九十四则

　　《提要》载：“《古今词话》六卷，国朝沈雄纂。雄字偶僧，吴江人。是编所述上起于唐，下迄康熙中年。”然维见明嘉靖前白口本《笺注草堂诗馀》林外《洞仙歌》下引《古今词话》云：“此词乃近时林外题于吴江垂虹亭。”（明刻《类编草堂诗馀》亦同）案：升庵[一]《词品》云：“林外字岂尘，有《洞仙歌》书于垂虹亭畔。作道装，不告姓名，饮醉而去。人疑为吕洞宾。传入宫中。孝宗笑曰：‘云崖洞天无锁，锁与老叶均，则锁音扫，乃闽音也。’侦问之，果闽人林外也。”（《齐东野语》所载亦略同）则《古今词话》宋时固有此书。岂雄窃此书而复益以近代事欤？又《季沧苇书目》[二]载《古今词话》十卷，而沈雄所纂只六卷，益证其非一书矣。

264

【注释】

〔一〕升庵：即杨慎（1488—1559），字用修，号升庵，新都（今属四川省）

人，著有《升庵长短句》、《词品》等，编有《词林万选》等。

〔二〕《季沧苇书目》：清代季振宜撰。

## 【疏证】

王国维以明刻《笺注草堂诗馀》和《词品》二书曾引述《古今词话》之语，因而考证宋代与清代有两种《古今词话》，结论基本正确，但认为沈雄可能窃取杨湜原书，却属妄加猜度。其实，沈雄《古今词话·凡例》已言之甚明："词话者，旧有《古今词话》一书，撰述名氏久矣失传，又散见一二则于诸刻。兹仍旧名，而断自六朝，分为四种，据旧辑及新钞者，前后登之，一表制词之原委，一见命调之异同。僭为纂述，以鸣一时之盛。"王国维可能未曾寓目沈雄此书，故起考证之心。杨湜《古今词话》，原书久佚，最早见引于胡仔《苕溪渔隐丛话》。近人赵万里从所引诸书中辑得六十七则。此书所记多五代以来词坛逸事，侧重传闻艳事，近于说部。沈雄所撰《古今词话》则分词话、词品、词辨、词评四个部分，以荟萃各家评语为主。王国维论词多参酌《四库全书总目提要》，此则亦一证也。

# 第九十五则

陆放翁跋《花间集》谓："唐季五代诗愈卑，而倚声者辄简古可爱。""能此不能彼，未可以理推也"。[一]《提要》驳之，谓："犹能举七十斤者，举百斤则蹶，举五十斤则运掉自如。"[二]其言甚辨。然谓词格必卑于诗，余未敢信。善乎陈卧子之言曰："宋人不知诗而强作诗，故终宋之世无诗。""然其欢愉愁苦之致，动于中而不能抑者，类发于诗馀，故其所造独工"。[三]唐季、五代之词独胜，亦由此也。

〔一〕"唐季"数句：出自陆游《花间集·跋》："唐自大中后，诗家日趣浅薄，其间杰出者亦不复有前辈闳妙浑厚之作，久而自厌，然梏于俗尚，不能拔出。会有倚声作词者，本欲酒间易晓，颇摆落故态，适与六朝跌宕意气差近，此集所载是也。故历唐季五代，诗愈卑而倚声辄简古可爱。……笔墨驰骋则一，能此而不能彼，未易以理推也。"王国维将"未易"误作"未可"。

〔二〕"犹能"数句：出自《四库提要》集部词曲类一《花间集》："后有陆游二跋。……其二称：'唐季五代，诗愈卑，而倚声者辄简古可爱。能此不能彼，未易以理推也。'不知文之体格有高卑，人之学力有强弱。学力不足副其体格，则举之不足。学力足以副其体格，则举之有馀。律诗降于古诗，故中晚唐古诗多不工，而律诗则时有佳作。词又降于律诗，故五季人诗不及唐，词乃独胜。此犹能举七十斤者，举百斤则蹶，举五十则运掉自如，有何不可理推乎？"

〔三〕陈卧子：即陈子龙。"宋人"数句，出自陈子龙《王介人诗馀序》："宋人不知诗而强作诗。其为诗也，言理而不言情，故终宋之世无诗焉。然宋人亦不可免于有情。故凡其欢愉愁怨之致，动于中而不能抑者，类发于诗馀，故其所造独工，非后世可及。盖以沈至之思而出之必浅近，使读之者骤遇如在耳目之表，久诵而得沈永之趣，则用意难也。以僄利之词，而制之实工炼，使篇无累句，句无累字，圆润明密，言如贯珠，则铸词难也。其为体也纤弱，所谓明珠翠羽，尚嫌其重，何况龙鸾？必有鲜妍之姿，而不借粉泽，则设色难也。其为境也婉媚，虽以警露取妍，实贵含蓄，有馀不尽，时在低回唱叹之际，则命篇难也。惟宋人专力事之，篇什既多，触景皆会。天机所启，若出自然。虽高谈大雅，而亦觉其不可废。何则？物有独至，小道可观也。"王国维将"愁怨"误作"愁苦"，又衍"然其"二字。

【疏证】

所谓"能此而不能彼"其实是为其" 代有一代之文学"的思想张
本。此从晚唐五代说起，在文体上，词替代诗已初呈端倪，且不可遏
制。引陈子龙语，意在由情感一端来说明，宋词之胜宋诗，胜在情感。
宋诗好议论说理，偏离诗歌本体，所以被认为"终宋之世无诗"。此则
也从一个角度说明，王国维所谓一代有一代之文学，主要是指情感的
载体随时代变迁而发生变化的规律性。王国维偏爱唐五代北宋词，正
是由于这是一个把情感充分在词体中表现的时期，而到了南宋，则情
感的表现失去了自然与真率，词之衰落遂不可避免。此则连引陆游
《花间集跋》、《四库提要》、陈子龙《王介人诗馀序》三文，意脉是一贯
的，都在强调文体何以在某代"独胜"的原因所在。陆游认为这种现象
"未易以理推"，四库馆臣作了初步分析，而陈子龙则从学理上予以准
确剖析。王国维援引三家之说，固然是为其偏尚唐五代北宋之词张
本，但其实也是自道其词学渊源所在，值得重视。引绪虽远，但未尝不
可落脚到境界说。

# 第九十六则

"君王枉把平陈业，换得雷塘数亩田"[一]，政治家之言也；"长陵
亦是闲丘陇，异日谁知与仲多"[二]，诗人之言也。政治家之眼，域于
一人一事；诗人之眼，则通古今而观之。词人观物，须用诗人之眼，
不可用政治家之眼。故感事、怀古等作当与寿词同为词家所禁也。

【注释】

〔一〕"君王"二句：出自罗隐《炀帝陵》："入郭登桥出郭船，红楼日日柳

年年。君王忍把平陈业，只换雷塘数亩田。"王国维引文将"只换"误作"换得"。

〔二〕"长陵"二句：出自唐彦谦《仲山·高祖兄仲山隐居之所》："千载遗踪寄薜萝，沛中乡里汉山河。长陵亦是闲丘陇，异日谁知与仲多。"

【疏证】

提倡纯文学观念。王国维引用罗隐的《炀帝陵》和唐彦谦的《仲山》诗，其实都是属于怀古诗一类，但王国维把罗隐的诗当作"政治家之言"，而把唐彦谦的诗当作"诗人之言"，其间原因就是罗隐诗句始终是围绕隋炀帝一人之命运，而唐彦谦诗句则由刘邦之沉浮而联想到"异日"和"谁知"，把对帝王个人命运的叹息扩大为对人生变换的普遍意义上的思考，这种区别也就是王国维所说的"域于一人一事"与"通古今而观之"的区别。罗隐的诗句是意尽言中，唐彦谦的诗句是意在言外，其对读者情感的触发和引申是颇为不同的。所谓"政治家之眼"是立足于一朝一姓之兴衰，并非其身份一定是政治家，即罗隐曾自谓"自己卯（八五九）至于庚寅（八七○），一十二年，看人变化"①，曾十上而不中第，广明中更避乱而隐居池州等地，政治上应该算是不太成功的一类；而所谓"诗人之眼"则是由具体之"物"而起兴，理解和阐释的层面、幅度由此而得以深化和扩展。

王国维在此则结尾所说的词家禁写感事、怀古、祝寿一类的题材，与第四十二则所论应有呼应，其文曰："人能于诗词中不为美刺、投赠、怀古、咏史之篇，不使隶事之句，不用装饰之字，则于此道已过半矣。"本则在词家所禁中增入一寿词，大意仍是一贯，反对功利的应酬的文学而已。不过本则乃是就写作而局限于具体人、事、物的情形而言的，

---

① 罗隐《湘南应用集序》，《文苑英华》第五册，中华书局 1966 年版，第 3648 页。

王国维肯定唐彦谦的怀古诗句,就是一个明证,所以"词家所禁"其实就是词家作法所禁,而非对某一类题材的简单否定。其实寿词也从一个独特的角度反映了词人的生命意识,是中国生命文化的一个组成部分。《诗经·豳风·七月》已有"为此春酒,以介眉寿"之句,东汉《古诗十九首》也有"人生非金石,岂能长寿考"的困惑和疑问,因此重视生命就成为中国文学的一个基本价值取向。即词而论,敦煌词中《拜新月》(国泰时清晏)、《感皇恩》(四海天下及诸州),就是贺寿之词。唐代自唐明皇以自己生日为千秋节之后,庆寿之风由此蔓延,其中贺寿诗文更成洋洋大观。两宋时期——特别是北宋后期至南宋时期,创作寿词更成一时风气。如何评判一代寿词的价值,其实是一个饶有学理的学术命题。黄文吉在《寿词与宋人的生命理想》一文中说:

> 宋人为庆生祝寿所写的词作,在颂祷祈福声中,反映出他们的生命理想,其内容有的是健康长寿的期望,代表宋人对有限生命的珍惜;有的是歌颂美满家庭,表达夫妻恩爱,代表宋人如何享受生命;有的是重视功名德业的追求,代表宋人如何发扬生命,以达不朽;有的是社会责任的承担,代表宋人想要燃烧一己之生命,以照亮群体;有的则是乐天适性的体悟,表现出宋人优游生命,以求安度此生;他们处在不同的情境中,则有不同的反映,这些都是生命底层的声音,我们岂可因它的酬酢功能而等闲视之呢?

对寿词的内容和地位都作了相当高的评价。我们翻检宋代寿词,其实也常常为一些优秀的寿词感动着,其艺术品味固非"酬酢"二字可尽。如辛弃疾的《水龙吟·为韩南涧尚书寿甲辰》:

> 渡江天马南来,几人真是经纶手。长安父老,新亭风景,可怜依旧。夷甫诸人,神州沈陆,几曾回首。算平戎万里,功名本是,真儒事、君知否。　　况有文章山斗。对桐阴、满庭清昼。当年堕地,而今试看,风云奔走。绿野风烟,平泉草木,东山歌酒。待他年,整顿乾坤事了,为先生寿。

此词作于淳熙十一年（一一八四），六十七岁的韩元吉与四十五岁的辛弃疾都闲居在江西上饶，一在南涧，一在带湖，同属抑郁失意之人。但词中所表述的无非是对"神州沈陆"的悲凉，对经纶之手的自许和对"整顿乾坤"的豪情，祝寿之意反而隐退在这种悲凉、自许和豪情的背后，使生命的价值和潜能在这种看似隐退中强烈反弹出来，极具情感力度。如此寿词，其价值何尝在他词之下？再如陈亮的寿内人词，情意缱绻深至，令人动容。其《天仙子》词云：

> 一夜秋光先著柳。暑力平明羞失守。西风不放入帘帏，饶永昼。沈烟透。半月十朝秋定否。　　指点芙蕖凝伫久。高处成莲深处藕。百年长共月团圆，女进酒。男称寿。一点浮云人似旧。

写景写情，融合无间，而夫妻相濡以沫的情感也与日俱增。所以寿词其实是不乏优秀之作，不宜一概抹煞。王国维自己也曾染指寿词，如《霜花腴·用梦窗韵补寿彊村侍郎己未》即为一九一九年与朱祖谋同受聘为沈曾植主持《浙江通志》编纂时所作，朱祖谋生于一八五七年，时年六十二岁，王国维题曰"补寿"，盖补六十之寿也。

当然寿词的主题往往有预设的成分，其程式化的特征确实容易影响到个人情感的艺术表现。张炎《词源》卷下云："难莫难于寿词。倘尽言富贵，则尘俗；尽言功名，则谀佞；尽言神仙，则迂阔虚诞。当总此三者而为之，无俗忌之词，不失其寿可也。"沈义父《乐府指迷》亦云："寿曲最难作。切宜戒寿酒、寿香、老人星、千春百岁之类。须打破旧曲规模，只形容当人事业才能，隐然有祝颂之意方好。"张炎和沈义父都意识到寿词之难，都追求一种语言之雅，这些都是中肯之论。不过，在如何破俗为雅上，两人的主张其实是有差异的。张炎似乎要求在内容上兼写多种，以避免偏仄，流于或尘俗或谀佞或迂阔虚诞的毛病，但他的解决之道是将富贵、功名、神仙"总此三者"而为之，则其实是仍难脱俗套的。沈义父明确要求打破"旧曲规模"，其理念是值得关注的，但要求转以被寿之人的"事业才能"为描写对象，其实也是从一种俗套变成另外一种俗套，倒是"隐然有祝颂之意"一句，颇得寿词之旨意。但如何隐然？如何既不失祝颂之意，又能将祝颂者个人情怀融通进来？这些关键问题，都未见论列。其实这些问题要回到文学本身才能得到确解的。王渔洋《香祖笔记》揭出"诗文二昧"当在"偶然欲书"，而非"牵率应酬"，其实强调的也正是一种"诗人之眼"。政治家着眼当世，故与功利乃有着不可分割的关系；诗人着眼于审美，其与功利之间，正如水火之不容。所谓"通古今而观之"正是反对"域于一人一事"。王国维此意在早年《静安文集》中的多篇文章中皆有所涉及，明显受到康德、叔本华等人的影响。

# 第九十七则

宋人小说，多不足信。如《雪舟脞语》谓：台州知府唐仲友眷官妓严蕊奴，朱晦庵系治之。及晦庵移去，提刑岳霖行部至台，蕊乞自便。岳问曰：去将安归？蕊赋《卜算子》词云"住也如何住"云云。[一]案：此词系仲友戚高宣教作，使蕊歌以侑觞者，见朱子"纠唐仲友奏牍"[二]。则《齐东野语》所纪朱、唐公案[三]，恐亦未可信也。

【注释】

〔一〕"台州"数句：参见陶宗仪《说郛》卷五十七引邵桂子《雪舟脞语》："唐悦斋仲友字与正，知台州。朱晦庵为浙东提举，数不相得，至于互申。寿皇问宰执二人曲直。对曰：秀才争闲气耳。悦斋眷官妓严蕊奴，晦庵捕送图圄。提刑岳商卿霖行部疏决，蕊奴乞自便。宪使问去将安归，蕊奴赋《卜算子》，末云：'住也如何住，去又终须去。若得山花插满头，莫问奴归处。'宪笑而释之。"

〔二〕朱子"纠唐仲友奏牍"：参见朱熹《朱子大全》卷十九《按唐仲友第四状》："五月十六日筵会，仲友亲戚高宣教撰曲一首，名《卜算

子》，后一段云：'去又如何去，住又如何住。待得山花插满头，休
问奴归处。'"

〔三〕《齐东野语》所纪朱、唐公案：参见周密《齐东野语》卷十七"朱唐
交奏本末"："朱晦庵按唐仲友事，或言吕伯恭尝与仲友同书会有
隙，朱主吕，故抑唐，是不然也。盖唐平时恃才轻晦庵，而陈同
父颇为朱所进，与唐每不相下。同父游台，尝狎籍妓，嘱唐为脱籍，
许之。偶郡集，唐语妓曰：'汝果欲从陈官人耶？'妓谢。唐云：
'汝须能忍饥受冻仍可。'妓闻大恚。自是陈至妓家，无复前之奉
承矣。陈知为唐所卖，亟往见朱。朱问：'近日小唐云何？'答曰：
'唐谓公尚不识字，如何作监司？'朱衔之，遂以部内有冤案，乞再
巡按。既至台，适唐出迎少稽，朱益以陈言为信。立索郡印，付以
次官。乃摭唐罪具奏，而唐亦以奏驰上。时唐乡相王淮当轴。既
进呈，上问王。王奏：'此秀才争闲气耳。'遂两平其事。详见周
平园《王季海日记》。而朱门诸贤所作《年谱道统录》，乃以季海
右唐而并斥之，非公论也。其说闻之陈伯玉式卿，盖亲得之婺之
诸吕云。"

【疏证】

此则考辨作者问题，虽与理论无直接之关系，但涉及到如何区分
传说与史实之关系问题，反映出王国维作为史学家的基本立场。此则
所谓"小说"非现代文体意义上的小说，而是类似于本事词一类的野史
和笔记，即朱自清《论雅俗共赏》中所言及之"记述杂事的趣味作品"，
这类作品往往依据某些传说将词敷演成一段故事，但往往误歌者与作
者为一人。如《雪舟脞语》所记台州知府唐仲友所眷官妓严蕊作《卜算
子》一词，据朱熹所记，实是唐仲友之戚高宣教所作，严蕊不过是歌唱
此词而已。王国维认为这类"宋人小说"多不可信，是从史实的角度而
言的，这其实涉及到如何合理采信历史资料的问题。今存宋人笔记即

多有此类。王国维此则要求慎重对待宋人小说笔记,即对于今人研究宋人文史也是富有启发意义的。王国维从中年以后转向史学研究,其实也与他早年深潜的史学立场有一定的关系。

# 第九十八则

唐五代之词,有句而无篇;南宋名家之词,有篇而无句;有篇有句,唯李后主降宋后之作,及永叔、子瞻、少游、美成、稼轩数人而已。

【疏证】

此则重回境界说。在第三十一则,王国维即有"有境界……自有名句"之说,则此处"有句"云云乃是指"名句"而言。"篇"在王国维的语境中并不受重视,其所述"有我"、"无我"、"隔"与"不隔"之境等,所举以为例者,皆以"句"为基本单位。此则在"句"之外,复提"篇",乃是对此前理论的一种补充。所谓"篇"当是指词作整体所呈现出来的浑成自然的风貌。王国维把李煜、欧阳修、苏轼、秦观、周邦彦、辛弃疾六人列为"有篇有句"的典范,乃是对此前境界说偏重"句"的一种修正,在"有篇"的前提下"有句",才是境界之高格。刘熙载《艺概》卷四云:"词以炼章法为隐,炼字句为秀。秀而不隐,是犹百琲明珠,而无一线穿也。"刘熙载主张"隐"和"秀"的结合,亦即篇与句的结合。王国维则在"句"与"篇"不能兼备的情况下,仍是以"句"为首务。此则尤其值得注意的是:王国维对周邦彦态度的转变。这意味着王国维在相当程度上接受了周济以"浑化"来概括清真词的特色,并悬为填词极境的理论。又金应珪《词选后序》将"有句而无章"视为"游词"特征之一,则重视篇章确实是常州词派的理论倾向之一,王国维词学中的"常州"因素,虽语多逸出,但其实是不无暗渡陈仓之处的。又,此则也可以说明，王国维在撰述词话的过程中，对自己提出的理论其实是一直处于一种斟酌调整的状态之中的，也因此欲整体把握王国维词学的本质特征，需要综合全书而言，注意其各则的侧重以及则与则之间的互补和调节。

# 第九十九则

唐五代北宋之词家，倡优也；南宋后之词家，俗子也。二者其失相等。然词人之词，宁失之倡优，不失之俗子。以俗子之可厌，较倡优为甚故也。

【疏证】

此则手稿略有删改，"倡优"前原有"侏儒"二字，后删；"俗子"原作"鄙夫俗吏"，后删去"鄙夫"，改"俗吏"为"俗子"。这一删改正可见出王国维"倡优"之意原本是与"侏儒"合并而言。观王国维《论哲学家与美术家之天职》所论，王国维十分反对"凡哲学家无不欲兼为政治家"这一现象，因其致世人皆以具备政治家情怀的诗人为"大诗人"，"至诗人之无此抱负者，与夫小说、戏曲、图画、音乐诸家，皆以侏儒、倡优自处，世亦以侏儒、倡优蓄之。所谓'诗外尚有事在'、'一命为文人，便无足观'，我国人之金科玉律也。呜呼！美术之无独立之价值也久矣，此无怪历代诗人多托于忠君爱国、劝善惩恶之意，以自解免，而纯粹美术上之著述，往往受世之迫害，而无人为之昭雪也。此亦我国哲学、美术不发达之一原因也"。从王国维的这一节分析来看，所谓侏儒倡优其实就是无意兼为政治家的诗人，他们的作品以抒发一己之情感为主，缺乏高远之主题，有的更流于玩赏风月，所以世人以"侏儒倡优"视之。而"鄙夫俗吏"则将诗歌与政治结合起来，所以其作品中往往寄寓了忠君爱国、劝善惩恶之意，而将个人的情感泯灭在这种政治的意蕴之下，实际上失去了文学独立的抒情功能。王国维在《殷虚书契考释·后序》中说："俗儒鄙夫不通字例、未习旧艺者，辄以古文所托者高，知之者鲜，利荆棘之未开，谓鬼魅之易画，遂乃肆其私臆，无所忌惮。"此处所谓"俗儒鄙夫"虽然是就小学与古文的关系而言的，但实际也是对于才学浅薄而妄呈臆说者的一种贬称。王国维对于文学与政治关系的判断与"世人"不同，他认为唐五代北宋之词虽然有言情过甚流为"倡优"者，但毕竟是将抒发词人主体的感情置于首位，而俗子则多攀乎政治主题，其实是失去了文学的方向，所以两者相比，"俗子"之失要远在"倡优"之下了。王国维终究是要为纯文学而鼓吹的。此则与上则仍属于对词史的价值裁断，上则就篇与句的关系立论，此则就"倡优"与"俗子"的对比与譬喻来说明词人之词的取舍之道。王国维对唐五代北宋词的青睐贯穿在整部词话当中，而且这种青睐除了有学理的分析之外，还带上了一定的感情色彩。平心而论，"倡优"与"俗子"的比方并未见其妙处，王国维借此而喻，大意不过强调文学之"真"与"纯"的重要。因为倡优之俗乃坦诚无隐，而俗子之俗则不免虚骄和伪饰了，两者固皆属于"失"，但也有失之多与失之少、失之本与失之末的区别。

# 第一百则

　　读东坡、稼轩词，须观其雅量高致，有伯夷[一]、柳下惠[二]之风。白石虽似蝉蜕尘埃，然如韦、柳之视陶公，非徒有上下床[三]之别。

【注释】

〔一〕伯夷：商代末年孤竹君之子，被孟子誉为"圣之清者"。

〔二〕柳下惠：即展获（前720—前621），字子禽，春秋时期鲁国人。"柳下"是他的食邑，"惠"则是他的谥号，故称"柳下惠"。被孟子誉为"圣之和者"。

〔三〕上下床:喻高低悬殊之意。典出《三国志·魏志·陈登传》:汉末许汜遭乱过下邳,见陈登,登轻视汜,自上大床卧,使汜卧下床。后汜以此事告刘备,备曰:"君求田问舍,言无可采,是元龙所讳也,何缘当与君语?如小人,欲卧百尺楼上,卧君于地,何但上下床之间邪?"元龙,为陈登字。

【疏证】

　　言境界与胸襟之关系。苏轼和辛弃疾的词都是被王国维誉为"有篇有句"的典范,即是境界的代表,此则将境界与词人个人的精神品格联系起来,提出"雅量高致"的说法,将境界说从原先比较纯粹的创作特征扩大到作为创作主体的词人身上,其词论的周延得到了强化。"雅量高致"的说法与宋代胡寅《题酒边词》所谓"逸怀浩气",王灼《碧鸡漫志》所谓"指出向上一路"云云,意颇相承。伯夷、柳下惠在《孟子》中被誉为"百世之师",能使"顽夫廉"、"懦夫有立志"、"薄夫敦"、"鄙夫宽",其精神品格泽被众人。王国维此处以伯夷、柳下惠比喻苏轼、辛弃疾,正因其词中的精神魅力有不可形容者,其词正是这种真性情的自然反映。伯夷是商代末年孤竹君的长子,本有继位的资格,但孤竹君有意让次子继位。而在孤竹君去世之后,其次子又坚让伯夷继位。伯夷以父命不可违为由拒绝。后并隐居首阳山,因耻食周粟而饿死。柳下惠虽然在鲁国仕途蹭蹬,但不改直道事人的秉性,后隐居而成"逸民"。伯夷和柳下惠在古代都属于有气节、有胸襟、不慕名利之人,素被视为隐逸君子的典范。王国维在这里将苏轼和辛弃疾比拟为伯夷和柳下惠,只是就其气度高逸、情致脱俗而言的。而姜夔虽也貌似品格超卓,其实非其性情之真,故判定词人高下,犹须契入内心,烛照无隐,方能不为词的表面所惑。此即所谓"非徒有上下床之别"之意落脚处。王国维以苏轼、辛弃疾比喻陶渊明,而以姜夔比喻韦应物、柳

276

宗元,其标准正在于性情之博大与狭隘和真实与虚假耳。把苏、辛与
姜三者并提,在手稿中时或见到,而其抑扬高下则如出一辙。值得注
意的是,静安论词,时或兼及于诗,而论诗又往往心折于陶渊明,静安
词论之根本,颇有从陶诗感悟而移之于词者。此一思路亦宛然见诸刘
熙载,其《游艺约言》云:"渊明少欲,屈子多情,此就两家文而论其迹
也。""陶渊明诗文,几于知道。至语气真率,亦不夸,亦不让,亦令人想
见其为人"。"陶诗'谁谓形迹拘,任真无所先',《五柳先生传》大意,
即此可括"。皆意在明其雅量高致,有非同寻常者在。刘熙载论东坡、
太白,无不持此以说,如"东坡之文,近于太白之诗,此由高亮洒落,胸
次略同,非可以其迹象论离合也"。静安甄综其说以论词,承传之迹固
可视而察之。

## 第一百一则

　　东坡、稼轩,词中之狂;白石,词中之狷也。梦窗、玉田、西麓、
草窗之词,则乡愿[一]而已。

**【注释】**

〔一〕乡愿:即媚于世俗、不讲道德的伪善者、伪君子之意。孔子曾把
　　　"乡愿"看成是"德之贼"。

**【疏证】**

　　以狂、狷、乡愿为词人三种品第。上则言论词当兼观其人,此则便
论人兼及其词。狂者、狷者、乡愿三者并提盖始于孔子。其实这三者
并非孔子心目中的理想人格,孔子将能践履"中行"——即中庸之道的
人才称为君子。但芸芸众生,能当得起"君子"称号的能有几人? 所以
孔子退而求其次,对狂者和狷者也表示了部分认同。因为这两者虽然

277

不合"中行"，但狂者的进取无畏和狷者的有所不为，毕竟仍有可取之处。但"乡愿"却是孔子极力反对的，因为狂者和狷者偏离"中行"乃是人所共知的，而"乡愿"之人貌似忠信廉洁，其实是与尧舜之道背道而驰的，带有更大的欺骗性，所以孔子用"德之贼"来形容乡愿之人，可见其憎恨之态度。刘熙载《游艺约言》云："诗文书画之品，有狂，有狷。若乡愿，无是品也。"可见乡愿根本是不入品的。王国维此论，不仅在人品与词品的关系上可见刘熙载的影响，即在具体话语上也是如此，对勘两说，迹象甚著。

王国维列东坡、稼轩为第一等，盖不仅其词有句有篇，而且其词中真气郁勃，有不可抑制者；列白石为第二等，盖其格调虽高，但写之于词，如野云孤飞，不着痕迹，不免有未落到实处之感，此之谓"狷"。此也可以与王国维所云"古今词人格调之高，无如白石。惜不于意境上用力，故觉无言外之味，弦外之响。终不能与于第一流之作者也"彼此对勘；列梦窗、玉田、西麓、草窗为第三等，则并人品词品一齐否定。三等分人，标准仍在境界二字。此则对苏轼、辛弃疾、姜夔分以狂、狷相评，大体合实。惟以"乡愿"评梦窗以下诸人，仍带有一定的感情色彩。《论语·阳货》云："子曰：乡愿，德之贼也。"《孟子·尽心下》记孟子对此的解释说："非之无举也，刺之无刺也，同乎流俗，合乎污世，居之似忠信，行之似廉洁，众皆悦之，自以为是，而不可与入尧舜之道，故曰德之贼也。"从孟子的阐释可以看出，乡愿云云是就"德"而言的，而"德"又与传统的尧舜之道结合起来。联系上一则"雅量高致"的说法，这一则仍是就词人之"品"来立论的，人品之高下与词品之高下，形成了一种大致对应的关系。

278

## 第一百二则

《蝶恋花》"独倚危楼"一阕，见《六一词》，亦见《乐章集》。余谓屯田轻薄子,只能道"奶奶兰心蕙性"[一]耳。"衣带渐宽终不悔。为伊消得人憔悴",此等语固非欧公不能道也。

**【注释】**

〔一〕"奶奶"句:出自北宋词人柳永《玉女摇仙佩》:"飞琼伴侣,偶别珠宫,未返神仙行缀。取次梳妆,寻常言语,有得几多姝丽。拟把名花比。恐旁人笑我,谈何容易。细思算,奇葩艳卉,惟是深红浅白而已。争如这多情,占得人间,千娇百媚。 须信画堂绣阁,皓月清风,忍把光阴轻弃。自古及今,佳人才子。少得当年双美。且恁相偎倚。未消得,怜我多才多艺。愿奶奶兰心蕙性,枕前言下,表余深意。为盟誓。今生断不孤鸳被。"

**【疏证】**

柳永可能是在《人间词话》中被深度误读的人物之一。王国维推崇北宋词,但对北宋名家柳永的评价并不高,仅评价其长调较工,尤其是对《八声甘州》词,以为可与苏轼《水调歌头》媲美,是"格高千古"之作,于北宋排序或仅在贺铸之上耳。然王国维在此犯了一个文献上的错误,而且因为这个文献上的错误而导致了其境界说内涵的不周延。其实"奶奶兰心蕙性"固是柳永语,"衣带渐宽终不悔。为伊消得人憔悴",也同样是柳永语,盖一人而有不同创作面貌也。王国维多次引用"衣带"二句,并以此作为若干理论之基,因为误认作者之名,也导致在词人判断上的轻率,这是一个遗憾。

其实欧公词颇有香艳程度超过柳永者,《醉翁琴趣外篇》所录多有。为此还在宋代引起一桩公案,争辩是欧公自作,还是小人嫁名。则柳永言情未必轻浮,而欧公言情未必深挚也。王国维以此来考证,恐冤假错案在所难免也。词话中文献诸多失误,与王国维此种理念殊有关联。其"三种境界"之第二种正是"衣带"两句,而注曰:欧阳永叔。则王国维此误实由来已久。王国维欣赏这一类的句子，与他推崇的"精神强固"的人格是有关系的。只是因为心目中对柳永词品之低与欧阳修词品之高的评价已先存其念，故在文献真伪的勘察上不免受这种先念的情绪的影响。王国维数度斟酌词话文字，可能只是侧重理论表述的精谨方面，而不暇一一核对引述之文献了。

# 第一百三则

读《会真记》〔一〕者，恶张生之薄幸，而恕其奸非。读《水浒传》者，恕宋江之横暴，而责其深险。此人人之所同也。故艳词可作，唯万不可作儇薄语。龚定庵〔二〕诗云："偶赋凌云偶倦飞，偶然闲慕遂初衣。偶逢锦瑟佳人问，便说寻春为汝归。"〔三〕其人之凉薄无行，跃然纸墨间。余辈读耆卿、伯可词，亦有此感。视永叔、希文小词何如耶？

【注释】

〔一〕《会真记》：一名《莺莺传》，元稹作，唐代传奇名作，是后来描写张珙与崔莺莺爱情故事的诗词、诸宫调、杂剧之所本。

〔二〕龚定庵：即龚自珍（1792—1841），字璱人，号定庵，仁和（今浙江省杭州市）人。著有《定庵文集》等。

〔三〕"偶赋"四句：出自清代诗人龚自珍《己亥杂诗》。

【疏证】

此则承续前则，乃由词以论人。前则仅举例以明柳永与欧阳修词之区别，而未曾点破人格之本原，此则便说破。"儇薄语"源于作者之"凉薄无行"，乃由人格缺失而导致的作品缺失。张生之"奸非"可恕，乃因为沉迷困惑于情，而其"薄幸"，则是背离于真情；宋江之"横暴"，乃是其血性之表现,而其"深险",则是虚伪之表现。张生、宋江其源于真实情感之表现,皆在可以接受和理解之中,而两人背离情感的举动,则在宜深加鞭挞之列。以此回视上则,柳永之"奶奶兰心蕙性"不过假意应承,而欧阳修(实为柳永)之"衣带渐宽终不悔。为伊消得人憔悴",则真情郁勃。此两则回护境界说之"真"。宋末张炎《词源》之感叹"淳厚日变成浇风",与王国维此则神韵略似。此则说传奇、说小说、说诗、说词,一则之中涉及四种文体,亦可见出王国维论词的泛文学背景。惟其中对龚自珍似贬抑过甚,其实龚自珍的"人间"意识及文学观念对王国维应该也是有所影响的,其《静庵藏书目》中即收有《龚定庵全集》。此处盖以主题故而偏立其论而已。

## 第一百四则

词人之忠实,不独对人事宜然,即对一草一木,亦须有忠实之意;否则所谓"游词"〔一〕也。

【注释】

〔一〕"游词":参见金应珪《词选后序》云:"近世为词,厥有三蔽:……规模物类,依托歌舞,哀乐不衷其性,虑叹无与乎情,连章累篇,义不出乎花鸟,感物指事,理不外乎酬应,虽既雅而不艳,斯有句而无章,是谓游词,其蔽三也。"

【疏证】

从"游词"概念的使用,即知王国维此则乃由金应珪《词选后序》引发而来,但金应珪只是描述游词之外在迹象,所谓"哀乐不衷其性,虑叹无与乎情",以应酬为能事。王国维则直揭游词之本原在于无"忠实"的创作态度。而"忠实"云云,大意仍是为境界之"真"张本,"忠实"不过是"真"的另外一种表述。前两则集中在对"人事"之"忠实"之考虑上,凡忠实人事者,无论其奸非或横暴,皆在可以理解之范围,而非忠实人事者,则会引起读者厌恶之感情。王国维此则由前两则之言人事之忠实而扩大至"一草一木",则情、景、物之真,乃是王国维时时强调的重点所在,"真"是指向一切主体或客体的。所谓"忠实",就是忠于人、事、物的本来面目而予以如实之反映,涉及到如何反映出事物的本质以及以怎样的心态来进行创作的问题。在王国维看来,哪怕人性原本恶劣、事物一直丑陋,词人只要将这种原生形态的东西真切地写入作品中,则无愧于"忠实"之名。忠实之词人,自有境界,否则只能流为游词,宕失境界。此则可与"境非独谓景物也,喜怒哀乐,亦人心中之一境界,故能写真景物、真感情者,谓之有境界,否则谓之无境界"对勘,理出一路。王国维有《郭春榆宫保七十寿序》之文,素来不为人所重,然其中对郭春榆人格的赞赏正在"忠实"二字。其文曰:"自壬、癸以后,朝廷既谢政事,每元正圣节,旧臣趋朝行礼者可屈指计,独宫保十馀年来,每朝会未尝不在列,三时赏齎未尝不亲拜赐也。"这种"忠实",王国维在文章结尾处用"心事纯白"、"精神强固"来概括,可见"忠实"的意思,不仅包含对人事、草木的纯洁真诚之心,而且包括对人事、草木的执着专注之意。

　　"忠实"的意思或与楚辞有关,王逸《楚辞章句》解释《离骚》"荃不察余之中情"之"中情"为"忠信之情"。"情"本身就有"实"的意思,如高诱注《战国策·秦策》"请谒事情"之"情"就是"实也",郑玄注《礼记·大学》"无情者不得尽其辞"之"情"也是"犹实也"。所以"忠实"也有忠于情之意。屈原《离骚》所谓"览察草木其犹未得兮,岂珵美之能当"。是说观览草木如果尚不能得其实,就更不用说要当透彻自照的美玉了。孔颖达疏解《相玉书》"珽玉六寸,明自炤"云:"明自炤者,玉体瑜不掩瑕,瑕不掩瑜,善恶露见,是其忠实,君子于玉比德焉。"无论是观览草木,还是自我观照,都以得其实为宗旨。王国维此则强调对草木、人事都需要忠实,可以与屈原的这一种追求联系起来考察。

## 第一百五则

温飞卿之词,句秀也;韦端己之词,骨秀也;李重光之词,神秀也。

【疏证】

此则话语较为抽象,但细绎其旨,当有对境界说略作突破之意。此前各则言及境界,多就句而论,鲜有论及全篇,更少论及全人的。王国维在此对比温庭筠、韦庄、李煜三人,分别以句秀、骨秀、神秀形容之,句秀犹落在"境界"的范围中,骨秀、神秀则似已在此前解说的"境界"之外了。刘勰《文心雕龙·隐秀》云:"隐者,文外之重旨;秀者,篇中之独拔。隐以复意为工,秀以卓绝为巧。"合诸静安此前所论,"隐"相当于"深远之致"、"要眇宜修","秀"则从"独拔"角度而言的。如果从句、骨、神三者递进的关系来看,句秀是言词句之美,而骨秀当是立足全篇,而神秀也是就全篇之神韵而言的。返观三人,温庭筠精于炼句,乃为批评界公认;韦庄致力叙事,故结构井然,骨架端正,李煜感慨深邃,故时时超越于一般情景之描写,而寄意于人生之终极拷问。三者由句到篇,由篇内到篇外,而其终极指向实与王士禛神韵说暗合,以言外之意为艺术之极境。《词话》附录有云:"端己词情深语秀,虽规模不及后主、正中,要在飞卿之上。"对勘此则,可以得以下结论:飞卿句秀,主要指语言而言,居下;端己骨秀,乃根植于情深而外现于语言修辞,居中;后主、正中在"情深语秀"的规模(深度和广度)上超越端己,居上。此也宛然是"秀"的三种境界。王国维对李煜词的这种评价并非空谷足音,此前多有论及此意者,如胡应麟《诗薮》誉李煜词为"清便宛转,词家王孟";谭献在评论周济《词辨》时,称李煜《虞美人》二首为"神品";王鹏运《半塘老人遗稿》也称李煜词"超逸绝伦,虚灵在骨"。这些评价都注意到李煜词在风格上形神超逸的特点,与王国维所谓"神秀"意旨相近。大致从本则开始,对李煜的评价渐趋上升之势,将撰述词话之初对冯延巳、韦庄等人的美评而逐渐移之于李煜身上,这也是其词学调整的重要内容之一。

# 第一百六则

　　词至李后主而眼界始大,感慨遂深,遂变伶工之词而为士大夫之词。周介存置诸温韦之下〔一〕,可谓颠倒黑白矣。"自是人生长恨水长东"〔二〕、"流水落花春去也,天上人间"〔三〕,《金荃》、《浣花》〔四〕能有此种气象耶?

【注释】

〔一〕周济《介存斋论词杂著》云:"李后主词如生马驹,不受控捉。毛嫱、西施,天下美妇人也,严妆佳,淡妆亦佳,粗服乱头,不掩国色。飞卿,严妆也;端己,淡妆也;后主则粗服乱头矣。"

〔二〕"自是"句:出自李煜《相见欢》:"林花谢了春红。太匆匆。无奈朝来寒雨晚来风。　胭脂泪。留人醉。几时重。自是人生长恨水长东。"

〔三〕"流水"句:出自李煜《浪淘沙》:"帘外雨潺潺。春意阑珊。罗衾不耐五更寒。梦里不知身是客,一晌贪欢。　独自莫凭栏。无限江山。别时容易见时难。流水落花春去也,天上人间。"

〔四〕《金荃》、《浣花》:《金荃集》,乃温庭筠诗文集,而非词集,词亦未附录在后,后人辑录温庭筠词,遂以《金荃词》名之。《浣花集》为韦庄诗集,王国维、刘毓盘等辑录韦庄词,遂以《浣花词》名之。

王国维此则乃以《金荃》、《浣花》指代温庭筠、韦庄二人之词。

【疏证】

续足上则之意,将李煜从词史中凸显出来,重点说明李煜对词史转境的重要意义,并借此诠释李煜词"神秀"之内涵。上则揭出温庭筠句秀、韦庄骨秀、李煜神秀的概念,虽有轩轾,但不免隐微。此则便将三人高下直揭出来,所谓"神秀",其实就是由词人"眼界"之大而带来的作品"感慨"之深。此与前面言观苏、辛词当观其"雅量高致"的道理是一样的。所谓"眼界始大"就是超越一事一物,有"通古今而观之"的趋势,也就是具备"诗人之眼"的意思。王国维列举李煜"自是"、"流水"两句来说明,前者"人生长恨"并非李煜一人之感受,而是全体人类都共同拥有的;而"流水落花"也非李煜一人所见,而是自然界普遍之现象。当然李煜也在"长恨"之列,也在"流水落花"的观者当中,则李煜的词确实有一种将个人之见闻感受融入到整个历史、人类和自然之中的气魄。因为这样的描写超越于一般凡近情景之外,才能造就境界之"大",故此则与论境界之大小一则,也可对勘。不过,彼侧重在由写景之大小而带来的情感之细微与阔大。王国维明言,彼不以境界大小分优劣,此则以"大"境为优,其馀为次之。其批评《金荃》、《浣花》气象局促,亦以此也。"伶工之词"与"士大夫之词"对举,颇能见出词体抒情角色的转变轨迹,也正是因为这种身份的转变从而导致了眼界和感慨的转变。胡应麟《诗薮》称李煜为"宋人一代开山祖",当亦是有此类似体认,只是王国维的理论话语更为具体,更具影响力而已。

# 第一百七则

词人者,不失其赤子之心者也。[一]故生于深宫之中,长于妇人之手，是后主为人君所短处，亦其为词人所长处。

【注释】

〔一〕"词人者"二句：或出自王国维在《叔本华与尼采》一文中引用叔
　　本华之语云："天才者，不失其赤子之心者也。盖人生至七年后，
　　知识之机关即脑之质与量已达完全之域，而生殖之机关尚未发
　　达。故赤子能感也，能思也，能教也。其爱知识也较成人为深，而
　　其受知识也，亦视成人为易。"

【疏证】

　　此则重申境界之"真"的重要性。王国维从词体的特殊性角度提
出词人真纯自然人格的重要性。李煜生于深宫，长于妇人，故对一切
事物，都抱持坦诚真率之心，而对于一般社会上之奸诈诡计，则一概不
通。故以此治理国家，不免亡国；而以此治词，则自然会拥有"诗人之
眼"而远离乎功利，观物无碍而性情洋溢，合乎词之体性，故能成就其
词业之大。其评清代纳兰容若"未染汉人习气"，意也同此。关于"赤
子之心"的话题，应该有中西两种渊源。就西学渊源来说，王国维编定
于一九〇五年之《静安文集》，有《叔本华与尼采》一文，即曾对叔本华
的天才论多有发挥，而天才论其实与赤子之心是彼此关联的。葆有
"赤子之心"被叔本华认为是天才的基本特征。王国维翻译的叔本华
《意志和表像的世界》有云："赤子能感也，能思也，能教也，其爱知识也
较成人为深，而其受知识也亦视成人为易。一言以蔽之，曰：彼之知力
盛于意志而已，即彼之知力之作用远过于意志之所需要而已。故自某
方面观之，凡赤子皆天才也，又凡天才自某点观之皆赤子也。"①"赤
子"能感能思能教的特点，正源于其深度的求知欲望以及曾无障碍的

① 转引自佛雏著《王国维哲学译稿研究》，社会科学文献出版社2006年版，第84页。

接受能力,故更易得境界之真。

就中国渊源而言,《孟子》论"大人",袁枚《随园诗话》论"诗人"等等,都以"不失其赤子之心者"为基本内核,话语方式也颇相似,试作一对勘:

> 天才者,不失其赤子之心者也。(叔本华)
>
> 大人者,不失其赤子之心者也。(孟子)
>
> 诗人者,不失其赤子之心者也。(袁枚)
>
> 词人者,不失其赤子之心者也。(王国维)

如此对勘,要从话语上明确分出渊源所自,确实是一件比较棘手的事。天才、诗人、词人的意思比较显豁,可不置论,而"大人"之意则需要略作阐释。《孟子·离娄下》还有一句言及"大人",不妨与此对勘:"大人者,言不必信,行不必果,惟义所在。""大人"即"有德行的人"①。"惟义所在"是"大人"的基本品格特征,而对于言、行的结果不必介意,关键是其言其行与"义"的关系。换言之,"大人"的初衷中所包孕的"义"才是衡量"大人"的惟一标准。按此解释,"大人"的内涵自然要归结到"赤子之心"上了。赵岐注《孟子》云:"赤子,婴儿也。少小之心,专一未变化,人能不失其赤子时心,则为贞正大人也。"这个解释虽然是赵岐转载的,但要比赵岐自己将"大人"解释为"国君",将赤子之心理解为"国君视民当如赤子,不失其民心之谓也",反而显得更契合语境。除了这类相似的话语之外,李贽的"童心"说在内涵上也应该可以与"赤子之心"暗渡陈仓。李贽主张童心说,反对诗文中的做作风气,其实与对"真人"和真文学的追求是一脉相承的。此则手稿结尾原有"故后主之词,天真之词也;他人,人工之词也"之句,而"他人"两字原作"温飞",盖欲写"温飞卿",也可能接写"韦庄",而"卿"字尚未落墨,便不欲再在字面上纠葛温、韦等人,而以"他人"两字模糊而

---

① 参见杨伯峻《孟子译注》上,中华书局1960年版,第189页。

过。不过这被删掉的"天真"与"人工"的对举，倒是提醒我们，王国维的赤子之心，除了作为词人人格的基本特征之外，也与将这种人格真实表现于作品，并形成一种自然真切的风格有关。而人工雕琢的作品风格，其实也是虚伪人格的一种体现。

# 第一百八则

客观之诗人不可不阅世，阅世愈深，则材料愈丰富、愈变化，《水浒传》《红楼梦》之作者是也；主观之诗人不必多阅世，阅世愈浅，则性情愈真，李后主是也。

【疏证】

手稿"不可不阅世"的初稿文字为"不可不知世事"，而在发表时，在"阅世"前复加一"多"字，从表达来看，是愈趋周密了。

此则续上则之意，将"后主"与"他人"的区别上升为"主观之诗人"与"客观之诗人"的区别。王国维撰述词话，往往先述几则现象的分析，接着专用一则上升到理论的概括，然后再依据理论本身的特点，以若干则补充说明之。客观之诗人相当于叙事诗人，因为涉及广泛，现象纷繁，需要作者具备极强的理性思维能力，才能洞识真假，条叙清晰；主观之诗人相当于抒情诗人，情感以真率为可贵，而阅世繁多，则易因人间种种利害关系而导致性情之真的流失，以此种性情写诗，则难免矫情，错失性情之真。明清时期产生的两部长篇小说《水浒传》和《红楼梦》，在西方的文体语境中，可以归入叙事文学一类，而传统诗词则归入抒情文学之类。叙事文学讲究反映现实生活的深广世界，追求题材和内容的丰富和复杂性，所以其作者需要有丰厚的阅世经历和大量的创作素材，而且这些经历和素材愈纷繁变化，便愈能为真实、全面、深刻地反映世界和人生提供充分的基础。《水浒传》和《红楼梦》

288

虽分别以梁山英雄和四大家族为重点描写对象，但从中反映折射出的正是其所处时代的一个缩影，如果作者见闻不广，思虑不深，判断不明，要深度驾驭这样的题材显然是不可能的。从此则落结到李煜身上来看，此则仍是在词的体制上强调一个"真"字。王国维虽然没有将"主观之诗人"直接定位为"词人"，但从前后语境来看，其实就是针对词体而言的。王国维在词话中一方面注重诗词体性之同，另一方面也注意两者的区别。王国维对主观之诗人与客观之诗人的划分以及对于阅世深浅的分辨，显然受到叔本华美学思想的影响。不过，分类的目的仍是为其推崇李煜词提供理论背景。王国维的撰述理路决定了这种相对集中、散点分析、指向一致的结构方式，故将此则与前面数则结合起来综合考察，就可以明白王国维为什么在某些连续的词话中，会突然涉及到众多方面或理论。这其实是从立论周延的角度来思考的，也因此这部手稿虽然词史线索有跳跃，有回旋，理论立场有变化，甚至有反悖，但这种跳跃、回旋、变化、反悖，其实正反映了王国维词学思想在斟酌调整中趋于成熟定型的过程特点。

## 第一百九则

尼采[一]谓：一切文学，余爱以血书者[二]。后主之词，真所谓"以血书者"也。宋道君皇帝[三]《燕山亭》词[四]亦略似之。然道君不过自道身世之感，后主则俨有释迦[五]、基督[六]担荷人类罪恶之意，其大小固不同矣。

289

【注释】

〔一〕尼采(1844—1900)，德国哲学家，著有《悲剧的诞生》、《查拉特拉图斯如是说》等。

〔二〕"一切"二句：出自尼采《苏鲁支语录》："凡一切已经写下的，我只爱其人用血写下的。用血写书,然后你将体会到,血便是精义。"

〔三〕宋道君皇帝:即宋徽宗赵佶(1082—1135),建中靖国元年(1101)
至宣和七年(1125)在位。因被尊为教主道君太上皇帝,故有"宋
道君"之称。近人曹元忠辑有《宋徽宗词》。

〔四〕宋徽宗《燕山亭·北行见杏花》:"裁剪冰绡,轻叠数重,淡著燕脂
匀注。新样靓妆,艳溢香融,羞杀蕊珠宫女。易得凋零,更多少无
情风雨。愁苦。闲院落凄凉,几番春暮。　凭寄离恨重重,这双
燕何曾,会人言语。天遥地远,万水千山,知他故宫何处。怎不思
量,除梦里有时曾去。无据。和梦也、新来不做。"

〔五〕释迦:即释迦牟尼(前五六五—前四八六),简称释迦,乃佛教始
祖。本姓乔达摩,名悉达多。释迦是其种族名,意思是"能";牟
尼意思是"仁"、"儒"、"忍"、"寂"。释迦牟尼合起来就是"能
仁"、"能儒"、"能忍"、"能寂"等,也即是"释迦族的圣人"之意。
他是古印度北部迦毗罗卫国(今尼泊尔境内)的王子。在二十九
岁时,释迦牟尼有感于人世生、老、病、死等诸多苦恼,遂舍弃王族
生活,出家修行。三十五岁时,他在菩提树下大彻大悟,遂创立佛
教,随即在印度北部、中部恒河流域一带传教。佛教为当今世界
三大宗教之一。

〔六〕基督:即耶稣基督,乃基督教始祖。基督是"基利斯督"的简称,
意思是上帝差遣来的受膏者。耶稣出生之年被定为公元纪年的
开始,教会并以耶稣出生的十二月二十五日为耶诞节。耶稣自称
是上帝的儿子,以肉身来到人世,担负着救世主的职责。他三十
岁左右在巴勒斯坦地区传教,以爱上帝、爱人如己为教义核心。
基督教的经典是《圣经》,由《旧约全书》和《新约全书》两部分组
成。十字架是基督教的标志。基督教也是当今世界三大宗教
之一。

【疏证】

此则可与第一百五、一百六则对勘,继续诠释"神秀"与境界之大的关系。直接引述尼采的话,意味着王国维建构自身词学已不局限于传统中国文论,而注重从西方文论中汲取营养。所谓"以血书者"是指最本质的性情之体现,而最本质的性情是可以贯通所有人的。王国维在《人间嗜好之研究》中说:"若夫真正之大诗人,则又以人类之感情为其一己之感情。彼其势力充实不可以已,遂不以发表自己之感情为满足,更进而欲发表人类全体之感情。彼之著作实为人类全体之喉舌,而读者于此得闻其悲欢啼笑之声,遂觉自己之势力亦为之发扬而不能自已。"故王国维把李煜与宋徽宗作了比较后,得出的结论就是:宋徽宗《燕山亭》词不过说的是个人的"身世之感",其愁苦,其离恨,其思量,都是针对一己之感情;而李煜则突破个人之情感,王国维曾引用其"自是人生长恨水长东"、"流水落花春去也,天上人间"等句,认为《金荃》、《浣花》诸集中作是缺乏这种跨越时空、涵盖众生的气象的,而有承担人类普遍性情感的意味,所谓"眼界始大,感慨遂深",也是包涵了这一层意思的,李煜因此而堪当"大诗人"之名。诗词中以"泪"书者为多,而以"血"书者为少,王国维特地引尼采此语,乃说明词体在言说悲情方面的特殊性。境界之大小,亦视词人理想之远近和作品内涵之广狭而定也。饶宗颐《人间词话平议》云:"余意以血书者,结沉痛于中肠,哀极而至于伤矣。词则贵轻婉,哀而不伤,其表现哀感顽艳,以'泪'而不以'血';故'泪'一字,最为词人所惯用。"饶氏所论,自蕴学理,然不免胶着于"血"、"泪"二字了。静安引用尼采之语,乃在用情深至角度而借用,非必强调哀极而伤也,其"要眇宜修"云云,皆可证其对言情方式的讲究。王国维在此前数则都引用西学话语,但正如陈寅恪《王静安先生遗书序》所谓"取外来之观念,与固有之材料互相参证",类似于严羽之"以禅喻诗",而非以禅说诗,是借以为话头而已,其立论之本,犹在"固有之材料"方面。

## 第一百十则

楚辞之体,非屈子之所创也。"沧浪"[一]、"凤兮"[二]之歌已与《三百篇》异,然至屈子而最工。五七律始于齐、梁而盛于唐。词源于唐而大成于北宋。故最工之文学,非徒善创,亦且善因。

【注释】

〔一〕"沧浪":即《孺子歌》:"沧浪之水清兮,可以濯我缨。沧浪之水浊兮,可以濯我足。"

〔二〕"凤兮":参见《论语·微子》:"楚狂接舆歌而过孔子曰:'凤兮凤兮,何德之衰?往者不可谏,来者犹可追。已而已而,今之从政者殆而!'"

【疏证】

补足"一代有一代之文学"之说的理论内涵。一代文学之盛往往源于前代文学之奠基与积累,然后可成。楚辞成于屈原而创自《沧浪》、《凤兮》之歌,五七律盛于唐而肇端于齐梁,填词大成于北宋而萌芽于唐。所谓"一代之文学",也即"最工之文学",而"最工之文学"皆是"善因"与"善创"的结合。此则颇富学理。不过否定屈原对楚辞之体的"创",还是有问题的,《沧浪》、《凤兮》之歌固然已初具楚辞文体的句式特征,但无论是在情感和结构特征,还是比兴、想像等艺术手法方面,《沧浪》、《凤兮》二歌都无法与屈原的作品相媲美。换言之,若无屈原,《沧浪》、《凤兮》的文体形态可能就一直停留在这种简单而不稳定的状态。只有屈原才使得楚辞的文体真正走出这种民歌的形态而走向文人化、稳定化。从这一意义上说,屈原完全可以说是楚辞这一文体样式的开创者。不过王国维可能强调的是一种新文体的形成需要经过一个比较长的形态模糊的阶段，才能达致最后的文体辉煌——即作为"最工之文学"的"一代之文学"。王国维提出的其实是文体演变和创造的规律问题，其"善创善因"之说，不仅可以从文体历史中得到实证，而且其提炼的理论确实极具概括性。清代叶燮《原诗》在文体发展规律上也提出过文体"相承相成"之说。前后之间，或有渊源在焉。然在稍后之《戏曲考原》中，王国维又将词之源头追溯至齐梁乐府诗，其语云："楚辞之作，《沧浪》《凤兮》之歌先之；诗馀之兴，齐梁小乐府先之。"如何将"源于唐"修订为源于齐梁小乐府，转变原因尚待考证。

# 第一百十一则

　　"风雨如晦，鸡鸣不已"[一]，"山峻高以蔽日兮，下幽晦以多雨。霰雪纷其无垠兮，云霏霏而承宇"[二]，"树树皆秋色，山山尽落晖"[三]，"可堪孤馆闭春寒，杜鹃声里斜阳暮"，气象皆相似。

【注释】

〔一〕"风雨"二句：出自《诗经·郑风·风雨》："风雨凄凄，鸡鸣喈喈。既见君子，云胡不夷。风雨潇潇，鸡鸣胶胶。既见君子，云胡不瘳。风雨如晦，鸡鸣不已。既见君子，云胡不喜。"

〔二〕"山峻高"四句：出自《楚辞·九章·涉江》："……苟余心其端直兮，虽僻远之何伤。入溆浦余儃佪兮，迷不知吾所如。深林杳以冥冥兮，乃猿狖之所居。山峻高以蔽日兮，下幽晦以多雨。霰雪纷其无垠兮，云霏霏而承宇。哀吾生之无乐兮，幽独处乎山中。吾不能变心而从俗兮，固将愁苦而终穷……"

〔三〕"树树"二句：出自王绩《野望》："东皋薄暮望，徙倚欲何依。树树皆秋色，山山唯落晖。牧人驱犊返，猎马带禽归。相顾无相识，长

293

歌怀采薇。"王国维将"唯"误作"尽"。

## 【疏证】

明诗词体性之同。词话第三则即曾从气象角度来比较李白、范仲淹、夏英公之不同,此则引《诗经·郑风·风雨》、《楚辞·九章·涉江》、王绩《野望》、秦观《踏莎行》等句,以示其"气象"之相似。具体相似在何处呢?一是景的衰飒,如风雨如晦,鸡鸣不已;山高蔽日,幽晦多雨,霰雪纷迷,云霏承宇;秋色满树,落晖遍山;孤馆闭寒,杜鹃斜阳。凡此皆为令人苦闷、压抑之景;二是诗人在描写这种景物之时,用了不少表示极限程度的词,来显示其景之促迫到了诗人所能忍受的极致程度,如"如晦、不已、多、纷、无垠、霏霏、皆、尽、可堪、闭、暮"等;三是这种景物所包含的"情"也是处于一种极度低沉、凄凉的状况,景之极度衰飒其实正是来自于情的极度消沉。此与王国维所谓"有我之境"说正相合。刘熙载《艺概》卷四曾以"风雨如晦,鸡鸣不已"八字来比喻文文山词,亦是借此而言其情感特色。不过王国维举了三首诗一首词,与此前言及有我之境与无我之境一则颇可对勘,如第三十三则即引"泪眼问花花不语,乱红飞过秋千去","可堪孤馆闭春寒,杜鹃声里斜阳暮"之句来作为"有我之境"的典范;而引用"采菊东篱下,悠然见南山","寒波淡淡起,白鸟悠悠下"之句来作为"无我之境"的范例。似以有我之境属词为多,以无我之境属诗为多。此则因此可以看成是对第三十三则的补充,说明诗与词两种文体在有我之境中彼此气象类似的情况也是颇为常见的,其引用诗句尤多,盖有此微意存焉。王国维至此已三次言及气象,只是或明或暗而已。此则之外,有第三则和第八十八则:

太白纯以气象胜。"西风残照,汉家陵阙",寥寥八字,独有千古,后世唯范文正之《渔家傲》,夏英公之《喜迁莺》,差堪继武,然气象已不逮矣。(第三则)

和凝《长命女》词:"天欲晓。宫漏穿花声缭绕。窗里星光少。冷霞寒侵帐额,残月光沈树杪。梦断锦闱空悄悄。强起愁眉小。"此词前半,不减夏英公《喜迁莺》也。此词见《乐府解词》,《历代诗馀》选之。(第八十八则)

三则虽均言气象,但言说重点各不相同,第三则言境界之阔大,第八十八则言自然不隔之美,此则言诗词两种文体在有我之境方面的相似之处。同一"气象",但内涵各异,也因此考量气象与境界之关系,是颇需一番斟酌裁断之工夫的。

# 第一百十二则

"沧浪"、"凤兮"二歌已开楚辞体格。然楚辞之最工者推屈原、宋玉[一],而后此王褒[二]、刘向[三]之词不与焉。五古之最工者实推阮嗣宗[四]、左太冲[五]、郭景纯[六]、陶渊明,而前此曹、刘[七],后此陈子昂[八]、李太白不与焉。词之最工者实推后主、正中、永叔、少游、美成,而前此温、韦,后此姜、吴、张,皆不与焉。

【注释】

〔一〕宋玉:战国后期楚国鄢(今湖北省宜城县)人,著有《九辨》、《高唐赋》等。

〔二〕王褒(?—前61),字子渊,资中(今四川省资阳市)人,著有《洞箫赋》、《九怀》等。

〔三〕刘向(前77—前6),本名更生,字子政,著有《九叹》、《新序》、《说苑》等。

〔四〕阮嗣宗:即阮籍(210—263),字嗣宗,陈留尉氏(今属河南省)人,著有《阮嗣宗集》等。

〔五〕左太冲:即左思(250?—305?),字太冲,临淄(今山东省淄博市）人，著有《左太冲集》等。

〔六〕郭景纯：即郭璞（276—324），字景纯，河东闻喜（今属山西省）人，
　　　著有《郭弘农集》等。

〔七〕曹、刘：即曹植、刘桢。曹植（192—232），字子建，沛国谯（今安徽
　　　省亳州市）人，著有《曹子建集》。刘桢（？—217），字公幹，东平
　　　宁阳（今属山东省）人，著有《刘公幹集》等。

〔八〕陈子昂（661—702），字伯玉，梓州射洪（今属四川省）人，著有《陈
　　　伯玉文集》等。

【疏证】

　　续足第一百十则之意，然彼重点言欲成就一代之文学必有前代相
近文体之铺垫，而方能臻于成功，此则言某种文体既成一代之文学之
后，此前所创或有气象，但难成规模，后世因袭，也往往盛极难继。两
则对勘，可以比较完整地看出王国维对于文体嬗变的规律性体认。屈
原、宋玉成楚辞一代之文学，而前此《沧浪》、《凤兮》二歌，虽略具体
格，但终究未成独特之文体，而后此王褒、刘向也无力继盛；阮籍、左
思、郭璞、陶潜成五古之高峰，前此曹植、刘桢，后此陈子昂、李白，或居
前则体格未成，或居后则精彩已过；词之最高则在五代北宋，代表词人
为李煜、冯延巳、欧阳修、秦观、周邦彦，而此前晚唐之温庭筠、韦庄，后
此南宋之姜夔、吴文英等，都未臻词体高境。王国维此两则虽以“最
工”来代替“一代之文学”，但学理是一脉相承的。从文学史的发展实
际来看，王国维此论大体是符合文体发展规律的。此文体演变之轨迹
与时代发展的趋势相合，则可成“一代之文学”。王国维关于文体渐变
的规律，在其《戏曲考原》中也有类似表述：“楚词之作，《沧浪》、《凤
兮》二歌先之；诗馀之兴，齐梁小乐府先之。”其文体变迁之理念在词曲
著作中是一脉相承的。就楚辞而言，虽然颇有学者将《诗经》中的“二
南”特别是《汉广》、《江有汜》等篇作为楚地的诗歌，但既然被编入《诗

经》,自然会经过王官或太师等的斟酌修订,"楚"地的色彩便不免会受到削弱,而散落在各处的楚歌则保留更多的原生态,因此,从渊源上说,"楚歌"显然与楚辞的关系更为密切。姜书阁曾有《先秦楚歌叙录》,列有楚歌十篇,可以参考。值得注意的是,王国维在言及"词之最工"者时,李煜已悄然位居第一,这与词话撰述之初对冯延巳的最高评价,已见异趣。当然这种异趣在前数则专论李煜时已现端倪,在此不过在词史的麒麟阁里正式将李煜的位置摆正而已。

## 第一百十三则

读《花间》、《尊前》集,令人回想徐陵《玉台新咏》[一];读《草堂诗馀》,令人回想韦縠《才调集》[二];读朱竹垞《词综》,张皋文、董晋卿[三]《词选》,令人回想沈德潜"三朝诗别裁集"[四]。

【注释】

〔一〕徐陵(507—583),字孝穆,东海郯(今属山东省郯城县)人。所编诗歌总集《玉台新咏》,为东周至南朝梁代诗歌总集,共十卷,录诗六百六十九首,以风格绮靡之艳诗居多。

〔二〕韦縠,五代后蜀文学家,编有《才调集》十卷,选录唐诗一千首,以韵高词丽为选录标准。为现存唐人选唐诗存诗最多的一种。

〔三〕董晋卿:应为"董子远"之误。董子远:即董毅,字子远,张惠言外孙,继张惠言、张琦《词选》之后,编《续词选》三卷,录五十二家词人一百二十二首词。

〔四〕沈德潜(1673—1769),字确士,号归愚,长洲(今江苏省苏州市)人,编有《唐诗别裁集》、《明诗别裁集》、《清诗别裁集》,合称"三朝诗别裁集",以温柔敦厚的诗教为选录标准。

【疏证】

以诗词对勘的方式,明诗词在题材、内容和风格等方面的体性之同。词集中的《尊前》、《花间》与诗集中的《玉台新咏》相似处在于风格的轻和柔靡方面;《草堂诗馀》与《才调集》的汇合处在于题材和风格俗艳上;《词综》、《词选》与"三朝诗别裁集"的一致处在于对风雅和诗教的推崇上。"晋卿"当为"子远"之误,即应是编辑《续词选》的张惠言外孙董毅。但《词综》之醇雅与《词选》之寄托本有举例,王国维统以沈德潜之"三朝诗别裁集"概括言及,似未妥当。王国维自称"予于词,于五代喜李后主、冯正中,而不喜《花间》",所以其对《花间》的"回想"也不尽符合实际,盖《花间》以清艳为宗,与《玉台新咏》之俗艳犹有异趣。欧阳炯在《花间集序》中对六朝"秀而不实"的创作状况是持批评态度的,对"清"的崇尚是贯穿整个序言文字的,从开头部分的"金母词清"到晋朝诗的歌"清绝之词",话语指向是十分明确的。如果再结合序中提到的"凛然清洁,雪竹琳琅之音"的《白雪》等典故来考察,则清美意识就更为突出了。《花间集》选入的不少重要词人也在后人的评述中,以其清艳的词风得到了很大程度的认同。如温庭筠的"深美闳约"①、皇甫松的"措词闲雅"②、韦庄的"清艳绝伦"③、和凝的"清秀"、"富艳"④,李珣的"清疏"⑤等等,皆是其例。欧阳炯本人的八首《南乡子》也被近人李冰若《花间集评注》评为:"一洗绮罗香泽之态而为写景纪俗之词,与李珣可谓笙磬同音者矣。"《花间集》中具备清美风格的作品,不烦例举,尤其写景之作,更是清丽者居多。而主张雅正

① 张惠言《词选序》,唐圭璋编《词话丛编》,中华书局 2005 年版,第 1617 页。

② 陈廷焯著,屈兴国校注《白雨斋词话足本校注》,齐鲁书社 1983 年版,第 703 页。

③ 周济《介存斋论词杂著》,唐圭璋编《词话丛编》,中华书局 2005 年版,第 1631 页。

④ 李冰若《栩庄漫记》,张璋、职承让等编纂《历代词话续编》下,大象出版社 2005 年版,第 881 页。

⑤ 况周颐《历代词人考略》,况周颐著,孙克强辑考《蕙风词话·广蕙风词话》,中州古籍出版社 2003 年版,第 213 页。

清空的张炎《词源》卷下更将《花间集》中温庭筠、韦庄词的结句作为
"有有馀不尽之意"的典范来推崇。在这种学术史背景中来考量王国
维的这三番"回想",可以见出王国维的感性色彩。或许正是因为这一
种感性,王国维例外地未作直接的理论分析,而只是用三个"回想"来
模糊表现出此数种诗集与词集在风格题材上的相似之处。

## 第一百十四则

　　明季国初诸老之论词,大似袁简斋[一]之论诗,其失也纤小而轻
薄;竹垞以降之论词者,大似沈归愚,其失也枯槁而庸陋。

**【注释】**

〔一〕袁简斋:即袁枚(一七一六——一七九七),字子才,号简斋、随园老
　　人,清代诗人、诗论家,著有《小仓山房诗集》、《随园诗话》等。

**【疏证】**

　　续足上则之意,从"失"的角度分析清代诗论与词论的相似性。所
谓"明季国初诸老",当主要是指以陈子龙为代表的云间词派和以朱彝
尊为代表的浙西词派,云间派偏尚《花间》词风,浙西派偏重描写个人
之情趣,此与袁枚论诗之"性灵"说相似,以个人生活心性为本位,故其
纤小,又喜欢写文人谑浪趣味,时见轻薄,故王国维相并以论。所谓
"竹垞以降之论词者",当指以张惠言、周济为代表的常州词派,其论词
主寄托,解说作品也务求深解,此与沈德潜以诗教"温柔敦厚"论诗旨
意相似,王国维以"枯槁而庸陋"形容之,亦在其对于艺术意味的轻
视也,且其执此以衡诸词,不免有强解人之感。"纤小而轻薄"当然
眼界不大,感慨不深,更谈不上"有释迦、基督担荷人类罪恶之意",境
界之狭仄可见;"枯槁而庸陋"当然与深美闳约、神秀判然两途,词之

"要眇宜修"之体性无由得现。第八十五则曾引用朱熹之语云："梅圣俞诗,不是平淡,乃是枯槁。"王国维认为草窗、玉田之词也属于这种看似平淡其实枯槁之列,枯槁不是淡远,而是内容庸陋的表现。从此则来看,王国维对于浙西和常州两大词派都有不满,两派之中,对常州词派的不满要更多一些,也更为强烈一些。而这正是晚清词学从单一流派中宕出,在诸多流派中择取合理成分,并试图能融合而成新的更有时代特色的理论的反映。清代的诗学与词学发展到王国维的时代,也确实到了总结时期,王国维诸多评论都潜在地以有清一代为评述背景,因其眼界深远,所以言其得失才能准确到位。

# 第一百十五则

东坡之词旷,稼轩之词豪,无二人之胸襟而学其词,犹东施之效捧心也〔一〕。

【注释】

〔一〕东施之效捧心:典出《庄子·天运》:"西子病心而颦其里,其里之丑人见之而美之,归亦捧心而颦其里。其里之富人见之,坚闭门而不出;贫人见之,挈妻子而去走。彼知颦美,而不知颦之所以美。"

【疏证】

言胸襟与学词之关系,犹是人品与文品相结合的理路,与此前论苏轼、辛弃疾之"雅量高致"一则可以对勘。要求先学为人之方,继求作词之法。以"旷"和"豪"分别形容东坡和稼轩两人的词风,颇为贴切。所谓"胸襟",是指人的性格、气质、精神和学养凝合成的一种人格境界。胸襟高远,才能脱略凡俗,超越凡境,而成就自身的卓越。在王国维看来,苏轼与辛弃疾都属于胸襟高远之人,其人既非常人可以效法,其词也非常人可以摹仿。若勉强效法摹仿,不过如东施效法西施"捧心"之状,不仅没有西施的美,反而彰显出自己的丑来。因为西施的"胸襟"在"病心",因病心而捧心,故不失自然;东施既然没有病心之事,则在形式上"捧心",就不免贻人以笑柄了。王国维所举此例不一定十分契合其语境,但其意义指向的方式是相近的。

王国维此论或受成于陈廷焯。陈廷焯《白雨斋词话》云:"东坡心地光明磊落,忠爱根于生性,故词极超旷,而意极和平。稼轩有吞吐八荒之概,而机会不来……故词极豪雄,而意极悲郁。苏、辛两家各自不同,后人无东坡胸襟,又无稼轩气概,漫为规模,适形粗鄙耳。"不仅"旷"、"豪"的基本学术判断来自于此,而且先得其胸襟再求学其词的基本方法,也是由此而来。手稿"无二人"一句初作"白石之旷在文字而不在胸襟",后删略,盖不欲由论苏、辛而枝蔓于姜夔,故于下则重点转论姜夔。以豪、旷分论作家,刘熙载《艺概》卷二已有其例,其语云:"东坡、放翁两家诗,皆有豪有旷。但放翁是有意要做诗人,东坡虽为诗,而仍有夷然不屑之意,所以尤高。""退之诗豪多于旷,东坡诗旷多于豪。豪旷非中和之则,然贤者亦多出入于其中,以其与龌龊之肠胃固远绝也"。两说相较,大体略同,只是易放翁、退之而为稼轩也。王国维此则引用了《庄子》中东施捧心的典故,庄子使用此典,意在说明礼义法度"应时而变"的道理,理解"变"的根由在"时",亦如理解西施之矉(皱眉)乃缘于病心,东施无病心而作捧心状,不免徒得其表。未得苏轼、辛弃疾之雅量高致,如何能摹仿其词?王国维提出的其实是一个重要的词人胸襟问题,也是针对晚近词人漫学苏、辛的风气而言的。

# 第一百十六则

东坡之旷在神,白石之旷在貌。白石如王衍,口不言阿堵物,

而暗中为营三窟之计,此其所以可鄙也。[一]

**【注释】**

〔一〕"白石"数句:参见刘义庆《世说新语·规箴第十》:"王夷甫雅尚
玄远,常疾其妇贪浊,口未尝言'钱'字。妇欲试之,令婢以钱绕
床,不得行。夷甫晨起,见钱阂行,呼婢曰:'举却阿堵物!'"王
衍,字夷甫。阿堵物:这个东西,文中指钱。又,《战国策·齐策》
记冯谖为孟尝君营构三窟:其一,烧毁债券以赢得薛地百姓民心;
其二,游说梁惠王聘请孟尝君为相,从而使齐王情急之下重新任
命孟尝君为相;其三,请求齐王同意在薛地建立宗庙。此前后三
计,终究确立了孟尝君在齐国稳固的政治地位。所谓三窟,即指
三个使人可以退守而立于不败之地的政治资本。

**【疏证】**

续足上则之意。可与"读东坡、稼轩词,须观其雅量高致,有伯夷、
柳下惠之风。白石虽似蝉蜕尘埃,然终不免局促辕下"一则对勘。有
旷之胸襟,方有旷之神韵;无旷之胸襟,则纵强作旷态,也徒得其形似,
仅有表征之旷而已。即如王衍,虽口中不言阿堵物(钱币),似甚旷达,
而家中蓄财万贯,妻妾成群,以通老庄之道自许,言行未免相隔太远。
与冯谖为孟尝君营构三窟,但却以放诞自任一样,存在着明显的矛盾。
白石心中无雅量高致,所以其旷,也不过故作姿态耳。此则涉及到词
人心性的真实与虚骄问题,其对王衍、冯谖之恶评,亦缘于此。王国维
结合人品以论文品的理念,在数则中都曾拈出,可见其思想之一贯。
王国维对于姜夔的心态颇显复杂:一方面欣赏其若干词作;另一方面
又深恶其为人之虚骄。从此也可见出,境界说在人品的要求上其实是
颇为苛刻的。刘熙载《游艺约言》以东坡诗有"华严界",列子文有"华
胥界",陶潜诗有"桃源界",三者并称,亦并重其神旷而已。又云:"东

坡文有与天为徒之意,前此则庄子、渊明、太白也。"

# 第一百十七则

永叔"人间自是有情痴,此恨不关风与月"、"直须看尽洛城花,始与东风容易别"〔一〕,于豪放之中有沉著之致,所以尤高。

【注释】

〔一〕"人间"二句与"直须"二句:出自欧阳修《玉楼春》:"尊前拟把归期说,未语春容先惨咽。人生自是有情痴,此恨不关风与月。离歌且莫翻新阕,一曲能教肠寸结。直须看尽洛城花,始共春风容易别。"王国维引文将"人生"误作"人间",将"始共春风"误作"始与东风"。

【疏证】

欧阳修是王国维十分推崇的人物,他人或犹有一二微辞,惟对欧阳修,赞誉有加。甚者以柳永名句错置欧阳修名下,并对柳永本人贬抑之甚。此则以"豪放之中有沉著之致"评价其《玉楼春》,实际上也有为欧阳修总体定论的意思。欧阳修此词言离别之情,但与一般人多写伤感之情景和意兴不同,而是离别未至先言归期,故能写出一种离别之豪情,既是风月无关情感,故洛城之花也就失去了对离别之情的感召和渲染,前面的判断毫无疑问,"自是"、"不关",语断似铁,而有一种沉著的韵味;也正因为先有此沉著的断语,后面的豪情始无障碍,"直须"、"看尽",皆可见其豪兴的极致程度。然如果一味豪兴勃发,便也不具自家面目,欧阳修毕竟肯定了"情痴"的存在,也无法抛开"别"的话题,则豪兴当中也蕴绕着一丝若隐若现的、暂时被冷置却无法消逝的离情,则回味沉思,也别有一缕愁情升腾在心中。王国维揭出欧阳修的这一特色,其实也是对此前他屡次提及的"深美闳约"、"深远之致"的一次再回应,不过是将"沉著"融于"豪放"之中,与陈廷焯《白雨斋词话》所提出的"沉郁顿挫"说颇可呼应。

## 第一百十八则

诗人对自然人生,须入乎其内,又须出乎其外。入乎其内,故能写之;出乎其外,故能观之。入乎其内,故有生气;出乎其外,故有高致。美成能入而不能出;白石以降,于此二事皆未梦见。

【疏证】

此则乃由境界说而拓展其理论外延。所谓"入乎其内",不仅仅是指接触宇宙人生,而且强调宇宙人生之"内",即最为本质和最为真实的东西,同时由这种"入"而带来作者鲜明而具有个性的感受,如此才能写出有境界有生气的作品;所谓"出乎其外",是指跳出具体的一事一物,从一个更为广泛和更高的角度来认知入乎其内所考察到的种种现象。如此才能使作品所包孕的情感和理性更有代表性,更具普遍意义,也更显高致。"入乎其内"是一个诗人的基础,为物所感,触物生情,"与花鸟共忧乐";"出乎其外"则是从一般性的诗人上升到"大诗人"的行列,从而可以"以奴仆命风月"。所以"入"与"出"虽然是同一个审美主体,其实内涵各不相同,前者重在个人化的生命体验,而后者则超越于个体之上,成为更具时空通贯性的审美观照。当然,后者是前者的提升。王国维对于李煜词"眼界始大,感慨遂深"的评价,应该就是基于李煜能将个人之命运上升到人类之普遍命运的角度来说的。从带有普遍意义的情感和理性角度来审视个人或个别的事物,自然能审察细微,烛照无隐,此即所谓"能观"也。王国维认为周邦彦能将一己的情感写得真切婉转,但也只是局限于自身而已,故乏"高致";白石诸人则情隔语隔，离此道已远。此则总体仍是为境界说张本，其求真、求大、求深的基本思想正是源于境界说的基本要求。但值得注意的是：手稿原稿开头的"诗人"，原作"词人"，易词为诗，而"诗人"的概念其实就是创作主体的意思，虽只是一字之改，王国维将词学理论上升为一般文艺学之努力，还是可以感受得到的。文艺学上的审美距离说等，即与此说可以相通。

此则虽自身理论内涵即已较为圆足，但其实应纳入到王国维词学体系中来考量，方能得其确解。从此则结尾来看，其立论的落脚处本在周邦彦和姜夔二人。因为王国维直言姜夔以下之词人于出、入二事均未梦见，暂将姜夔撇开不论。"美成能入而不能出"到底是何意？试对勘数则词话，便可略窥一二。如《人间词话》手稿本第八则云：

美成词深远之致不及欧、秦。唯言情体物，穷极工巧，故不失为第一流之作者。但恨创调之才多，创意之才少耳。

手稿本第十则云：

词最忌用替代字。美成《解语花》之'桂华流瓦'，境界极妙。惜以'桂华'二字代'月'耳。……其所以然者，非意不足，则语不妙也。盖语妙则不必代，意足则不暇代。

手稿本第六十四则云：

词之雅郑，在神不在貌。永叔、少游虽作艳语，终有品格。方之美成，便有贵妇人与倡伎之别。

以上这些词话当然并非王国维论周邦彦之全部，但大意已约略在此。王国维评价周邦彦"能入"，按其语境，当是指"言情体物，穷极工巧"、"真能得荷之神理"这一方面，即在写景咏物方面，能做到写实而体察入微，揭示出景和物的神韵所在。而所谓"不能出"，则是太过胶执于景物，不能由实到虚，升华景物的内涵，从而缺乏"深远之致"。王国维数条评论都提到周邦彦词的创意之才的缺乏，也是因此而起。所以出入说的本质正在于虚实关系的合理运用，周邦彦属于能入不能出，偏于实写，而姜夔则偏于虚，所谓"隔雾看花"等等，皆意在于此。朱熹曾谈及林逋"疏影横斜水清浅，暗香浮动月黄昏"说："这十四个字，谁人不晓得？然而前辈直恁地称叹，说他形容得好，是如何？这个便是难说，须要自得言外之意始得，须是看得那物事有精神方好。"又说："须是踏翻了船，通身都在那水中，方看得出。"①"通身都在那水中"当然是一种"入"，要如周邦彦这样描写出荷花之"神理"，断少不了这种"下水"的功夫。但也并非下水之诗人均能言出所观之物之神采，所以朱熹说要"自得"言外之意，这个自得就与诗人个人的修养密切相关了。不过不"下水"，则修养功夫再好，也难揭出事物神韵，这就是"入"的重要性所在了。在这种"入"的前提之下，再能跳出一事一物，升华出事物的精神，则创作之能事毕矣。陈伯海诠释王国维之"出入"说与朱熹所要求的"通身都在那水中"、"自得言外之意"一脉相承。他说："'入'和'出'的具体内涵又是指什么呢？……'入乎其内'意味着'重视外物'，它要求诗人全身心地融入对象世界（'与花鸟共忧乐'），给予真切地表达（'能写之'），这才能使写出的作品具有活生生的情趣（'有生气'）；'出乎其外'则意味着'轻视外物'，要以超越的姿态对待所描写的事象（'以奴仆命风月'），通过凝神观照（'能观之'），以求得对宇宙人生更深一层的领会（'有高致'）。这两者都是说的审美主体与审美客体之间的关系，不过一注重在生命的内在体验，一着眼于精神的超越性观照，于是有了'入'和'出'的分别，而又共同构成完整的审美活动所不可缺少的两个环节。"②先实后虚的过程特点确实是非常清晰的。

　　"出入说"的渊源非一，如论词观点为王国维引述的周济，就曾提出过"非寄托不入，专寄托不出"的观点。周济《宋四家词选目录序

306

---

① 黎靖德《朱子语类》，中华书局 1994 年版，第 2755—2756 页。
② 陈伯海《生命体验的审美超越——〈人间词话〉"出入"说索解》，刊《文艺理论研究》2002 年第 1 期。

论》云：

> 夫词，非寄托不入，专寄托不出。一物一事，引而伸之，触类多通。驱心若游丝之罥飞英，含毫如郢斤之斫蝇翼。以无厚入有间。既习已，意感偶生，假类毕达，阅载千百，謦欬弗违，斯入矣。赋情独深，逐境必寤，酝酿日久，冥发妄中，虽铺叙平淡，摹缋浅近，而万感横集，五中无主，读其篇者，临渊窥鱼，意为鲂鲤，中宵惊电，罔识东西。赤子随母笑啼，乡人缘剧喜怒，抑可谓能出矣。

周济讨论如何从带着寄托作词逐渐发展为将寄托隐于词中，以求言外之深意，并非针对某次独立的审美活动而言。龚自珍在其《尊史》一文中，也从治史的角度提出了"善入"与"善出"之说。《尊史》云：

> 史之尊非其职语言、司谤誉之谓，尊其心也。心何如而尊？善入。何者善入？天下山川形势，人心风气，土所宜，姓所贵，皆知之。国之祖宗之令，下逮吏胥之所守，皆知之。其于言礼、言兵、言政、言狱、言掌故、言文体、言人贤否，如其言家事，可谓入矣。又如何而尊？善出。何者善出？天下山川形势，人心风气，土所宜，姓所贵，国之祖宗之令，下逮吏胥之所守，皆有联事焉，皆非所专官。其于言礼、言兵、言政、言狱、言掌故、言文体、言人贤否，如优人在堂下号咷舞歌，哀乐万千，堂上观者，肃然踞坐，睇睐而指点焉，可谓出矣。不善入者，非实录垣外之耳，乌能治堂中之优也耶？则史之言，必有馀呓。不善出者，必无高情至论。优人哀乐万千，手口沸羹，彼岂复能自言其哀乐也耶？则史之言，必有馀喘。

此节文字颇长，节引易致意思流失，故备引于上。龚自珍的善入是为了对历史史实、人物言行、政治事件等进行实录，明悉如同自家之事；而善出则是就整个朝代、彼此联系，超越具体的高度来进行是非评说，不为具体哀乐所惑，把"皆有联事"与"皆非专官"结合起来，心地明晰而超越，故能有高情至论。龚自珍的这一番"出入"之论，批评的

是"有馀呓"、"有馀喘"的史官及相关著述,他希望的史官"毋呓毋喘,
自尊其心",因为心尊方能官尊、言尊,其人亦尊。在尊史的基础上从
而臻至"出乎史,入乎道"的所谓"大出入"。龚自珍立足于史学,他的
《古史钩沉论二》即提出以"史"存"代"之说,所谓"史存而周存,史亡
而周亡",即此意也。在龚自珍心目中,"史"的地位在"经"之上,所以
他把"五经"看作是"周史之大宗",而把"诸子"看作是"周史之小宗",
凡此都可看出其"尊史"之心。王国维"出入说"在基本理念上,与龚
自珍有相似之处,不过是立足于文学而已。龚自珍此论,未在《人间词
话》引文中露出痕迹。倒是屡为静安称引的刘熙载,也有与"出入说"
有关的言论,或许更值得注意。《游艺约言》云:"道家'养婴儿',书亦
应尔。婴儿养成,则入乎形内,出乎形外,莫非是物。岂复可寻行数墨
以求之?""养婴儿"云云其实是讲"顺生"的道理,气血充盈,婴儿自
养,出乎母体,皆顺生之理。所以"养婴儿"即是养元神,如此才能有臻
生命之境界。当然这些语源与王国维之"出入"说之间,并非一定有意
义上的承接。只是王国维既然使用了"出入"这样的话语,则对这种话
语的历史考察自然是应予关注的。

# 第一百十九则

"我瞻四方,蹙蹙靡所骋"〔一〕,诗人之忧生也;"昨夜西风凋碧树。
独上高楼,望尽天涯路"似之。"终日驰车走,不见所问津"〔二〕,诗人
之忧世也;"百草千花寒食路。香车系在谁家树"〔三〕似之。

【注释】

〔一〕"我瞻"二句:出自《诗经·小雅·节南山》:"驾彼四牡,四牡项
　　领。我瞻四方,蹙蹙靡所骋。"

〔二〕"终日"二句:出自东晋诗人陶潜《饮酒》第二十首:"羲农去我久,

举世少复真。汲汲鲁中叟,弥缝使其纯。凤鸟虽不至,礼乐暂得新。洙泗辍微响,漂流逮狂秦。诗书复何罪,一朝成灰尘。区区诸老翁,为事诚殷勤。如何绝世下,六籍无一亲。终日驰车走,不见所问津。若复不快饮,空负头上巾。但恨多谬误,君当恕醉人。"

〔三〕"百草"二句:出自南唐词人冯延巳《鹊踏枝》:"几日行云何处去。忘却归来,不道春将暮。百草千花寒食路。香车系在谁家树。泪眼倚楼频独语。双燕来时,陌上相逢否。撩乱春愁如柳絮。悠悠梦里无寻处。"

【疏证】

以诗词对勘的方式,揭示诗词在忧生、忧世主题方面的相似性。注重诗词内涵的相通是王国维撰述词话的一个基本理路,词话开篇即以《诗经·蒹葭》与晏殊《蝶恋花》对照,说明其"意"的相近和风格的"洒落"与"悲壮"的区别,此则以《诗经·小雅·节南山》与晏殊《蝶恋花》、陶潜《饮酒二十首》之二十与冯延巳《鹊踏枝》摘句以对照,以昭示诗词的相似性。此则所拈之《节南山》,毛诗小序认为其主题是"家父刺幽王"。"我瞻四方,蹙蹙靡所骋"之前尚有"驾彼四牡,四牡项领"二句,陈子展《诗经直解》卷十九即认为这两句的喻义是:"盖马久不得驾且劳,则有肥颈之患,喻贤者有才而久不得试也。"又在诗后加按语云:"《节南山》,大夫家父刺幽王任用师尹,听政不平之作。诗似刺师尹,《序》说'刺幽王',自是推本之词,以责重在王耳。"所论颇可资参考。按此解释,忧生实兼有忧世之意。下引陶渊明"终日驰车走,不见所问津"诗句也是从个人角度而言的,汤汉注《陶靖节先生诗》即解释此二句说:"'不见所问津',盖自况于沮溺,而叹世无孔子之徒也。"苏轼《书渊明诗》认为此诗末二句"但恨多谬误,君当恕醉人"乃"未醉时说也,若已醉,何暇忧误哉"!叶梦得《石林诗话》卷下亦云:

"晋人多言饮酒,有至沉醉者,此未必意真在酒。盖时方艰难,人各惧祸,惟托于醉,可以粗远世故。"综合以上数论,则忧世也当兼有忧生之意。王国维专拈忧生、忧世的话题,实际上偏重在词的体性方面,因为悲情是词体的本体特性,其对秦观予以高度评价,正是基于这一点。相比较而言,忧生侧重在对个人——尤其是士大夫命运之忧虑,因为其眼界大感慨深,忧世则侧重在对于国家、社会命运之担忧。此则可与王国维论词体"要眇宜修"联系而论,对词"能言诗之所不能言,而不能尽言诗之所能言"之交叉部分的内容,作了交待。王国维词学的现实内涵可见一斑。王国维自作如《浣溪沙》下阕之"试上高峰窥皓月,偶开天眼觑红尘。可怜身是眼中人",《采桑子》下阕之"人生只似风前絮,欢也飘零。悲也飘零。都作连江点点萍"等等,忧生忧世情怀,在在可感。其作于一九一九年之《沈乙庵先生七十寿序》称赞沈曾植"趣博而旨约,识高而议平,其忧世之深,有过于龚、魏,而择术之慎,不后于戴、钱"。在《东山杂记》中,王国维曾评价沈曾植《秋怀》诗三首"意境深邃而寥廓",并认为其中第一首"见忧时之深"。《秋怀》其一云:"秋叶脱且摇,秋虫吟复暗。秋宵无旦气,秋啸无还音。寸寸死月魄,分分析星心。天人目共眴,海客珠方沉。惇史执简槁,日车还泞深。寄声寂寞滨,乞我膏肓针。"忧生、忧世之说,明显受到刘熙载的影响,其《艺概》卷二云:"《大雅》之变,具忧世之怀;《小雅》之变,多忧生之意。"刘熙载乃就"变雅"一端区分大雅与小雅的差异,王国维则从诗词两种文体来对勘其诗人及创作主题的相似性。"'心之忧矣,其谁知之',此诗人之忧过人也"①。所谓诗人,自然是忧乐过人了。刘熙载的《昨非集》中收有《读楚辞》一文,其文曰:

> 性为阳,阳主施。主施者,悲世者也。情而不纯乎性则为阴,阴主受。主受者,悲己者也。夫古人有悲不遇者,悲世不能收吾

---

① 《艺概·诗概》,刘熙载著、王气中笺注《艺概笺注》,贵州人民出版社1980年版,第144页。

道之用也。不用吾道，非世之幸也。然必殚吾所以愿效于世者，而后无恶于志。不然而戚戚焉者，必志牵于得失者也。吾读屈子之言，曰"余既不难乎离别兮，伤灵修之数化"，又曰"虽萎绝其亦何伤乎，哀众芳之芜秽"，反复玩之，乃知屈之辞虽极之千百言之多，其志亦犹是也。若宋玉所作者，其意可以两言见之，曰"惆怅兮而私自怜"，曰"私自怜兮何极"。宋固学于屈，且欲推屈之意以为言者，而其言若此，非其悲世与悲己异乎？则所以致此者，抑可思矣。吾昔与学者论诗，尝以性情、阴阳、施受喻之，病未能达也。今乃由论屈、宋而及之，曰：悲世者自屈以上见于《三百篇》者，其至善也；若悲己，则宋玉以下，至魏晋人为甚矣。

引述如此长段的文字，意在由忧生忧世与悲己悲世之相通而追溯其创作渊源，刘熙载对屈原、宋玉的分析，无疑是精辟的，尤其是将悲世悲己与诗人性情结合起来，厘清创作的两种模式，则对于解析作品，具有一定的指导意义。刘熙载从阅读楚辞中得出的感受与词的体性正有着密切的关系，王国维在第一则言及的"悲壮"以及以"要眇宜修"来为词定体，都与其有着关联，应当引起重视。倒是刘熙载《游艺约言》中所说的"诗之衰也，有忧生之意。六朝、晚唐皆然"，提示我们：忧世的价值似乎在忧生之上，因为"君子忧世，小人便己，此所以治必生于君子，乱必生于小人也"①。

## 第一百二十则

"纷吾既有此内美兮，又重之以修能。"〔一〕文学之事，于此二者，不可缺一。然词乃抒情之作，故尤重内美。无内美而但有修能，则

---

① 刘熙载《持志塾言》卷下，刘熙载著，薛正兴点校《刘熙载文集》，江苏古籍出版社 2000 年版，第 38 页。

白石耳。

**【注释】**

〔一〕"纷吾"二句:出自屈原《离骚》:"帝高阳之苗裔兮,朕皇考曰伯
　　庸。摄提贞于孟陬兮,惟庚寅吾以降。皇览揆余初度兮,肇锡余
　　以嘉名:名余曰正则兮,字余曰灵均。纷吾既有此内美兮,又重之
　　以修能。扈江离与辟芷兮,纫秋兰以为佩。汩余若将不及兮,恐
　　年岁之不吾与。朝搴阰之木兰兮,夕揽洲之宿莽。日月忽其不淹
　　兮,春与秋其代序。惟草木之零落兮,恐美人之迟暮。不抚壮而
　　弃秽兮,何不改乎此度? 乘骐骥以驰骋兮,来吾导夫先路!"

**【疏证】**

　　引屈原《离骚》句,以文学乃由作者兼备德才方能臻高境。"内
美"的本义当是"天赋我美质于内"①之意,即先天赋予的美好品质,在
《离骚》中具体是指屈原家世之美、生辰日月之美和所取名字之美等,
有此种种之"美",故以"纷"来形容,《方言》《广雅》都释"纷"为"怡
喜"之意,原属楚语;"修能"即特殊才能的意思,按照扬雄《方言》的解
释,陈楚一带都称"长"为"修",而"能"则是"绝人之才"②的意思,在
《离骚》中具体是指屈原在承传优良家世之外个人独具的特殊才能,王
逸《楚辞章句》释"修能"为"谋足以安社稷,智足以解国患,威能制强
御,仁能怀远人"。合言之,文学就是天赋美质与特殊才能的结合。王
国维把词定位在"抒情之作",所以对于情感的本质——品德特予强
调,因为失却品德的情感是没有价值和生命力的。王国维此则重在求
作者品质之"真",为境界说铺垫基础。亦即《文学小言》所说:"无高

①　朱熹集注《楚辞集注》第一册,上海古籍出版社 1979 年版,第 3 页。
②　洪兴祖《楚辞补注》第一册,中华书局 1985 年版,第 3 页。

尚伟大之人格而有高尚伟大之文学者,殆未之有也。"其批评白石"无内美",可能与白石长期幕僚的生涯有关,因为这一层幕僚的关系,所以不免有言不从心出、遮遮掩掩之处,甚至"暗中营三窟之计",为人已是"隔",何况为文?

# 第一百二十一则

诗人必有轻视外物之意,故能以奴仆命风月。又必有重视外物之意,故能与花鸟同忧乐。

【疏证】

此则言物我关系,既要明辨我与物之间的主奴关系,以昌明我心;又要适时淡化物我界限,以抉发物情。文学创作需要准确表现客观对象内蕴的独特物性,而这种对物性的体察,又是以作者对"物"的重视为前提的。浮光掠影,连物之外貌都未能端详,更遑论物——风月花鸟忧乐之内情了。但准确展示外物之情,其根本目的还是由此来表现、衬托作者之所欲表达之情意,或者说是作者眼中和意中之"物",则外物与作者之间,不过是利用和被利用、需要和被需要的关系,如果混淆了这种主次关系,则文学之生命也就消散无形了。王国维此说渊源于传统的物感说,但更强调诗人的主体地位,因为物感而重视外物,因为重视诗人的主体地位,所以要有"轻视"外物之意。在承传旧说的基础上又发展了旧说。此则也可与第一百十八则"入乎其内,出乎其外"之说对勘,然彼则重点言文学创作的一般性规律,此则已进入构思阶段,从创作过程来说,已较彼推进一层。从构思的顺序来看,"重视外物"应该在前。所谓重视外物,其实就是前则所谓对宇宙人生"入乎其内"之意。这种"重视"不仅仅是一种创作态度,更是一种审美方式。只有审美主体心境虚静,将物我之间的种种关系、限制之处排除掉,才能与花鸟——审美客体融为一体,体察出审美客体中所蕴含着的情感内涵。

只有曾经重视了外物,并曾经感受过外物的忧乐,才能进一步谈论轻视外物的话题。所谓"轻视外物",乃是强调审美主体的主体性地位。诗人观物的目的不在于外物本身,而在于通过诗人的审美眼光发掘出外物所包含的精神内涵。诗人的眼光越纯粹,则对外物物性的把握便越准确越充分。可见,在观物的过程中,诗人的眼光始终是占据着主导地位的。借助最准确的物性来表达诗人最深刻的感情,这才是诗人观物的意义所在。所以,诗人在与花鸟共忧乐之后,便是要以奴仆命风月了。如此,才能将物我的生命交流彰显为更高的高度。王国维对构思阶段性的描述确实是精确而到位的。

此则若干文字修改之迹象,也值得注意,"故能以奴仆命风月"一句,手稿原作"清风明月役之如奴仆",原稿侧重在说明主体与客体之间的主从关系,而删改后的文字,其主从关系虽未变,但与首句"诗人必有轻视外物之意"的因果关系得到了强化。"同忧乐"之"同",在手稿中虽无删改痕迹,但王国维择此发表时,却将"同"易为"共",盖"同"侧重在物我"忧乐"本身的相似性方面,而"共"则更强调物我之间的忧乐共鸣。

# 第一百二十二则

314　　诗人视一切外物,皆游戏之材料也。然其游戏,则以热心为之,故诙谐与严重二性质,亦不可缺一也。

【疏证】

仍就物我关系立论。所谓视外物为"游戏之材料",乃意在分清物我之界限,既是游戏之材料,则诗人与外物的主从关系自然得以确立。

然此作为"游戏之材料"的外物毕竟是诗人借以表现自我情意之基础，不明外物之情，自然难通诗人之情，故热心游戏于外物之中，乃为必不可少之阶段。热心于游戏，故称诙谐；严分别物我，故名严重。先以游戏，继以区别，乃成功之文学创作必经之途径，故王国维以为"不可缺一"。此则仍是第一百十五、一百十八则意思的延续。在此前撰写的《文学小言》第二则，王国维对此已有相似的论述：

> 文学者，游戏的事业也。人之势力用于生存竞争而有馀，于是发而为游戏。婉娈之儿，有父母以衣食之，以卵翼之，无所谓争存之事也。其势力无所发泄，于是作种种之游戏。逮争存之事亟，而游戏之道息矣。唯精神上之势力独优，而又不必以生事为急者，然后终身得保其游戏之性质。而成人以后，又不能以小儿之游戏为满足，于是对其自己之情感及所观察之事物而摹写之，咏叹之，以发泄所储蓄之势力。故民族文化之发达，非达一定之程度，则不能有文学；而个人之汲汲于争存者，决无文学家之资格也。

在《人间嗜好之研究》一文中，王国维再次强调游戏心态的重要说：

> 若夫最高尚之嗜好，如文学、美术，亦不外势力之欲之发表。希尔列尔既谓儿童之游戏存于用剩馀之势力矣。文学、美术亦不过成人之精神的游戏，故其渊源之存于剩馀之势力，无可疑也。且吾人内界之思想感情，平时不能语诸人，或不能以庄语表之者，于文学中，以无人与我一定之关系故，故得倾倒而出之。易言以明之，吾人之势力所不能于实际表出者，得以游戏表出之是也。

对勘这两则文字可知，王国维所谓"游戏"的心态——不汲汲于争存，其实是王国维心目中"诗人"的基本前提。把现实生活中限于种种"关系"而无法表述之内容，在文学的天地里尽情挥洒，王国维的纯文学观念由此可见一斑。在王国维的观念里，文学美术既然是倾诉平时不能语诸人之精神游戏，自然可以彻底摆脱功利的束缚而呈现出如同游戏的色彩。

王国维的游戏说和纯文学观念，自然受康德、叔本华的美学思想影响很深，而其现实指向尤其值得关注。王国维在《论近年之学术界》一文中已经对咸丰、同治以来的对西方学术文化的译述提出绝大怀疑，认为是多立足于功利的形而下学，出自政治的目的居多，而本于学术宗旨的为少。其文曰："观近数年之文学，亦不重文学自己之价值，而唯视为政治教育之手段，与哲学无异。如此者，其亵渎哲学与文学之神圣之罪，固不可逭。欲求其学说之有价值，安可得也！故欲学术之发达，必视学术为目的，而不视为手段而后可。"目的与手段之论，其实即是政治本位与学术本位之论。王国维提倡学术独立之价值，所以相应地在文学上亦提倡游戏说，让文学停留在文学本身，是这一则的核心意思。"游戏"一词亦见于第二十四则："余填词不喜作长调，尤不喜用人韵。偶尔游戏，作《水龙吟·咏杨花用质夫、东坡倡和均》，作《齐天乐·咏蟋蟀用白石均》，皆有与晋代兴之意。"不过，这里的"游戏"乃是就长调之次韵而言的，针对的是文体形式，而非创作态度。

# 第一百二十三则

纳兰容若以自然之眼观物，以自然之笔写情。此由初入中原，未染汉人风气，故能真切如此。同时朱、陈、王、顾[一]诸家，便有文胜则史[二]之弊。

【注释】

〔一〕朱、陈、王、顾：指朱彝尊、陈维崧、王士禛、顾贞观四人。顾贞观（一六三七——一七一四），字华峰，号梁汾，江苏无锡人，著有《弹指词》。

〔二〕文胜则史:语出《论语·雍也》:"子曰:质胜文则野,文胜质则史。文质彬彬,然后君子。"

## 【疏证】

此则拈出"自然",而意在求"真",与境界说相呼应。纳兰容若性情与李煜相似,属于"阅世浅"、"性情真"之"主观之诗人",主观之诗人的最大特点就是对于人情和物性皆持自然之态度,不暇掩饰或曲解,因而物性与人情得到了最大程度的保护和呈现。所谓"以自然之眼观物",即是在物我之间不设障碍,不参功利,所以物性的体现也最直接、最彻底;所谓"以自然之笔写情",即是在观物基础上所引发之诗人之感情,在付诸文学创作时,亦纯任感情之流淌而无意遮掩或强化。不隔、自然、真切在此则汇合成说。但以自然与否来判断满、汉民族之别,亦属无谓。以朱、陈、王、顾为孔子所谓"文胜质则史"的代表,其实也正是言说其修饰太甚,反掩性情之真的创作特征。此则手稿仅删掉"后此如《冰蚕词》便无馀味"一句,盖明纳兰后期与前期也有不同,所谓"自然之眼"、"自然之笔",仅指前期作品而言的。但拈以发表时,又易"笔"为"舌","写"为"言",盖与前句"眼"、"观"二字作直接对应也。而又将"同时朱、陈"直至结尾之句改为"北宋以来,一人而已",亦示其注重在理论之建构,而非具体之批评也。王国维的"自然"与"意境"、"境界",意思是彼此可通的,在《宋元戏曲史》第十五章,王国维说:"元南戏之佳处,亦一言以蔽之,曰自然而已矣。故元代南北二戏,佳处略同,唯北剧悲壮沉雄,南戏清柔曲折,此外殆无区别。""自然"等乎"意境",风格则不限一格,出于悲壮沉雄可,出于清柔曲折亦可。后来胡适推行新文化运动,大力创作新诗,持为理论依据之一的便是自然之说,这种理论上的契合,也是胡适能走近晚年王国维的原因之一。

# 第一百二十四则

"昔为倡家女，今为荡子妇。荡子行不归，空床难独守"〔一〕，"何不策高足，先据要路津。无为久贫贱，辗轲长苦辛"〔二〕，可为淫鄙之尤。然无视为淫词、鄙词者，以其真也。五代北宋之大词人亦然，非无淫词，然读之者但觉其沈挚动人；非无鄙词，然但觉其精力弥满。可知淫词与鄙词之病，非淫与鄙之为病，而游〔三〕之为病也。"岂不尔思，室是远而"，而子曰："未之思也，夫何远之有？"恶其游也。

【注释】

〔一〕"昔为"四句：出自《古诗十九首》之二："青青河畔草，郁郁园中柳。盈盈楼上女，皎皎当窗牖。娥娥红粉妆，纤纤出素手。昔为倡家女，今为荡子妇。荡子行不归，空床难独守。"

〔二〕"何不"四句：出自《古诗十九首》之四："今日良宴会，欢乐难具陈。弹筝奋逸响，新声妙入神。令德唱高言，识曲听其真。齐心同所愿，含意俱未申。人生寄一世，奄忽若飙尘。何不策高足，先据要路津。无为守穷贱，辗轲长苦辛。"王国维将"守穷贱"误作"久贫贱"。

〔三〕游：即游词，指游离于真性情之外的应酬或咏物之作。出自清代词人金应珪《词选·后序》："……规模物类，依托歌舞。哀乐不衷其性，虑欢无与乎情。连章累篇，义不出乎花鸟。感物指事，理不外乎酬应。虽既雅而不艳，斯有句而无章。是谓游词。"

【疏证】

此则改动颇多，其最初文字为："金朗甫作《词选后序》，分词为淫词、鄙词、游词三种。词之弊尽是矣。五代、北宋之词,其失也淫。辛、刘之词,其失也鄙。姜、张之词,其失也游。"此本为独立之一则,但其后整则删掉。后又撰"五代北宋之大词人"至"恶其游也"一则,也是独立一则。撰完此则,遂为纳兰容若一则。此后又为"昔为倡家女"一则,待此则写完,又将"五代北宋之大词人"一则整体移至此则之后,至此三则,删掉一则,合并两则为一则,其意思方调整完毕。王国维花费如此多的心思来调整、合并、删略此三则,说明其用心有非同寻常者在,值得重视。简而言之,此则初衷乃由金朗甫《词选后序》所谓"词有三弊"而来,但三弊之中,王国维认为淫词、鄙词犹可接受,以其真也,惟独游词乃在万劫不复之列,必置之死地而后快。王国维所谓游词,从创作角度来说,乃在于有"诙谐"而无"严重",有"入内"而无"出外",略有"修能"而几无"内美",故物性、人情两失。此说当可置之于境界说中而寻到理论之支撑。在王国维看来,坦诚追求名利色相,犹可恕也;以虚词滥语粉饰情感,则不可恕也。但境界说之缺失也由此现出端倪,盖情感未可笼统而论,其间真纯与虚假,固可判然而辨,而其高雅与低俗,也宜深加辨析,以维护文学之纯洁也。

就此则所举《古诗十九首》之例而言,以"淫鄙之尤"相评,很可能是有问题的。"倡家女"即歌舞妓,"荡子"即游子,倡家女与荡子妇这两重身份都使得这位思妇在今昔的对照中感觉生活的空虚和无聊,独守空床之"难"便从这种对比中显现出来。但这是否就说明此思妇不是贞妇呢?朱自清在《古诗十九首释》中便不赞同这种说法,他认为此诗的"作意只是怨",不过是把怨写得"刻露"了。朱自清说:"艳妆登楼跟'空床难独守'并不算卖弄、淫、放滥无耻。那样说的人只是凭了'昔为倡家女'一层,将后来关于'娼妓'的种种联想附会上去,想着那荡子妇必有种种坏念头坏打算在心里。那荡子妇会不会有那些坏想头,我们不得而知,但就诗论诗,却只说到'难独守'就戛然而止,还只是怨,怨而不至于怒。这并不违背温柔敦厚的诗教。至于将不相干的成见读进诗里去,那是最足以妨碍了解的。"应该说,朱自清的解读确实是值得重视的。如果本朱自清此论,则王国维的"淫鄙之尤",确实有出语孟浪的地方了。虽然王国维从"真"的角度肯定了这种"淫鄙之尤",但在"真"的本身内涵上,王国维的理解或许是有欠缺的。

# 第一百二十五则

四言<sup>〔一〕</sup>敝而有楚辞<sup>〔二〕</sup>,楚辞敝而有五言<sup>〔三〕</sup>,五言敝而有七言<sup>〔四〕</sup>,古诗<sup>〔五〕</sup>敝而有律绝,律绝敝而有词。盖一体通行既久,染指遂多,自成陈套,豪杰之士,亦难于中自出新意,故往往遁而作他体,以发表其思想感情。一切文体所以始盛终衰者,皆由于此。故谓文学今不如古,余不敢信。但就一体论,则此说固无以易也。

【注释】

〔一〕四言:上古歌谣及《周易》中的部分韵语,已初具四言诗的形态。我国第一部诗歌总集《诗经》即是以四言体为主,杂有少量三、五、七、八、九言之句。

〔二〕楚辞:汉代刘向把屈原、宋玉以及带有楚辞风格的作品汇编为《楚辞》一书。楚辞对汉赋的形成产生了重要影响。

〔三〕五言:大约起源于西汉而在东汉末年趋于成熟。

〔四〕七言:秦汉时期的民间歌谣已有七言诗的雏形,唐代七言诗全面兴盛。

〔五〕古诗:古诗最初得名大概始于魏晋时期,将此前无名氏所作的无题五言诗统称为"古诗",即今天所说的《古诗十九首》。

【疏证】

此为手稿最后一则,言文体兴替,自成规律,其间有无可如何者在。所谓"敝"乃指文体"自成陈套"之状。王国维在此则主要表达四个观点:一、无亘古常青之文体,始盛终衰为所有文体必经之途径;二、一文体之衰,非文体本身所致,而与习者众多、渐成陈套有关,一文体发展至陈套,则一文体生命即告结束;三、一文体之衰必有一文体之兴相率而起,故文体兴替或无尽时,此与人类不能缺乏"发表其思想感情"的载体有关,而渐成陈套之文体,已不能自如而畅达地表达情思,故新文体不得不生;四、以时代论,一时代有一时代之文学,无所谓古今优劣,以一体论,则盛极难继,此前已经成熟之文体,则今不如古。王国维此则虽没有将文体兴衰与时代直接相对应,但稍后则于其《宋元戏曲史》序发其馀绪。其语云:"凡一代有一代之文学:楚之骚,汉之赋,六代之骈语,唐之诗,宋之词,元之曲,皆所谓一代之文学,而后世莫能继焉者也。"王国维本就一代一体之盛而论,固非以一体遮蔽一代其馀各体之意也。所以王国维明确说自己不相信文学"今不如古"之说。正如钱锺书《谈艺录》所云:"王静安《宋元戏曲史》序有'汉赋、唐诗、宋词、元曲'之说。谓某体至某朝而始盛,可也;若用意等于理堂,谓某体限于某朝,作者之多,即证作品之佳,则又买菜求益之见矣。元诗固不如元曲,汉赋遂能胜汉文,相如高出子长耶?唐诗遂能胜唐文耶?宋词遂能胜宋诗若文耶?兼擅诸体如贾生、子云、陈思、靖节、太白、昌黎、柳州、庐陵、东坡、遗山辈之集固在,盍取而按之?乃有作《诗史》者,于宋元以来,只列词曲,引静安语为解。惜其不知《归潜志》、《雕菰集》,已先发此说也。"又说:"夫文体递变,非必如物体之有新陈代谢,后继则须前仆。譬之六朝俪体大行,取散体而代之,至唐则古文复盛,大手笔多舍骈取散。然俪体曾未中绝,一线绵延,虽极衰于明,而忽盛于清。骈散并峙,各放光明,阳湖、扬州文家,至有倡奇偶错综者。几见彼作则此亡耶?"窃以为钱锺书的这两节话堪称是静安关于文体演变的最佳注脚。后者虽仅以骈文、散文为例,实可通于其他文体。而前者不仅就一代各体之高低略作分析,而且就一人兼擅多种文体的情况对"彼作则此亡"的偏见提出了质疑。所论极富学理,甚契静安学说。钱锺书援引金代刘祁《归潜志》卷十三所谓"唐以前诗在诗,至宋则多在长短句,今之诗在俗间俚曲"之说,以及清代焦循《雕菰集》卷十四所谓"诗亡于宋而遁于词,词亡于元而遁于曲"之说,以为静安渊源,但静安对于刘祁、焦循之说确实更多了一种学理上的圆满。

王国维以此则收束全书,或有深意在焉,既为他推崇唐五代北宋词提供文体自身嬗变规律的理论支援,同时潜在地批评晚清追慕南宋词之风气,也为新的韵文文体的产生提供理论依据。王国维言文体代兴至"词"而止,此后新文体未言及,而词体在南宋已成陈套,则新文体之产生,似已是无可避免之事,但遗憾的是王国维没有对这一新文体做出预测或憧憬。一九二五年四月,日本青木正儿谒王国维于清华园,当王国维听说青木正儿有意研究明以后的戏曲史时,便直言告诫:"明以后的戏曲没意思,元曲是活文学,明清之曲是死文学。"①则王国维对于元以后戏曲的评价理念与此前对诗词嬗变的理念是完全一致的。王国维花费如许多的精力来建构境界说,不仅要从词学一端来建构文艺本体论,而且从煞末一则来看,也是为文学史的整体定位以及寻绎文学史的发展规律,提供一个词体发展的角度。外在散漫的批评方式,蕴含的却是在对既往词体发展的历史加以勾勒的基础上,为文学的后续发展提供文体依据,也为文学研究揭示出一种质的规定性。

---

① 青木正儿《王静安先生的辫发》,转引自袁英光、刘寅生《王国维年谱长编》,天津人民出版社 1996 年版,第 441 页。

# 附　录

## 人间词话（初刊本）①

### 一

词以境界为最上。有境界则自成高格，自有名句。五代、北宋之词所以独绝者在此。

### 二

有造境，有写境，此理想与写实二派之所由分。然二者颇难分别。因大诗人所造之境，必合乎自然，所写之境，亦必邻于理想故也。

---

① 此《人间词话》于 1908 年、1909 年之交分三期初刊于上海《国粹学报》，凡六十四则，其中第六十三则系发表之时临时补写而成，而其他各则都是从手稿本中选录的，文字略有调整润色而已。具体刊发条目及时间是：第一——二十一则，刊发于《国粹学报》第四十七期（1908 年 11 月 13 日）；第二十二——三十九则，刊发于《国粹学报》第四十九期（1909 年 1 月 11 日）；第四十一——六十四则，刊发于《国粹学报》第五期（1909 年 2 月 20 日）。

## 三

有有我之境，有无我之境。"泪眼问花花不语，乱红飞过秋千去"、"可堪孤馆闭春寒，杜鹃声里斜阳暮"，有我之境也；"采菊东篱下，悠然见南山"、"寒波淡淡起，白鸟悠悠下"，无我之境也。有我之境，以我观物，故物皆著我之色彩；无我之境，以物观物，故不知何者为我，何者为物。古人为词，写有我之境者为多，然未始不能写无我之境，此在豪杰之士能自树立耳。

## 四

无我之境，人惟于静中得之。有我之境，于由动之静时得之。故一优美，一宏壮也。

## 五

自然中之物，互相关系，互相限制。然其写之于文学及美术中也，必遗其关系、限制之处。故虽写实家，亦理想家也。又虽如何虚构之境，其材料必求之于自然，而其构造，亦必从自然之法则。故虽理想家，亦写实家也。

## 六

境非独谓景物也，喜怒哀乐，亦人心中之一境界。故能写真景物、真感情者，谓之有境界；否则谓之无境界。

## 七

"红杏枝头春意闹"，著一"闹"字，而境界全出。"云破月来花弄影"，著一"弄"字，而境界全出矣。

## 八

境界有大小，不以是而分优劣。"细雨鱼儿出，微风燕子斜"，何遽不若"落日照大旗，马鸣风萧萧"！"宝帘闲挂小银钩"，何遽不若"雾失楼台，月迷津渡"也！

## 九

严沧浪《诗话》曰："盛唐诸公，唯在兴趣。羚羊挂角，无迹可求。故其妙处，透澈玲珑，不可凑拍。如空中之音、相中之色、水中之影、镜中之象，言有尽而意无穷。"余谓：北宋以前之词，亦复如是。然沧浪所谓兴趣，阮亭所谓神韵，犹不过道其面目，不若鄙人拈出"境界"二字，为探其本也。

## 一〇

太白纯以气象胜。"西风残照，汉家陵阙"，寥寥八字，遂关千古登临之口。后世唯范文正之《渔家傲》，夏英公之《喜迁莺》，差足继武，然气象已不逮矣。

## 一一

张皋文谓飞卿之词"深美闳约"。余谓此四字唯冯正中足以当之。刘融斋谓飞卿"精艳绝人"，差近之耳。

## 一二

"画屏金鹧鸪"，飞卿语也，其词品似之；"弦上黄莺语"，端己语也，其词品亦似之；正中词品，若欲于其词句中求之，则"和泪试严妆"，殆近之欤？

## 一三

南唐中主词"菡萏香销翠叶残,西风愁起绿波间",大有众芳芜秽、美人迟暮之感。乃古今独赏其"细雨梦回鸡塞远,小楼吹彻玉笙寒",故知解人正不易得。

## 一四

温飞卿之词,句秀也;韦端己之词,骨秀也;李重光之词,神秀也。

## 一五

词至李后主而眼界始大,感慨遂深,遂变伶工之词而为士大夫之词。周介存置诸温、韦之下,可为颠倒黑白矣。"自是人生长恨水长东","流水落花春去也,天上人间",《金荃》、《浣花》,能有此气象耶?

## 一六

词人者,不失其赤子之心者也。故生于深宫之中,长于妇人之手,是后主为人君所短处,亦即为词人所长处。

## 一七

客观之诗人,不可不多阅世。阅世愈深,则材料愈丰富,愈变化,《水浒传》、《红楼梦》之作者是也。主观之诗人,不必多阅世。阅世愈浅,则性情愈真,李后主是也。

## 一八

尼采谓:一切文学,余爱以血书者。后主之词,真所谓以血书者也。宋道君皇帝《燕山亭》词亦略似之。然道君不过自道身世之戚，后主则俨有释迦、基督担荷人类罪恶之意，其大小固不同矣。

## 一九

冯正中词虽不失五代风格，而堂庑特大，开北宋一代风气。与中、后二主词皆在《花间》范围之外，宜《花间集》中不登其只字也。

## 二〇

正中词除《鹊踏枝》、《菩萨蛮》十数阕最煊赫外，如《醉花间》之"高树鹊衔巢，斜月明寒草"，余谓韦苏州之"流萤渡高阁"，孟襄阳之"疏雨滴梧桐"不能过也。

## 二一

欧九《浣溪沙》词"绿杨楼外出秋千"。晁补之谓：只一"出"字，便后人所不能道。余谓此本于正中《上行杯》词"柳外秋千出画墙"，但欧语尤工耳。

## 二二

梅舜俞《苏幕遮》词："落尽梨花春事了。满地斜阳，翠色和烟老。"刘融斋谓：少游一生似专学此种。余谓：冯正中《玉楼春》词："芳菲次第长相续，自是情多无处足。尊前百计得春归，莫为伤春眉黛促。"永叔一生似专学此种。

## 二三

人知和靖《点绛唇》、舜俞《苏幕遮》、永叔《少年游》三阕为咏春草绝调。不知先有正中"细雨湿流光"五字，皆能摄春草之魂者也。

## 二四

《诗·蒹葭》一篇,最得风人深致。晏同叔之"昨夜西风凋碧树。独上高楼,望尽天涯路",意颇近之。但一洒落,一悲壮耳。

## 二五

"我瞻四方,蹙蹙靡所骋",诗人之忧生也;"昨夜西风凋碧树。独上高楼,望尽天涯路"似之。"终日驰车走,不见所问津",诗人之忧世也;"百草千花寒食路。香车系在谁家树"似之。

## 二六

古今之成大事业、大学问者,必经过三种之境界:"昨夜西风凋碧树。独上高楼,望尽天涯路。"此第一境也。"衣带渐宽终不悔,为伊消得人憔悴。"此第二境也。"众里寻他千百度,回头蓦见,那人正在、灯火阑珊处。"此第三境也。此等语皆非大词人不能道。然遽以此意解释诸词,恐为晏、欧诸公所不许也。

## 二七

永叔"人间自是有情痴,此恨不关风与月"、"直须看尽洛城花,始与东风容易别",于豪放之中有沈着之致,所以尤高。

## 二八

冯梦华《宋六十一家词选·序例》谓:"淮海、小山,古之伤心人也。其淡语皆有味,浅语皆有致。"余谓此唯淮海足以当之。小山矜贵有馀,但可方驾子野、方回,未足抗衡淮海也。

## 二九

少游词境最为凄婉。至"可堪孤馆闭春寒,杜鹃声里斜阳暮",则变而凄厉矣。东坡赏其后二语,犹为皮相。

## 三〇

"风雨如晦,鸡鸣不已","山峻高以蔽日兮,下幽晦以多雨。霰雪纷其无垠兮,云霏霏而承宇","树树皆秋色,山山尽落晖","可堪孤馆闭春寒,杜鹃声里斜阳暮",气象皆相似。

## 三一

昭明太子称陶渊明诗"跌宕昭彰,独超众类。抑扬爽朗,莫之与京"。王无功称薛收赋"韵趣高奇,词义晦远。嵯峨萧瑟,真不可言"。词中惜少此二种气象,前者唯东坡,后者唯白石,略得一二耳。

## 三二

词之雅郑,在神不在貌。永叔、少游虽作艳语,终有品格。方之美成,便有淑女与倡伎之别。

## 三三

美成深远之致不及欧、秦。唯言情体物,穷极工巧,故不失为第一流之作者。但恨创调之才多,创意之才少耳。

## 三四

词忌用替代字。美成《解语花》之"桂华流瓦",境界极妙,惜以

"桂华"二字代月耳。梦窗以下,则用代字更多。其所以然者,非意不足,则语不妙也。盖意足则不暇代,语妙则不必代。此少游之"小楼连苑"、"绣毂雕鞍",所以为东坡所讥也。

## 三五

沈伯时《乐府指迷》云:"说桃不可直说桃,须用'红雨'、'刘郎'等字。咏柳不可直说破柳,须用'章台'、'灞岸'等字。"若惟恐人不用代字者。果以是为工,则古今类书具在,又安用词为耶?宜其为《提要》所讥也。

## 三六

美成《青玉案》词:"叶上初阳干宿雨。水面清圆,一一风荷举。"此真能得荷之神理者。觉白石《念奴娇》、《惜红衣》二词,犹有隔雾看花之恨。

## 三七

东坡《水龙吟》咏杨花,和均而似元唱。章质夫词,原唱而似和均。才之不可强也如是!

## 三八

咏物之词,自以东坡《水龙吟》最工,邦卿《双双燕》次之。白石《暗香》、《疏影》,格调虽高,然无一语道着。视古人"江边一树垂垂发"等句何如耶?

## 三九

白石写景之作,如"二十四桥仍在,波心荡、冷月无声"、"数峰清苦,商略黄昏雨"、"高树晚蝉,说西风消息",虽格韵高绝,然如雾里看花,终隔一层。梅溪、梦窗诸家写景之病,皆在一"隔"字。北宋风流,渡江遂绝。抑真有运会存乎其间耶?

四〇

问"隔"与"不隔"之别,曰:陶、谢之诗不隔,延年则稍隔矣;东坡之诗不隔,山谷则稍隔矣。"池塘生春草"、"空梁落燕泥"等二句,妙处唯在不隔。词亦如是。即以一人一词论,如欧阳公《少年游》咏春草上半阕云:"阑干十二独凭春,晴碧远连云。千里万里,二月三月,行色苦愁人。"语语都在目前,便是不隔。至云"谢家池上,江淹浦畔",则隔矣。白石《翠楼吟》"此地。宜有词仙,拥素云黄鹤,与君游戏。玉梯凝望久,叹芳草、萋萋千里",便是不隔。至"酒祓清愁,花消英气",则隔矣。然南宋词虽不隔处,比之前人,自有浅深厚薄之别。

四一

"生年不满百,常怀千岁忧。昼短苦夜长,何不秉烛游","服食求神仙,多为药所误。不如饮美酒,被服纨与素",写情如此,方为不隔。"采菊东篱下,悠然见南山。山气日夕佳,飞鸟相与还","天似穹庐,笼盖四野。天苍苍。野茫茫。风吹草低见牛羊",写景如此,方为不隔。

四二

古今词人格调之高,无如白石。惜不于意境上用力,故觉无言外之味,弦外之响,终不能与于第一流之作者也。

## 四三

南宋词人，白石有格而无情，剑南有气而乏韵。其堪与北宋人颉颃者，唯一幼安耳。近人祖南宋而祧北宋，以南宋之词可学，北宋不可学也。学南宋者，不祖白石，则祖梦窗，以白石、梦窗可学，幼安不可学也。学幼安者率祖其粗犷、滑稽，以其粗犷、滑稽处可学，佳处不可学也。幼安之佳处，在有性情，有境界。即以气象论，亦有"横素波"、"干青云"之概，宁后世龌龊小生所可拟耶？

## 四四

东坡之词旷，稼轩之词豪。无二人之胸襟而学其词，犹东施之效捧心也。

## 四五

读东坡、稼轩词，须观其雅量高致，有伯夷、柳下惠之风。白石虽似蝉蜕尘埃，然终不免局促辕下。

## 四六

苏、辛，词中之狂。白石犹不失为狷。若梦窗、梅溪、玉田、草窗、中麓辈，面目不同，同归于乡愿而已。

## 四七

稼轩中秋饮酒达旦，用《天问》体作《木兰花慢》以送月曰："可怜今夕月，向何处、去悠悠。是别有人间，那边才见，光景东头。"词人想像，直悟月轮绕地之理，与科学家密合，可谓神悟。

## 四八

周介存谓："梅溪词中，喜用'偷'字，足以定出其品格。"刘融斋谓："周旨荡而史意贪。"此二语令人解颐。

## 四九

介存谓梦窗词之佳者，如"水光云影，摇荡绿波，抚玩无极，追寻已远"。余览《梦窗甲乙丙丁稿》中，实无足当此者。有之，其"隔江人在雨声中，晚风菇叶生秋怨"二语乎？

## 五〇

梦窗之词，吾得取其词中一语以评之曰："映梦窗，凌乱碧。"玉田之词，余得取其词中之一语以评之曰："玉老田荒。"

## 五一

"明月照积雪"、"大江流日夜"、"中天悬明月"、"黄河落日圆"，此种境界，可谓千古壮观。求之于词，唯纳兰容若塞上之作如《长相思》之"夜深千帐灯"、《如梦令》之"万帐穹庐人醉，星影摇摇欲坠"差近之。

## 五二

纳兰容若以自然之眼观物，以自然之舌言情。此由初入中原，未染汉人风气，故能真切如此。北宋以来，一人而已。

## 五三

陆放翁《花间集》谓："唐季五代，诗愈卑，而倚声者辄简古可爱。……能此不能彼，未可以理推也。"《提要》驳之谓：犹能举七十斤者，举百斤则蹶，举五十斤则运掉自如。其言甚辨。然谓词必易于诗，余未敢信。善乎陈卧子之言曰："宋人不知诗而强作诗，故终宋之世无诗。……然其欢愉愁苦之致，动于中而不能抑者，类发于诗馀，故其所造独工。"五代词之所以独胜，亦以此也。

### 五四

四言敝而有楚辞，楚辞敝而有五言，五言敝而有七言，古诗敝而有律绝，律绝敝而有词。盖文体通行既久，染指遂多，自成习套。豪杰之士，亦难于其中自出新意，故遁而作他体，以自解脱。一切文体所以始盛终衰者，皆由于此。故谓文学后不如前，余未敢信。但就一体论，则此说固无以易也。

### 五五

诗之《三百篇》、《十九首》，词之五代、北宋，皆无题也。非无题也，诗词中之意，不能以题尽之也。自《花庵》、《草堂》每调立题，并古人无题之词亦为之作题。如观一幅佳山水，而即曰此某山某河，可乎？诗有题而诗亡，词有题而词亡。然中材之士，鲜能知此而自振拔者也。

### 五六

大家之作，其言情也必沁人心脾，其写景也必豁人耳目，其辞脱口而出，无矫揉妆束之态。以其所见者真，所知者深也。诗词皆然。持此以衡古今之作者，可无大误也。

### 五七

人能于诗词中不为美刺投赠之篇，不使隶事之句，不用粉饰之字,则于此道已过半矣。

## 五八

以《长恨歌》之壮采,而所隶之事,只"小玉"、"双成"四字,才有馀也。梅村歌行,则非隶事不办。白、吴优劣,即于此见。不独作诗为然,填词家亦不可不知也。

## 五九

近体诗体制,以五、七言绝句为最尊,律诗次之,排律最下。盖此体于寄兴言情,两无所当,殆有均之骈体文耳。词中小令如绝句,长调似律诗,若长调之《百字令》、《沁园春》等,则近于排律矣。

## 六〇

诗人对宇宙人生,须入乎其内,又须出乎其外。入乎其内,故能写之;出乎其外,故能观之。入乎其内,故有生气;出乎其外,故有高致。美成能入而不出;白石以降,于此二事皆未梦见。

## 六一

诗人必有轻视外物之意,故能以奴仆命风月;又必有重视外物之意,故能与花鸟共忧乐。

## 六二

335

"昔为倡家女,今为荡子妇。荡子行不归,空床难独守。""何不策高足,先据要路津?无为久贫贱,辄轲长苦辛。"可为淫鄙之尤。然无视为淫词、鄙词者,以其真也。五代、北宋之大词人亦然。非无淫词,读之者但觉其亲切动人;非无鄙词,但觉其精力弥满。可知淫词与鄙词之病，非淫与鄙之病，而游词之病也。"岂不尔思，室是远而"。而子曰："未之思也，夫何远之有？"恶其游也。

### 六三

"枯藤老树昏鸦。小桥流水平沙。古道西风瘦马。夕阳西下。断肠人在天涯。"此元人马东篱《天净沙》小令也。寥寥数语，深得唐人绝句妙境。有元一代词家，皆不能办此也。

### 六四

白仁甫《秋夜梧桐雨》剧，沈雄悲壮，为元曲冠冕。然所作《天籁词》，粗浅之甚，不足为稼轩奴隶。岂创者易工，而因者难巧欤？抑人各有能有不能也？读者观欧、秦之诗远不如词，足透此中消息。

## 人间词话（重编本）①

余于七八年前，偶书词话数十则。今检旧稿，颇有可采者，摘录如下。

### 一

词以境界为最上。有境界则自成高格，自有名句。五代北宋

---

① 此重编本是王国维从《人间词话》手稿本、《国粹学报》初刊本以及《宋元戏曲考》若干文字中摘录、合并、删订而成，凡三十一则，分七期连载于1915年1月13、15、16、17、19、20、21日的《盛京时报》，具体是：小序以及第一至五则，1月13日刊出；第六至九则，1月15日刊；第十至十五则，1月16日刊；第十六至二十则，1月17日刊；第二十一至二十五则，1月19日刊；第二十六、二十七、二十八则，1月20日刊；第二十九、三十、三十一则，1月21日刊。这三十一则词话统列于"二牖轩随录"名下，王国维未再另起名。但小序既曰"偶书词话"，则此次压缩后的版本自可视为王国维《人间词话》的最终定本。

之词所以独绝者在此。

## 二

言气格，言神韵，不如言境界。境界，本也；气格、神韵，末也。境界具，而二者随之矣。

## 三

有造境，有写境，此理想与写实二派之所由分。然二者颇难区别。因大诗人所造之境，必合乎自然；所写之境，必邻乎理想故也。

## 四

境非独谓景物也。情感亦人心中之一境界。故能写真景物、真感情者，谓之有境界；否则谓之无境界。

## 五

"红杏枝头春意闹"，著一"闹"字，而境界全出；"云破月来花弄影"，著一"弄"字，而境界全出矣。

## 六

境界有大小，然不以是而分优劣。"细雨鱼儿出，微风燕子斜"，何遽不若"落日照大旗，马鸣风萧萧"。"宝帘闲挂小银钩"，何遽不若"雾失楼台，月迷津渡"也。

## 七

《诗·蒹葭》一篇最得风人深致。晏同叔之"昨夜西风凋碧树。独上高楼，望尽天涯路"，意颇近之。但一洒落，一悲壮耳。

## 八

"我瞻四方,蹙蹙靡所骋",诗人之忧生也。"昨夜西风凋碧树。独上高楼,望尽天涯路"似之。"终日驰车走,不见所问津",诗人之忧世也。"百草千花寒食路。香车系在谁家树"似之。

## 九

成就一切事,罔不历三种境界:"昨夜西风凋碧树。独上高楼,望尽天涯路",此第一境也;"衣带渐宽终不悔。为伊销得人憔悴",此第二境也;"众里寻他千百度。回头蓦见,那人正在、灯火阑珊处",此第三境也。此等语均非大词人不能道。然遽以此意解诸词,恐为晏、欧诸公所不许也。

## 一〇

太白词纯以气象胜。"西风残照,汉家陵阙",寥寥八字,遂关千古登临之口。后世唯范文正之《渔家傲》、夏英公之《喜迁莺》,差堪继武。然气象已不逮矣。

## 一一

温飞卿之词,句秀也;韦端己之词,骨秀也;李后主之词,神秀也。词至李后主而境界始大,感慨遂深,遂变伶工之词,而为士大夫之词。宋初晏、欧诸公皆自此出,而《花间》一派微矣。

## 一二

冯正中词除《鹊踏枝》、《菩萨蛮》数十阕最煊赫外,如《醉花间》之"高树鹊衔巢,斜月明寒草",虽韦苏州之"流萤度高阁"、孟襄阳之"疏雨滴梧桐",不能过也。

## 一三

"画屏金鹧鸪",飞卿语也,其词品似之;"弦上黄莺语",端己语也,其词品亦似;若正中词品,欲于其词求之,则"和泪试严妆",殆近之欤。

## 一四

欧阳公《浣溪沙》词"绿杨楼外出秋千",晁补之谓只一"出"字,便后人所不能道。余谓此本于正中《上行杯》词"柳外秋千出画墙",但欧语尤工耳。

## 一五

少游词境最为凄婉。至"可堪孤馆闭春寒,杜鹃声里斜阳暮",则变而凄厉矣。东坡赏其后二语,尤为皮相。

## 一六

"风雨如晦,鸡鸣不已","山峻高以蔽日兮,下幽晦以多雨;霰雪纷其无垠兮,云霏霏而承宇","树树皆秋色,山山尽落晖","可堪孤馆闭春寒,杜鹃声里斜阳暮",气象皆相似。

## 一七

美成词深远之致不及欧、秦,唯言情体物,穷极工巧,故不失为第一流之作者。但恨创调之才多,创意之才少耳。

## 一八

词最忌用替代字。美成《解语花》之"桂华流瓦",境界极妙,惜以"桂华"二字代"月"耳。梦窗以下，则用代字更多。其所以然者，非意不足，则语不妙也。盖语妙，则不必代，意足则不暇代。此少游之《水龙吟》首二语，所以为东坡所讥也。

### 一九

美成《青玉案》词"叶上初阳干宿雨。水面清圆，一一风荷举"，此真能得荷之神理者。觉白石《念奴娇》、《惜红衣》二词犹有隔雾看花之恨。

### 二〇

南宋词人，白石有格而无情，剑南有气而乏韵。其堪与北宋人颉颃者，唯一幼安耳。近人祖南宋而祧北宋，以南宋之词可学，北宋不可学也。学南宋者，不祖白石，则祖梦窗，以白石、梦窗可学，幼安不可学也。学幼安者，率祖其粗犷、滑稽，以其粗犷、滑稽处可学，佳处不可学也。同时白石、龙洲学幼安之作且如此，况其他乎？其实幼安词之佳者，俊伟幽咽，独有千古。其他豪放之处，亦有"横素波、干青云"之概，岂梦窗辈龌龊小生所可语耶？

### 二一

东坡之词旷，稼轩之词豪。无二人之胸襟，而学其词，犹东施之效捧心也。

### 二二

读东坡、稼轩词，须观其雅量高致，有伯夷、柳下惠之风。白石虽似蝉蜕尘埃，终不免局促辕下。

## 二三

昭明太子称陶渊明诗"跌宕昭彰,独超众类。抑扬爽朗,莫之与京"。王无功称薛收赋"韵趣高奇,词义晦远。嵯峨萧瑟,真不可言"。词中惜少此二种气象。前者坡词近之,后者唯白石略得一二耳。

## 二四

白石写景之作,如"二十四桥仍在,波心荡、冷月无声","数峰清苦,商略黄昏雨","高树晚蝉,说西风消息",虽格韵高绝,然如雾里看花,终隔一层。梅溪、梦窗诸家写景之作,其病皆在一"隔"字。北宋风流,过江遂绝,抑真有风会存乎其间耶?

## 二五

东坡、稼轩,词中之狂;白石,词中之狷;若梅溪、梦窗、草窗、玉田、西麓、竹山之词,则乡愿而已。

## 二六

问"隔"与"不隔"之别。曰:"生年不满百,常怀千岁忧。昼短苦夜长,何不秉烛游。""服食求神仙,多为药所误。不如饮美酒,被服纨与素。"写情如此,方为不隔。"采菊东篱下,悠然见南山。山气日夕佳,飞鸟相与还。""天似穹庐,笼盖四野。天苍苍。野茫茫。风吹草低见牛羊。"写景如此,方为不隔。词亦如之。如欧阳公《少年游》咏春草云:"阑干十二独凭春,晴碧远连云。二月三月,千里万里,行色苦愁人。"语语皆在目前,便是不隔;至换头云:"谢家池上,江淹浦畔,吟魄与离魂。"使用故事,便不如前半精彩。然欧词前既实写，故至此不能不拓开。若通体如此，则成笑柄。南宋人词则不免通体皆是"谢家池上"矣。

## 二七

国朝人词，余最爱宋尚木《蝶恋花》"新样罗衣浑弃却。犹寻旧日春衫着"及谭复堂之"连理枝头侬与汝。千花百草从渠许"，以为最得风人之旨。

## 二八

近人词，如复堂之深婉，彊村之隐秀，当在吾家半塘翁之上。彊村学梦窗，而情味较梦窗反胜。盖有临川、庐陵之高华，而济以白石之疏越者。学人之词，斯为极则。然于古人自然神妙处，尚未梦见。《半唐丁稿》和冯正中《鹊踏枝》十阕，乃鹜翁词之最精者。"望远愁多休纵目"等阕，郁伊惝恍，令人不能为怀。《定稿》只存六阕，殊为未允。

## 二九

词总集如《花间》、《尊前》，行于宋世。南宋迄明，盛行《草堂诗馀》。自朱竹垞力诋《草堂》，而推重周草窗之《绝妙好词》。其实《草堂》瑕瑜互见，宋人名作大抵在焉。《绝妙好词》则如碔砆，无瑕可指，而可观之词甚少。竹垞《词综》自唐宋以后，其病略同。皋文《词选》又扬其波，固陋弥甚矣。

## 三〇

词至元人，皆承南宋绪馀，殆无足观。然曲中小令却有绝妙者。如无名氏《天净沙》云："枯藤老树昏鸦。小桥流水人家。古道西风瘦马。夕阳西下。断肠人在天涯。"此等语非当时词家所能道也。

## 三一

元人曲中小令以无名氏《天净沙》为第一。套数则以马东篱之《双调·夜行船》为第一。兹录其词如左:"〔夜行船〕百岁光阴如梦蝶。重回首,往事堪嗟。昨日春来,今朝花谢。急罚盏夜阑灯灭。〔乔木查〕想秦宫汉阙,都做了衰草牛羊野。不恁渔樵无话说。纵荒坟横断碑,不辨龙蛇。〔庆宣和〕投至狐踪与兔窟,多少豪杰。鼎足三分半腰折,魏耶,晋耶。〔落梅花〕天教富,不待奢。无多时,好天良夜。看钱奴,硬将心似铁,空辜负锦堂风月。〔风入松〕眼前红日又西斜,疾似下坡车。晓来青镜添白发,上床和鞋履相别。莫笑鸠巢计拙,葫芦提一就妆呆。〔拨不断〕利名竭,是非绝。红尘不向门前惹,绿树偏宜屋角遮。青山正补墙东缺,竹篱茅舍。〔离亭宴煞〕蛩吟一枕方宁贴,鸡鸣万事无休歇。争名利,何年是彻。密匝匝,蚁排兵;乱纷纷,蜂酿蜜;急穰穰,蝇争血。裴公绿野堂,陶令白莲社。爱秋来,那些和露摘黄花,带霜烹紫蟹,煮酒烧红叶。人生有限杯,几个登高节。嘱付与顽童记者,便北海探吾来,道东篱醉了也。"周德清《中原音韵》中载此剧,以为万中无一,不虚也。

# 王国维词论汇录①

## 一

蕙风词小令似叔原，长调亦在清真、梅溪间，而沈痛过之。彊村虽富丽精工，犹逊其真挚也。天以百凶成就一词人，果何为哉！

## 二

蕙风《洞仙歌·秋日游某氏园》及《苏武慢·寒夜闻角》二阕，境似清真。集中他作，不能过之。

## 三

彊村词，余最赏其《浣溪沙》"独鸟冲波去意闲"二阕，笔力峭拔，非他词可能过之。

## 四

蕙风"听歌"诸作，自以《满路花》为最佳。至题《香南雅集图》诸词，殊觉泛泛，无一言道着。

## 五

黄叔旸称其(注：指皇甫松)《摘得新》二首，为有达观之见。余谓不若《忆江南》二阕，情味深长，在乐天、梦得上也。

---

① 此处汇录的王国维词论综合了赵万里、徐调孚、陈乃乾、陈鸿祥等人从王国维其他著述、序跋、批点、题扇、谈话中选录的内容。笔者也新增了七则，其中从王国维《词录》的序例及诸版本下的说明文字中摘录了六则，从藏于日本东洋文库王国维批注词曲集中选录了一则《寿域词跋》。

## 六

端己词情深语秀，虽规模不及后主、正中，要在飞卿之上。观昔人颜、谢优劣论可知矣。

## 七

其（注：指毛文锡）词比牛、薛诸人，殊为不及。叶梦得谓："文锡词以质直为情致，殊不知流于率露。诸人评庸陋词者，必曰：此仿毛文锡之《赞成功》而不及者。"其言是也。

## 八

其（注：指魏承班）词逊于薛昭蕴、牛峤，而高于毛文锡，然皆不如王衍。五代词以帝王为最工，岂不以无意于求工欤？

## 九

夐（注：指顾夐）词在牛给事、毛司徒间。《浣溪沙》（春色迷人）一阕，亦见《阳春录》。与《河传》、《诉衷情》数阕，当为夐最佳之作矣。

## 一○

周密《齐东野语》称其（注：指毛熙震）词新警而不为儇薄。余尤爱其《后庭花》，不独意胜，即以调论，亦有隽上清越之致，视文锡蔑如也。

## 一一

其（注：指阎选）词唯《临江仙》第二首有轩翥之意，馀尚未足与于作者也。

## 一二

昔沈文悫深赏泌(注:指张泌)"绿杨花扑一溪烟"为晚唐名句。然其词如"露浓香泛小庭花",较前语似更幽艳也。

## 一三

昔黄玉林赏其(注:指孙光宪)"一庭花雨湿春愁"为古今佳句。余以为不若"片帆烟际闪孤光",尤有境界也。

## 一四

先生(注:指周邦彦)于诗文无所不工,然尚未尽脱古人蹊径。平生著述,自以乐府为第一。词人甲乙,宋人早有定论。惟张叔夏病其意趣不高远。然北宋人如欧、苏、秦、黄,高则高矣,至精工博大,殊不逮先生。故以宋词比唐诗,则东坡似太白,欧、秦似摩诘,耆卿似乐天,方回、叔原则大历十子之流。南宋惟一稼轩可比昌黎。而词中老杜,则非先生不可。昔人以耆卿比少陵,犹为未当也。

## 一五

先生(注:指周邦彦)之词,陈直斋谓其多用唐人诗句隐括入律,浑然天成。张玉田谓其善于融化诗句,然此不过一端。不如强焕云"模写物态,曲尽其妙"为知言也。

## 一六

山谷云:"天下清景,不择贤愚而与之,然吾特疑端为我辈设。"

诚哉是言！抑岂独清景而已，一切境界，无不为诗人设。世无诗人，即无此种境界。夫境界之呈于吾心而见于外物者，皆须臾之物。惟诗人能以此须臾之物，镌诸不朽之文字，使读者自得之。遂觉诗人之言，字字为我心中所欲言，而又非我之所能自言，此大诗人之秘妙也。境界有二：有诗人之境界，有常人之境界。诗人之境界，惟诗人能感之而能写之，故读其诗者，亦高举远慕，有遗世之意。而亦有得有不得，且得之者亦各有深浅焉。若夫悲欢离合、羁旅行役之感，常人皆能感之，而惟诗人能写之。故其入于人者至深，而行于世也尤广。先生（注：指周邦彦）之词，属于第二种为多。故宋时别本之多，他无与匹。又和者三家，注者二家（强焕本亦有注，见毛跋）。自士大夫以至妇人女子，莫不知有清真，而种种无稽之言，亦由此以起。然非入人之深，乌能如是耶？

## 一七

楼忠简谓先生（注：指周邦彦）妙解音律。惟王晦叔《碧鸡漫志》谓："江南某氏者，解音律，时时度曲。周美成与有瓜葛。每得一解，即为制词，故周集中多新声。"则集中新曲，非尽自度。然"顾曲名堂，不能自已"，固非不知音者。故先生之词，文字之外，须兼味其音律。惟词中所注宫调，不出教坊十八调之外。则其音非大晟乐府之新声，而为隋、唐以来之燕乐，固可知也。今其声虽亡，读其词者，犹觉拗怒之中，自饶和婉；曼声促节，繁会相宣；清浊抑扬，辘轳交往。两宋之间，一人而已。

## 一八

《天仙子》词（注：《云谣集》所录"燕语啼时三月半"一首）特深峭隐秀，堪与飞卿、端已抗行。

## 一九

有明一代,乐府道衰。《写情》、《扣舷》,尚有宋、元遗响。仁、宣以后,兹事几绝。独文潜(夏言)以魁硕之才,起而振之。豪壮典丽,与于湖、剑南为近。

## 二〇

欧公(注:指欧阳修)《蝶恋花》"面旋落花"云云,字字沈响,殊不可及。

## 二一

《片玉词》"良夜灯光簇如豆"一首,乃改山谷《忆帝京》词为之者,似屯田最下之作,非美成所宜有也。

## 二二

温飞卿《菩萨蛮》:"雨后却斜阳。杏花零落香。"少游之"雨馀芳草斜阳。杏花零落燕泥香",虽自此脱胎,而实有出蓝之妙。

## 二三

白石尚有骨,玉田则一乞人耳。

## 二四

美成词多作态,故不是大家气象。若同叔、永叔虽不作态,而一笑百媚生矣。此天才与人力之别也。

## 二五

周介存谓:"白石以诗法入词,门径浅狭,如孙过庭书,但便后人模仿。"予谓近人所以崇拜玉田，亦由于此。

## 二六

予于词，于五代喜李后主、冯正中而不喜《花间》。于北宋喜同叔、永叔、子瞻、少游而不喜美成。于南宋只爱稼轩一人，而最恶梦窗、玉田。介存此选，颇多不当人意之处。然其论词则颇多独到之语。始有知天下固有具眼人，非予一人之私见也。

## 二七

王君静安将刊其所为《人间词》，诒书告余曰："知我词者莫如子，叙之亦莫如子宜。"余与君处十年矣。比年以来，君颇以词自娱。余虽不能词，然喜读词。每夜漏始下，一灯荧然，玩古人之作，未尝不与君共。君成一阕，易一字，未尝不以讯余。既而睽离，苟有所作，未尝不邮以示余也。然则，余于君之词，又乌可以无言乎？夫自南宋以后，斯道之不振久矣！元、明及国初诸老，非无警句也，然不免乎局促者，气困于雕琢也。嘉、道以后之词，非不谐美也，然无救于浅薄者，意竭于摹拟也。君之于词，于五代喜李后主、冯正中，于北宋喜永叔、子瞻、少游、美成，于南宋除稼轩、白石外，所嗜盖鲜矣。尤痛诋梦窗、玉田。谓梦窗砌字，玉田垒句。一雕琢，一敷衍。其病不同，而同归于浅薄。六百年来词之不振，实自此始。其持论如此。及读君自所为词，则诚往复幽咽，动摇人心，快而沈，直而能曲，不屑屑于言词之末，而名句间出，殆往往度越前人。至其言近而指远，意决而辞婉，自永叔以后，殆未有工如君者也。君始为词时，亦不自意其至此，而卒至此者，天也，非人之所能为也。若夫观物之微，托兴之深，则又君诗词之特色。求之古代作者，罕有伦比。呜呼！不胜古人，不足以与古人并，君其知之矣。世有疑余言者乎,则何不取古人之词,与君词比类而观之也？光绪丙午三月,山阴樊志厚叙。

## 二八

去岁夏,王君静安集其所为词,得六十馀阕,名曰《人间词甲稿》,余既叙而行之矣。今冬,复汇所作词为《乙稿》,丐余为之叙。余其敢辞。乃称曰:文学之事,其内足以摅己,而外足以感人者,意与境二者而已。上焉者意与境浑,其次或以境胜,或以意胜。苟缺其一,不足以言文学。原夫文学之所以有意境者,以其能观也。出于观我者,意馀于境。而出于观物者,境多于意。然非物无以见我,而观我之时,又自有我在。故二者常互相错综,能有所偏重,而不能有所偏废也。文学之工不工,亦视其意境之有无与其深浅而已。自夫人不能观古人之所观,而徒学古人之所作,于是始有伪文学。学者便之,相尚以辞,相习以模拟,遂不复知意境之为何物,岂不悲哉！苟持此以观古今人之词,则其得失,可得而言焉。温、韦之精艳,所以不如正中者,意境有深浅也。《珠玉》所以逊《六一》,《小山》所以愧《淮海》者,意境异也。美成晚出,始以辞采擅长,然终不失为北宋人之词者,有意境也。南宋词人之有意境者,惟一稼轩,然亦若不欲以意境胜。白石之词,气体雅健耳,至于意境,则去北宋人远甚。及梦窗、玉田出,并不求诸气体,而惟文字之是务,于是词之道熄矣。自元迄明,益以不振。至于国朝,而纳兰侍卫以天赋之才,崛起于方兴之族。其所为词,悲凉顽艳,独有得于意境之深,可谓豪杰之士,奋乎百世之下者矣。同时朱、陈,既非劲敌；后世项、蒋,尤难鼎足。至乾、嘉以降,审乎体格韵律之间者愈微,而意味之溢于字句之表者愈浅。岂非拘泥文字,而不求诸意境之失欤？抑观我观物之事自有天在,固难期诸流俗欤？余与静安,均夙持此论。静安之为词,真能以意境胜。夫古今人词之以意胜者,莫若欧阳公;以境胜者,莫若秦少游;至意境两浑,则惟太白、后主、正中数人足以当之。静安之词,大抵意深于欧,而境次于秦。至其合作,如《甲稿》《浣溪沙》之"天末同云"、《蝶恋花》之"昨夜梦中"、《乙稿》《蝶恋花》之"百尺朱楼"等阕,皆意境两忘,物我一体,高蹈乎八荒之表,而抗心乎千秋之间,骎骎乎两汉之疆域,广于三代,贞观之政治,隆于武德矣。方之侍卫,岂徒伯仲!此固君所得于天者独深,抑岂非致力于意境之效也。至君词之体裁,亦与五代、北宋为近。然君词之所以为五代、北宋之词者,以其有意境在。若以其体裁故,而至遽指为五代、北宋,此又君之不任受。固当与梦窗、玉田之徒,专事摹拟者,同类而笑之也。光绪三十三年十月,山阴樊志厚叙。

## 二九

　　长夏苦热,不耐深沉之思,偶得仁和吴昌绶伯宛所作《宋金元现存词目》,叹其搜罗之勤,因思仿朱竹垞《经义考》之例,存佚并录,勒为一书。搜录考订,月馀而成,聊用消夏,不足云著述也。

　　一、明人及国朝人词多散在别集,既鲜总汇之编,亦罕单行之本,一人见闻既惭狭隘,诸家著录亦一毫芒,故以元人为断。

　　一、诸家词集有刻本者著刻本,无刻本者著钞本。刻本有以词单行者著单行本,无者著全集本。亦有刻本罕见而著某氏钞本者,单行本不足而著全集本者,求其当也。

　　一、海内藏书家收藏词曲者昔不多觏,近惟钱唐丁氏、归安陆氏藏词最富。乃一岁之中,陆氏之书归日本岩崎氏,丁氏书亦为金陵图书馆所购。然近于厂肆又屡见丁氏之书,知金陵典守并未严密,此后又不知流落何所。所幸丁氏藏词除元三数家外,仁和吴氏皆有副本。陆氏藏词与丁氏别出者亦不多,吴氏亦间录之。欲移录者,尚可问津耳。

一、竹垞《词综·序例》所举前人集中附词,如《林处士集》附词、刘子翚《屏山集》附词,皆仅三首。罗愿《鄂州小集》、顾瑛《玉山璞稿》附词仅一首。以不能成书,故不录。徐鄙人所未见,不能定其多少者,仍著于篇,亦遇而废之,不若遇而存之之意也。

一、词人字里、官阀,其词无通行本者略注于下;有刻本者阙之,间有考证亦辄附入。

一、诸家词集或注"佚",或注"未见"。然注"未见"者非无已佚,注"佚"者,亦或能发见,固不能定精密之界限也。

一、长夏畏热,终日简出,参考之书无多,商榷之益尤鲜,尚冀大雅君子匡其不逮,幸甚。

光绪戊申秋七月　海宁王国维识

## 三〇

唐人诗词尚未分界,故《调笑》、《三台》、《忆江南》诸词皆入诗集,不独《竹枝》、《柳枝》、《浪淘沙》诸词本系七言绝句也。致光(注:指韩偓)词之见于《尊前集》者仅《浣溪沙》二阕,然《香奁集》中之近似长短句者尚若干阕,余故写为一卷。《忆眠时》本沈约创调,隋炀帝继之,升庵视为词之滥觞,惟致光词少一韵耳。"春楼处子"三首,比《三台》多二韵,比冯延巳《寿山曲》少一韵。……《玉合》、《金陵》二首皆致光创调,而《金陵》尤纯乎词格。兹于原题之下各加"子"字,以别之于诗。《木兰花》本系七古,然飞卿诗之《春晓曲》、《草堂诗馀》已改为《木兰花》,固非自我作古也。

## 三一

其(注:指尹鹗)《金浮图》一调长至九十四字,五代词除唐庄宗

《歌头》外,以此为最长,然颇似康伯可、柳耆卿手笔也。

### 三二

《乐府纪闻》谓其(注:指鹿虔扆)国亡不仕,词多感慨之音,盖指《临江仙》一调言之。然此词载《花间集》,《花间集》选于后蜀广政三年,此时去后蜀之亡尚二十年。若云伤前蜀,则虔扆固仕于昶。《纪闻》之言实无所据。

### 三三

陈直斋谓:"世传伯可词鄙亵之甚,此集颇多佳语。"黄叔旸亦云:"书市刊本皆假托其名,今得官本……篇篇精妙。"是宋时康伯可词已有数本。余从古人选本中辑为一卷。其词实学耆卿而失者也。

### 三四

黄昇《书阮阅〈眼儿媚〉词后》曰:"闳休小词唯有此篇见于世,英妙杰特,所谓百不为多,一不为少。"以今观之,殊不然也。

### 三五

《端正好》第一首,亦隐括同叔《凤栖梧》。寿域(注:指杜寿域)殆长于音律,故改谱他人词。即其自制,亦与他人音节不同,或以此也。

### 三六

《满路花·风情》(注:指周邦彦"帘烘泪雨干"之作),无限风情,令人玩索。

## 三七

朱竹垞《蝶恋花·重游晋祠题壁》,其"天涯芳草"二句,自南宋后即不多见,无论近人。

## 三八

项莲生词,在国朝自非皋文、止庵辈所能及,然尚不如容若、竹垞,况鹿潭以下耶!

## 《人间词话》的版本源流

　　王国维的《人间词话》虽然是薄薄的一册"小书",但因为王国维本人多次修订删改,导致了其版本形态的复杂。王国维去世后,经赵万里、王幼安等的不断增补,更形成了与王国维生前刊行、出版的《人间词话》截然不同的形态。兼之胸罗万卷的王国维在词话中多言端绪而略其引申,相关的笺释、校注本便也层出不穷,进一步丰富了其版本形态。所以关于《人间词话》诸种版本的形成过程,有必要向读者交待一下。

　　王国维完成《人间词话》手稿本的写作应该是在一九〇八年七月之后。在此之前,就词学文献的准备而言,王国维先后完成了《唐五代二十一家词辑》、《词录》等;而在文学的基本观念上,一九〇六年完成的《文学小言》及其前后撰写的《人间词甲稿序》、《人间词乙稿序》也已奠定基本格局。有此文献基础和理论基础,才有《人间词话》手稿本的撰述基础。手稿共一百二十五则,王国维从中录出六十三则,并临时补写一则,合共六十四则,分三期连载于一九〇八与一九〇九年之交的上海《国粹学报》,具体是第四十七期二十一则(一九〇八年十月),第四十八期十八则(一九〇八年十一月),第五十期二十五则(一九〇九年一月)。但这次发表并没有引起学术界的注意。一九一五年一月,王国维再次将初刊本与手稿本作了新的压缩和调整,并从其《宋元戏曲考》中移录一则论元曲套数的内容,合共三十一则,分七期连载于《盛京时报》,具体是:一月十三日刊小序和前五则(一—五),十五日刊四则(六—九),十六日刊六则(十一—十五),十七日刊五则(十六—二十),十九日刊五则(二十一—二十五),二十日刊三则(二十六—二十八),二十一日刊三则(二十九—三十一)。但王国维的这两次整理发表,并没有取得预期的效果,所以当一九二五年夏,陈乃乾驰书王国维,希望王国维允许将初刊本标点后单行,王国维的态度先是颇为消极,后虽同意出版,但信中仍嘱咐陈乃乾要在单行本中注明乃早期所作。这样才有了一九二六年二月北京朴社版的俞平伯标点本的问世。

但这一次单行本的出版所引起的关注,可能是王国维未曾料及的。先是有日本学者吉川幸次郎(署名"洁")在日本京都大学主办的《支那学》四卷之二(一九二七年三月)发表书评予以揄扬,认为"此书具备精到的见解",其境界说"超脱了俗趣俗论,触及了词的真谛","可与周济《宋四家词选序论》相媲美"。接着有靳德峻笺证本的问世。又由于随后不久王国维的自沉而引起的极大关注,这本《人间词话》吸引了一批学者的研究热情,任访秋、朱光潜、唐圭璋、吴征铸等纷纷著文发表评论。同时对《人间词话》的增补工作,也由赵万里拉开序幕。赵万里从《人间词话》手稿本中择录四十四则,并从王国维旧藏《蕙风琴趣》中录出两则,及赵万里自己的《丙寅日记》中记录的两则王国维论词之语,合共四十八则,发表于《小说月报》第十九卷(一九二八年)第三号上。同年,罗振玉主事的《海宁王忠愨公遗书》及三十年代中期赵万里、王国华编的《海宁王静安先生遗书》中就有了上、下两卷本的《人间词话》,以《国粹学报》初刊本为上卷,而以赵万里所辑录的四十八则为下卷。而一九三三年北京人文书店出版的沈启无《人间词及人间词话》中的《人间词话》、一九三七年南京正中书局出版的许文雨《人间词话讲疏》、唐圭璋编《词话丛编》所收录的《人间词话》等,他们所用的底本便都是上、下两卷本《人间词话》。此后仅刊行《国粹学报》初刊一卷本的只有一九四四年《出版界》月刊社出版的徐泽人的《人间词话·人间词合刊》本中的《人间词话》了。

三卷本《人间词话》以徐调孚的《校注人间词话》为开端，此书一九四〇年由上海开明书店初版，在卷上、卷下之外，复增"补遗"一卷，"补遗"凡十八则，系徐调孚据王国维《唐五代二十一家词辑》诸跋、《清真先生遗事》、《观堂集林》中的相关论词之语及《人间词甲稿序》、《人间词乙稿序》汇辑而成。一九四七年此书再版之时，又增入了陈乃乾从王国维旧藏《六一词》、《片玉词》、《词辨》辑录的眉批七则。一九六〇年人民文学出版社出版徐调孚注、王幼安校订之《人间词话》时，又对三卷本的结构和名称作了调整，以"人间词话"、"人间词话删稿"、"人间词话附录"名之。这一名称的改变当出于王幼安。在结构上将原收录于卷下由赵万里辑录的王国维评论《蕙风琴趣》和赵万里《丙寅日记》中辑录的四则论词之语移入"附录"，校订者王幼安复从《人间词话》手稿本中再择录五则入第二卷"删稿"。此本一直通行至今。

　　无论是赵万里，还是王幼安，其对《人间词话》手稿本始终是带着一种选择的眼光，并非以发表手稿全本为目的。虽然王幼安在通行本《校订后记》中说："王氏论词之语，未尽于此，俟后觅得续补。"但其后完全有条件将手稿全文刊布的王幼安并没有再续补。第一次将手稿本全部发表的是滕咸惠，一九八一年齐鲁书社出版了他的《人间词话新注》。一九六三年，滕咸惠在赵万里的帮助之下，曾借阅并钞录了手稿本原文，所以他的《人间词话新注》便依照当年钞录文字按照手稿顺序一一移录，并加注释。可能是当初钞录手稿未及仔细核对，故书中文字错漏较多，一九八六年出版修订本时，滕咸惠参考了陈杏珍、刘烜刊发于《河南师大学报》一九八二年第五期的《人间词话》（重订）一文，这是手稿本第一次在真正意义上的出版。滕咸惠《人间词话新注》（修订本）将手稿作为上卷，而下卷是两种附录：一种是"论词语辑录"，大体移录通行本"人间词话附录"的论词条目,仅删去其中论王周士词一则,因为此则本非王国维撰写,只是王国维钞录《四库未收书提要》中的文字,凡二十八则。附录二为从陈杏珍、刘烜《人间词话》(重订)中的附录之一《自编〈人间词话〉选》移录过来,并易名《人间词话选》,凡二十三则。

在滕咸惠《人间词话新注》初版发布后不久,陈杏珍、刘烜的《人间词话》(重订)刊发于《河南师范大学学报》一九八二年第五期,虽然也是刊发手稿本全文,但与滕咸惠的按手稿原顺序出版不同,重订本按照《国粹学报》初刊本、未刊手稿、删稿的顺序分类发表,而且"删稿"是作为"附录"发表的。具体是:卷上为初刊本《人间词话》六十四则,卷下为《人间词话》未刊手稿四十九则(实五十则)。卷上虽然在条目上与通行本一致,但文字则按照手稿本作了新的校订。卷下未刊手稿,作者标数是四十九则,实际漏标一则,为五十则。这五十则的内容有四十四则与通行本"人间词话删稿"相同,重订者新增入手稿第二十四、二十六、二十八、六十三、六十四、九十二等六则,并将通行本"人间词话删稿"中的第二、三、十、三十二、三十九这五则剔除,另入附录之二的"删稿"之中。另有附录三种:附录之一为《自编〈人间词话〉选》,乃出自国家图书馆所藏王国维自存《盛京时报》本《人间词话》的剪报本,此剪报本不全,仅二十三则;附录之二为《〈人间词话〉删稿》,除了有五则是从通行本《人间词话删稿》中移录外,另新增入手稿第三十九、五十、八十八、八十九、九十一、一百八、一百二十一则等七则。陈杏珍、刘烜合计增补十三则。附录之三为《人间词话》原稿卷首的题诗《戏效季英作口号诗》,凡六首。至此,王国维《人间词话》手稿本一百二十五则已是第二次被全部发表,只是与第一次滕咸惠"新注"本的顺序发表不同,陈杏珍、刘烜是将其分类发表而已。但需要指出的是:

就手稿全部发表而言,是滕咸惠《人间词话新注》在前,但陈杏珍、刘烜的《人间词话》(重订)很可能是在滕咸惠"新注"本出版之前就已经整理好的,只是发表较晚而已。陈杏珍、刘烜在重订本的"整理后记"中说:"把《人间词话》手稿中的材料集中起来,全部予以发表,这是第一次。"这应该可以说明,陈杏珍、刘烜在整理完重订本前是没有看到滕咸惠"新注"本的。而且在一九八〇年第七期的《读书》杂志上即刊有刘烜全面介绍手稿本的《王国维〈人间词话〉的手稿》一文了。

自滕咸惠与陈杏珍、刘烜两本出,关于手稿本的各版本大体不出两本之范围,只是有分类本与原序本的不同而已。但徐调孚注、王幼安校订本《人间词话》由于其通行之广泛,仍成为主流的版本。此后各种导读、译注本等,也大体是针对通行本而言的。滕咸惠、陈杏珍、刘烜对手稿全部刊布的努力尚需时日才能得到更多学理上的认同。

王国维发表于一九一五年一月《盛京时报》的三十一则《人间词话》,在很长时间之内是消失在学术视野之外的。直到一九八二年,陈杏珍、刘烜在国家图书馆看到王国维的相关剪报后,才将其作为《人间词话》(重订)的附录,发表于《河南师范大学学报》一九八二年第五期。但王国维的这份剪报并不全,只留存了二十三则,所以陈杏珍、刘烜将其整理发表时,也只有二十三则,并题名《自编〈人间词话〉选》。一九八六年滕咸惠《人间词话新注》(修订本)出版时也只是移录了此二十三则,并易名《人间词话选》。此后多种《人间词话》版本收录此本时也大都以此二十三则为限,命名各有不同。首次完整发表《盛京时报》全部三十一则《人间词话》的是赵利栋,赵利栋将王国维三种学术随笔《东山杂记》、《二牖轩随录》、《阅古漫录》合辑为《王国维学术随笔》,二〇〇〇年由社会科学文献出版社出版。其中《二牖轩随录》卷四即收录有三十一则本《人间词话选》，此后如北岳文艺出版社二〇〇四年版周锡山编校之《人间词话汇编汇校汇评》等即收录此本。笔者在《中山大学学报》二〇〇八年第三期发表《〈盛京时报〉本〈人间词话〉校订并跋》一文，对三十一则本的文字作了详细的校订。

由于《人间词话》以传统词话体撰述，往往言简意赅，点到为止，又涉及大量诗人词人、别集总集、词句全篇、理论范畴等，于一般读者理解为难，所以在《人间词话》经典化的过程中，"注释"本的出现是非常重要的一环。最早的注释本当为靳德峻的《人间词话笺证》，其书虽出版于一九二八年，但笺证其实在一九二六年夏即已完成。靳德峻的笺证主要是征引诗词作品和典故，简介书中所涉及的人名和书名，对王国维原文与所引录文字有歧义者，偶尔稍加辨析，至于《人间词话》中的重要理论则不遑解说。由于靳德峻的笺证悬格不高，而且出手仓促，所以错漏甚多，因此才有了蒲菁的"补笺"。蒲菁的补笺虽然迟至一九八一年方与靳德峻的《人间词话笺证》合刊出版，但其补笺工作应该在三十年代中期之前即已完成。与靳德峻主要征引文献出处、简介生平文集等不同，蒲菁的补笺重心在对理论内涵的笺证上。不过蒲菁直接下断语的地方并不多，大量的是援引相关理论背景文献，以达到彼此参证的目的。如《人间词话》曾评说冯延巳词"堂庑特大，开北宋一代风气"，靳德峻只是笺说《花间集》的基本情况，并没有对王国维这一评价作出自己的分析，而蒲菁的补笺则连续征引《阳春集序》、《唐五代词选序》、《艺概》、《蕙风词话》、《柳塘词话》、《白雨斋词话》、张惠言《词选》、《词辨》等八种相关评说，为从更广阔的理论背景下理解王国维词话的具体内涵奠定了重要基础。

沈启无《人间词及人间词话》主要是突出文本，故将注释置于全书最后,题名"附录征引诗词杂文",下分征引书目、诗词原文、诗人词人之生平籍贯著述等。徐调孚的《校注人间词话》是最早通注三卷本《人间词话》者。因为徐调孚"发原载志相对校,冀得其真",所以对词话文本的校勘更为精审,为其成为此后最通行之本奠定了基础。此书注释工作实主要由周振甫完成,但其注释之思路则当受之于徐调孚。其征引诗词原文及所涉及的论述原文,以文字精确、简明见长。

许文雨的《人间词话讲疏》乃是从其《文论讲疏》中别出单行之本。许文雨将注疏置于单则词话之后,把征引文献和理论解说结合起来。就注释而言,许文雨也后来居上,不仅在征引文献上注重版本选择,使相关文献的精确度得到大幅提高,而且注意将词话中没有标明的隐性文献也一一征引出来,其实类似于一种理论溯源了。不过,《人间词话讲疏》的最大贡献在于对王国维词学理论的剖析上,如境界之内涵、造境与写境之区别等,许文雨都在讲疏中用现代观念剖析其中内涵。对于王国维立说欠周延的地方,如南北宋之优劣等问题,许文雨更是在讲疏中直陈自己的立场,带有商榷的意味。并初步整理出王国维以"境界"和"自然"为内核的理论体系。学术含量颇高。

此外,滕咸惠的《人间词话新注》、周锡山的《人间词话汇编汇校汇评》、陈鸿祥的《人间词话·人间词注评》、刘锋杰等的《人间词话百年解评》、施议对的《人间词话译注》等等,或注重理论渊源的征引,或注重对历代评论的汇辑,或注重对其每则词话的诠释,也各有其特点,对于普及文本、深化理论都产生了一定的影响。

# 主要参考文献

纪昀、陆锡熊、孙士毅等纂《钦定四库全书总目》，中华书局，一九九七年

陈子展撰述，范祥雍、杜月村校阅《诗经直解》（上、下），复旦大学出版社，一九八三年

郭庆藩辑，王孝鱼整理《庄子集释》（全四册），中华书局，一九六一年

陈鼓应注译《庄子今注今译》（上、中、下），中华书局，一九八三年

杨伯峻译注《孟子译注》（上、下），中华书局，一九六〇年

洪兴祖补注《楚辞补注》，中华书局，一九八三年

朱熹集注《楚辞集注》，上海古籍出版社，一九七九年

朱自清著《古诗歌笺释三种》，上海古籍出版社，一九八一年

龚斌校笺《陶渊明集校笺》，上海古籍出版社，一九九六年

黄侃著《文心雕龙札记》，华东师范大学出版社，一九九六年

刘勰著，詹锳义证《文心雕龙义证》（上、中、下），上海古籍出版社，一九八九年

黄霖著《文心雕龙汇评》，上海古籍出版社，二〇〇五年

任半塘著《唐声诗》（上编、下编），上海古籍出版社，一九八二年

孔凡礼点校《苏轼文集》（全六册），中华书局，一九八六年

王文诰辑注，孔凡礼点校《苏轼诗集》（全八册），中华书局，一九八二年

黎靖德编《朱子语类》，中华书局，一九八六年

陈定玉辑校《严羽集》，中州古籍出版社，一九九七年

严羽著，郭绍虞校释《沧浪诗话校释》，人民文学出版社，一九八三年

刘立人、陈文和点校《刘熙载集》，华东师范大学出版社，一九九三年

顾之京整理《顾随：诗文丛论》（增订版），天津人民出版社，一九九五年

吴承学、彭玉平编《詹安泰文集》，中山大学出版社，二〇〇四年

吴世昌著，吴令华编《诗词论丛》，北京出版社，二〇〇〇年

徐复观著《中国文学论集》，台湾学生书局，二〇〇一年

饶宗颐著《文辙——文学史论集》（上、下），台湾学生书局，一九九一年

钱锺书著《管锥编》（一——四），中华书局，一九八六年

钱锺书著《谈艺录》（补订本），中华书局，一九八四年


364

张璋、黄畬编《全唐五代词》，上海古籍出版社，一九八六年

唐圭璋编《全宋词》（全五册），中华书局，一九六五年

毛晋辑《宋六十名家词》，上海古籍出版社，一九八九年

赵尊岳辑《明词汇刊》（全二册），上海古籍出版社，一九九二年

叶恭绰编《全清词钞》（上、下），中华书局，一九八二年

陈乃乾辑《清名家词》（全十卷），上海书店，一九八二年

王鹏运辑《四印斋所刻词》,上海古籍出版社,一九八九年

朱孝臧辑校《彊村丛书》(上、下),上海书店、江苏广陵古籍刻印社,

　　一九八九年

赵崇祚辑,李一氓校《花间集校》,人民文学出版社,一九八〇年

李冰若《花间集评注》,河北教育出版社,一九九九年

沈辰垣等编《御选历代诗馀》(附《箧中词》《广箧中词》),浙江古籍

　　出版社,一九九八年

陈廷焯编选《词则》(全二册),上海古籍出版社影印,一九八四年

郑骞编注《词选》,台北中国文化大学出版部,一九九五年

龙榆生编《唐宋名家词选》,上海古籍出版社,一九八〇年

黄进德选注《唐五代词选集》,上海古籍出版社,一九九三年

龙榆生撰《唐五代词选注》,上海古籍出版社,二〇〇六年

陈匪石编著,钟振振校点《宋词举》(外三种),江苏古籍出版社,二

　　〇〇二年

俞平伯著《读词偶得　清真词释》,人民文学出版社,二〇〇〇年

俞平伯《唐宋词选释》,人民文学出版社,一九七九年

龙榆生编《近三百年名家词选》,上海古籍出版社,一九七九年


唐圭璋编《词话丛编》(全五册),中华书局,一九八六年

施蛰存、陈如江辑录《宋元词话》,上海书店出版社,一九九九年

孙克强《唐宋人词话》,河南文艺出版社,一九九九年

刘庆云编著《词话十论》,岳麓书社,一九九〇年

陈良运主编《中国历代词学论著选》,百花洲文艺出版社,一九九

　　八年

张惠民编《宋代词学资料汇编》,汕头大学出版社,一九九三年

金启华、张惠民等编《唐宋词集序跋汇编》,台湾商务印书馆股份有

限公司，一九九三年

施蛰存主编《词籍序跋萃编》，中国社会科学出版社，一九九四年

陈廷焯著，屈兴国校注《白雨斋词话足本校注》（上、下），齐鲁书社，
　　一九八三年

陈廷焯著，彭玉平导读《白雨斋词话》，上海古籍出版社，二〇〇
　　九年

况周颐著，屈兴国辑注《蕙风词话辑注》，江西人民出版社，
　　二〇〇〇年

王兆鹏、吴熊和主编《唐宋词汇评》，浙江教育出版社，二〇〇四年

蒋哲伦、杨万里编撰《唐宋词书录》，岳麓书社，二〇〇七年

史双元编著《唐五代词纪事会评》，黄山书社，一九九五年

尤振中、尤以丁编著《明词纪事会评》，黄山书社，一九九五年

尤振中、尤以丁编著《清词纪事会评》，黄山书社，一九九五年

严迪昌编著《近现代词纪事会评》，黄山书社，一九九五年

陈人之、颜廷亮编《云谣集研究汇录》，上海古籍出版社，一九九
　　八年

周义敢、周雷编《秦观资料汇编》，中华书局，二〇〇一年

褚斌杰、孙崇恩、荣宪宾编《李清照资料汇编》，中华书局，一九八
　　四年

张正吾、蓝少成、谭志峰编《王鹏运研究资料》，漓江出版社，一九九
　　六年

华东师范大学中文系古典文学研究室编《词学研究论文集》（一九
　　一一——一九四九），上海古籍出版社，一九八八年

王水照、保苅佳昭编选《日本学者中国词学论文集》，上海古籍出版
　　社，一九九一年

马兴荣、吴熊和、曹济平主编《中国词学大辞典》，浙江教育出版社，

一九九六年

龙沐勋编《词学季刊》（上、下），上海书店影印原刊，一九八五年

吴梅著《词学通论》，华东师范大学出版社，一九九六年

王易著《词曲史》，东方出版社，一九九六年

夏承焘著《夏承焘集》（全八册），浙江古籍出版社、浙江教育出版
　社，一九九八年

唐圭璋著《词学论丛》，上海古籍出版社，一九八六年

刘尧民著《词与音乐》，云南人民出版社，一九八二年

龙榆生著《词学十讲》，福建人民出版社，一九八八年

施蛰存著《词学名词释义》，中华书局，一九八八年

吴熊和著《唐宋词通论》，浙江古籍出版社，一九八九年

邱世友著《词论史论稿》，人民文学出版社，二〇〇二年

谢桃坊著《中国词学史》，巴蜀书社，一九九三年

方智范、邓乔彬、周圣伟、高建中著，施蛰存参订《中国词学批评
　史》，中国社会科学出版社，一九九四年

蒋哲伦、傅蓉蓉著《中国诗学史·词学卷》，鹭江出版社，二〇〇
　二年

林玫仪著《词学考诠》，联经出版事业公司，一九八七年

黄文吉著《黄文吉词学论集》，台湾学生书局，二〇〇三年

王伟勇著《词学专题研究》，文史哲出版社，二〇〇三年

〔美〕孙康宜著，李奭学译《词与文类研究》，北京大学出版社，
　二〇〇四年

饶宗颐著《词集考》（唐五代宋金元编），中华书局，一九九二年

王昆吾著《隋唐五代燕乐杂言歌辞研究》，中华书局，一九九六年

〔日〕村上哲见著，杨铁婴译《唐五代北宋词研究》，陕西人民出版

社，一九八七年

杨海明著《唐宋词史》，江苏古籍出版社，一九八七年

王兆鹏著《唐宋词史论》，人民文学出版社，二〇〇〇年

缪钺、叶嘉莹合撰《灵溪词说》，上海古籍出版社，一九八七年

施议对著《词与音乐关系研究》，中华书局，二〇〇八年

施议对著《宋词正体》，澳门大学出版中心，一九九六年

施议对著《词法解赏》，澳门大学出版中心，二〇〇六年

孙维城著《宋韵——宋词人文精神与审美形态探论》，安徽大学出
版社，二〇〇二年

孙维城著《张先与北宋中前期词坛关系探论》，安徽大学出版社，
二〇〇七年

严迪昌著《清词史》，江苏古籍出版社，一九九〇年

吴宏一著《清代词学四论》，台湾联经出版事业公司，一九九〇年

张宏生著《清代词学的建构》，江苏古籍出版社，一九九八年

孙克强著《清代词学》，中国社会科学出版社，二〇〇四年

朱德慈著《常州词派通论》，中华书局，二〇〇六年

杨柏岭著《晚清民初词学思想建构》，安徽大学出版社，二〇〇四年

朱惠国著《中国近世词学思想研究》，上海古籍出版社，二〇〇五年

周汝昌著《诗词赏会》，广东人民出版社，一九八七年

叶嘉莹撰《叶嘉莹说词》，上海古籍出版社，一九九九年

中国李白研究会、马鞍山李白研究所合编《二十世纪李白研究论文
精选集》，太白文艺出版社，二〇〇〇年


温庭筠、韦庄、冯延巳撰，曾昭岷校订《温韦冯词新校》，上海古籍出
版社，一九八八年

薛瑞生校注《乐章集校注》，中华书局，一九九四年

黄畲笺注《欧阳修词笺注》,中华书局,一九八六年

苏轼撰,薛瑞生笺证《东坡词编年笺证》,三秦出版社,一九九八年

徐培均笺注《淮海集笺注》(上、中、下),上海古籍出版社,一九九四年

罗忼烈笺注《周邦彦清真集笺》,香港三联书店,一九八五年

孙虹校注,薛瑞生订补《清真集校注》,中华书局,二〇〇二年

徐汉明编校《稼轩集》,长江文艺出版社,一九九〇年

陆游著,夏承焘、吴熊和笺注《放翁词编年笺注》,上海古籍出版社,一九八一年

王沂孙著,詹安泰笺注,蔡起贤整理《花外集笺注》,广东人民出版社,一九九五年

詹安泰著《詹安泰诗词集》,香港翰墨轩出版有限公司,二〇〇二年

谢维扬、房鑫亮主编《王国维全集》(二十卷),浙江教育出版社、广东教育出版社,二〇一〇年

王国维著《王国维遗书》(全十册),上海书店出版社,一九八三年

吴泽主编,刘寅生、袁英光编《王国维全集·书信》,中华书局,一九八四年

王国维撰,徐德明整理《词录》,学苑出版社,二〇〇三年

王国维著,赵利栋辑校《王国维学术随笔》,社会科学文献出版社,二〇〇〇年

王国维著,胡忌校订《王国维戏曲论文集》,中国戏剧出版社,一九八四年

王国维著《观堂集林·外二种》(上、下),河北教育出版社,二〇〇一年

王国维原著,佛雏校辑《王国维哲学美学论文辑佚》,华东师范大学

出版社,一九九三年

王德毅编《王国维年谱》,(台湾)中国学术著作奖助委员会,一九六七年

袁英光、刘寅生《王国维年谱长编》,天津人民出版社,一九九六年

朱传誉编《王国维传记资料》,台湾天一出版社,一九八五年

陈平原、王枫编《追忆王国维》,中国广播电视出版社,一九九七年

吴泽主编,袁英光选编《王国维学术研究论集》(一),华东师范大学出版社,一九八三年

吴泽主编,袁英光选编《王国维学术研究论集》(二),华东师范大学出版社,一九八七年

吴泽主编,袁英光选编《王国维学术研究论集》(三),华东师范大学出版社,一九九〇年

孙敦恒、钱竞编《纪念王国维先生诞辰一二〇周年学术论文集》,广东教育出版社,一九九九年

聂振斌著《王国维美学思想述评》,辽宁大学出版社,一九九七年

陈元晖著《王国维与叔本华哲学》,中国社会科学出版社,一九八一年

佛雏著《王国维诗学研究》,北京大学出版社,一九八七年

陈鸿祥著《王国维与文学》,陕西人民出版社,一九八八年

姚淦铭著《王国维文献学研究》,江苏古籍出版社,二〇〇一年

佛雏著《王国维哲学译稿研究》,社会科学文献出版社,二〇〇六年

王国维著《王国维〈人间词〉〈人间词话〉手稿》,浙江古籍出版社,二〇〇五年

王国维著,俞平伯标点《人间词话》,朴社,一九二六年

王国维著,许文雨编著《人间词话讲疏·附补遗》(与《钟嵘诗品讲疏》合刊),成都古籍书店,一九八三年

靳德峻笺证,蒲菁补笺《人间词话》,四川人民出版社,一九八一年

王国维著,徐调孚,周振甫注,王幼安校订《人间词话》(与《蕙风词话》合刊),人民文学出版社,一九六〇年

滕咸惠校注《人间词话新注》(修订本),齐鲁书社,一九八六年

王国维著,佛雏校辑《新订〈人间词话〉广〈人间词话〉》,华东师范大学出版社,一九九〇年

王国维著,王振铎编注《人间词话与人间词》,河南人民出版社,一九九五年

王国维撰,黄霖等导读《人间词话》,上海古籍出版社,一九九八年

陈鸿祥编著《人间词话人间词注评》,江苏古籍出版社,二〇〇二年

王国维著,刘锋杰、章池集注《人间词话百年解评》,黄山书社,二〇〇二年

施议对译注《人间词话译注》(增订本),岳麓书社,二〇〇三年

王国维著,吴洋注释《人间词话手稿本全编》,内蒙古人民出版社,二〇〇三年

王国维著,周锡山编校《人间词话汇编汇校汇评》,北岳文艺出版社,二〇〇四年

萧艾笺校《王国维诗词笺校》,湖南人民出版社,一九八四年

祖保泉著《王国维词解说》,安徽教育出版社,二〇〇六年

叶嘉莹《王国维及其文学批评》,广东人民出版社,一九八二年

叶程义著《王国维词论研究》,文史哲出版社,一九九一年

马正平著《生命的空间——〈人间词话〉的当代解读》,中国社会科学出版社,二〇〇〇年

蒋永青著《境界之"真":王国维境界说研究》,中国社会科学出版

社,二〇〇一年

李砾著《〈人间词话〉辨》,中国社会科学出版社,二〇〇六年

彭玉平评注《人间词话》,中华书局,二〇一〇年

何志韶主编《人间词话研究汇编》,台湾巨浪出版社,一九七五年

姚柯夫编《〈人间词话〉及评论汇编》,书目文献出版社,一九八三年

# 跋 一

自静安撰述词话迄今,已逾百年,其间为词话注疏、笺证、译评者无虑数十,静安词学得以泽被广大,诸子功莫大焉。昔三变词名藉甚,以致有"凡有井水饮处,即能歌柳词"之说。而今坊间书肆欲觅静安之词话,亦颇易易。盖其书匪独为学人所偏嗜,亦为众庶所好尚也。余初阅斯著,喜其用心深细而出语雅洁,绾合古今而自具境界。然词话体格,略似评点,敛逸兴以短制,收妙思于端绪,虽持论谨严,铢两悉称,而每有浩思绵延而茫无际涯之叹。世之读静安书者,或同此心矣。

静安词话初刊沪上之《国粹学报》,凡六十四则,其衡诂词史,品骘诸家,无不悬境界以为格,而抑扬高下。然此乃静安三复其思而后之作,至其最初一念之本心,则无以知矣。吾人知人论世,每好推源溯流,则静安词学粗成梗概之貌,焉能忽之!因思诸家诠解,多赖定本,惟滕氏新注,因循手稿,然其以注为主,虽征引繁富,而鲜加裁断,读者或有罔识东西之惑焉。余因欲继滕氏之后,疏其义理而证其关系。自昔静安"疏通证明"《史籀篇》,尝以"疏证"为名,蔡桢氏亦有《词源疏证》一书,余遂因其名焉。然才有庸隽而识有偏至,以余之不才而欲上窥静安之用心,诚不免有愚妄之讥焉!
然则愚者千虑,或有一得;妄者横议,容能稍中。何况得失在心,中
否在人。因不避浅陋,畅论无忌,而自求放心矣。

此疏证初撰于数年之前,尝与中山大学古典文学诸博士、硕士
商榷于课室,复与门下诸弟子辩论于康园。其中多半文字又承中
国人民大学诸葛忆兵、南京大学张宏生二君不弃,刊发于《国学学
刊》《中国韵文学刊》诸杂志。得与同道友好疑义相析,或冷面驳
难,或勤加砥砺,亦尘嚣之世人生一乐也。去岁之末,应中华书局
之约,余曾为撰词话解说一种,试以平易之笔发幽约之思。虽疏证
在前,解说在后,然后之解说反有略胜疏证者,因径录数则于此。
非不患其同,实乃一人之思,前后若此,亦势自不可异也。若故求
夺胎换骨,点缀字面,反掩其素者也。

静安已矣。犹记其曾致蒋汝藻书云:"数月不亲书卷,直觉心
思散漫,会须收召魂魄,重理旧业耳。"静安之魂魄实已融入其书卷
之中,此静安之著述所以历久弥新而垂之修远之故也。

庚寅六月初十彭玉平谨识于倦月楼

人间词话疏证

# 跋　二

　　民国乙丑七月,观堂先生为清华学校作《最近二三十年中中国新发见之学问》之学术讲演,倡"古来新学问起,大都由于新发见"之说,并备举殷虚甲骨文字、敦煌塞上及西域各地之简牍、敦煌千佛洞之六朝唐人所书卷轴、内阁大库之书籍档案、中国境内之古外族遗文等五项,详为之证。稍检《观堂集林》,其自身学术沾丐新材料之益,固无论矣。然观堂此论亦如其所言,乃躬逢"自来未有能比者"之"发见时代"之故也,实观堂及一时代学人之幸,未可以此一例古今。盖新材料之发见端赖因缘凑合,虽可偶遇而难以遽求,且对新材料之研究,亦视学人根柢、学风趣尚、学术范式以及学理内涵之不同而境界各异,厥有多端而难以穷尽,此观堂当时所以有"此等发见物,合世界学者之全力研究之,其所阐发尚未及其半"之感慨也。则材料之由新而趋旧,乃不易之事实,而学问之高下固非以材料之新旧为裁断,是以传统典籍之价值,亦藉此而弥彰也。

　　中华书局秉承以国学经典服务当代学术文化之宗旨,精选历代"最要之书"、"最善之本"而成"中华国学文库",为其百年华诞添一异彩。拙撰《人间词话疏证》辛卯三月初刊于"中国文学研究典籍丛刊"，此复有幸忝列"中华国学文库"之中，增我惶恐。盖《人间词话》为国学最要之书，自无疑义，拙撰能否当"最善之本"，实心怀惴惴。此次重版，修订无多，然若干补证之处，似更能彰显观堂词学之渊源脉络。若手稿第三十则，述诸文体难易，此前疏证多结合观堂自身之文体观念而论，近日偶阅简斋《随园诗话》，其语有云："吴冠山先生言：散体文如围棋，易学而难工；骈体文如象棋，难学而易工。余谓：古诗如象棋，近体如围棋。"吴冠山、袁枚以棋之难易喻散文骈文、古体近体之难易，别具会心，观堂先生则去其棋喻而进论小令、长调之难易。其所持之文体观念，略加比勘，正一脉相承也。

简斋诗学泽被观堂先生者尚非止此一端，此外犹有可说者，若其倡性灵之说而重赤子之心，以无题之诗为天籁，而以有题之诗为人籁，垢责浙派之诗好用替代字等，皆在观堂词话中有接应回响之论，则简斋诗学之与观堂词学之关系，于此自可一一勘察。观堂素持"大抵学问常不悬目的，而自生目的"之论，盖其平日读书至为浩博，每临文之际，往者读书种种遂约取其类而络绎奔会，如盐入水而融化无迹，而吾人考量其学，则不妨细加钩沉而明其渊源所自。此亦余之疏证所以尚需更高疏凿手段以求更多发明者也。

辛卯八月廿日彭玉平又识